HEYNE <

DAS BUCH

Wir schreiben das Jahr 98 nach dem Ende der Welt: Dämonen haben die Herrschaft übernommen und unterjochen die Menschheit. Einzig die junge Dämonin Zarah, zur Agentin ausgebildet, führt in Hamburg geheime Aktionen zur Rettung menschlicher Familien durch – wohl wissend, dass sie mit dem Feuer spielt. Sollte ihre Organisation herausfinden, was sie tut, schwebt sie in tödlicher Gefahr.

Als eine Mission Zarahs außer Kontrolle gerät, verschwindet nicht nur Ash, Zarahs einziger Freund und Verbündeter, spurlos. Auch ihre menschliche Zwillingsschwester Enya gerät in den Fokus eines grausamen Dämons. Um die zu schützen, die sie liebt, und ihren Widersacher zu Fall zu bringen, muss Zarah ausgerechnet dem Mann vertrauen, den sie am meisten hasst: dem gutaussehenden Gallagher …

DIE AUTORIN

Olga A. Krouk, 1981 in Moskau geboren, zog als Kind in die Ukraine und später nach St. Petersburg, wo sie als Jugendliche erste Geschichten schrieb. 2001 ging sie – den Kopf voller Romanideen – nach Berlin. Heute lebt die Autorin in Schleswig-Holstein und erzählt dunkle Geschichten über Hamburg. Von Olga A. Krouk ist bereits im Heyne Verlag erschienen: *Schattenseelen*, *Nachtseelen*, *Hexenseelen*.

Olga A. Krouk

Der Tag, an dem meine Schwester zur Dämonin wurde

Roman

Originalausgabe

WILHELM HEYNE VERLAG
MÜNCHEN

MIX
Papier aus verantwortungsvollen Quellen
FSC® C014496

Verlagsgruppe Random House FSC-DEU-0100
Das für dieses Buch verwendete FSC®-zertifizierte Papier
Holmen Book Cream liefert Holmen Paper, Hallstavik, Schweden.

Originalausgabe 09/2012
Redaktion: Uta Dahnke

Printed in Germany 2012
Umschlaggestaltung: Nele Schütz Design, München
Satz: Mediengestaltung Vornehm GmbH, München
Druck und Bindung: GGP Media GmbH, Pößneck

ISBN: 978-3-453-52860-4

www.heyne-magische-bestseller.de

Für meinen Bruder Dmitrij,
den dieser Roman 50.000 Rubel kosten wird.

1

Wann auch immer eine ambitionierte Sirene Dieter Bohlen zu reinkarnieren versuchte, war es an Zarah und Ash, sich um das Problem zu kümmern. Wann auch immer ein betrunkener Nöck in die Alster reiherte und eine aufgebrachte Nixe kurz davorstand, ihm die Kiemen mit einem Anker zu perforieren, waren es ebenfalls Zarah und Ash, die dazwischengingen. Vorfälle dieser Art fielen in den Zuständigkeitsbereich der Ordnungsaufseher.

Nun lauerte Zarah auf einem Komposthaufen und spähte zu einem Einfamilienhaus hinüber, während unter ihrem Bauch die Eierschalen knirschten. Das eingefallene Dach, der halb zerstörte Schuppen – so nahe am Botanischen Garten zu wohnen, riskierten nur die ganz Waghalsigen. Oder arme Schlucker, die nirgends sonst unterkommen konnten. Andere Bürger bevorzugten Quartiere ohne pflanzliche Untermieter, die früher oder später Leute verspeisten.

Hinter einem Fenster flackerte Kerzenlicht auf. Ein etwa sechzehnjähriges Mädchen kam ins Zimmer, gefolgt von einem Mann, der wild gestikulierte und ihm etwas hinterherrief. Obwohl die Wände alle Geräusche dämpften, nahmen sie dem Streit nicht gänzlich den Ton.

Zielobjekt: Alessa Tewis.

Befehl des Ordnungsamtes für den 06.09. des 98. Jahres nach EdW: Festnahme und Übergabe an die Abteilung für Opferungen.

Die Rettung des Mädchens und der Familie vor dieser Festnahme hat höchste Priorität.

G.host

PS: Hallo, Zarah.

Hallo, Zarah.

Ihre Finger bebten. Als hätte sie nicht vor einer Woche, sondern gerade erst ›*Hallo, G.host*‹ auf eine benutzte Serviette geschrieben, um diese mit einem Kaugummi auf die Unterseite des Mülleimerdeckels ihres Lieblingscoffeeshops zu kleben. Und heute enthielt der Auftragszettel nicht wie üblich trockene Informationen über ein baldiges Opfer, das ihre Hilfe brauchte, sondern zwei ganz persönliche Worte an sie. Einen Gruß.

Eine Tür klapperte, die männliche Stimme erklang irgendwo im Hof. Jetzt rief diese Alessa hinter dem Fenster etwas, was nur undeutlich in die kalte Nacht drang.

Das Menschenmädchen im Haus und die Dämonin auf dem Komposthaufen. Zarah senkte den Kopf. Welch verquere Laune der Natur hatte die zwei so unterschiedlichen Rassen äußerlich so gleich geformt? Nur besaß dieses Mädchen einen Familiennamen. Eine dazugehörige Familie. Und vor allem: eine Seele. Wie Zarah sie nicht hatte, aber dennoch begehrte. Für die Zarah alle Magie in ihrem Blut gegeben hätte. Denn was würde von einer Dämonin bleiben, sollte sie sterben? Während Alessas Seele ewig weiterleben würde, auch wenn der letzte Dämon von der Erde verschwände und es diesen Planeten womöglich gar nicht mehr gäbe.

In der Dunkelheit näherten sich Schritte. Schwere Stiefel zertraten die regennasse Erde und das verwelkte Gras. Automatisch zuckte Zarahs Hand zur Waffe. Jedes fremde Geräusch konnte das Aus bedeuten. Früher oder später würden ähnliche Schritte das Ende ihrer waghalsigen Geheimmissionen einläuten.

Aber nicht diese.

Diesmal war es nur Ash.

»Wo warst du so lange?« Sie machte ihm Platz. »Du wolltest doch nur pinkeln gehen. Oder hast du gewartet, bis ich den Komposthaufen für dich vorgewärmt habe?«

»Bei der Gelegenheit habe ich mich etwas umgesehen. Die Familie wird nicht observiert.« Geschmeidig gesellte er sich zu ihr und zermalmte mit seinem Gewicht die Eierschalen noch feiner. »Wir haben einen beträchtlichen Vorsprung vor unseren Kollegen vom Ordnungsamt.«

»Nicht beträchtlich genug, um hier weiter untätig herumzuhängen. Wir sollten uns beeilen, wenn wir diese Leute wirklich vor unseren *Kollegen* retten wollen.« Ein Knopf seiner Aufseherjacke hing an einem Faden herab. Sie zog daran und hatte das Ding in der Hand. Das durfte er hier nicht verlieren.

»Sachte, sachte. Hast du die Mutter schon irgendwo entdeckt? Wir müssen die ganze Familie rausbringen.« Er rutschte hin und her, als hätte er vor, sich tiefer in den Haufen zu graben. Sein Ellbogen schwebte über einem fauligen Apfel. Sie sollte ihn warnen, ihm sagen …

Du wirst nach alten Kartoffeln und Eierschalen müffeln, wenn dies hier vorbei ist. Ich werde dich trotzdem umarmen. Damit ich weiß, dass dein Herz noch schlägt.

Sie hörte, wie der Apfel platzte.

Nach alten Kartoffeln, Eierschalen und fauligen Äpfeln.

»Ich stinke wie von einem Troll verschluckt und wieder ausgespuckt.«

Hauptsache nicht nach Tod.

Irgendwo knackte ein Ast. Es raschelte. Ihr Körper versteifte sich, und sie senkte die Stimme. »Bist du dir sicher, dass wir allein sind?«

»Aber natürlich, was denkst du bloß von mir?« Er schnüffelte theatralisch herum. »Hm. Du hast mit keinem Wort erwähnt, dass man nach deinen heimlichen Einsätzen ein Vermögen in der Reinigung lässt. Und das ist nicht einmal von der Steuer absetzbar.« Seine Stimme klang unpassend laut in der Stille der Nacht.

»Du hättest mich an sie ausliefern sollen, als du mir auf die Schliche gekommen bist. Aber nein, du musstest mir unbedingt helfen. Also jammer nicht.« Sie warf ihm einen verstohlenen Blick zu. Sie hätte seine Unterstützung überhaupt nicht annehmen sollen. Jetzt steckte er mittendrin und riskierte sein Leben für sie.

Er grunzte. »Zarah, mal ehrlich. Du bist nicht dazu geschaffen, Pläne zu schmieden, die auch aufgehen. Ohne mich wärst du längst aufgeflogen.«

»Angeber.«

Er rieb seine behandschuhten Hände aneinander. Das Leder knarzte. »Es ist kalt.«

»Willst du kuscheln? Rutsch näher.« Sie sah zu ihm auf, erblickte aber nur seinen Hinterkopf. Das schwarze, wellige Haar, das ihm bis zu den Schultern reichte. Den Wirbel, an dem sie so gern mit dem Finger gespielt hätte.

Er spähte zu den Büschen hinüber, als hätte er doch etwas gehört, womöglich sogar gesehen. »Ich meine: Für den Herbstanfang ist es unglaublich kalt.«

»Solange du nicht anfängst, mit den Zähnen zu klappern wie ein Rudel geschorener Yetis, ist es schon in Ordnung. Sonst könnte das durchaus zu einem Problem werden. Ich sage nur: Alaska.«

»Hey …«

Wieder ein Geräusch. Sie packte ihn am Arm. Schritte? Auf jeden Fall ein Laut, als triebe sich noch jemand in der Nähe herum. Die Spitzel des Ordnungsamtes? Oder einfach nur jemand aus der Familie, der Müll wegbrachte oder etwas frische Luft schnappen wollte?

Ja, sicher, als gäbe es in dem abbruchreifen Haus nicht genug Durchzug. Wo zur Hölle blieb denn die Mutter?

»Entspann dich, da ist niemand. Ich habe alles unter Kontrolle.« Ash stieß sie mit der Schulter an. »Du bist heute ein wenig neben der Spur. Ist es wegen deiner baldigen Wandlung?«

»Mag sein.« Das Thema war nicht dazu angetan, ihr Unbehagen zu mindern. »Vier Tage. Vier Tage und sechs Stunden, dann bin ich achtzehn. Müsste ich da nicht langsam … irgendetwas spüren?«

»Weiß nicht. Mich hat es kurz davor zwischen den Zehen gejuckt. Ich glaube, du machst dir zu viele Gedanken. Es ist ein ganz natürlicher Vorgang, seine dämonische Zwiegestalt zu bekommen. Das wird schon. Und was Alaska angeht: Es herrschte Winter, ich war neun Jahre alt und …«

Sie ließ seinen Arm los und hätte fast geschmunzelt, so wie sie es zuweilen bei Menschen beobachtet hatte, aber nie richtig hinbekam. »… du hattest deine Ohrenwärmer verloren. Schon klar.«

Er stöhnte. »Wie lange willst du mir die Geschichte bloß noch unter die Nase reiben?«

»Keine Ahnung. Wie hoch ist denn die durchschnittliche Lebenserwartung der Rauchflügler-Dämonen? Und außerdem hast du damit angefangen.«

Es endete immer in Albernheiten. Immer. Sie wollte gar nicht darüber nachdenken, was passieren würde, wenn es mal anders enden würde. Wenn sie zugunsten dessen, was sie vielleicht bekommen könnte, das zerstörte, was sie hatte.

»Ja, das habe ich.« Er senkte den Kopf, und sein Haar verdeckte sein Gesicht. So plötzlich wie das Wetter an der

Küste schlug sein Tonfall von heiter und sonnig in trüb und trostlos um. »Ich frage mich, wie diese Menschen die kalten Jahreszeiten überstehen, so ganz ohne Heizung, warmes Wasser … und überhaupt.«

Sie schaute auf ihre Hände, die wieder bebten. Manchmal brachte Ash sie auf andere Gedanken, manchmal half er ihr, alle Schwierigkeiten durchzustehen, und manchmal sprach er über Dinge, über die niemand sprechen durfte.

»Ist das wirklich alles, was wir für diese Menschen tun können?«, drängte er. »Sie aus Hamburg fortbringen und sich selbst überlassen?«

»Das ist besser, als sie der Abteilung für Opferungen zu überlassen. Wir geben ihnen zumindest eine Chance, nicht auf irgendeinem Altar zu enden, nachdem das Ordnungsamt sie durch die Mangel gedreht hat.«

»Wie groß ist die Chance, die wir ihnen geben, denn tatsächlich?«

Unverwandt sahen sie einander an. In der zurückweichenden Nacht wirkte sein junges Gesicht bleich und eingefallen, die hohen Wangenknochen zeichneten sich deutlich unter der wie von Pocken vernarbten Haut ab. Diese dämonischen Züge hätte ein Steinmetzlehrling gemeißelt haben können. Ein besonders unbegabter Lehrling. Sie mochte jede dieser gebrochenen Linien, das kantige Relief, den Höcker an der Nase, die Lippen, die wie aus zwei Lehmwülsten geformt waren. Diese liebenswerte, atemberaubende Hässlichkeit.

»Wie groß, Zarah, wie groß ist ihre Chance?«

Sie hob die Schultern. Ratlos. Betroffen. Schaute sich instinktiv um, wie so oft, wenn die Gespräche mit Ash auf heikle Themen kamen. »Mit etwas Glück schaffen sie es nach Lübeck, in die Lichte Stadt. Bei den Engeln werden sie sicher sein.«

Allmählich hellte sich der Himmel im Osten auf. In der Dämmerung begann die Grenze zwischen den beiden so verschiedenen Welten zu schwinden, und alles schien möglich. Eine Brise brachte Ashs Haar durcheinander und verlieh ihm einen beinahe verletzlichen Ausdruck, was bei seinen groben Zügen umso beklemmender wirkte. »Wie viele haben es denn bis jetzt geschafft?«

Ein Schatten huschte an der Hauswand entlang.

Sie fuhr herum. »Da!«

Nichts. Da war nichts.

Ash hatte recht, sie war eindeutig neben der Spur.

Sie räusperte sich, um ihren unbedachten Ausruf herunterzuspielen. »Ja, wie viele es geschafft haben – keine Ahnung. Sie schreiben mir normalerweise keine Postkarten, weißt du?«

»Zarah …« Seine fragenden Augen drohten ihr die Maske der Gleichgültigkeit vom Gesicht zu reißen.

Sie wandte sich ab und blickte zum Haus. Hinter dem Fenster zeigte sich die Silhouette einer Frau. »Endlich. Ich sehe die Mutter. Also Folgendes …«

»Du schaffst die Familie hier weg, und ich sichere den Rückzug. Bis gleich.« Geräuschlos schwang er sich vom Komposthaufen und lief zum Haus, und mit jedem Schritt löste sich seine Gestalt immer mehr im Zwielicht auf, bis es ihn nicht mehr gab.

Die Angst war wieder da. Die lähmende, zermürbende Angst.

Ash darf nichts passieren. Nicht heute … nicht meinetwegen!

Lautlos formten ihre Lippen die Worte des Reims, den sie vor einer kleinen Ewigkeit aufgeschnappt hatte: *Ein Elefant aus Spanien knackt mit dem Arsch Kastanien, klebt sie wieder zu, und raus bist du.* Sie murmelte ihn immer, wenn die

Furcht unerträglich wurde. Wie eine Beschwörungsformel. Menschen nannten so etwas Gebet, hatte sie gehört.

Im Haus lärmte und polterte es, die Silhouette hinter dem Fenster war verschwunden. Etwas Schweres, Hölzernes brach. Glas klirrte.

»Ash!«

Wie eine Antwort gellte ein Schrei durch die Nacht. Dann lärmte es erneut. Die Pistole lag schon in ihrer Hand, sie lief zum Gebäude, hastete um die Ecke zum Hauseingang – und stolperte über etwas, was unter ihren Füßen knackte und wie trockenes Laub raschelte.

Sie löste die Taschenlampe aus der Halterung an ihrem Gürtel und leuchtete auf den Boden. »Himmelstor und Baphomets Unterhosen!«

Ihr Fuß steckte in der Brust einer mumifizierten Leiche. Es war der Mann, den sie kurz zuvor gesehen hatte, höchstwahrscheinlich der Vater der Familie. Sein Haar schimmerte silbern im Licht der Taschenlampe. Dünn und ausgedörrt überzog die Haut das Skelett, an den Wangen aufgerissen. Der geweitete Mund schien einen stummen Schrei auszustoßen.

Sie streckte prüfend die Hand nach der Leiche aus, obwohl sie die Antwort bereits ahnte. Die Restmagie prickelte in ihren Fingern, ein leichtes Stechen wie von einem Dutzend Nadeln. Ihr Körper saugte jede Spur davon auf, brachte ihr Blut in Wallung und reizte ihre Sinne.

Hastig zog sie die Hand zurück, bevor zu viel davon in sie eindringen konnte. Einige für Magie empfängliche Menschen gierten nach diesem Kick, den die Berührung mit den übernatürlichen Kräften ihnen verschaffte. Auch manche Dämonen ließen sich davon berauschen, bis sie sich in dahinvegetierende Idioten verwandelten. Sie aber brauchte ihren Verstand noch.

Kein Zweifel, vor ihr lag das Opfer eines Formwandlers.

»Ich hasse diese Biester.«

Hass war besser als Angst. Leichter in den Griff zu bekommen. Sie dachte an die Fakten, die sie an der Akademie bis zum Überdruss hatte lernen müssen. Formwandler. Mäßig intelligente, aber bösartige und schwer zu fangende Viecher. Sie konnten jede Gestalt annehmen, von der des neuesten Mädchenschwarms bis hin zu der eines Wackelpuddings. Verwundbar waren sie nur, wenn ihre Magie mit reinem Eisen blockiert war.

»Wo zum Heiligen Stuhl kam dieser her?« Sie stieß die Eingangstür auf, und erneut erfasste sie Magie, diesmal ausgehend von einer Schutzrune, die ungebetenen Gästen den Zutritt verwehren sollte. Nur nicht ihr. Endlich im Haus, schlich sie den Korridor entlang.

Ein Wimmern. Ein Keuchen.

Kurz darauf prallte etwas von innen gegen die Tür am Ende des Flurs. Das Holz brach, und ein weiterer Schrei zerriss die Stille.

»Na warte«, zischte Zarah. »Was du kannst, kann ich schon lange.« Sie trat die Tür aus den Angeln und leuchtete umher.

Zerbrochenes Mobiliar, als hätte im Zimmer ein mittelschwerer Tornado gewütet. Eine Frau, zusammengekrümmt an einer Wand. Das Menschenmädchen stand in der Mitte des Zimmers, ausgerechnet mit einem Brotmesser bewaffnet.

Der Mann in der Ecke sah der Leiche vor dem Haus täuschend ähnlich, nur war er weniger dehydriert und hatte volles, dunkles Haar. Seine Augen blickten dumpf und teilnahmslos drein, die Gesichtszüge wirkten starr und verzerrt.

Die Frau schluchzte und zog sich ein Stück an einem

Stuhl hoch, als sie Zarah bemerkte. »Wo sind Sie denn so lange geblieben? Helfen Sie uns!«

Sie wurde erwartet? *Nicht wundern – handeln!*

Sie zielte auf das Vieh, das knurrte und einen Schritt auf die Mutter zuwankte.

»Papa!« Das Mädchen fuchtelte mit dem Messer vor sich herum. »Papa, was tust du da? Hör auf!«

»Das ist nicht dein Vater. Verschwinde aus der Schusslinie! Mit deinem Zahnstocher wirst du eh nichts gegen ihn ausrichten können.«

»Ja, Alessa, lauf!«

Der Wandler drehte seinen Kopf dermaßen ruckartig der Mutter zu, dass beinahe das Knirschen der Wirbelsäule zu hören war. Alessa schwenkte verschreckt das Messer.

»Los, raus aus der Schusslinie!« Sie musste feuern. Hoffentlich würde sie das Menschenmädchen nicht erwischen.

Die Kugeln trafen in die Brust, den Hals, die Schulter des Wandlers. Nun war sie bei ihm, stieß Alessa zur Seite und duckte sich unter seinem Arm hinweg, den er niedersausen ließ.

Erneut feuern.

Die Kreatur brüllte auf. Der Atem pfiff leise durch die durchlöcherte Lunge, aus der kein Blut kam. Die Arme schlugen wild um sich.

Ausweichen. Feuern.

Das Vieh taumelte zurück und blieb für einen Moment schwankend stehen.

Sie wagte aufzuatmen und zerrte das Mädchen auf die Beine. »Tu, was deine Mutter sagt, und lauf!«

Alessa entwand sich ihrem Griff und hob das Messer auf, das ihr entglitten war. In den Augen – das blanke Entsetzen und dennoch Entschlossenheit. Dumm, aber mutig.

Eine Faust trommelte gegen die Fensterscheibe. »Zarah? Auf dem Haus liegt ein gegen Dämonen gerichteter Bann. Ich komme nicht rein!«

Ash! Die Schutzrune, natürlich.

Sie suchte den Blick der Mutter. »Sein Name ist Ashriel. Bitte du ihn als Herrin des Hauses herein! Kennst du den Spruch? Er wird den Bann für ihn brechen.«

Oder er würde es tun, wenn die Frau in der Lage war, wenigstens ein kleines bisschen Magie zu absorbieren.

Die Mutter keuchte und stammelte etwas, während sie mit weit aufgerissenen Augen den Formwandler anstarrte.

So wird das nichts.

»Na los! ›Steht nicht länger …‹«

»›Steht nicht länger vor der Türe, tretet in die gute Stube ein.‹«

Der Formwandler setzte sich erneut in Bewegung.

»Den Namen! Nenn den Namen! Ashriel.«

»J-ja. Ashriel. Tretet in die gute Stube ein, Ashriel.«

Na, prosit, wenn das was wird …

Nur noch zwei Patronen im Magazin.

Ihr Finger drückte auf den Abzug, dann noch einmal und immer wieder, bis nur noch ein metallisches Klicken ertönte, während sie Schritt um Schritt zurückwich.

Der Formwandler stürzte sich auf sie. Dem ersten Hieb wich sie aus, der zweite streifte ihre Schulter, beim dritten war sie zu langsam. Das Zimmer wirbelte um sie herum, und erst ihr Aufprall auf den Boden beendete das teuflische Karussell. Ihre Atmung setzte kurz aus. Die Konturen ringsherum verloren an Schärfe. Sie blinzelte, rieb sich die Augen. Wo war der Feind?

Auf der Zielgeraden zu Alessas Mutter. Dabei versuchten die Viecher doch normalerweise, zuerst die größte Gefahr aus dem Weg zu räumen. Und ein Mensch, der sich kaum aufrecht hielt, fiel definitiv nicht in diese Kategorie.

»Mama!« Alessa lief der Kreatur hinterher und rammte ihr das Brotmesser in den Rücken.

»Eisen!« Zarah rappelte sich auf. »Habt ihr Eisen im Haus?«

Der Wandler brüllte und schleuderte Alessa von sich. Mit einem Aufschrei krachte das Mädchen gegen die Wand und sank in sich zusammen.

»Der Schürhaken.« Benommen deutete Alessa zum Kachelofen in der Ecke des Zimmers. »Ist aber nicht rein.« Ihr letztes Wort ging in einen neuerlichen Schrei über, als der Wandler auf die Mutter zusprang.

Ash stürmte in den Raum.

»Zarah! Nimm!« Seine Pistole schlitterte über die Dielen zu ihr. »Was ist hier los? Wie hast du den Bann durchbrochen, wenn ich es nicht konnte?«

Sie griff nach der Waffe. »Keine Ahnung. Wollen wir die Einsatzbesprechung nicht ein wenig verschieben?« Sie feuerte in der Hoffnung, ihr würde es endlich gelingen, die Kreatur von der Menschenfamilie abzulenken und gleichzeitig in die Nähe des Kachelofens zu gelangen.

Ash begann Zaubersprüche zu murmeln, um die magischen Kräfte herbeizulocken. Mit den Armen machte er ausholende Bewegungen, fast wie ein Vogel beim Abheben. Die unberechenbare Magie, die stets einen eigenen Willen hatte, zeigte sich gnädig. Von seinem Rücken löste sich eine Gestalt, die wie ein Schatten hinter ihm zu schweben begann: die zweite Gestalt des Rauchflügler-Dämons, mit beeindruckenden Schwingen, die von einer Wand des Zimmers bis zur anderen reichten. Dabei hatte er sie nicht einmal gespreizt.

Ash ließ sich nach hinten fallen und wurde von der Schattengestalt aufgesaugt. Seine Arme wurden zu Flügeln, der Körper verformte sich. Die Füße verwandelten sich in Klauen, packten den Wandler und rissen ihn herum. Die Rauchschwingen schlugen beinahe majestätisch, drangen widerstandslos durch Decke und Wände, während Ashs Leib an den einer überdimensionalen Fledermaus erinnerte.

Auch sein Gegner begann, sich zu wandeln. Aus der Gestalt des Familienvaters entwickelte sich langsam ein Basilisk mit Drachenflügeln, Hahnenkopf und einem Schlangenkörper, aus dem stämmige Reptilienbeine ragten.

Super. Im Tierpark Hagenbeck hatte er sich also auch bedient.

Endlich war sie beim Kachelofen, zog den Schürhaken aus dem Eimer und rannte auf die Kämpfenden zu. »Ash, weg da! Das Eisen kommt.«

Der Dämon wich zur Seite. Mit dem Stiefelabsatz trat sie der Fabelechse auf die Vorderpfote. Der Schnabel schnappte nach ihr. Sie duckte sich, rammte dem Vieh den Eisengriff in den Rachen und schoss ihm ins Auge.

Sein Gebrüll ließ die Wände erzittern. Es schüttelte den Kopf, schlug dabei die Wand zum Flur ein, röchelte und versuchte, den Schürhaken herauszuwürgen.

»Verdammt, der Eisenanteil ist zu gering. Ash, wir werden mit ihm nicht fertig. Bring die Menschen in Sicherheit!«

Der geflügelte Dämon glitt auf Alessa zu und schloss behutsam die Krallen um ihren Körper.

»Mama!« Das Mädchen wand sich in seinem Griff, als Ash sie davontrug.

Der Wandler begann zu schrumpfen – im massigen Körper des Basilisken hatte er kaum Bewegungsfreiheit.

Alessas Mutter musste sich irgendwo hinter ihm befinden. Hoffentlich hatte er sie nicht zerdrückt.

Erneut nahm er die Gestalt des Mannes an. Nur die Reptilienklauen – in einer kleineren Ausführung – blieben ihm erhalten. Mit einer davon presste er die bewusstlose Frau gegen den Boden.

Zarah zog ihr Kurzschwert und hackte damit auf die Pranke ein, mit der er sein Opfer hielt. Der Wandler fauchte und holte aus.

Der Hieb traf sie in den Bauch und schleuderte sie einige Meter davon. Kaum war sie auf dem Boden aufgeschlagen, spürte sie, wie Blut ihre Kleidung tränkte. Warmes, klebriges Blut, das die Kraft aus ihrem Körper spülte.

Vier Tage.

Noch vier verdammte Tage, und ich hätte auch eine andere Gestalt annehmen können, um Alessas Mutter zu befreien und sie wegzutragen.

Ich habe versagt.

Der Wandler rammte der Frau die Klaue in die Brust. Als die Pranke wieder auftauchte, hielt sie einen blutenden Klumpen fest, der sich rhythmisch zusammenzog. Das Herz!

Mit großen Sätzen durchquerte der Wandler den Raum. Zarah sah, wie sein Körper über sie hinwegschnellte und gegen das Fenster prallte. Das Glas zersprang. Sie spürte ein paar Scherben, die auf sie herabprasselten und Wunden in ihr Gesicht ritzten, den kalten Wind von draußen, der ihr Blut erstarren ließ.

Nein, er darf Ash und das Mädchen nicht auch noch erwischen!

Ein Elefant aus Spanien …

Plötzlich fiel ihr der helfende Reim nicht mehr ein, und tiefe Dunkelheit umfing sie.

2

Zarah war tot. Zumindest jetzt.

Oder träumte sie nur?

Er nimmt ihre Hand, die in der seinen völlig verschwindet, und steigt mit ihr tiefer in die Dunkelheit. Seine Haut fühlt sich trocken und rau an, warm und kein bisschen vertraut. Denn er fasst seine *Brut* nur an, wenn es sich nicht vermeiden lässt.

Zarah eilt neben ihm her, ohne sich dessen bewusst zu sein, dass sie ihre Beine bewegt, körperlos und doch in ihren Leib gezwängt. Hier, im Nirgendwo, scheinen weder Zeit noch Entfernungen zu existieren. Die Dunkelheit hält sie gefangen, eine zähe Schwärze, die alles schluckt.

Bis sich irgendwo vor ihr aus einer gleißenden Säule das Licht wie ein Vorhang entfaltet. Das Grelle tut in den Augen weh. Es strahlt Reinheit und Frische aus, als hätte ein Sommerregen den Staub einer Millionenstadt weggespült.

Sieh hin. Was erkennst du dort?

Zarah klammert sich an seine Hand, das einzig Reale an diesem Ort.

Nichts. Sie wird nichts sehen, denn sie enttäuscht ihn, egal, was sie macht.

Die Umrisse im Licht zeichnen eine Welt, die so unfassbar wie fremdartig ist, zu der sie niemals gehören wird. Vier oder fünf Gestalten bewegen sich dort, laufen einander nach, springen herum, toben.

Das sind … Kinder. Menschenkinder!

Sehr gut. Sieh genauer hin.

Die Umgebung gewinnt an Konturen. Ein Junge jagt einem Grüppchen hinterher, tippt ein Mädchen, das er eingeholt hat, an und stürmt davon.

Was bedeutet diese Hatz? Warum sollte jemand seine Gegner verfolgen, um sie dann am Leben zu lassen?

Die kleinen Menschen sind merkwürdig. Ich verstehe nicht, was sie da tun.

Es sind Kinder, die spielen.

Zarah lässt sich seine Worte auf der Zunge zergehen. Kinder. Die spielen. Diese kleinen Menschen sehen fast genauso aus wie kleine Dämonen, die niemals spielen.

Bin ich … auch ein Kind? Fragen zu stellen bedeutet Züchtigung. Ganz besonders solche Fragen. Er wird es nicht vergessen, auch wenn er jetzt eine Antwort gewährt: *Du bist eine Dämonin. Aber es geht hier nicht um dich. Sieh genauer hin, sieh dir das Mädchen an, das nicht mit den anderen spielt.*

Da. Es sitzt in einer Art … Stuhl auf Rädern – vorn zwei kleine, hinten zwei große –, verfolgt das Spiel, und in seiner Miene glaubt Zarah eine Sehnsucht zu erkennen, die ihr schmerzlich bekannt vorkommt: den Wunsch, selbst eins dieser Kinder zu sein, zu spielen, dazuzugehören.

Etwas an der Gestalt des Mädchens ist anders. Es wirkt zu dürr, zu klein und so zerbrechlich. Eine Schulter steht etwas höher als die andere. Dünne Beine ragen unter dem Rock heraus. Im Schoß des Mädchens liegen Löwenzahnblüten, aus denen es einen Kranz flicht. Gelbe Blumen, die heller leuchten als die Sonne, und trotzdem nicht mit dem Glanz in den hellgrauen Augen des Mädchens konkurrieren können.

Sie ist kein Mensch.

Sie ist eine kleine Prinzessin aus einem gläsernen Schloss, da ist Zarah sich sicher.

Dummes Ding! Natürlich ist sie ein Mensch. Angesichts seines Zorns weicht Zarah von ihm, macht sich klein, doch er zieht an ihrem Arm und bringt sie zurück an seine Seite. Sie hat gehorsam zu sein, wenn er sie mitnimmt. *Und nun hör mir gut zu. Die Kleine dort ist Enya Lark. Sie ist deine menschliche Zwillingsschwester.*

Oh. Wirklich?

Ihre Zwillingsschwester hat sie sich immer anders vorgestellt. Stark, unbezwingbar – eine Amazone, die ihr etwas von ihrer Stärke verleihen würde, und kein Blumenmädchen, das ihre Sehnsucht nach Zärtlichkeit noch unerträglicher machte.

Sie wurde zur gleichen Zeit geboren wie du, und die Magie hat euch aneinandergebunden. Diesem Mädchen darf nichts geschehen. Du bist verantwortlich für sie, hast du mich verstanden?

Warum? Sie ist doch bloß … ein Mensch.

Ein Mensch, ja, ja. Er tätschelt ihren Scheitel. Zumindest fühlt es sich so an, bis er sie bei den Haaren packt und ihr den Kopf in den Nacken biegt. *Ein Mensch, durch den du geschwächt oder sogar getötet werden kannst. Es werden große Dinge geschehen, Zarah. Sehr große Dinge. Es ist von allergrößter Bedeutung, dass du auf Enya aufpasst. Egal, was passiert, du musst auf sie achtgeben. Hast du mich verstanden?*

Zarah stöhnt. Erneut zieht er an ihrem Haar. *Versprich es mir!*

Ich verspreche es, dringt es durch ihre zusammengebissenen Zähne.

Ich verspreche … sich noch am selben Tag alles Haar abzuschneiden. Ihr dichtes rotes Haar, das beim Kämmen ihren Rücken entlanggleitet und so schön in den ersten Sonnenstrahlen glänzt, wenn es ihr gelingt, sich am frühen Morgen nach draußen, in die Freiheit zu schleichen.

Es muss weg.

Vorausgesetzt, dass sie aus der Dunkelheit lebend herauskommt.

Das Licht tat nicht mehr so weh in den Augen, und der Geruch von Desinfektionsmitteln und Medikamenten stieg ihr in die Nase. Allmählich gewöhnte sie sich an den künstlichen Schein der Neonröhren über ihr und drehte den Kopf. Vorsichtig, als erwartete sie, jede Sekunde einen Formwandler vor sich zu sehen.

Ein Zimmer, vier mal vier Meter vielleicht, in dem ein Bett, ein schmaler Schrank und ein Nachtschränkchen Platz fanden. Ein Fenster mit heruntergefahrenen Jalousien zu ihrer Linken. Eine Tür, zu der das Fußende des Betts zeigte.

Sie war am Leben.

Sie befand sich in einem Krankenhaus.

Schon wieder.

Ein Grund mehr, von den Kollegen verspottet zu werden. Sicherlich zerrissen sie sich bereits die Mäuler über ihren missglückten …

Oh Höllenfürst! Sie war nicht im Dienst verletzt worden, sondern bei einer heimlichen Mission, als sie und Ash versucht hatten …

Ash!

Plötzlich saß sie aufrecht und blinzelte eine schmutzig weiße Wand an. Für einen Sekundenbruchteil verschwamm die Umgebung vor ihren Augen, und die Uhr an der Wand blinzelte zurück. Seltsam, dieses Bild, das ihr Hirn da in die Realität projizierte. Ebenso fremd erschien ihr auch ihr Körper, den sie noch nicht vollständig wieder unter Kontrolle hatte. Aber wenigstens war sie nicht mit Handschellen an das Bett gefesselt. Also keine Gefangene. Noch nicht.

Während sie ihre Atmung in den Griff bekam, hörte auch ihr Herz auf, gegen den Brustkorb zu trommeln. Sobald ihr Körper mitmachen würde, musste sie von hier weg, und zwar schleunigst.

Unter dem Krankenhausnachthemd tastete sie über den Verband, der ihren Bauch wie ein Korsett einzwängte. Keine Schmerzen. Zumindest keine, die zu ertragen sie nicht gelernt hätte.

Sie stützte sich ab, rutschte von der Bettkante, und die Beine gaben unter ihr nach. Sie krallte sich am Bettgestell fest und drückte ihr Gesicht in das Laken, an dem der warme Geruch ihres Körpers klebte. Die Knie taten ihr vom Aufprall weh, doch sie versuchte, sich hochzustemmen.

Los, steh auf!

Wie an der Akademie. Irgendwann lag sie immer auf dem Boden, aber sie kam jedes Mal wieder hoch. Auch jetzt, obwohl es keinen Ausbilder gab, der nach ihr treten würde.

Ihre Beine zitterten unter dem Gewicht ihres Körpers. Die nackten Fußsohlen klebten am kalten Linoleum. Nach einigen Atemzügen traute sie sich, das Bett loszulassen und einen Schritt zu machen. Gleich einen weiteren. Schon wieder schien ihr der Boden fast entgegenzukommen. Doch diesmal behielt sie ihr Gleichgewicht und sah mit zusammengekniffenen Lidern zur Uhr, die es nicht mehr wagte, ihr zuzuzwinkern.

Die Tür schwang auf.

Erschrocken taumelte Zarah zurück. An ihrem Rücken ging das Krankenhausnachthemd auf. Mit entblößtem Hintern drückte sie sich gegen die Wand, während eine Krankenschwester an ihr vorbeiflatterte. Die Gute war so ungestüm, dass sie mit ihrem rechten Schmetterlingsflügel am Türrahmen entlangschrammte und der Staub einem azursilbernen Regen gleich zu Boden rieselte. Sie landete auf dem Fußende des Betts, die vogelartigen Krallen um den metallenen Bogen geschlungen, und fixierte Zarah mit ihren Facettenaugen.

»Ach, du bist ja eine ganz Ungeduldige!«, flötete die Krankenschwester, und ihr Stimmchen schraubte sich unerträglich in die Höhe. »Du darfst doch nicht aufstehen! Oder denkst du, wir hätten nicht genug Mühe mit dir gehabt? Husch, husch, in dein Bettchen, meine Süße!«

Vorsichtig schielte Zarah zur Tür – doch der fliegende Liebreiz in Person schalt sie erneut, diesmal noch fiepender, höher und schneidender: »Nein, nein, nein! Denk nicht einmal daran, du Dummerchen.«

Zarah schüttelte den Kopf, um das Pfeifen und Schrillen aus ihren Ohren herauszubekommen. An der Wand entlang schob sie sich zu ihrem Bett und setzte sich, die Hände brav im Schoß zusammengelegt. Die Vorstellung, dem Flatterwesen einfach den Hals umzudrehen und somit für Stille zu sorgen, lockte sie immer mehr.

»Wunderbar, Liebes! Einfach wunderbar! Du machst das ganz toll, mein Herzchen.«

Nein, du willst sie nicht *töten.*

Stattdessen beschloss Zarah, sich bei der nächsten Verniedlichungsform zu übergeben. Zum Glück kam schon der Arzt und unterbrach den sich anbahnenden Redeschwall. Behutsam lehnte er die Tür hinter sich an, als befürchtete er, durch ein unbedachtes Geräusch ein Monster aufzuwecken.

Durch und durch menschlich, der Mann. Dafür brauchte Zarah nicht einmal nach dem Armband mit dem Identifizierungschip Ausschau zu halten, welches die Menschen zu tragen hatten, um sich als solche kenntlich zu machen. Armfessel nannten sie es, obwohl das Band sie gar nicht physisch fesselte und mehrere vom Obersten Dämonenrat geförderte Forschungsinstitute bestätigten, dass das Gefühl der Freiheitsberaubung sich bereits nach einem halben Jahr verflüchtigte. Außerdem gab es Modelle im eleganten Uhr-Design, das so manche verkommene Menschenerscheinung erheblich aufwertete.

Das Licht der Neonröhren ließ sein Gesicht fahl und die Schatten unter seinen Augen tief wirken. Die feinen Fältchen um seine Mundwinkel hätten von einem frohen Gemüt künden können, doch er lächelte nicht, als er von dem Pad mit den Patientendaten aufschaute.

Zarah nickte ihm zu, damit er sie ansprechen durfte. Standardfragen folgten. Das Lächeln, das sich nicht auf sein Gesicht traute, fand sich in seiner Stimme wieder. Anteilnahme, zu der die meisten Dämonen niemals imstande gewesen wären.

»Wie geht es Ihnen?« Die letzte Frage konnte unmöglich vom Standardbogen stammen. Ihren gesundheitlichen Zustand hatten die Formulare bereits abgehandelt, und ansonsten befanden sich die Patienten hier, um zu genesen, und nicht, um sich wohlzufühlen.

»Gut.« Sie hatte versucht, eine gewisse Freundlichkeit in ihre Antwort zu legen. Sie hatte es wirklich versucht, doch es hatte nicht geklappt.

»Ihre Verletzung am Bauch wurde unter Anwendung von Magie kuriert. Die neuen Zellen müssen sich noch stabilisieren, also schonen Sie sich in der nächsten Zeit. Sie hatten auch eine tiefe Schnittwunde über der rechten Augenbraue. Ich fürchte, es wird eine kleine Narbe bleiben.« Beinahe entschuldigend presste er die Lippen zusammen. Aus der Tasche seines Kittels holte er einen kleinen Spiegel und reichte ihn ihr.

»Ist doch bloß eine Braue.« Ohne hinzuschauen, legte sie den Spiegel mit dem Glas nach unten auf das Nachtschränkchen. »Wären mir die Fensterscherben ins Auge gegangen, dann hätte ich mir Sorgen machen müssen.«

»Ist nur etwas schade um Ihr hübsches Gesicht.«

Hübsch?

Hatte er sie gerade hübsch genannt?

Die Schmetterlingsfrau schnaubte. »Ich bitte tausendmal um Entschuldigung, mein Herzchen. Dieser Mensch ist noch nicht lange bei uns und muss wohl noch ein paar Manieren im Umgang mit Dämonen lernen. Ich werde persönlich dafür sorgen, dass er …«

Sie hob eilig die Hand. »Nicht nötig. Sprich, Mensch, wie bin ich hierhergekommen?«

»Vor zwei Wochen wurden Sie bei einem Ihrer Einsätze verletzt. Zum Glück rückte die Verstärkung rechtzeitig an, was Ihnen das Leben gerettet hat. Sie wurden mit einem Dienstfahrzeug des Ordnungsamtes hierhergebracht. Höchste Behandlungspriorität.«

Sie starrte ihn an. Er starrte zurück, und in seinem offenen Blick lag nicht einmal ein Hauch von Ironie oder Verrat.

Zweifelnd befühlte sie ihre Stirn.

»Ach, Schätzchen, was ist denn los? Du siehst plötzlich so gar nicht gut aus. Soll ich nachsehen, was dich bedrückt? Manchmal kann ein bisschen hellsehen Wunder wirken, und wenn man erst weiß, wo all die Problemchen stecken …«

»Schon okay!« Zarah lehnte sich gegen das Kissen, das sie sanft auffing, und zog sich die Decke über die Beine. »Schon okay … Wann werde ich entlassen?«

»Sie wurden schwer verletzt und haben viel Blut verloren.« Der Arzt stemmte das Pad gegen seinen Bauch. Die feingliedrigen Finger, rissig und mit Hornhaut an den Kuppen, umschlossen den oberen Rand. Arbeiterhände, die außerhalb der schützenden Krankenhauswände um das Überleben seiner Familie kämpfen mussten. »Um Sie über den Berg zu bringen, mussten wir Sie für zwei Wochen in ein künstliches Koma versetzen, und die Magie …«

Die Flügel der Krankenschwester erzitterten. Ihre Farbe wechselte von Türkis zu Gewitterwolkengrau.

Zarah musste es tun. Sie musste sich aufrichten und in sich die zornige Überheblichkeit einer Dämonin finden, sie musste den Mann in seine Schranken verweisen, bevor es die Schmetterlingsfrau tat. »Das war nicht meine Frage, du Mensch!«

Er sagte nichts mehr, aber er sah sie weiterhin an, auf seine durch und durch menschliche Art. Manche Dämonen glaubten, so spiegelte sich die Seele in den Menschenaugen wider.

Endlich senkte er den Blick, und seine Seele klagte sie nicht mehr an. »Verzeihung. In einer Woche, wenn keine Komplikationen auftreten.«

»Gut. Du kannst gehen.«

»Ich danke.« Er deutete eine Verbeugung an. »Und wünsche Ihnen eine schnelle Genesung.«

Mit einem zaghaften Klacken verschluckte die Tür seine schmale Gestalt.

Die Schmetterlingsfrau legte die Flügel zusammen, um diese sogleich neu zu entfalten und das strahlende Azurblau in seiner ganzen Pracht zu präsentieren. »Wenn du etwas brauchst, meine Süße, ruf mich, okay?«

»Ja. Sicher.«

Die Krankenschwester flatterte zur Tür.

»Warte. Da fällt mir schon jetzt etwas ein.«

»Bin ganz Ohr, Liebes.«

»Keine Züchtigungsmaßnamen für den Menschenarzt. Als Ordnungsaufseherin betrachte ich sein Vergehen als entschuldbar.«

»Wie du meinst.«

Endlich allein, grub sich Zarah tiefer in das Kissen.

Verletzt bei einem regulären Einsatz – wie konnte das sein? In der Nacht hatte sie Bereitschaftsdienst gehabt, das stimmte schon. Hätte der angebliche Notruf nicht auf ihr Phon kommen müssen?

Sie beugte sich zu dem Nachtschränkchen hinüber und wühlte in der obersten Schublade. Die Schlüsselspeicherkarte, die digitale Dienstmarke, der Ausweis. Wo war ihr Phon?

Ihre Finger stießen auf etwas Weiches, Fremdes, das nicht dort hineingehörte. Als sie die Hand aus der Schublade zog, hingen zwischen ihrem Zeigefinger und dem Daumen ein paar welke Veilchen, mit einem weißen Faden zusammengebunden.

»Unglaublich. Was man für einen Mist findet, wenn man nicht hinsieht, wohin man greift.« Sie warf die Blumen in Richtung des Mülleimers an der Tür, traf nur die Wand, und das Grünzeug landete unter dem Schränkchen.

Endlich barg sie das Phon, das in die hinterste Ecke der Schublade gerutscht war, und schaltete es an. Das Display färbte sich milchig und zeigte zum Klang eines Windspiels das Menü.

»Die Liste der verpassten Interaktionen anzeigen. Mal seh… Ich glaub, mich tritt ein Zentaur.«

Ein verpasster Anruf: die Zentrale. Eine neue Übertragung der Einsatzdaten: Klein Flottbek, ein wütender Formwandler, höchste Dringlichkeit.

Wie viel Glück musste man haben, um zu einem Noteinsatz gerufen zu werden, der so perfekt die eigene heimliche Aktion kaschierte? Es konnte dabei kaum mit rechten Dingen zugehen.

Ash.

Sie sollte mit Ash reden.

Er würde die Sache aufklären, wie immer, wenn sie nicht weiterwusste.

Sie ließ das Gerät seine Nummer wählen, wartete, doch bei Ash meldete sich niemand, nicht einmal seine automatische Empfangsdame, die als ungefragte Zugabe gern das Wetter vorhersagte. Die Nachrichtenbox schaltete sich direkt mit einem Piepton ein. Zarah unternahm noch einen Versuch, kurz darauf einen weiteren – keine Reaktion. Er antwortete nicht. Er, von dem man sagte, er wäre mit einem Bluetooth-Set im Ohr geboren worden.

Ob sie es riskieren sollte, im Büro anzurufen? Ihre Sorge um ihn war größer als ihre Angst. Schließlich war er ihr Partner. Ihr einziger Freund.

Nach einigem Hadern ließ sie das Phon die Nummer wählen. Sie lauschte der monotonen Bitte, sich einen Moment zu gedulden, bis am anderen Ende doch noch eine krächzende Stimme ertönte: »Ordnungsamt. Abbas, der Abteilungsleiter für operative Einsätze, am Apparat. Wie kann ich behilflich sein?«

Ihr Vorgesetzter! Das Display zeigte das Gesicht eines alten Mannes mit lichtem Haar, der sich mit dem Nagel seines kleinen Fingers die Zahnzwischenräume säuberte.

»Hier ist Zarah. Eigentlich wollte ich mit meinem Partner …«

»Oh, Zarah. Ja …« Ein Schmatzen unterbrach seine Rede, ein Geräusch, das ihn stets begleitete, als lutschte er andauernd etwas. Was genau, darüber wollte sie lieber nicht nachdenken, denn auf der Speisekarte des Ghuls standen meist äußerst unappetitliche Sachen. »Dir geht es also besser. Sehr schön. Um nicht zu sagen: großartig.«

»Ich bin gerade aufgewacht und noch ziemlich durcheinander. Kann mich an nichts mehr so richtig erinnern.«

»Verständlich. Du hättest dich nicht allein mit diesem Formwandler anlegen sollen. Und noch dazu, ohne über eine dämonische Zwiegestalt zu verfügen und mit deiner recht bescheidenen magischen Empfindlichkeit.«

Klar, was sonst. Sie alle warteten nur darauf, mal wieder auf diesen Themen herumzureiten.

»In ein paar Tagen wird sich das ändern, sobald ich ...« Du liebes bisschen! Hatte der Arzt nicht etwas von zwei Wochen gesagt? Dann hatte sie im Koma den bedeutsamsten Geburtstag ihres Lebens verschlafen! »Es ist bereits so weit«, murmelte sie dem Display entgegen. »Ich bin eine Dämonin, eine richtige Dämonin!«

»Ach. Stimmt. Herzlichen Glückwunsch zum Achtzehnten«, schmatzte Abbas ihr vor.

»Danke.« Sie wartete. Als müsste ausgerechnet jetzt etwas Entscheidendes passieren. Aber es passierte nichts. »Hm. Okay. Was ist nun in Klein Flottbek geschehen?«

Vielleicht war sie zu geschwächt. Vielleicht musste sie erst einmal zu Kräften kommen, um ihre zweite Gestalt tatsächlich zu spüren, sie herbeizurufen und mit ihr zu verschmelzen.

»Unsere Einsatzzentrale hatte einen Notruf empfangen, dass dort ein Formwandler wütete. Das automatische GPS-System hatte dich als diejenige, die am nächsten dran war, lokalisiert. Die Verstärkung kam etwas später, aber zum Glück nicht zu spät, sonst hätten wir dich verloren.«

»Aha.« Sie war eine richtige Dämonin. DÄ-MO-NIN. Endlich. Nicht zu fassen.

»Nach deiner Entlassung aus dem Krankenhaus steht dir eine Woche Erholungsurlaub zu. Danach erwarte ich deinen Bericht, und wir besprechen den Fall. Bitte entschuldige mich jetzt, im Büro ist es momentan etwas hektisch. Wir haben hier interne Untersuchungen am Hals. Keine große Sache, aber unglaublich lästig. Bis dann!«

Womöglich würde sie in ihrer Dämonengestalt sogar mit Ash fliegen können?

Unwahrscheinlich, bei ihrer Abstammung.

Aber so schön, die Vorstellung.

Einmal hatte er sie mitgenommen, sie über das nächtliche Hamburg getragen. Sie hatte ihre Arme ausgebreitet und ihre Finger gespreizt, und für eine Weile hatte sie sich der Vorstellung hingegeben, selbst fliegen zu können. Hoch am schwarzen Himmel und weit über allem anderen.

»Weißt du, ob …« Das Phon schwieg. Die Videokonferenz war beendet, das Display zeigte den Bildschirmschoner, und sie war nicht viel schlauer als zuvor.

Der Formwandler. Vielleicht sollte sie mit dem anfangen. Erst nach und nach gelang es ihr, die Bruchstücke ihrer Erinnerungen zusammenzuklauben. Die Einsatznachricht der Zentrale kam ihr in den Sinn. Ein wütender Formwandler? Quatsch. Die rissen ihren Opfern nicht das Herz heraus. Die handelten nicht so gezielt. Das Vieh musste unter einem Bann gestanden haben.

Nicht schlecht für den Anfang. Was noch?

Um ein herausgerissenes Herz weiterschlagen zu lassen, bedurfte es jeder Menge Magie, die kein Formwandler in sich trug. Vermutlich handelte es sich sogar um Magie ersten Grades.

Sie blinzelte.

Wow.

Sogar unter Dämonen, die den höchsten Kasten angehörten, gab es nur wenige, die über solche Kräfte verfügten.

»Ungeklärte Frage Nummer eins«, sie drückte ihren kleinen Finger in die Handfläche der anderen Hand, »wenn jemand die Magie in einem solchen Ausmaß beherrscht, aus welchem Grund sollte er dann einen Formwandler als Handlanger benutzen?«

Eine Kreatur primitiver Natur benahm sich unter einem Bann meist wie ein wilder Dilldapp im Kartoffelgarten. Ein erfahrener und starker Magier würde auf keinen Fall ein solches Risiko eingehen.

»Ungeklärte Frage Nummer zwei«, der Ringfinger gesellte sich zum kleinen Finger, »woher kam der Notruf tatsächlich? Da ist doch etwas faul.«

Erneut rief sie Ashs Namen ins Phon, damit es ihn anwählte. *Bitte melde dich! Bitte, bitte, bitte!*

Bloß die Nachrichtenbox.

Warum ging er nicht ran? Sie schleuderte das nutzlose Gerät in die Schublade. Wo war er? Ging es ihm gut? Unzählige bange Fragen kreisten in ihrem Kopf, bis sie sich kaum noch konzentrieren konnte.

Ihm darf nichts passiert sein.

Nicht an dem Abend, nicht danach …

Nicht meinetwegen!

»Nie war Zukunft so nahe wie heute«

HUBERT BURDA,
DT. KUNSTHISTORIKER UND VERLEGER

Die Stimmen. Schon wieder hatten sie mich geweckt. Während ich irritiert zur Decke schaute, versuchte ich abermals festzustellen, ob das Flüstern von draußen kam. Meistens war es still, wenn ich aufwachte, und ich konnte den Wind in den Bäumen rauschen hören. Nur selten verirrte sich jemand hierher, denn mein Leben verstrich am Rande der Welt. Und manchmal außerhalb jeglicher Zeit. Die Leute, die meine Existenz überhaupt bemerkten, hätte ich an einer Hand abzählen können. Wie hätte es auch anders sein sollen, wenn ich meine vier Wände kaum verlassen durfte.

Auch jetzt lag ich allein in meinem Bett, in dem ich jede Latte spürte, egal, wie dick die Matratze war. Sonst war niemand hier. Die Stimmen, die ich vor knapp einem Monat zum ersten Mal gehört hatte und seitdem immer häufiger, drängten sich in meinen Kopf, und ich vermochte sie weder zum Schweigen zu bringen noch zu bannen. Heute waren sie lauter und ungeduldiger denn je. Sie schienen mit mir zu sprechen, obwohl sie meinen Namen nicht riefen und ich kein Wort in diesem Wirrwarr verstand. Als würde ein Bär durch ein Dickicht brechen. Nein, eine ganze Schar von Bären, die aus verschiedenen Richtungen kamen. Und ich war ihr Ziel. Sie kämpften sich zu mir durch.

Ich fluchte und versteckte den Kopf unter dem Kissen, aber es wurde schlimmer, mit jeder Sekunde schlimmer.

»Lasst mich in Ruhe!«, brüllte ich, doch die Stimmen verstummten nicht. Ich packte das Kissen und schlug damit um mich. »Verschwindet! Haut ab!«

Ich schleuderte das Kissen durch das Zimmer und traf die Deckenlampe. Die Stimmen schienen diese Verzweiflungstat nicht einmal zu bemerken, redeten weiter auf mich ein, forderten, klagten, tobten.

Ich atmete tief ein und schloss die Augen. Noch nie hatte ich die Zauberei für mich eingesetzt. Ich benutzte sie nur ab und zu, weil ich das Gefühl hatte, die Magie wünschte es sich. Als wäre sie ein lebendiges Wesen, das Gefallen daran hatte, meine Albernheiten zu beobachten. Und mir machte es nichts aus, sie damit zu unterhalten, auch wenn sie manchmal zu ungünstigster Stunde danach verlangte.

Ich bemühte mich, die Stimmen für einen Moment zu verdrängen und mir eine Reihe Klaviertasten vorzustellen. Dann schwang ich meine Arme in die Höhe und ließ die Finger, in denen es bereits zu kribbeln begann, auf die Tasten sinken.

»Was soll es heute sein?«, fragte ich die Magie, von der ich insgeheim hoffte, sie möge mir in meiner Stunde der Not helfen. »Die Mondscheinsonate vielleicht?«

Ich schlug die ersten Töne an. Meine Finger bewegten sich in der Luft, und ich wiegte mich im Takt der Musik, die allein in meiner Fantasie spielte. Eigentlich wollte ich eher eine Luftgitarre beherrschen, vielleicht sogar bei einem Wettbewerb auftreten. Es sah so herrlich durchgeknallt aus. Genau nach meinem Geschmack. Doch die Magie mochte keine Luftgitarre in meiner Ausführung, sie verlangte nach einem Luftklavier. Ausgerechnet einem Luftklavier! Wie peinlich war das denn, bitte schön?

Vermutlich hätte ich mich bei meiner Mondscheinsonate nicht ablenken lassen dürfen. Der Zauber brach. Die Stimmen fielen mit aller Grausamkeit über mich her. Die Hände an die Schläfen gepresst, schrie ich auf, fiel aus dem Bett und wälzte mich auf dem kalten Boden herum.

Die Magie. Ich glaubte sie wie eine ruhelose Seele umherstreifen zu hören. Doch für einen zweiten Versuch mit dem Luftklavier besaß ich keine Kraft mehr.

»Es tut mir leid«, flüsterte ich ihr zu, als würde sie mich verstehen. Ein kalter Schweißfilm bedeckte mein Gesicht, meine Hände zitterten. »Es tut mir so leid.«

Sie würde mich verlassen und womöglich nie mehr zurückkehren.

Aber sie ging nicht.

Und die Stimmen … die gehörten ihr! Es war die Magie selbst, die zu mir sprach!

Verrückt, dieser Gedanke. Ich musste den Verstand verloren haben.

Die Stimmen folterten mein Hirn, und ich fand keinen Ausweg.

Als ich den Blick zum Mond hob, sah ich eine Gestalt auf dem Fensterbrett hocken.

»Es ist also geschehen.« Nur mühsam kämpften sich seine Worte durch das Chaos in meinem Kopf. »Mal sehen, ob du es schaffst.«

Er saß auf dem Fensterbrett, und ich lag da, halb besinnungslos, und die Stimmen ließen mich nicht in Ruhe.

»Hörst du sie schon lange?«

Ich nickte.

Die Gestalt glitt vom Fensterbrett und kniete neben mir

nieder. »Gut. Und du bist nicht dem Wahnsinn verfallen. Ich wusste, dass du etwas Besonderes bist.«

Warme Hände drückten meine Ohren zu. Ich hörte einen Zauber nahen und wie die Magie meinem Retter wohlgesonnen etwas zuraunte.

Die Stimmen verklangen nicht, aber sie wurden leiser. Nicht wegen des Zaubers, sondern aus Achtung vor mir. Zumindest glaubte ich das.

Er hob mich hoch. »Du brauchst keine Angst zu haben. Ich bin hier, um dir zu helfen.«

»Was passiert bloß mit mir?«, krächzte ich.

»Wohl eher: mit der Welt. Die Gegenwart, die uns umgibt, ist die falsche. Die Zukunft sieht anders aus, in der Zukunft bist du gottgleich.«

Ich? Ein Gott? Kraftlos schüttelte ich den Kopf. »Ich bin müde. Lass mich.«

»Gewöhn dich dran. Für dich ist ein harter Weg vorgesehen. Doch ich werde dir helfen. Ich werde dir helfen, dein Gefängnis hier zu verlassen und unsere Zukunft zu sein.«

3

Ash rief nicht zurück. Nicht an dem Tag und auch nicht, als sie aus dem Krankenhaus entlassen werden sollte. Inzwischen hatte Zarah aufgehört, seine Nachrichtenbox mit Verwünschungen vollzutexten, und sie sah auch davon ab, ihm einen digitalen Fluch hinterherzuschicken.

So kannte sie ihn nicht.

So war er nicht.

Seit ihrer Aufnahme in die Akademie, als man ihr, einem sechsjährigen Mädchen, zum ersten Mal ihre Schwächlichkeit vor Augen geführt hatte, hatte Ash ihr zur Seite gestanden.

Jetzt hatte sich alles verändert.

Sie wusste noch nicht, was genau und warum, doch je länger sie einsam in ihrem Bett lag, desto intensiver merkte sie, wie verloren sie sich ohne ihn fühlte.

»Blödsinn«, murrte sie dem Piepton entgegen, mit dem sich seine Nachrichtenbox einschaltete. »Dämonen haben keine Freunde.«

Dämonen *sollten* keine haben.

Sie sollten auch keine Menschenfamilien retten, die auf der Abschussliste des Ordnungsamtes standen, und keine Befehle infrage stellen.

Heul doch. Als du dich auf Freundschaft und Mitleid eingelassen hast, hätte dir klar sein sollen, dass es nicht dabei bleiben würde. Wenn schon Gefühle, dann das volle Programm.

Einige Male hatte sie versucht, im Büro des Ordnungsamtes etwas Genaueres zu erfahren, doch dort hatte man ihr weiterhin mit dem Hinweis auf ›interne Untersuchungen‹ jede Auskunft verweigert, bis sie schließlich aufgegeben hatte. Das Leben ging außerhalb der Krankenhauswände weiter, und wenn sie Antworten haben wollte, musste mit dem Herumliegen und Nichtstun Schluss sein. Ein paar Tage, nachdem die Magieanwendungen sie mehr oder minder aufgepäppelt hatten, verlangte sie nach den Entlassungspapieren, steckte ihre Habseligkeiten ein und begab sich zum Ausgang.

Die oberen Etagen des Krankenhauses waren Dämonen, Günstlingen der Nachtseite und denjenigen magischen Wesen vorbehalten, die sich eine Unterbringung in einem der Zimmer leisten konnten. Im Erdgeschoss veränderte sich das Antlitz der Einrichtung. Sobald sich die Türen des sprachgesteuerten Aufzugs, der sich stets verhörte, öffneten, musste Zarah schlucken. Vor einiger Zeit waren die Zimmerwände eingerissen worden, und nun erstreckte sich vor ihr eine große Halle, mit Kranken überfüllt. Schmutzige Vorhänge trennten einige Betten voneinander. Vor einem Ausgabefenster stand eine lange Schlange von Menschen, die auf ihre Tabletten warteten. Weder geflügelte Krankenschwestern noch andere magische Wesen befanden sich unter dem Personal – wer hier untergebracht war, durfte auf keine Magieanwendung zwecks Heilungsbeschleunigung hoffen. Doch egal, wie schlimm die Verhältnisse im Erdgeschoss sein mochten, diese Leute hatten wenigstens einen Anspruch auf medizinische Hilfe. Die Geächteten, so wie Alessas Familie, die im Verdacht standen, sich gegen die Nachtseite verschworen zu haben und Verbindungen zu den Engeln zu unterhalten, mussten sich selbst versorgen. Der Kodex untersagte es ihnen, auch nur einen Fuß in die öffentlichen Einrichtungen zu setzen.

Mit Mühe bahnte Zarah sich einen Weg zwischen den zahlreichen Liegen hindurch, wobei sie es tunlichst vermied, zu genau hinzuschauen. An vielen Betten saßen Angehörige oder Freunde der Kranken. Denn Menschen waren schwach. Nicht in der Lage, allein zurechtzukommen, brauchten sie stets jemanden, der ihnen das Händchen hielt. Oder ein paar Blumen hinterließ, als würden die irgendwie helfen. Hier und da fanden sich auch vermeintliche Köstlichkeiten, die sich im Alltag normalerweise kein einfacher Mensch leisten konnte: braun gesprenkelte Bananen und schrumpelige Orangen. Ein Mann küsste gerade eine Frau auf die Stirn, die unter ihrem Laken schwitzte und zitterte, und stellte einen Herbststrauß auf die Fensterbank neben dem Bett.

Zarah blieb abrupt stehen. Starrte auf die lilafarbenen Blüten, die ihr entgegenleuchteten, und erinnerte sich an die erschlafften Veilchen, die sie in ihrem Nachtschränkchen gefunden hatte.

Ich bin aber auch selten dämlich. Wirklich selten dämlich!

Abrupt drehte sie sich um, eilte den Korridor entlang, die Treppe hoch, und endlich stand sie in der Tür zu ihrem Krankenzimmer. Leise schloss sie diese hinter sich, kniete sich hin und spähte unter das Schränkchen.

Sie waren noch da.

Ihre Veilchen.

Ehrfürchtig hob sie die Blumen auf und strich mit den Fingerspitzen über den winzigen Strauß. »Wie bist du in meine Schublade gekommen? Mal sehen, ob ich jemanden finde, der mir das sagen kann.«

Im Aufenthaltsraum saßen ein paar Dämonenkrankenschwestern und ein Arzt. Eine der Frauen erhob sich, ihre gelben Augen blitzten auf, die senkrechten Pupillen verengten sich. »Ist mit den Entlassungspapieren etwas nicht in Ordnung?«

Der Arzt schaute von dem Pad auf. Derselbe Arzt, der ihr mit dem Flatterinchen den ersten Besuch abgestattet hatte. Sein Blick blieb an den erschlafften Blumen hängen, bis er seufzte, beinahe unmerklich den Kopf schüttelte und sich erneut dem Pad widmete.

Sie ging auf ihn zu und knallte ihm die Pflanzen auf seinen Bildschirm, wo der zerdrückte Mini-Strauß an eine Spinne erinnerte. »Wer war bei mir?«

Er betrachtete die Blumen. Schwieg.

»Du darfst zu mir sprechen. Wer hat mich besucht, während ich bewusstlos war?«

Er hob den Blick. Nur Menschen waren in der Lage, einen auf so eine seltsame Weise anzuschauen. Kaum ein Wort zu verlieren und trotzdem alles zu sagen. »Niemand.«

»Und dieser Niemand heißt – wie?«

»Niemand heißt niemand.«

Sie musterte ihn, die Ränder unter seinen Augen, die geschwungenen Linien seines Mundes, das müde Gesicht.

Du bist nicht nur selten dämlich, Zarah, du bist auch eine absolut lausige Menschenleserin. Aus dem würde sie nichts rauskriegen, wenn sie nicht gerade vorhatte, ihn zum Verhör in den sogenannten Peintrakt des Ordnungsamtes zu schleppen.

Schwerfällig stieß sie sich von seinem Tisch ab und schlenderte an der Dämonenkrankenschwester vorbei. »Alles in Ordnung. Mit den Entlassungspapieren.«

Seine Stimme holte sie ein. »Es sei denn …« Der Arzt stand auf, kam auf sie zu und legte ihr die Blumen wieder in die Hand. »Es sei denn, Sie glauben an … *Geister*.«

Sie wusste nicht, warum sie ihre Finger um die Blumen schloss und den Strauß annahm. Sie hörte auch kaum das

Gelächter der Dämonenfrauen und das spöttische: »98 Jahre Dämonenherrschaft, und die Menschen haben es immer noch nicht gelernt. Die Geister sind doch längst unter uns, man muss nicht an sie glauben.«

Geister.

Geist.

G.host.

Sie glaubte an ihn, hatte ihm sofort geglaubt, als der erste Auftragszettel den Weg in ihre Hände gefunden hatte und sie damit die Möglichkeit bekam, den Verhaftungsbefehlen zuvorzukommen.

Die Kehle schnürte sich ihr zu.

Sie fuhr herum und lief. Lief so lange, bis sie draußen war und die kalte Luft einsog, bis sich ihre Atmung beruhigte und sie in ihren Panzer zurückfand. Rational denken. Gut so.

Ob sie sich ein Taxi rufen sollte? Ihr Dienstmotorrad stand sicherlich beim Ordnungsamt. Zu Fuß von Volksdorf ins Stadtzentrum bräuchte sie gute dreieinhalb Stunden. Aber warum nicht. Ihr Budget war ohnehin schon überstrapaziert durch die letzten Ausgaben.

Sie verließ das Gelände des Krankenhauses, das sich auf einer kleinen Anhöhe erstreckte, und schlenderte die Farmsender Landstraße entlang. Zu dieser Nachtstunde herrschte in der Gegend eine gespenstische Stille. Der Krieg nach dem Ende der Welt hatte die menschliche Bevölkerung so drastisch dezimiert, dass sie sich auch nach fast 100 Jahren noch nicht davon erholt hatte. Die meisten Häuser standen leer und zerfielen von Jahrzehnt zu Jahrzehnt immer mehr zu Ruinen. Blechskelette säumten die Straßenränder – einst dort abgestellte Autos, die der Großteil der Bevölkerung sich längst nicht mehr leisten konnte. Wie würde Ash es ausdrücken? Der Oberste Dämonenrat hatte die größten

Probleme der Menschheit gelöst und ihr die Erlösung gebracht: keine überfüllten Straßen, keine Überalterung der Gesellschaft mehr dank der verminderten Lebenserwartung und … Weltfrieden.

Ja. Der Weltfrieden, der war besonders wichtig. Und die Parkplätze.

Nach etwa zwanzig Minuten meldete sich die Wunde an ihrem Bauch mit einem ziehenden Schmerz, doch sie ignorierte die Unannehmlichkeiten. In absehbarer Zeit würde die Sonne aufgehen und die Ausgangssperre beginnen; bis dahin sollte sie zu Hause sein.

Sie erreichte die Rothenbaumchaussee erst im Morgengrauen. Wie ein Palast stand das majestätische Gebäude des ehemaligen Fünf-Sterne-Hotels im Dämmerlicht vor ihr, mit seinen roten Markisen, die schon lange ihre Funktion verloren hatten und nur noch Dekorationszwecken dienten. Der goldene Schein der Strahler auf der weißen Fassade und den großen Fenstern löste bei ihr ein unvergleichliches Gefühl der Behaglichkeit aus.

Sie trat unter das Vordach, in der rechten Hand – immer noch die Veilchen, die sie nachdenklich zwischen den Fingern zwirbelte. Der Türsteher in der bordeauxroten Uniform mit den Goldlitzen beeilte sich, ihr die gläserne Tür zu öffnen. Sein Gesicht verriet keine Regung, der kurze Blick, den er auf die Blumen warf, sprach dagegen Bände. Rasch verstaute sie die Blumen in einer der Taschen ihrer Aufseherjacke, bevor sie das elegante Vestibül betrat, zu dem die Welt der Autowracks und der Menschenschlangen vor den Tablettenausgaben keinen Zutritt hatte. Im sanften Licht unzähliger Halogenlampen schimmerten der glänzende Marmor des Bodens und das spiegelglatt polierte Edelholz in Gold-, Hellbraun- und Kastanienrottönen.

»Hi, Leander«, begrüßte sie den Concierge an der Rezeption, einen aus der Luftwaffe entlassenen Ork. Bereits seit einem Jahr saß er Tag für Tag hinter dem Tresen in schneeweißem Hemd, einer dunkelroten Weste und mit einer ebenfalls dunkelroten Krawatte, die seinen wulstigen Hals einschnürte.

»Serra, Serra«, knurrte der Ork zur Begrüßung. Bei seiner Aussprache klang ihr Name stets nach Süden und Stränden und muskulösen Menschenmachos, die ihre Haut mit Öl einrieben.

»Nachrichten für mich?« *Von Ash?*

»Bedauere. Ein Apfel zum Trost?« Er deutete auf eine Holzschale mit frischem, wie alles hier glänzendem Obst. »Unglaublich lecker.«

»Nein, danke.« Ihre Mundwinkel zuckten leicht. Während all der Zeit, die sie hier verbracht hatte, hatte sie nie erlebt, dass der Ork mit anderen Mietern je ein Wort über das Nötigste hinaus gewechselt hätte. Doch wenn sie an seinen Tresen trat, schien eine Verbundenheit zwischen ihnen zu bestehen. Und das, obwohl sie in eine Dämonenelite hineingeboren und er wegen gesundheitlicher Probleme zu diesem Dienst degradiert worden war. »Mach's gut, Leander.«

»Ciao, Serra.«

Ein Privataufzug brachte sie in ihre Penthouse-Wohnung, die sich über zwei Etagen erstreckte und sogar einen Zugang zum Dach hatte, das mit mehreren Kübelpflanzen den Flair eines Gartens vermittelte und über einen kleinen, azurblau strahlenden Pool verfügte.

Die Decke erhellte sich, sobald sie den Aufzug verlassen hatte, und tauchte den Empfangsbereich in natürliches Tageslicht. Auf leisen Sohlen schlich sie durch den Flur und legte ihre Jacke ab. Ein in die Wand eingebauter Monitor erwachte aus dem Stand-by-Modus, und eine künstliche Frauenstimme meldete: »Willkommen daheim, Zarah. Alle Systeme laufen normal. Während deiner Abwesenheit wurden die anstehenden Wartungsarbeiten erfolgreich …«

»Leiser!«

»… durchgeführt«, flüsterte das System. »Nach der Meldung aus dem Krankenhaus wurden erfolgreich Termine für den internen Wellnessbereich und den Fitnessraum reserviert. Der Kühlschrank meldet einen Mangel an Käse und Schinken-Meerrettich-Röllchen in Aspik. Das Verfallsdatum des Schokopuddings wurde vorgestern überschritten.«

»Nachbestellen.«

»Soll die Badewanne vorbereitet werden?«

»Ja, gute Idee. Und: aus!«

Zu Hause. Mit einer Hand stützte sie sich an der Wand ab und beugte sich vornüber. Die schmerzende Wunde entlockte ihr ein Stöhnen. Jetzt nur noch das Sofa erreichen …

»Du bist endlich da.« Die Stimme kam gedämpft, beinahe schüchtern aus dem dunklen Wohnzimmer.

»Enya!« Zarah richtete sich auf und zog an ihrem Pullover, obwohl er den Verband ohnehin gut verdeckte. »Hast du mich erschreckt! Warum bist du noch wach? Hat dich unsere digitale Haushälterin geweckt?«

Das Mädchen erschien im Türrahmen, vorsichtig nach Halt tastend, den sie am Garderobenschrank fand. Die regelmäßigen Magieanwendungen hielten sie aufrecht. Im vergangenen Monat hatte Enya gleich drei davon über sich ergehen lassen müssen, die nächste stand bald bevor. Vorausgesetzt, die noch fehlenden zehn Existenzmarken ließen sich bis dahin auftreiben.

Das kriegen wir schon hin. Das bedeutet doch nur ein paar zusätzliche Schichten.

Und sie muss nicht zurück in den Rollstuhl.

Vielleicht werde auch ich dann ein wenig stärker. Vielleicht ist meine eigene Schwäche nur eine Folge der ihren.

Enya schaute sie aus ihren großen, wachen Augen an. Das Hellgrau der Iris und das Schwarz der dichten Wimpern bildeten einen atemberaubenden, irritierenden Kontrast.

Zarah sah gern in diese Augen, wo andere wegschauten. *Ich wünschte mir, die Seele darin würde auf mich abfärben, dann wäre ich gern schwach.*

Ach, herrje. Zu welch einem gedanklichen Unsinn Enya sie manchmal trieb! Nicht umsonst riet die Verwaltung des Ordnungsamtes ihr immer eindringlicher dazu, das Mädchen in ein Überwachungslager einzuweisen. Noch blieb es bei diesem Rat, doch sie hörte immer öfter von Fällen, in denen menschliche Zwillinge im Dienst stehender Dämonen einfach abgeführt worden waren. Zur größeren Sicherheit der Diensttuenden, hieß es.

Sie schob die Schuhe, die überall herumlagen, aus dem Weg, und schloss Enya in die Arme. Das spitze Kinn bohrte sich ihr in die Schulter. Zwei Hände stießen ihr vor die Brust. »Nicht so stürmisch.« Enyas warmer, nach Geborgenheit und Erdbeeren duftender Atem strich Zarah über den Hals.

»Verzeih mir.« Sie drückte das Mädchen ein Stück von sich.

Es musste an dem Licht im Empfangsbereich liegen.

Die Wangenknochen traten so deutlich hervor, die Schultern wirkten knochig, das Schlüsselbein ragte aus dem Ausschnitt. Und diese dünnen Arme! Schlaff hingen sie am Körper herunter, als hätten sie keine Kraft mehr, auch nur zu der kleinsten Bewegung. Die blasse Haut erinnerte an frischen Schnee, sodass man sich kaum traute, sie zu berühren.

»Ach Enya. Hast du genug zu essen gehabt, während ich

fort war? Du musst regelmäßig essen. Du brauchst doch nur das System zu beauftragen, dir etwas aus einem der Restaurants des Hauses zu …«

»Ja-ha.«

Sie strich ihr eine dunkelblonde Strähne aus dem Gesicht. Das Haar fühlte sich so weich an, als würde sie ein Küken berühren. »Du weißt doch …«

»Ja, genau. Ich weiß. Sag mir lieber, wie es dir geht. Ich habe mir schreckliche Sorgen um dich gemacht.«

Am liebsten hätte Zarah die Falte, welche die hohe Stirn furchte, glatt gestrichen, beschämt darüber, ihrer Schwester Kummer und Angst bereitet zu haben. Stattdessen senkte sie den Arm, sonst hätte Enya sich wieder beschwert, wie ein Kleinkind behandelt zu werden.

»Ich bin über den Berg. Es ist alles in Ordnung.«

»Ich habe gespürt, wie knapp es diesmal war.«

»Nicht knapper als sonst.« Zarah löste ihren Haarknoten und schüttelte den Kopf, sodass ihr die langen Strähnen um das Gesicht flogen. Noch ein Stückchen Freiheit mehr.

Im Wohnzimmer ließ sie sich auf die Ledercouch fallen und zog sich ein Plüschkissen auf den Schoß. Kurze Zeit später kam Enya hinterher. Das Mädchen lächelte. Nein, sein ganzes Gesicht strahlte. In den Händen hielt es einen Teller mit einem Muffin, in dem eine brennende Kerze steckte. »Herzlichen Glückwunsch zum Geburtstag! Lass uns den Tag feiern, an dem meine Schwester zu einer richtigen Dämonin wurde. Und, fühlst du dich schon anders?«

Zarah umarmte das Kissen etwas fester. Musste das sein? Sich auch vor ihrer Schwester zu rechtfertigen, nach Erklärungen zu suchen und alles schönzureden? »Nicht wirklich. Meine zweite Gestalt schläft tief und fest. Mein achtzehnter Geburtstag geht ihr anscheinend am Allerwertesten vorbei.«

»Wie haben es denn die anderen geschafft? Dieser Ashriel, den kannst du doch fragen, wie es bei ihm war.«

»Nein. Jeder findet seinen Zugang zur Magie allein. Sie ist launisch und schenkt ihre Gunst nur denen, die sie zu amüsieren wissen. Ash zum Beispiel muss dabei ein Kauderwelsch aus gebrochenem Alt-Niederländisch sprechen und mit den Armen wie eine betrunkene Krähe wedeln.« Zarah drückte ihr Kinn in das Kissen. »Das habe ich im Krankenhaus schon versucht.«

»Auch Schwedisch, Dänisch und Finnisch? Schon gut, ich mach doch nur Spaß. Warte. Ich weiß, wie wir das hinkriegen.« Enya schmunzelte und stellte den Teller mit dem Muffin auf den Couchtisch. »Wünsch dir was!«

»Ach, komm schon. Du weißt ganz genau, dass Wünsche nicht auf diese kindische Art in Erfüllung gehen können. Es ist nur ein sinnloser Menschenbrauch.«

»Mach einfach. Sei wenigstens für einen Moment ein bisschen kindisch.«

»Ich bin schon achtzehn.«

»Eben. Höchste Zeit, ein Stückchen Kindheit nachzuholen. Na los!«

Zarah seufzte. Die Kerzenflamme erzitterte und erinnerte sie an den flackernden Schein hinter Alessas Fenster, kurz bevor alles so entsetzlich schiefgelaufen war. Was hatte sie schon zu verlieren? Sie könnte es versuchen, sich ihre Zwiegestalt einfach herbeizuwünschen.

Ich wünsche …

Ich wünsche mir, dass es Ash gut geht. Und dem Menschenmädchen.

Sie blies die Flamme aus. Der Rauchfaden stieg zur Decke. Hoffentlich meldete sich das System nicht mit einem Feueralarm – es nahm alle Abweichungen von der Normalität so entsetzlich ernst. »Fertig. Zufrieden?« Sie zwinkerte ihrer Schwester zu und griff nach dem Muffin.

»Ja. Ganz wichtig: Verrate deinen Wunsch keinem.« Enya nahm ihr den Muffin aus der Hand. »Und den isst du lieber nicht. Ich habe ihn vor knapp drei Wochen gebacken, mit dem kannst du jetzt anderen die Köpfe einschlagen. Pfannkuchen?«

»Du bist verrückt. Um die Uhrzeit?«

Schelmisch blitzten Enyas Augen auf. »Und? Ich würde sagen, du gehst in die Badewanne und ich mache uns was zu essen. Wir haben unseren Geburtstag nachzufeiern!«

Eine Stunde später saßen sie in der geräumigen Küche. Enya hatte ihren Lieblingsplatz vor dem Fenster gewählt und genoss sichtlich den Blick über die Stadt. Das zuvorkommende System hatte einen Versuch unternommen, die Fensterscheiben dunkel anlaufen zu lassen, doch Enya hatte es ihm untersagt und ihr Gesicht wie eine Blume dem Morgenlicht entgegengestreckt, obwohl der Himmel wolkenverhangen war. Auf den Tellern lagen dampfende Pfannkuchen, denen Enya mit Marmelade Augen und einen Lachmund sowie eine Erdbeere als Nase verpasst hatte. Es schmeckte vorzüglich, wie alles, was dieses Menschenkind in der Küche zauberte, obwohl Zarah ihrer Schwester schon tausendmal gesagt hatte, sie solle sich damit nicht abrackern, sondern sich schonen. Zumal Kochen eine wirklich sinnlose Tätigkeit war, wenn man mit einem Klick alles bestellen konnte, was das Herz begehrte.

Zugegeben, außer Pfannkuchen mit lachendem Marmeladenmund.

Durch die Wohnung schallte der Türklingelton und ein Hinweis der Rezeption auf einen Besucher, der sich nicht identifizieren wollte, jedoch das Abzeichen der Aufseher im Dienst trug. Zarah schaute zur Wanduhr auf. Merkwürdig. Die Ausgangssperre hatte schon längst begonnen.

Sie stopfte sich ein weiteres Stück Pfannkuchen in den Mund und hastete in den Flur. Der Monitor übermittelte das Bild der Überwachungskamera vor dem Aufzug – einen Teil des Kopfes mit dunklem Haar. Mehr nicht.

Ash?

Sie schluckte den Bissen hinunter und beeilte sich, den Einlass zu bestätigen. Kurz darauf glitten die Türen des Aufzugs auseinander.

Nein, nicht Ash.

Die linke Wange ihres Besuchers zierte tatsächlich das Zeichen der Aufseher im Einsatz: das Gjallarhorn auf eigelbem Hintergrund mit zwei stilisierten Blitzen. ›Da geht die Post ab‹, hatten die Menschen darüber früher gelacht. Jetzt lachten sie schon lange nicht mehr. Sie musterte die wohlproportionierten Züge, die nur ein schiefes Nasenbein verunstaltete, dieses zum Erbrechen schöne Gesicht.

Verdammt.

Gallagher.

Lästermäuler behaupteten, er hätte sich die Nase eigenhändig gebrochen, um es überhaupt an die Akademie zu schaffen. Denn für einen Dämon mit einem solchen Äußeren gab es nur ein Gewerbe, in dem er hätte tätig werden können.

»Was tust du vor meiner Tür?« Sie holte tief Luft. »Troll dich! Du hast hier nichts verloren.«

Zwei Jahre hatte sie ihn nicht gesehen. Zwei Jahre hatte sie gebraucht, um seine Stimme zu vergessen und dieses weiche, tiefe Timbre nicht in jedem Geräusch zu hören, das sie in einem verträumten Augenblick überraschte. Zwei Jahre, und alles war wieder da – der Schmerz, die Wut, die vielen unschönen Worte, die sie ihm an den Kopf geworfen hatte.

»Du hast da … Marmelade.« Gallagher wischte ihr mit dem Daumen über den rechten Mundwinkel, und die Berührung erinnerte sie daran, wie sehr sie ihn einst gemocht hatte. Ihn und all seine anderen Berührungen.

So lange, bis Ash ihr die Augen geöffnet und sie zur Vernunft gebracht hatte.

»Danke, zu freundlich, dass du vorbeigekommen bist, um hier die Serviette zu spielen. Tschüss!« Sie betätigte die Sperrtaste, ließ die Türen vor seiner Nase zugehen und schickte den Aufzug nach unten. Was wollte er hier? Wenn Gallagher vor ihrer Tür auftauchte, dann sicherlich nicht ohne Grund.

Und nicht meinetwegen.

Enya trat in den Flur, mit der Gabel und dem Teller in der Hand. Den Pfannkuchen hatte sie noch nicht angerührt. »Wer war das?«

»Ich wünschte, das wären die Zeugen Thors gewesen, die immer wissen, wo der Hammer hängt.«

Sie hörte den Aufzug nach oben kommen. Auf dem Monitor erschien das Gesicht des Concierge. »Tut mir leid, Serra, aber ich muss ihn zu dir hochschicken. Er hat den Bescheid des Ordnungsamtes.«

Sie machte eine ärgerliche Geste, die der Monitor als erneute Aufforderung wertete, den ungebetenen Besucher aus dem Aufzug zu lassen.

»Was jetzt?«, knurrte sie, als die Türen sich öffneten. »Habe ich einen Milchbart?«

Er stellte ein Bein vor den Lichtsensor, damit die Tür sich nicht wieder schließen konnte, und reichte ihr einen Einsatz-PDA. »Die Arbeit ruft.«

»Lass mich raten. Zu viel zu tun, und du schaffst es nicht zu den Speed-Datings mit den Eintageselfen? Vergiss es.«

»Es ist unser Einsatz, du Dornenzunge.«

»Ich bin noch eine Woche lang im Erholungsurlaub, du Kurzmerker. Abgesehen davon: Seit wann nimmst du an operativen Einsätzen teil? Bei deinem Aussehen kann man dich doch nicht auf die Welt loslassen.«

Obwohl seine Miene ernst blieb, stieg in seinem Blick Wärme auf, als würde er nur mit seinen Augen lächeln, sie sogar *an*lächeln. »Die Welt wird damit klarkommen müssen. Wegen der internen Untersuchungen sind wir total unterbesetzt.«

»Ich arbeite mit Ash zusammen. Nicht mit dir.«

»Ich fürchte, dir bleibt nichts anderes übrig, als meine Anwesenheit zu ertragen.« Er deutete auf den PDA, und diese eigenartige Wärme schlich sich auch in seine Stimme ein. »Das Ganze ist eine wichtige Angelegenheit. Am besten, du stellst dabei keine Dummheiten an. Nase zu und runter mit dem Brei. Denkst du, du schaffst das? Wenigstens ein einziges Mal?«

Wie konnte er nur!

›Nase zu und runter mit dem Brei‹, das war Ashs Spruch, zum ersten Mal vorgetragen, als sie sich weigerte, den Fraß in der Mensa auch nur anzurühren. Danach hatte er es jedes Mal gesagt, wenn ihnen einer von diesen besonders schweren Aufträgen bevorstand. Den Satz aus Gallaghers Mund zu hören kam einer Lästerung gleich.

Sie rief die Akte auf den Bildschirm, ohne hinzuschauen. »Wie lautet der Auftrag?«

»Eliminierung des Zielobjekts. Keine große Sache, es geht nur um einen Menschen.«

»Und wofür brauchst du mich? Zum Anfeuern? Ich bin

nicht dein Cheerleader.« Sie warf einen flüchtigen Blick auf das Foto in der Akte.

Starrte es unverwandt an.

Eliminieren. Das Wort und das Bild fügten sich langsam in ihrem Verstand zusammen, und sie begriff: Wünsche gingen nicht in Erfüllung, nur weil man irgendeine bescheuerte Kerze ausblies.

»Das … das ist doch … Tissan Brandner!«

»Ich weiß.« Mit einem Schlag war Gallaghers Ton kühl und unerbittlich. »Du wirst es kaum für möglich halten, aber ich kann durchaus lesen, Dornenzunge.«

»Aber er ist Ashs Zwilling!«, rief sie und merkte erst einige Sekunden der Stille später, wie weh ihr der Hals von ihrem verzweifelten Aufschrei tat.

Sie schluckte schwer, schmeckte keine Erdbeeren, keine Pfannkuchen mehr. »Das muss ein Irrtum sein. Egal, was dieser Mensch verbrochen hat, wenn er getötet wird, wird Ashriel unter Umständen auch umkommen. Zumindest aber wäre er ziemlich geschwächt und kaum mehr in der Lage, seinem Job als Ordnungsaufseher nachzugehen.«

Eliminierung des Zwillingsbruders … Interne Untersuchungen … Ash! Es wurde gegen Ash ermittelt!

Ihr wurde schwindelig. Wie hatte das passieren können? Wieso war sie davongekommen und er nicht? Warum musste er für ihre Taten büßen?

Du bist schuld. Du allein, pochte es in ihren Schläfen. *Ohne dich würde er unbeschwert sein Leben leben.*

»Befehl ist Befehl.«

Sie spürte eine schwere Hand auf ihrer Schulter, entzog sich ihr.

»Komm jetzt, bringen wir es schnell hinter uns.«

»Aber es ist Tag!«

»Selbstverständlich haben wir eine Ausnahmegenehmigung.«

Du bist schuld. Die drei Worte zermalmten ihren Verstand. *Du allein.*

Sie merkte noch, wie sie nickte. Wie sie sich abwandte und den PDA fallen ließ.

Danach musste sie die Treppe hochgestiegen sein, denn auf einmal stand sie im Bad, mit klopfendem Herzen und zittrigen, feuchten Händen.

Eine Fremde starrte sie aus dem Spiegel an. Ein junges Mädchen mit einem spitzen Gesicht, milchweißer Haut und trüben grünen Augen, unter denen dunkle Schatten lagen.

Du. Bist. Schuld.

Zarah beobachtete, wie die Fremde nach einer Schere griff und ihr das lange rote Haar abschnitt. Büschel für Büschel fiel es auf das kalte graue Gestein.

4

»Zarah, Zarah!«

Sie schüttelte den Kopf, aber diesmal flog ihr nichts mehr ums Gesicht. Mit bebenden Händen sammelte sie die Haarbüschel vom Boden auf. Es war höchste Zeit nachzudenken.

Tissan sollte eliminiert werden. Das ließ sich auch als gutes Zeichen werten. Demzufolge befand sich Ash noch auf freiem Fuß. Und sie konnte ihnen vielleicht beiden helfen – dem Menschen und dem Dämon.

Die Haare piekten ihr in die schweißfeuchten Handflächen.

Sie musste Tissan warnen, ihm eine Gelegenheit zur Flucht verschaffen. Gallagher durfte den jungen Mann nicht erwischen.

»Zarah, Zarah!« Enya klopfte gegen die Badtür. »Zarah, hörst du mich? Was ist denn los?« Das Klopfen brach ab, und ein übertrieben schweres Seufzen erklang in der Stille. »Ich habe keine Ahnung, was in sie gefahren ist.«

»Mach dir nichts draus, ich bin Kummer gewohnt.« Gallaghers unerschütterlich gelassene Art bescherte Zarah Gänsehaut. »Viele Dämonen verspüren das Bedürfnis, sich zu übergeben, wenn sie mein Gesicht sehen.«

Sie konnte beinahe hören, wie Enya lächelte, und musste tatsächlich würgen.

»Vor Menschenfrauen hättest du dich überhaupt nicht retten können. Du siehst ein wenig wie der Frontsänger einer Rockband aus, wusstest du das?«

Herrje, so etwas einem Dämon zu sagen – manch einer wurde schon für bedeutend kleinere Vergehen bestraft. Als Zwillingsschwester einer Ordnungsaufseherin überschritt Enya oft Grenzen, die besser gewahrt bleiben sollten.

Auch das hättest du nicht zulassen dürfen. Vielleicht solltest du ihr doch zeigen, wie es da draußen wirklich zugeht.

Zarah zog sich am Waschbecken hoch, bewegte eine Hand vor dem Sensor für kaltes Wasser und wusch sich das Gesicht. Die Spritzer sammelten sich zu kleinen Pfützen auf dem Marmor. Noch einmal atmete sie tief durch, dann schloss sie auf und trat aus dem Bad.

»Was hast du mit dir angestellt?« Enyas Augen weiteten sich – das glänzende Schiefergrau, umrandet von schwarzen Wimpern, die zusammenklebten und an Hummelbeinchen erinnerten. Sie hatte die Tusche benutzt, den klumpigen Rest, den sie schon lange mit Wasser verdünnte. Wann hatte sie es bloß geschafft, die aufzutragen?

»Das war längst überfällig. Das Haar hat mich genervt.« Zarah trat an Enya vorbei auf die oberste Stufe der Treppe – das Kinn hoch erhoben, den Blick auf das gerahmte Bild an der im Übrigen kahlen Wand gerichtet. Bunte Strichmännchen, die ihre Schwester als *Mama*, *Enya*, *Papa* bezeichnet hatte. Ein Verhängnis, sollte Gallagher die Kritzelei des Menschenmädchens als Kunst werten und kodexgemäß melden. Warum hatte sie ihrer Schwester gegenüber nur nachgegeben, statt die Zeichnung zu vernichten? Warum hatte sie das Bild aufgehängt und jedes Mal so sehnsüchtig betrachtet? Und warum hatte sie diesen Aufseher in ihre Wohnung lassen müssen, der weit mehr als nur dieses Kinderbild zerstören konnte.

Der junge Dämon stand mit einem Teller im Empfangsbereich der Wohnung und aß einen Pfannkuchen.

Dieses Mädchen! Es hatte sich also nicht nur unbemerkt die Wimpern mit der Tusche nachgezogen. Es verstand einfach nicht. Es verstand nicht, in welche Gefahr es sich brachte.

Zarah holte ein zerknülltes Taschentuch hervor und drückte es Enya in die Hand. »Wisch dir den Dreck von den Augen ab.«

»Au! Du tust mir weh!«

Ihre Finger umklammerten Enyas Faust. »Ich habe gesagt: Runter mit dem Dreck. Sofort.«

›Du bist nicht meine Mutter!‹, hätte nun folgen müssen, doch Enya verschwand schon im Bad und warf die Tür hinter sich zu. Zarah glaubte zu hören, wie *Mama*, *Enya*, *Papa* erzitterte.

Gallagher hatte weitergegessen, während er das Schauspiel aufmerksam verfolgte. Ash hätte sich nie so hemmungslos den Bauch vollgestopft, wenn ihm der Mord an einem Unschuldigen bevorstand. Wie schade, dass dieser Dämon ihr nicht den Gefallen tat, an dem Pfannkuchen zu ersticken. Aber um in den Genuss eines solchen Glücks zu kommen, hätte sie vermutlich die gesamte Wohnung mit vierblättrigem Klee tapezieren müssen.

Stufe um Stufe zwang sie sich, zu ihm hinunterzusteigen. Das Edelholz stöhnte unter ihren Schritten.

Die Härte wich aus seinem Gesicht, als sein Blick auf ihre Frisur fiel.

»Ich musste mich frisch machen«, murrte Zarah, als sie am Ende der Stufen angelangt war.

Er schluckte. »Das sehe ich. Wäre gar nicht nötig gewesen, sich meinetwegen so hübsch zu machen.«

Sie ballte die Hände zu Fäusten. Ihr rechter Haken war gar nicht so schlecht.

Doch sein Blick irritierte sie. Etwas darin passte nicht zu seinem spöttischen Ton.

Sie unterdrückte ein Knurren, das sich ihrer Kehle entringen wollte. Ash fehlte ihr. Es waren sein Verständnis und seine Anteilnahme, die sie nun auch bei Gallagher suchte. Nur würde ihr keiner Ash je ersetzen können.

Gallagher aß den Pfannkuchen zu Ende und legte die Gabel auf den Teller. »Wollen wir? Vergiss das Aufseherzeichen nicht.«

Sie zerrte ihre Uniform aus dem Garderobenschrank und zog sie an. Die Jacke knöpfte sie falsch zu. Sei's drum. Vor dem Spiegel klebte sie sich das Gjallarhorn auf die linke Wange.

Aus der Küche ertönten unterdessen Wasserrauschen und Geschirrgeklapper. Sie trat auf die Schwelle. Der junge Dämon säuberte die Arbeitsplatte, die Teller steckten im Abtropfgestell, die Edelstahlspüle glänzte bereits.

Er musste ihren Blick gespürt haben, denn er wrang den Lappen aus, hängte ihn über den Wasserhahn und drehte sich um. Auch jetzt schienen seine Augen sanft und warm zu strahlen, obwohl seine Miene nach wie vor undurchdringlich wirkte. »Wir können gehen, wenn du so weit bist.«

»Ach, hast du nicht vor, auch noch staubzusaugen?« Sie drehte sich auf dem Absatz um, klemmte sich ihren Motorradhelm unter den Arm und trat, gefolgt von Gallagher, in den Aufzug.

Unten angekommen, durchquerten sie schweigend das Vestibül und nickten dem Concierge zu. Der Parkhausjunge hatte Gallaghers Motorrad bereits vor den Eingang gestellt und reichte ihm den Chip zur Entrieglung des Fahrzeugs und seines Navigationssystems.

»Wir müssen zum Ordnungsamt und meine Maschine holen.« Mit der könnte sie vor Gallagher am Einsatzort eintreffen und Tissan warnen. Dem jungen Mann eine, wenn auch noch so geringe, Chance geben, seinem Henker zu entkommen.

Gallagher blieb neben ihr stehen und wandte sein Gesicht dem Himmel zu, den das Vordach vor ihm verbarg. »Wir waren uns doch einig: keine Dummheiten. Du glaubst doch nicht im Ernst, ich lasse dich mit deiner Verletzung selbst fahren? Wir nehmen mein Motorrad. Ich vertraue dir so weit, dass du mir kein Messer in den Rücken rammst.«

Das Messer in ihrem Stiefel. Obwohl es sie prompt in den Fingern juckte, trottete sie brav neben dem Dämon her zu seinem modernen Elektrofahrzeug. Als sie auf die Maschine geklettert war und Gallagher das Motorrad auf die Straße manövriert hatte, schaute sie zum Penthouse hoch. Natürlich konnte sie nichts sehen. Dennoch hob sie eine Hand zum Abschied und hatte das Gefühl, dass Enya ihren Gruß verschmähte.

Gallagher sah anscheinend keine Notwendigkeit, aufs Tempo zu drücken. Zarah fragte sich, ob er Rücksicht auf sie nahm oder ob dies nur ein weiterer Ausdruck seiner inneren Ruhe war. Solange sie durch die Stadt kurvten, starrte sie gedankenverloren auf seinen breiten Rücken, der sie dazu verlockte, sich anzulehnen, während sie zwischen den Schenkeln das Vibrieren der Maschine spürte. Unausweichlich drängte sich ihr die Erinnerung an eine ganz andere Fahrt auf: auf einem brüllenden, uralten Benziner wild über die Landstraßen und Gallagher vor ihr, an den sie sich genauso wie jetzt mit ihrem ganzen Leib presste.

Genauso wie jetzt? Hastig rutschte sie ein Stück nach hinten. *Verdammt, Zarah, wie verzweifelt bist du eigentlich?*

Das alles war einfach zu viel. Für ihre Gefühle fehlte

ihr eindeutig eine Gebrauchsanweisung. Vielleicht sollte sie doch mit Enya darüber reden. Als Mensch hatte ihre Schwester mit dem ganzen Durcheinander sicherlich mehr Erfahrung.

Zu bereitwillig ließ sich Zarah von der Umgebung ablenken. Je weiter sie fuhren, desto mehr veränderte sich das Gesicht der Stadt. Am Tag wirkte zwar jede Straße ausgestorben, doch im Zentrum Hamburgs merkte man, dass das Herz der einstigen Elbmetropole noch schlug. Hier und da registrierte Zarah Gesichter in den Fenstern oder schüchterne Gestalten auf Balkonen, die wie Enya versuchten, etwas Licht zu tanken. Die kläglichen Reste einer mächtigen Rasse, die einst die Welt regiert hatte.

In der Altstadt von Altona angekommen, bog Gallagher in die Sägemühlenstraße ein und gelangte schließlich auf den Olbersweg, der an einem Hang lag. Er schaltete den Motor ab, zog die Handschuhe und den Helm aus. Schaute auf die Uhr. Beugte sich vor und rieb mit einem Finger imaginären Schmutz vom Lack der Maschine.

»Willst du mit dem Ding knutschen? Ich kann gern wegschauen.« Sie stieg vom Motorrad.

Links von ihr drängten sich Häuser aneinander mit Dächern aus roten und braunen Ziegeln. Zwei gigantische Bauvorhaben, die irgendwann angefangen und nie zu Ende gebracht worden waren, versperrten die Sicht auf die Elbe. Doch dazwischen konnte sie einen Blick auf das graue Wasser und die Kräne des Hafens erhaschen, die verlassen und vergessen in den Himmel ragten. Der Olbersweg endete kaum 200 Meter weiter unten an einem dreistöckigen Gebäude mit einem schwarzen Spitzdach. *Zum Elbblick* versprach das Schild an der grauen Fassade. Und über dem Eingang prangte: *Restaurant*.

Insider behaupteten, das Einzige, was abgesehen vom regenschwangeren Himmel über Hamburg das Ende der Welt, den Krieg und die anschließende Dämonenherrschaft überlebt hatte, sei eben diese Gaststätte. Das Lokal hatte bereits im frühen 21. Jahrhundert, bevor die Membran riss, die die menschliche und die magische Welt voneinander trennte, zu den letzten Hafenkneipen der Stadt gehört.

Gallagher blieb vor einem sandgelben Mehrfamilienhaus stehen und beäugte die Fassade. Der Putz war schon längst abgebröckelt, die Ziegelsteine darunter sichtbar. Ein dürres Bäumchen hatte sich in einem Wandspalt eingenistet. Die Fenster des ersten Stockwerkes versanken im Boden. Vorn beinahe knietief. Weiter hinten, am Hang, ragten sie etwas weiter aus der Erde. Die Platten des Bürgersteigs wölbten sich wie die Schuppen eines in die Jahre gekommenen Drachen. Vor dem mittleren Eingang lagen Glasscherben verstreut, die Tür war herausgerissen.

Hier hatte ein Kampf stattgefunden. Doch Gallagher schien dies nicht zu beunruhigen. Er sah abermals auf die Uhr und trat ins Treppenhaus, aus dem ihnen Uringeruch entgegenströmte.

»Am besten, du bewachst den Eingang und ich erledige den Job. Und wirklich keine Dummheiten! Sonst haben wir … den Brei.« Schon lief er die Treppe hoch.

Keine Dummheiten … Beinahe glaubte sie zu hören, wie Ash, und nicht Gallagher, es ihr zuflüsterte, eindringlich, flehentlich. *Keine Dummheiten!*

Sie schluckte, erstickte fast an der feuchtkalten Luft. Sollte sie tatenlos zusehen, wie der Zwillingsbruder ihres besten Freundes getötet wurde?

Niemals. Sie würde Gallagher aufhalten. Um jeden Preis. Sie eilte die Treppe hoch.

Ein Stockwerk höher polterte es, und sie hielt inne.

Plötzlich hatte sie panische Angst, gleich wieder einem Monster gegenüberzustehen, noch einmal hilflos zusehen zu müssen, wie aus einem lebendigen Leib ein schlagendes Herz herausgerissen wurde. *Nimm dich zusammen. Es ist kein hirnloses Vieh, das alles kurz und klein schlägt. Bloß Gallagher.*

Sie bezwang den letzten Treppenabschnitt und sah in eine Wohnung, deren Tür aus den Angeln gerissen war. Gallaghers Gestalt ragte am Ende des Flurs auf, und als sie endlich das Wohnzimmer erreichte, erblickte sie auch Tissan, der von dem Dämon in eine Ecke gedrängt worden war. Seine Züge spiegelten weder Angst noch Kampfgeist wider, sondern nur eine seltsame Hoffnungslosigkeit. Ein viel zu weites T-Shirt hing ihm lose an dem schmächtigen Körper, aus der löchrigen Jeans schauten aufgeschlagene Knie hervor. An beiden Unterarmen trug er Eisenschienen, mit denen er anscheinend jegliche Zauberwirkung in seiner unmittelbaren Nähe unterbinden wollte. Als würde ein ausgebildeter Ordnungsaufseher Magie brauchen, um einen Menschen zu köpfen.

Tissan blinzelte, den Blick seinem Henker zugewandt. Gallagher holte mit seinem Kurzschwert aus.

»Nein!« Zarah trat dem Dämon ins Kreuz und riss ihn zu Boden. Er rollte sich auf den Rücken, doch schon hockte sie auf ihm und drückte ihm den Dolch an die Kehle. »Nur eine Bewegung, und ich schneide dir den Adamsapfel heraus und lasse dich ihn aufessen.«

Etwas Dunkles stieg in seinen Augen auf. Zum ersten Mal zeugten seine Züge nicht von erhabener Ruhe, zum ersten Mal schlich sich so etwas wie ein Gefühl auf sein Gesicht. Aber kein Zorn. Sondern Enttäuschung. »Hast du überhaupt eine Ahnung, was du da tust?«

»Schnauze halten!« Der Dolch ritzte seine Haut, und etwas Blut quoll hervor. Tissan kauerte in der Ecke. »Lauf!«, bellte sie dem jungen Mann zu.

Immer noch der erschreckend leere Blick. Dann huschte Tissan zum Fenster.

Sogleich spürte sie einen Griff, der ihr Handgelenk zu zermalmen drohte. Ihr Arm wurde in die Höhe gebogen. Mit ganzer Kraft stemmte sie sich gegen Gallagher, doch der Dämon wand sich unter ihr hervor und stieß sie zur Seite. Ein reißender Schmerz durchfuhr ihren Bauch und ließ sie nach Luft schnappen. Für solche Auseinandersetzungen war sie noch nicht fit genug.

»Zarah! Ich will nicht gegen dich kämpfen. Ich bin nicht dein Feind!«

Sie schleuderte den Dolch nach ihm. Er wich der Waffe aus, rannte zum Fenster und kletterte über den Sims.

Halte ihn auf! Tu etwas! Sie kam auf die Beine und musste sich sogleich gegen die nächste Wand lehnen. Vor ihren Augen flimmerte alles.

Sie taumelte zum Fenster, spähte hinaus und klammerte sich an den Fensterrahmen, als sie das Gefühl überkam, die gesamte Hausfront drohte, nach vorn zu kippen. Gallagher kletterte an der Regenrinne hoch. Anscheinend suchte Tissan auf dem Dach nach einem Ausweg.

Zarah kehrte dem Fenster den Rücken. Wankte aus der Wohnung. Die Treppe hinunter. Raus auf die Straße.

Sie tastete sich an der Hausfront entlang, ohne dem Schwindel zu erliegen. Vom Dach erklangen Geräusche, die sie nicht deuten konnte, egal wie sehr sie sich anstrengte. Kurze Zeit darauf erschien Tissan am Rand.

Und sprang.

Sie hörte ein Knacken, riss die Augen auf. Der Mensch

war in einem Haufen von Zweigen gelandet. Die Anwohner hatten diese wohl von den Bäumen auf der anderen Straßenseite abgesägt und zusammengetragen, um ihre Behausungen zu heizen. Es knackte und raschelte, während Tissan sich aus dem Haufen zum Bürgersteig freikämpfte. Sein T-Shirt war an mehreren Stellen zerrissen, Kratzspuren übersäten seine Haut.

Zarah gab sich einen Ruck und griff nach seinem Arm. »Komm mit! Ich bin da, um dir zu helfen.«

Er schlug ihr ins Gesicht. Warmes Blut lief ihr aus der Nase, ein dumpfer Schmerz durchdrang ihren Schädel. Schon packte der junge Mann sie an den Schultern und stieß sie von sich. Rücklings landete sie auf dem Kopfsteinpflaster.

Der Himmel drehte sich über ihr.

Gallagher kam aus dem Hauseingang; ebenfalls vom Dach zu springen war anscheinend unter seiner Würde gewesen. Ihr Blick folgte seinen polierten Aufseherstiefeln, die neben ihrem Gesicht die winzigen Steinchen hochschleuderten und sich rasch weiterentfernten, bis der Dämon Tissan einholte und ihn stellte.

Grauer Stahl blitzte vor dem grauen Himmel auf. Die Schwertklinge sauste nieder.

»Nein.« Zarah schloss die Augen, unfähig, der Hinrichtung zuzusehen, hielt sich die Ohren zu, um den Geräuschen zu entfliehen.

Irgendwann spürte sie, wie jemand sie fasste und ihr auf die Beine half. Sie konnte kaum stehen, geschweige denn, sich dagegen wehren. Unter ihrer Wange fühlte sie das Leder von Gallaghers Uniformjacke.

»Was hast du bloß gemacht.« Gallaghers Stimme hatte etwas seltsam Tröstliches. »Kannst du gehen? Wir müssen uns beeilen. Ich bringe dich hier weg, und dann …«

»Zarah!« Der Befehlston ließ ihn erstarren, obwohl der Ruf nicht ihm galt. Seine Finger bohrten sich schmerzhaft in ihre Schultern, als wäre sie es jetzt, die ihm Halt gab.

Zarah registrierte, wie zwei Ordnungsaufseher auf sie zukamen. Dass die Beamten so schnell hier aufgetaucht waren, ließ nur eine Schlussfolgerung zu: Die ganze Aktion hatte von Anfang an unter Beobachtung gestanden.

»Zarah! Du bist verhaftet wegen vielfachen Verstoßes gegen den Kodex und Verrats an der Nachtseite.«

Jetzt lehnte nicht nur ihre Wange an der Motorradjacke, sondern ihr ganzes Gesicht vergrub sich geradezu darin. Ihre klammen Finger fanden den Weg unter das Kleidungsstück, fühlten Gallaghers Wärme und seine festen Muskeln durch den Stoff des Hemdes.

»Zarah!« Grobe Hände entrissen sie der Umarmung. »Zarah, hast du mich verstanden? Du bist verhaftet.«

Sie suchte Gallaghers Blick. Seltsam, dass sie ausgerechnet jetzt daran dachte, dass die Farbe seiner Augen an Waldhonig erinnerte. Nur … von tiefem Schmerz durchzogen. Der Ausdruck versetzte ihr einen Stich. Niemals hätte sie erwartet, so viel Sorge und Kummer in einem Dämonengesicht zu entdecken. Schon gar nicht in Gallaghers.

Der Aufseher zog sie von ihm fort, und sie stolperte durch die Schlaglöcher im Pflaster. Dann wurden ihr die Arme nach hinten gebogen. Handschellen schlossen sich um ihre Gelenke, und sie wurde abgeführt.

»Oft ist die Zukunft schon da,
ehe wir ihr gewachsen sind«

JOHN STEINBECK,
AMERIK. SCHRIFTSTELLER

Die Stimmen begleiteten mich Tag und Nacht, jede Sekunde meines Lebens und sogar in die entferntesten Träume hinein. Irgendwann gewöhnte ich mich an sie und lernte, sie zu verstehen. Ob sie sich ärgerten oder zufrieden waren, ob sie mir ihr Leid klagten oder gelangweilt vor sich hin brabbelten. Manchmal wagte ich es, ihnen zu trotzen. Dann zog sich die Magie von mir zurück, um bald wiederzukommen.

Meinen nächtlichen Retter hatte ich ab und zu flüchtig gesehen. Seine Blicke zeigten mir, dass er sich Sorgen um mich machte, doch es ergab sich keine Gelegenheit, ihn auszufragen. Deshalb wartete ich, bis er kommen würde, um alles zu erklären.

So geschah es auch. Er besuchte mich, als der Abend über der Gegend niedersank und die Welt in Zwielicht tauchte. Sein Gesicht wirkte müde und eingefallen. Die Stimmen in meinem Kopf lästerten über ihn, während ich versuchte, sie unbemerkt zur Ruhe zu mahnen.

Ich beobachtete, wie er gebeugt über die Schwelle trat und weiter den Flur entlangwanderte. »Wo warst du die ganze Zeit?«

Sein wachsamer Blick wandte sich mir zu. »Du hast früher mit mir gerechnet?«

Ich musste vorsichtiger werden. »Ich hatte darauf gehofft. Kein guter Tag?«

»Nein. Und wenn die Nacht schon so anfängt, möchte ich nicht wissen, wie sie endet.«

»Willst du darüber reden?«

Er stieß einen Laut hervor, der mich an den Ruf einer Krähe erinnerte. »Nein. Es gibt viel wichtigere Sachen, die es zu bereden gilt.«

Ich wusste nicht so recht, wohin mit ihm, und führte ihn in die Küche. Er nickte, zufrieden, wie es mir vorkam. Die Stimmen begannen, aufgeregter in meinem Kopf zu tuscheln, doch ich verdrängte sie. Mein Retter blieb stehen. Ich deutete auf den Hocker. »Setz dich, es kostet nichts.«

Er betrachtete die Sitzgelegenheit von allen Seiten. »Darauf?«

Verständlich, seine Skepsis. Vor einiger Zeit hatte ich einen Fleischklopfer auf den Hocker fallen lassen. Ich tat es ohne Wut, denn aufregen durfte ich mich nicht, obwohl der Frust in mir schon lange einen Weg nach draußen suchte. Der Fleischklopfer hatte eine Kerbe in den schwarzen Lack geschlagen. Darunter hatte ich die natürliche Maserung des Holzes entdeckt. Ich hatte mich im Haushalt bedient, ein paar Sachen zweckentfremdet und die ganze Politur abgeschlagen. Ich hatte sogar versucht, die Oberfläche feinzuschleifen, aber das war mir nur bedingt gelungen. Nun riskierte jeder, der sich auf dem Hocker niederließ, ein paar Holzsplitter im Gesäß. Trotzdem war ich stolz auf mein Werk. Es war das Erste, was ich mit eigenen Händen vollbracht hatte.

Ich ließ mich selbst auf den Hocker nieder und bot meinem Besucher einen Stuhl an. Mit makelloser Oberfläche.

»Ein paar Existenzmarken kann ich immer gebrauchen. Also mach schon, bevor der Preis steigt.«

Er stellte eine Plastik-Kühltasche auf den Tisch. »Wie geht es dir? Kommst du klar?«

»Ja. Ich glaube, langsam beginne ich, die einzelnen Wörter zu verstehen, die die Stimmen mir zuflüstern. Wenn ich bekannte Sequenzen ausmachen kann, schreibe ich sie auf. Es ist, als würde ich eine fremde Sprache lernen. Versteht die Magie mich, wenn ich etwas zu ihr sage?« Ich ließ die Kühltasche nicht aus den Augen.

Überrascht zuckten seine Augenbrauen. »Du denkst also, es wäre die Magie, die mit dir redet?«

Die Stimmen warnten mich vor etwas. Ich beschloss, ihnen zu vertrauen, denn der Ausdruck in den Augen meines Retters gefiel mir plötzlich ganz und gar nicht. »Ist es keine Magie?«

»Doch, doch.« Jetzt wich er meinem Blick aus, grübelte. Vermutlich darüber, wie viel er mir sagen sollte. »Aber sie versteht dich nicht. Noch nicht. Doch darum werden wir uns zu einem späteren Zeitpunkt kümmern.«

»Gibt es noch andere wie mich? Solche, die Magie hören, sie verstehen können?«

»Ja, die gibt es. Sehr wenige. Aber sie ertragen es nicht so gut wie du. Die meisten von ihnen würde sie verrückt machen. Hast du Hunger?«

Der Themenwechsel überraschte mich ebenso wie der Ton, in dem er mich gefragt hatte. Plötzlich lief mir das Wasser im Munde zusammen, obwohl Essen das Letzte war, woran ich jetzt denken wollte. »Ja. Aber erstmal gibt es ein paar Dinge, die …«

»Einen Hunger, der dich verfolgt und nicht gestillt werden kann?«

Ich schluckte. Seit der Nacht, in der mich die Stimmen zu belagern begannen, spürte ich ein ziehendes Gefühl in der Magengegend, mal stärker, mal schwächer, das ich jedoch stets verdrängte, weil ich dabei unweigerlich an Dinge denken musste, bei denen mir übel wurde.

Er wiegte den Kopf und sonnte sich in meinen Zweifeln. »Armes Ding. So plötzlich erwachsen. Und alles ist anders. Du musst dich doch richtig ernähren, sonst bist du am Ende vollkommen ausgezehrt.« Er öffnete die Tüte und kramte daraus etwas hervor. Knochen. In Wachspapier eingewickelt, durch das Fleischreste schimmerten.

Wie makaber dieser Anblick auch war, der Hunger machte meinen Magen zu einer Feuerhölle. Ich merkte, wie ich mir über die Lippen leckte. Dann spürte ich einen Druck in meinem Zahnfleisch, gefolgt von Schmerz. Ich keuchte. Eine neue Zahnreihe brach aus meinem Kiefer hervor, die ich mit meiner Zunge ertastete. Zischend atmete ich durch den Mund, den ich nicht mehr zubekam, ohne den Blick von den Knochen abzuwenden.

»Nein, nein.« Er nahm sich eine Rippe und nagte daran. »Für dich habe ich etwas Feineres.« Seine andere Hand tauchte in die Tüte und holte einen faustgroßen, ebenfalls eingewickelten Klumpen auf den Tisch. Das Papier zitterte rhythmisch, während ich es wie gebannt anstarrte. Weil das, was darin lag, noch lebte.

»Komm schon, mach es auf!«, forderte er. »Du glaubst gar nicht, wie viel Mühe es gekostet hat, das Ding so lange am Leben zu erhalten. Aber früher warst du noch nicht bereit dazu.«

Mit bebenden Fingern wickelte ich das Papier auseinander.

»Bloß keine Scheu. Bediene dich.«

Nein! Ich wollte schreien, brachte jedoch nur ein Knurren hervor.

Das schlagende Herz in meinen Händen. Mit Entsetzen sah ich, was ich tat.

»Die Zukunft hat begonnen«, hörte ich meinen Besucher noch sagen, bevor sich meine Zähne in das Fleisch bohrten.

5

Zarah hatte längst aufgehört zu rätseln, seit wann sie auf dem Metallboden des Containers, in den sie bis zur Anhörung gesteckt worden war, kauerte. Inzwischen fröstelte sie nicht mehr, und das Zittern, das ihren Körper ab und zu krampfartig überlief, kam nicht von der Kälte. Ob die Wunde an ihrem Bauch noch blutete? Sie wusste es nicht. Aber solange sie lebte, konnte es kaum allzu schlimm sein.

Andererseits schien ihr alles so seltsam unwirklich. Dabei hätte sie wütend sein sollen. Auf Ash, weil er so plötzlich aus ihrem Leben verschwunden war, ohne sie oder seinen Zwillingsbruder zu warnen. Auf Gallagher, der Tissan kaltblütig getötet hatte. Und auf sich selbst, weil sie nichts erreicht und alles nur noch schlimmer gemacht hatte.

Die Ausbilder an der Akademie hatten recht gehabt. Gefühle vergifteten einen jeden Dämon, beeinträchtigten seine Auffassungsgabe und trübten sein Urteilsvermögen. Hätte sie nur ihre Pflicht erfüllt, keine Fragen gestellt und sich keine Gedanken über Sachen gemacht, die sie nichts angingen, hätte sie sich jetzt nicht in einer derart erbärmlichen Lage befunden. Und mehr noch: Ash hätte nicht fliehen müssen, Tissan wäre am Leben geblieben, und auch Enyas Existenz wäre in keiner Weise gefährdet gewesen.

Zarah stierte in die Schwärze, die sie umgab. Das war das Ende. Ihr Ende. Und vielleicht … vielleicht war es auch gut so.

Halb verdurstet und wie benommen registrierte sie, wie das Schloss lärmte und die Tür aufschwang. Wie jemand in den Container trat, sie packte, hochriss und nach draußen schleifte. Das künstliche Licht der Außenlampen blendete ihre Augen, während sich die Handschellen kalt um ihre Gelenke legten.

Sie stolperte dem Wächter hinterher, zwei andere folgten ihr und stießen sie pflichtbewusst voran, wenn sie zögerte. Nach wenigen Metern erreichten sie eine Metalltreppe, die bei jedem Tritt wackelte. Unten angelangt, blickte Zarah zu den Containerreihen hoch. Über ihnen zogen Wolkenfetzen über den nächtlichen Himmel, und der Geruch der Elbe weckte in ihr den Gedanken an die Freiheit.

»Weiter!« Ein Stoß in den Rücken, und sie taumelte in den unterirdischen Korridor, der von dem Gefängnistrakt fortführte. Die meisten Häftlinge, die ihn entlangliefen, liefen dem eigenen Tod entgegen. Jede längere Inhaftierung galt als unproduktiv, zumindest laut des Gutachtens der vom Obersten Dämonenrat geförderten Forschungsinstitute.

Zarah zählte die Schritte nicht, die sie noch gehen, nicht die Stufen, die sie noch hochsteigen musste. Irgendwann blieben die Wächter vor einer Tür stehen. Zarah hob den Blick von ihren gefesselten Händen und sah einen der Männer an.

»Wer sitzt heute im Tribunal?« Es gelang ihr nur mühsam, die Worte hervorzubringen, so ausgetrocknet war ihre Kehle. Auch nach langem Betteln hatte sie kein Wasser erhalten, und wenn sie schluckte, überkam sie das Gefühl, an der eigenen Zunge zu ersticken.

Die Augen des Wächters blitzten auf, als sein Blick sie streifte. Die breiten Nasenflügel zuckten leicht. Mehr Beachtung war sie anscheinend nicht wert. Aus seiner Sicht war sie schon verurteilt, denn wer sich nichts zuschulden kommen ließ, kam auch nicht ins Gefängnis. Zarah seufzte.

Er machte alles richtig. Er ließ keine Zweifel zu und würde niemals in ihre Lage geraten.

Zum Glück musste sie seine Verachtung nicht lange ertragen. Die Tür schwang auf, und der Protokollführer trottete heraus: Kahlköpfig und kleinwüchsig – mit viel gutem Willen reichte er Zarah bis unter die Brust. Seine Haut schimmerte olivgrün, was auf Koboldblut in seinen Adern schließen ließ. Er rieb sich seine Knollennase, tippte auf seinem Pad herum und nuschelte: »Fall Nummer G-154-3x zur Anhörung, bitte.«

Zarah wurde in den Gerichtssaal geführt. Zwei der Wächter blieben am Eingang stehen, während der dritte sie mit sich zerrte und vor der Empore am anderen Ende des Raumes in die Knie zwang. Unter dem Stoß taumelte sie und stützte sich mit den Händen am Boden ab. Der Stein unter ihren Fingern fühlte sich glatt an von den vielen Knien, die diese Stelle blankpoliert hatten.

Auf der Empore stand ein großer, mit einem grünen Tuch bedeckter Tisch. Der Stuhl in der Mitte war leicht erhöht und für den obersten Richter vorgesehen. Gaius. Ein Angehöriger des Dämonenrates. Höchstpersönlich. Seit wann war er in der Stadt? Und warum? Etwa ihretwegen?

Sieh hin. Was erkennst du im Licht?

Sie erinnerte sich an einen Traum. Ein Wirrwarr aus Bildern der Vergangenheit und Illusionen überflutete ihr Gehirn. Erneut fühlte sie, wie er ihre kleine Hand nahm und sie hinter sich herzog. In die Dunkelheit. Bis zu dem Licht. In dem die kleinen Menschen spielten.

Gaius, ihr Erzeuger. Ihr Vater, hätte Enya gesagt, doch unter Dämonen herrschten keine Familienverhältnisse. Nun sah sie ihn nach all den Jahren wieder, einen Fremden, von dem sie abstammte. Er würde keine Fragen stellen, keinen Blick auf sie richten, doch sein Wort würde das Urteil verkünden.

Zu seiner Linken saß Oda, eine Seherin in der Blüte ihres Lebens, die nach Wiesen und Wäldern duftete und ein Herz besaß, in dem auch der letzte Tausendfüßler einen Platz fand. Manche tuschelten, ob tatsächlich etwas in ihrer Brust krabbelte und wuselte wie in morschem Holz.

Rechts von Gaius lümmelte sich Abbas auf seinem Stuhl, der Abteilungsleiter für operative Einsätze. Er sah aus wie ein älterer Mann, der einem Seniorenheim abhandengekommen war. Sein lichtes weißes Haar hing ihm strähnig bis zu den Schultern. Der verblichene Pullunder entblößte die dürren, nackten Arme, an denen die Haut schlabberte, sobald er anfing zu gestikulieren. Doch hinter dieser harmlosen Erscheinung verbarg sich ein jahrhundertealter Ghul mit einem Verstand, scharf wie die Sense des Gevatters Tod.

Der Protokollführer nahm an seinem eigenen Tisch Platz, der seitlich unter einem schmalen, schmutzigen Fenster stand. Genauso nuschelig und monoton wie zuvor begann er seinen Text herunterzuleiern: »Fall G-154-3x. Der Angeklagten werden mangelnde Loyalität, Deckung eines Verräters und Verschwörung gegen die Nachtseite zur Last gelegt.« Erneut rieb er sich die Knollennase, schniefte und blickte auf. »Ist dein Name Zarah?«

Sie fuhr sich mit der Zunge über die spröden Lippen. »Ja.«

»Wie alt bist du, und über welche Dämonengestalt verfügst du?«

»Sieb … nein … achtzehn. Schon achtzehn. Meine magische Natur ist noch nicht zur Geltung gekommen.«

»Bist du eine Angestellte des Ordnungsamtes, Abteilung

für operative Einsätze, und somit mit dem Kodex bestens vertraut?«

Sie nickte. Ihr ausgedörrter Mund machte das Reden zur Qual.

Mit zusammengekniffenen Augen sah der Protokollführer sie über den Rand seiner Brille hinweg an. »Antworte laut, damit die ehrwürdige Oda den Wahrheitsgehalt deiner Worte sehen kann!«

Zarah würgte ein heiseres ›Ja‹ hervor.

»Dein Partner war Ashriel, zu dem du ein enges Verhältnis gepflegt hast. Ist das richtig?«

Ein enges Verhältnis? Sie waren Freunde. Nur Freunde … Denn das bisschen, was noch fehlte, damit es mehr war, hatte weder sie noch er zugelassen. Trotzdem rang sie sich zu einem weiteren ›Ja‹ durch. Sollten doch ihre Richter denken, was sie wollten.

Der Stuhl quietschte, als der Protokollführer sich vorbeugte. »Wann hast du erfahren, dass er zur Lichtseite überlaufen wollte? Wann wolltest du ihm folgen? Was war euer Plan? Wer war noch involviert?«

Zur Lichtseite übergelaufen?

Sie musste sich zusammenreißen, um nicht laut aufzustöhnen. *Ash – bei den Engeln?* Die Vorstellung grenzte an Irrsinn.

Doch plötzlich waren sie da, die Erinnerungen. Gesprächsfetzen, die erst jetzt wirklich einen Sinn ergaben.

Ich kann nicht, Zarah, hatte Ash kurz nach dem Einsatz gesagt, dem letzten vor der Geheimmission und seinem Verschwinden. *Ich kann das einfach nicht mehr*. Den ganzen Weg über hatte er ihren Blick gemieden, nun schaute er sie unverwandt an. Zarah konnte diesen Blick noch weniger ertragen als ihren Job. Denn etwas Endgültiges verbarg sich darin und wartete nur darauf, ihr wehzutun.

Zitronenduft durchwehte den Raum, und eine liebliche Stimme sagte: »Ach Kindchen, was ist denn los? Wenn du unschuldig bist, hast du nichts zu befürchten.« Oda hatte ein Päckchen mit einem Erfrischungstuch aufgerissen und reinigte sich damit die Hände.

Zarah wurde sich wieder des kalten Saals bewusst, der Handschellen und der Richter vor ihr, die keine Schwäche tolerierten.

Sie musste die Schultern straffen. Antworten. »Ich wusste nichts von seinen Plänen.«

Doch die Erinnerungen schwanden nicht, quälten sie weiter mit einer Klarheit, die sie erneut erzittern ließ.

Was kannst du nicht?, hatte sie nachgehakt und auf einmal keine Erklärungen hören wollen. Sie wusste nicht, ob sie diese verkraften würde, obwohl ihr sonst weder Banshee-Schreie noch gröbste Flüche irgendwelcher Voodoo-Priester etwas ausmachten.

Diesen Job erledigen. Wusstest du, dass alle Dämonen früher Engel waren?

Sie blieb abrupt stehen. Engel? Diese von sich so eingenommenen Scheinheiligen sollten von gleicher Natur wie sie sein?

Menschen auch, fuhr Ash fort. *Oder dachtest du, es ist nur eine Laune der Schöpfung, dass wir uns äußerlich so wenig voneinander unterscheiden?*

Was redete er da? Am liebsten hätte sie ihm eine Hand vor den Mund gehalten, ihn angezischt, ob er verrückt sei, derart über die Nachtseite zu sprechen.

»So, so«, setzte Oda erneut an. »Du wusstest nichts von seinen Plänen. Dennoch hast du versucht, Gallaghers Einsatz zu sabotieren und den Zwillingsbruder des Verräters zu retten, nicht wahr?«

»Ich wusste nicht, was los war. Ich dachte, es gab einen Fehler bei dem Entscheidungsprozess.«

»Ach ja, natürlich. Woraufhin du beschlossen hast, deinen Partner bei der Erfüllung seiner Pflicht mit einem Dolch zu bedrohen?«

Zarah hob gleichgültig die Schultern. »Wir hatten ein paar Verständigungsprobleme. Sonst bin ich ganz pflegeleicht.«

Abbas räusperte sich und tippte auf den Bildschirm seines Pads. Das Klacken seines Fingernagels hallte durch den Saal. Endlich fand er das Gesuchte, schmatzte zufrieden und murmelte: »Ja. Ähm. Hier. Gallagher schreibt in seinem Bericht, es sei zu der Auseinandersetzung gekommen, nachdem er sich abfällig über ihren Haarschnitt geäußert habe.«

»Pft!« Odas Hände flatterten empört in die Höhe, und für eine Sekunde schien es, als besäße sie einen ganzen Schwarm davon und nicht bloß zwei. Dann riss sie ein weiteres Päckchen auf und wischte sich sorgfältig die Finger ab. »Den Wahrheitsgehalt seiner Worte werde ich ebenfalls überprüfen müssen. Wohin wollte Ashriel, als er sich entschied, die Nachtseite zu verraten?«

Zarah wusste es nicht mit Sicherheit, aber es gab nur einen Ort, an den er hätte gehen können, und das wusste Oda gewiss auch. »Vermutlich nach Lübeck. In die Lichte Stadt. Die nächste von Hamburg aus, die den Engeln gehört.«

Inzwischen gelang es ihr nicht mehr, Ashs Bild aus dem Kopf zu bannen. Beinahe glaubte sie, ihn neben sich zu wissen, so real, so greifbar schien er und war doch schmerzlich fern.

Du hasst dieses Leben genauso wie ich, du zerbrichst geradezu daran. Lass uns zusammen gehen, um zusammenzubleiben.

Gehen. Sich den Pflichten entziehen, den Grausamkeiten. Gehen. Egal wohin, Hauptsache mit Ash.

Sie werden dich töten, hatte sie gestammelt, ohne sich im Klaren darüber zu sein, wen sie eigentlich meinte. Die Engel? Die Dämonen? Die Menschen?

»Antworte auf die Frage!« Erst bei der Ohrfeige, die ihren Kopf fast zum Bersten brachte, kam sie zu sich.

»Welche … Frage?« Es gelang ihr, ihre Stimme so weit unter Kontrolle zu bekommen, dass diese nur noch ein wenig zitterte.

Der Protokollführer schnäuzte sich und schob seine Brille zurecht. »Wer hat Ashriel angeworben?«

Sie musste schlucken. Noch einmal schlucken. Reden. Immer noch die Wahrheit sagen.

»Das weiß ich nicht.«

PS: Hallo, Zarah.

War es G.host gewesen?

Ash war seit der Zeit an der Akademie ihr Freund gewesen, aber er war auch beinahe gleichzeitig mit G.host in ihr neues Leben als Menschenretterin getreten, in dem es die kostbaren Informationen gab, die mindestens eine Nacht vor der Bekanntgabe des Befehls kamen.

Plötzlich überfiel sie ein Gefühl, als würde etwas in ihr Hirn eindringen. Sie hob den Kopf, stemmte sich gegen den fremden Willen. Odas glasiger Blick traf sie wie eine Faust. Hatte sie zu viel in ihren Gedanken verraten? Sie konzentrierte sich auf die aufgerissenen Päckchen mit Erfrischungstüchern und rief ein Bild von Mikroben hervor. Viren. Enya, die vor einiger Zeit mit einer Erkältung gekämpft hatte, eine heiße Hühnerbrühe schlürfte und die Taschentücher vollnieste.

Oda schrie und warf sich im Stuhl zurück. »Oh Höllenfürst. Wann wurde dieses verdammte Tuch zuletzt gewaschen?« Sie zerrte die grüne Decke vom Tisch. Flink nahm Gaius sein Pad hoch, während die anderen beiden zu Boden geschleudert wurden. Der Protokollführer sprang auf, sammelte die Geräte ein und beeilte sich, sie den Richtern zurückzugeben. Einer der Wächter raffte das Tuch zusammen und trug es fort, während Oda Päckchen um Päckchen aufriss und ihre Hände mit den Erfrischungstüchern scheuerte. Sie war nicht nur eine Seherin, sondern eine Magiesensible. In guten Nächten verkraftete sie das blendend, in weniger guten drehte sie durch.

Zarah atmete auf. Glück gehabt. Sonst wäre sie Odas Seherinnen-Augen nicht entkommen.

»Also«, fuhr der Protokollführer fort, als er sich wieder hingesetzt hatte und Ruhe in den Saal eingekehrt war. »Ashriel war dein Partner, du hast mit ihm mehr Zeit verbracht als mit jedem sonst, und du weißt nicht, welcher Spitzel der Lichtseite ihn angeworben hat? Er kam sicherlich nicht von selbst auf die Idee, uns auf so hinterhältige Weise zu verraten.«

»Ich hab doch gesagt, ich weiß nicht, wer das war.«

Oda hob beschwichtigend die Hände, die wieder wie Schmetterlingsflügel zu flattern schienen. »Sie sagt die Wahrheit, die Wahrheit. Nichts als die Wahrheit. Nur sagt sie auch die *ganze* Wahrheit?«

»Verzeihung, Ehrwürdige«, erwiderte der Protokollführer. »Ihr Verhalten während des Einsatzes im Fall Tissan Brandner spricht dennoch gegen sie.«

Oda nickte. »Das sehe ich auch so. Aber ich bin mir sicher,

Zarah wird uns gleich alles über ihren … *guten Geist* erzählen, der sie vom rechten Weg abgebracht hat. Nicht wahr?«

Kein Wort mehr. Keinen Gedanken! Die Anhörung war vorbei, zumindest für sie. »Verzeiht mir mein Versagen, und bestraft mich nach eurem Ermessen.« Ihre Zunge, die vor Durst geschwollen zu sein schien, bewegte sich träge. »Aber ich habe nichts mehr zu sagen.«

Stille breitete sich aus. Schließlich stand der Protokollführer auf und drehte langsam den Kopf. »Ehrwürdiger? Wie lautet Euer Urteil?«

Abbas und Oda sahen zu Gaius. Als er sich leicht nach vorn beugte, schien es, als wäre einem Stein Leben eingehaucht worden. »Ein Brandzeichen soll ihre Magie für immer unterbinden. Sie ist nicht mehr eine von uns.«

»Aber«, flötete Oda empört, »sie hat es verdient, hingerichtet zu werden! Sie …«

Das Steingesicht wandte sich ihr zu und brachte sie jäh zum Verstummen. »Ich habe das Urteil gesprochen. So wird es sein.«

Zarah schaute auf. Das war wohl seine Auffassung von Väterlichkeit. Sie sollte nicht getötet werden und … doch irgendwie schon.

6

Wenn du unsichtbar bist, fließen die Nächte an dir vorbei wie ein träger Strom, wochen- und monatelang.

Zarah atmete, aß und schleppte sich allabendlich zur Arbeit. Sie tat, was sie tun musste, bis sie am frühen Morgen die Augen schließen und die Welt hinter sich lassen durfte. Manchmal glaubte sie, wütend zu sein. Auf das Tribunal, das ihr Wesen verstümmelt, auf Ash, der sie im Stich gelassen hatte. Doch die Keime dieser Wut fanden nie die Kraft, sie aufzurütteln.

Es gab Nächte, in denen sie kein einziges Wort hervorbrachte, obwohl sie alten Kollegen begegnete, vieles sah und hörte. Beinahe schon zu viel. Doch niemand redete mit einer Geächteten. Hätte Enya nicht zu Hause auf sie gewartet, hätte sie vermutlich verlernt zu sprechen. Immerhin hatte sie Arbeit. Als Sprössling eines Abgeordneten, der einer der höchsten Dämonenkasten angehörte, hatte sie noch einmal eine Chance bekommen. »Nutze sie klug«, hatte Gaius zu ihr gesagt, als er sie nach der Vollstreckung des Urteils auf der Krankenstation des Arresttrakts besucht hatte. Zumindest, sofern sie sich die Begebenheit nicht nur eingebildet hatte – unter Schmerzen und ohne Medikamente hatte sie mehrere Tage in einem halb bewusstlosen Zustand verbracht.

Wenigstens war sie jetzt in der Lage, sich und Enya über die Runden zu bringen. Irgendwie. *Schön den Kopf über Wasser halten, und sollte es steigen, tief Atem holen, in der Hoffnung, es fließt wieder ab, bevor dir die Luft ausgeht.*

Auch nach Monaten hatte sie Enya nicht erzählt, was vorgefallen war. Weder von dem Tribunal noch von dem Urteil und dessen Vollstreckung.

»Manchmal verbrennt man sich nun mal am Leben«, hatte ihre Erklärung gelautet, als die Wunde verheilt war und sie ihre Schwester endlich hatte sehen dürfen. Enya hatte nicht nachgehakt.

Nacht für Nacht stellte Zarah ihr Fahrrad an der Mauer des Ordnungsamtes ab, die das ehemalige Uni-Gelände an der Schwarzenbergstraße umschloss, und zwang sich, zur Pforte des Wachpostens zu gehen. Jedes Mal, wenn sie kurz davor verharrte, um den Chip in ihrer Armfessel an das Lesegerät zu halten, schweifte ihr Blick die Straße entlang. Irgendwo dort lag ihr Lieblingscoffeeshop, den sie nie mehr betreten würde. Nicht nur, weil sie sich dort höchstens noch ein Tütchen Zucker hätte leisten können, sondern weil sie als Geächtete keinen Fuß über seine Schwelle setzen durfte. Keine Nachrichten von G.host. Kein tröstendes *Hallo, Zarah*.

Am Hintereingang des Gebäudes angelangt, hielt sie erneut den Chip des Armbandes hin, um das Schloss zu öffnen. Welch eine Ironie, dass die Menschen mit all ihrer Technologie den Krieg verloren hatten. Der Triumph der Nachtseite war schlichtweg darauf zurückzuführen, dass es Dämonen nach dem Membranriss viel leichter gefallen war, an Menschen zu glauben, als umgekehrt.

Das rote Lämpchen erlosch, das grüne leuchtete auf. Mit einem metallischen Klicken ging die Tür einen Spalt auf.

Sie hatte ihre Aufseheruniform gegen einen schmutzigen, auberginefarbenen Kittel tauschen müssen; statt mit Waffen hantierte sie mit Lappen, Bürsten und Besen, und ihre Opfer waren Staubmäuse in den Ecken und Urinstein in Kloschüsseln. Immer noch kostete es sie Überwindung, ihren ehemaligen Kollegen in die Augen zu schauen und die Verachtung in ihren Gesichtern zu lesen.

Die Reinigung der Toiletten sparte sie sich bis zum Schluss auf. Hier traten die meisten Sonderbarkeiten der Ordnungsamtmitarbeiter ans Licht. So trieb sich die junge Hexe Melania, die stets mit einem verkniffenen Gesicht herumlief und regelmäßig an ihrem Arbeitsplatz fehlte, meist auf der Toilette herum, harrte stundenlang vor dem Spiegel aus und wartete, bis dort eine Fliege Rast machte. Um das Tier in Sekundenschnelle mit dem Daumen zu zerdrücken. Keine große Sache, wäre Melania nicht Beelzebub, dem Herr der Fliegen, unterstellt gewesen. Tja. Jeder ging anders mit dem Frust im Job um.

Zarah sprühte das Reinigungsmittel auf das Glas und polierte die Fliegenleichen weg. Vierzehn waren es, was auf eine immens anstrengende Schicht für Melania hindeutete. Ihr eigenes Spiegelbild bedachte sie nur mit einem flüchtigen Blick. Das rote, strohige Haar begann nachzuwachsen. Ihr Gesicht wirkte spitzer als früher; das gelegentliche Hungern in den letzten Monaten war nicht spurlos an ihr vorübergegangen. Und das Brandzeichen. Eine wulstige Narbe, die sich über ihre rechte Wange erstreckte, bis zur Schläfe, über die halbe Augenbraue und das Lid.

Schnell wandte sie sich vom Spiegel ab. Ein bisschen überempfindlich heute, was? Eine Narbe im Gesicht, was war das schon. Eine wahre Schönheitsoperation für eine Dämonin.

Auf dem Männerklo stellte sie fest, dass nicht nur Melania eine anstrengende Nacht hinter sich hatte. In einer der Ecken winselte der Wodjanoi, ein Wassergeist, der im Rahmen eines Austauschprogramms bereits vor langer Zeit aus dem slavischen Überwachungsgebiet gekommen war. Wie sich später herausgestellt hatte, illegal. Kurz vor seiner Abschiebung zurück in seine alte Heimat war er in das Abwassersystem des Ordnungsamtes geflüchtet. Seitdem hielt der Wassermann die Leitungen sauber, vertrieb sich aber die Zeit damit, dass er Männer beim Bart – oder was sonst noch so bei denen herabhing – packte und unter Wasser zu ziehen versuchte.

Heute trug er das blauhäutige Gesicht eines alten Mannes – der Mond nahm inzwischen ab. Seinen nackten, kleinwüchsigen Körper bedeckten Fischschuppen, die bereits anzutrocknen begannen. Seine Beine endeten mit Entenfüßen, und oberhalb seines Hinterns stand ein Kuhschwanz ab und zitterte leicht.

Zarah holte den Wischmob und begann, den Boden zu säubern. Aus dem Augenwinkel beobachtete sie, wie er versuchte, nach dem Rand eines Pissoirs zu greifen, um wieder in den Abfluss zu gelangen, doch seine ausgestreckten Finger glitten am Porzellan ab. Irgendjemand hatte ihn wohl aus seinem Element herausgezogen und ohne einen Tropfen Wasser auf die Fliesen geworfen. In dieser Nacht hatten die Dämonen wohl überhaupt keinen Spaß verstanden. Aber was ging sie das an?

Zarah wrang den Wischmob im Eimer aus und wischte weiter. Doch das Winseln und Japsen des Wodjanois ließen sie ihre Arbeit unterbrechen.

Du lernst es wohl nie, verhöhnte eine Stimme sie in ihrem Kopf, während sie sich zu dem Wassergeist herabbeugte, ihn unter den Armen packte und anhob. Doch das Wesen war unter den Achseln so glitschig, dass es ihrem Griff entglitt und auf die Fliesen platschte.

»Pass du auf, blöde Kuh«, blubberte und gurgelte es in

seinem Rachen. Sie zuckte zusammen. Abgesehen von Enya hatte seit ihrer Entlassung nie jemand auch nur ein Wort an sie gerichtet. Aber dieser kriminelle Wassergeist konnte es sich anscheinend erlauben, ein paar Gesetze zu missachten.

Sie hob ihn wieder auf. »Na klasse. Jetzt nenne mir einen einzigen Grund, warum ich dir helfen sollte, statt dich an die Wand zu klatschen.«

Sein lippenloser Mund verzog sich zu einem schiefen Lächeln, das eine Reihe schlickbedeckter Zähne zeigte. »Ch-che, che«, stieß er hervor, was Menschen vermutlich für ein Lachen gehalten hätten. Sein feuchter Atem roch nach abgestandenem Wasser und WC-Stein. Mit Zitronen-Frischeduft, wenn sie sich nicht irrte.

Sie trug ihn zu einer Kabine und ließ ihn ins Klo plumpsen. Im Nu verschwand er im Abfluss, doch in der zurückbleibenden Trübung des Wassers glaubte sie immer noch sein Gesicht zu sehen. »Ein Danke habe ich auch nicht erwartet.«

Sie kehrte zu ihrem Eimer zurück. Kaum eine Minute später plätscherte es wieder in einer der Schüsseln. Ein Schwall Wasser musste sich aus dem Klo ergossen haben, denn unter der Tür breitete sich eine Pfütze aus.

Mit dem Griff ihres Wischmobs stieß sie die Tür auf. Doch ein verspätetes Dankeschön? Von wegen. Kein Wodjanoi, nur eine Wasserlache.

Sie hatte die Sauerei gerade weggewischt, als es drei Kabinen weiter erneut plätscherte. Nasser Boden, auch dort, sonst nichts.

»Ja«, stöhnte sie und lehnte die Stirn gegen den Stiel. »Ich lerne es wohl nie. Hilf niemandem, dann braucht auch dir nicht geholfen zu werden.«

Als sie aus der Kabine trat, erwartete sie der Wodjanoi

in einem Pissoir. Er hatte sich mit den Armen am Rand abgestützt und den Oberkörper etwas vorgebeugt, bereit, sogleich abzutauchen und einen Schwall Wasser auf den Fliesen zu hinterlassen. Aber das tat er nicht.

Stattdessen grinste er sie an. »Ich kann dir verraten, warum alle haben sich aufgeregt heute.«

Sie ignorierte ihn und setzte ihre Arbeit fort.

»Echt krass. Und kostet dir nur Kleinigkeit.«

Ja, sicher. Es war wie mit den Hütchen – am besten sollte sie erst gar nicht darauf eingehen. »Lass stecken. Jede Wette, ich erfahre es morgen auf deiner Twitterwall.«

»Dawai! Ne lomaisja, milaja! Du gibst mir nur, was du nicht kennst in dein eigenes Haus. Was denkst du? Ist guter Deal? Wirst du nicht einmal vermissen, ich sage Wahrheit!«

In wessen Klo ein russischer Wassergeist lebte, sollte in der russischen Märchenwelt bewandert sein. Müde von dem Gequassel, stützte sie sich auf den Wischmob. »Vergiss es. Außerdem: Enya ist nicht schwanger, ich ebenso wenig, du wirst also kein Neugeborenes von uns versprochen kriegen.«

»Bist du ganz sicher? Oi, oi. Aber was ich soll auch mit ein Neugeboren?« Er schürzte den Mund und spuckte eine Wasserfontäne auf die Fliesen. »Gut, verrat ich dir auch so. Weil ich bin netter Wassergeist. Weißt du, ich habe belauscht …«, er machte eine Pause und ließ verschwörerisch die Hände mit gespreizten Fingern wie einer dieser menschlichen Pseudozauberer kreisen, die ihr Publikum abzulenken versuchten, »wie hat erzählt diese widerlich schöne Visage, dass gestern Nacht wurde ermordet Seherin.«

»Und?« Das alles ging sie überhaupt nichts an. Nicht mehr.

»Ai – bist du Tröte? Du hast nicht kapiert? Seherin! Oda!«

Er wurde immer lauter, wie die meisten Ankömmlinge aus slavischen Gebieten. »Hat man ihr rausgerissen bei lebendigem Leib die Augen. Hat gemacht ein – halt dich fest jetzt! – Gluhschwanz. Hab ich gehört, dass die Augen haben noch herumgeguckt wie wild, als der ist abgedüst damit durch das Schornstein.«

Oda! Die einzelnen Puzzlesteinchen fügten sich zu einem allzu vertrauten Bild zusammen. Herausgerissene Organe, die danach noch funktionierten. Starke Magie, überaus starke Magie! Und daneben … ein Gluhschwanz. Ein niederes Fabelwesen, das sich normalerweise nicht durch solche Taten auszeichnete. Früher war es erschienen, wenn jemand für einen Diebstahl oder eine Unehrlichkeit bestraft werden sollte. Ein glühender Drache, eher von der kleineren Sorte, mit einem langen, kometenähnlichen Schwanz. Aufrichtigen Leuten brachte er Geld und Korn. Das Schlimmste, was man von ihm gewöhnlich zu befürchten hatte, war ein in Brand gesetzter Schornstein. Aber ausgekratzte Augen? Nein. Das klang ganz und gar nicht nach einem Gluhschwanz. Genauso, wie ein herausgerissenes Herz nicht zu einem Formwandler passte.

»Weißt du zufällig, ob …« Als sie den Blick hob, war der Wodjanoi bereits verschwunden. Ganz leise und ohne Pfützen auf dem Boden zu hinterlassen, hatte er sich in die Tiefen der Abwasserrohre zurückgezogen.

Zarah schüttelte den Kopf. Ein Formwandler und ein Gluhschwanz. Die Fälle mussten einfach zusammenhängen. Aber … eine hohe Dämonenseherin und eine Menschenfrau? Was verband diese beiden miteinander?

Das geht dich absolut nichts an! Schluss mit jeglichem Denken.

Doch es ließ sie nicht mehr los. Nicht, während sie die Toilette zu Ende säuberte, und auch nicht, als sie auf ihrem klapprigen Fahrrad nach Hause gurkte. Die Ermittler des Ordnungsamtes würden keine Verbindung zwischen den beiden Fällen erkennen; sie waren nicht beim Angriff des Formwandlers dabei gewesen. Und wer nahm schon den Tod eines Menschen näher unter die Lupe?

Ist doch egal. Was kümmert dich das?

Die Antwort kam wie von allein: *Wenn ich den Fall löse, wäre das die Chance, die Gunst der Nachtseite zurückzuerlangen. Und keine Klos mehr zu putzen.*

Von dem Gedanken wie elektrisiert, trat sie umso energischer in die Pedale. Sie sah bereits ihr neues Heim, steuerte auf das geöffnete Gartentor zu und … bremste so scharf, dass sie fast vom Fahrrad gestürzt wäre. Unter dem schiefen Vordach stand Enya und verabschiedete diesen Dämon mit der widerlich schönen Visage.

Gallagher.

7

Ein verschmitztes Lächeln. Ein sanfter Händedruck. Enyas ganzes Wesen schien zu strahlen, während ihr schüchterner Blick entzückt über seinen Körper wanderte. Noch ein bisschen mehr Glückseligkeit, und sie würde abheben wie ein Luftgeist. Das Einzige, was sie daran zu hindern schien, war Gallaghers Hand, die zum Abschied ihre Finger umschloss.

Bist du ganz sicher?, blubberte die Stimme des Wodjanois in Zarahs Kopf. So ausgelassen hatte sie ihre Schwester in der letzten Zeit nie zu Gesicht bekommen. So glücklich-naiv. So verletzlich.

Aber mal ehrlich, wann hatte sie sich zum letzten Mal die Mühe gemacht, eine Pause von ihrem Selbstmitleid einzulegen? *Du bist ein egoistisches Miststück, sonst hättest du längst bemerkt, was hier vorgeht.*

Oi, *oi*, gurgelte der Wassergeist in ihrem Verstand, als wäre er ein Teil von ihr und nicht bloß eine Erinnerung. *Aber was ich soll auch mit ein Neugeboren?*

Sie hörte das Rauschen des Blutes in ihren Ohren und das Knirschen des Kieses unter ihren Turnschuhen, während sie zum Vordach rannte.

»Lass die Finger von meiner Schwester!« Sie packte Gallagher am Arm und verpasste ihm einen Tritt, der seine Beine einknicken ließ. Der Dunst der Reinigungsmittel hatte noch nicht gänzlich die Aufseherausbildung aus ihr geätzt. Sogleich versetzte sie ihm einen weiteren Schlag, und er stürzte die wenigen Stufen herunter.

»Hörst du?«, brüllte sie ihm ins Gesicht, als er auf dem Rücken lag und sie ihm ein Knie auf die Brust setzte. »Wag es ja nicht, sie anzurühren!«

Allein mit diesem Ausruf hatte sie mindestens ein Dutzend Paragrafen des Kodexes verletzt. Ohne Erlaubnis durfte sie als Geächtete keinen Dämon und erst recht keinen Mitarbeiter des Ordnungsamtes ansprechen. Von Handgreiflichkeiten ganz zu schweigen. Die Armfessel registrierte auch ihren Puls und Blutdruck, was sicherlich unangenehme Fragen nach sich ziehen würde. Denn Wutausbrüche waren Menschen und Geächteten verboten.

»Nein, was tust du da? Bitte nicht!« Enya. Große Augen, dunkle Wimpern, Hummelbeinchen. Dabei war die Tube mit der klumpigen Tusche längst im Müll gelandet.

»Ja, Zarah.« Gallaghers Blick neckte sie. »Ich habe dich auch sehr vermisst. Aber wenn du das nächste Mal das Bedürfnis hast, dich mir an den Hals zu werfen, dann bitte weniger stürmisch.«

»Lass deine dreckigen Pfoten von meiner Schwester!« Sie ließ ihre Faust auf sein Gesicht niedersausen.

Er wehrte ihre Hand ab. »Also, meine dreckigen Pfoten waren vorgestern bei der Maniküre. Was man von deinen nicht gerade behaupten kann, Dornenzunge.« Es war nicht nur der Blick. Etwas lag in seiner Stimme, etwas, was kein Dämon zulassen würde, ohne Konsequenzen zu fürchten. Gefühle. Wärme. Und natürlich der sanfte Spott. Ihre Hand war auf seiner Brust gelandet, und unter der Handfläche spürte sie seinen Herzschlag, der mit einem Mal ihr ganzes Wesen durchdrang.

»Zarah! Was tust du da? Hör auf damit!« Enya hatte sich aus dem Rollstuhl erhoben und klammerte sich mit aller Kraft an das Geländer.

Wie schon in Tissans Wohnung nutzte Gallagher ihre Unachtsamkeit, um sie abzuwerfen und auf die Beine zu kommen. »Keine Sorge«, wandte er sich an Enya und schüttelte den Dreck aus seinem rabenschwarzen Haar aus. »Das Vorspiel fällt bei Zarah immer etwas zu leidenschaftlich aus, aber abgesehen von ein paar blauen Flecken habe ich noch keine bleibenden Schäden davongetragen.«

Zarah ballte die Hände, richtete sich auf. »Verschwinde von hier.«

»Ach. Keine weiteren Zärtlichkeiten?« Er überragte sie um mehr als einen Kopf. Stand so nah, dass sie seinen Duft durch die feuchte Luft, den welken Herbstgeruch und ihren Zorn einatmete. Er roch nach Morgentau. Nach rauem Nordwind und ein klein wenig nach dem ersten Kuss.

Sie zuckte zusammen, als seine Finger vorsichtig über das wulstige Gewebe der Narbe strichen. Noch bevor sie sich versah, ließ er die Hand sinken. »Ich bin untröstlich.«

Schon sah sie nur noch seinen Rücken, beobachtete, wie er fortging und auf das Motorrad stieg.

»Zarah?« Er startete den Elektromotor. »Lessa geht es gut. Und Ashriel auch.«

Im nächsten Augenblick brauste er davon.

Ihre Finger lagen auf der Narbe, dort, wo Gallagher sie berührt hatte. Zum ersten Mal zuckte ihre Hand nicht zurück, sondern wanderte durch die furchige Landschaft ihrer Wange. Er hatte es riskiert, mit einer Geächteten zu reden. Er hatte sie tatsächlich *berührt*. Für jemanden aus einer so niedrigen Dämonenkaste wie der, der er und seine Erzeuger angehörten, konnte schon ein erheblich geringeres Vergehen zum Verhängnis werden.

Enya stöhnte. Mit zittrigen Händen klammerte sie sich an das Treppengeländer. Zarah eilte zu ihr.

»Ist alles in Ordnung?« Über Gallaghers Worte würde sie später nachdenken müssen.

»Lass mich in Ruhe.«

»Ich will doch nicht, dass dir jemand wehtut. Du kennst diesen Dämon nicht. Du weißt nicht, wozu er imstande ist.«

Mich zu berühren. Mich zu zwingen, wieder zu fühlen.

»Doch.« Enyas Unterlippe zuckte. »Zum Beispiel dazu, uns einen Kanonenofen zu schenken. Furchtbar, nicht wahr? Endlich mal wieder warmes Essen zu bekommen.«

Sie zu berühren. Sie zu verletzen, wie er mich verletzt hat.

Sie ertrug den Anblick der verklebten Wimpern keine Sekunde länger, schaute entlang des Kiesweges, der zum rostigen Tor führte. Schon lange bevor sie hier eingezogen waren, hatte das Unkraut von dem schmalen Pfad Besitz ergriffen. »Wir brauchen weder seinen Kanonenofen noch irgendwelche sonstigen Almosen von ihm.«

»Doch, Zarah. Brauchen wir sehr wohl. Du bist nur zu blind, um es zu erkennen, und zu stolz, um Hilfe anzunehmen. Wir haben weder Strom noch fließendes Wasser. Unser Geschäft müssen wir im Garten wie Hunde verrichten. Und wenn ich eine Möglichkeit bekomme, etwas Warmes zu mir zu nehmen, dann lehne ich das doch nicht ab.«

»Gut.« Sie schloss die Lider. »Du hast recht.« Mit Mühe blickte sie in die schiefergrauen Augen mit den getuschten Wimpern. Vielleicht würde es ihr später gelingen, Enya die Wahrheit über Gallagher begreiflich zu machen, jetzt sicher nicht mehr. »Ich wollte bloß nicht, dass du …«

»Ich? Es geht hier nicht um mich, es geht um uns! Hör endlich auf, mich ständig zu bemuttern. Glaubst du wirklich, ich merke nicht, was um uns herum passiert?« Enya schüttelte Zarahs Hände ab und tastete nach dem Rollstuhl.

»Warte, ich helfe dir.«

»Lass! Genau das ist es doch, ich ersticke an deiner Fürsorge. Vielleicht fängst du zur Abwechslung an, dein eigenes Leben zu leben.«

Der Rollstuhl rumpelte die notdürftig zusammengezimmerte Rampe hoch, die Tür fiel hinter Enya zu und ging sogleich wieder einen Spalt auf. Das Schloss hatte noch nie funktioniert, darum hatten sie diese Bleibe überhaupt in Besitz nehmen können.

»Mein eigenes Leben leben.« Sie zerrte an der Armfessel. Welches eigene Leben, wenn sie sich einmal monatlich für jeden Schritt und jeden Pulsschlag vor ihrem Überwachungsbeauftragten rechtfertigen musste?

Sie musste alles in Ordnung bringen. Das Rätsel mit dem Formwandler und dem Gluhschwanz lösen und die Vergebung der Nachtseite erlangen. Dann gebe es das Leben wieder.

Beschaffe dir mehr Informationen! Eine lichte Flut durchströmte ihr Inneres. Eine Eingebung. *Bei Gallagher!*

Bei Gallagher. Der sie neckte, der überhaupt mit ihr *sprach*. Langsam manifestierte sich ein Plan in ihrem Kopf. Zugegeben, ein recht unsicherer Plan, aber für den Anfang musste er reichen.

Sie ging zu ihrem Fahrrad. Gallagher wohnte im zentral gelegenen Hohenfelde. Sie würde gut 45 Minuten brauchen, um bei ihm anzukommen, während die Armfessel die Abweichung von ihrem üblichen Lebensablauf Sekunde für Sekunde registrieren würde. Der letzte Speicherleerungs- und Auswertungstermin war vor vier Tagen gewesen. Sie hatte also dreieinhalb Wochen, um den Fall zu lösen oder das bisschen Freiheit, das ihr geblieben war, zu verlieren.

An den Straßennamen erinnerte sie sich noch: Güntherstraße, schemenhaft auch an seine Wohnungstür, aber nicht an die Hausnummer. Egal. Irgendwie würde sie ihn schon finden.

Es war eine einfache Strecke. Als sie an der U-Bahn-Haltestelle Wandsbek Markt vorbeiradelte, registrierte sie unter den Glasdächern des Bahnhofsgebäudes einen der Tauschmärkte, die immer beliebter wurden. Wackelige Tische, Papp- und Holzkisten füllten den ganzen Platz, den früher Busse mehrerer Linien angefahren hatten. Durch die engen Reihen zwängten sich Menschen in abgetragener Kleidung, die bestimmt schon viele Male den Besitzer gewechselt hatte, und priesen lauthals ihre Dienste oder Waren an. Niemand verkaufte, denn Existenzmarken waren rar. Dafür tauschten die Marktbesucher umso mehr: altes Brot gegen löchrige Socken, eine Handwerksleistung gegen eine andere.

Früher hatte sie diese Märkte verachtet, doch die Not der letzten Zeit zwang sie dazu, sich dort immer häufiger blicken zu lassen. Reinigungsmittel, die sie manchmal von der Arbeit mitgehen ließ, waren viel wert.

In der Güntherstraße angelangt, verringerte sie ihr Tempo, vergewisserte sich, dass niemand ihr folgte und beäugte die Gebäude, die sich am Straßenrand aneinanderdrängten. Da. Der Altbau mit dem grauen Putz. Sie erinnerte sich noch gut an die Einfahrt der Tiefgarage, von der man erst den Weg zum Hauseingang fand. Das musste es sein.

Die Eingangstür stand offen. Ihre Schritte hallten, als sie das Treppenhaus betrat und sich vorsichtig um die eigene Achse drehte. Die Wände waren mit poliertem Granit veredelt, ein sprachgesteuerter Aufzug bot seine Dienste an. Sie brauchte jedoch ganz dringend ein paar Stufen, um ihre Gedanken zu sortieren, und entschied sich für die Treppe.

Schon sah sie seine Tür. Einen Kratzer im Lack. Es war ihr Absatz gewesen, der ihn damals hinterlassen hatte, als … sie einander geküsst hatten, während er versuchte, die Schlüsselkarte in das Lesegerät zu schieben.

Verflucht, es gab eindeutig zu wenige Stufen bis zum ersten Stockwerk.

Ihr Finger zuckte von dem Touchscreen zurück. Sie hatte das Feld ganz automatisch berührt, ohne darüber nachzudenken, dass ihr Fingerabdruck in das System gelangen und sie identifizieren würde.

›Zutritt verwehrt‹, blinkte es sie an. Der Touchscreen forderte sie auf, eine Nachricht zu hinterlassen. Sie drückte auf ›Abbrechen‹. Das war's also. Dumm, auf etwas anderes gehofft zu haben, und das nur, weil die Auseinandersetzung mit Gallagher ihr das Gefühl gegeben hatte, sie würden sich hassen und necken und … lieben … wie zuvor.

In der Stille des Treppenhauses ertönte ein leises Klicken, etwa auf der Höhe ihrer Turnschuhe.

»Wir kaufen nichts.«

Sie schaute zu Boden. Unten in der Tür, wo sich früher, zu Menschenzeiten, eine Katzenklappe befunden haben mochte, war eine kleine Tür eingebaut worden. Etwas Flinkes flatterte zu ihr herauf. Vor Überraschung trat sie zurück und beobachtete, wie ein Männlein mit rosafarbenen Libellenflügeln vor ihrem Gesicht hin und her schwirrte. Auf seinen runden Wangen blinkten Sommersprossen in allen Regenbogenfarben.

»Äh …«, war alles, was Zarah herausbrachte, während sie sich bemühte, den Mund nicht zu weit zu öffnen. So dicht, wie das Männlein vor ihr flatterte, hätte sie es glatt verschlucken können. »Wohnt hier Gallagher? Ich wollte …«

»Ein Kind von ihm? Süße, stell dich hinten an. Bei dem Weibsvolk, das hier ein- und ausgeht, könnte man meinen, ich würde auf einem Catwalk leben.«

Puh. Nicht ganz einfach, das Kerlchen. Sie wappnete sich gerade für einen neuen Anlauf, als die große Tür aufging.

Da stand er, der Herr des Hauses, in einem schwarzen T-Shirt, ausgefransten Jeans, mit nackten Füßen auf dem Parkett. Und kaute an einer Möhre.

Sie starrte ihn an. So gewöhnlich, beinahe gemütlich hatte sie ihn noch nie gesehen.

Der Kratzer im Lack fiel ihr ein.

Doch, natürlich. Damals. Als er noch weniger anhatte. Sie hasste sich dafür, dass sie dieses ›Damals‹ immer noch nicht aus ihrem Gedächtnis bannen konnte.

»Oh, Zarah. Warte. Bevor du gleich wieder auf mich losgehst, lass mich bitte zu Ende kauen.«

Augen zu und durch. »Ich möchte mich entschuldigen.«

Er hustete. »Sorry. Jetzt habe ich mich doch noch verschluckt. Komm erst mal rein. Das müssen wir nicht im Treppenhaus diskutieren.«

Das Männlein setzte sich auf seine Schulter und blickte finster unter feuerroten, buschigen Augenbrauen drein. »Sag mal, hast du noch alle Tassen im Schrank? Das Haussystem hat dich eindrücklich vor dieser Person gewarnt.«

»Dann werde ich das mit dem System ausdiskutieren müssen.«

Ein Dämon und eine Fee. Wo gab's denn das? »Ich … ich muss gestehen, ich habe noch nie davon gehört, dass zwei so unterschiedliche Wesen miteinander zusammenleben können.«

»Oh, ich habe euch einander gar nicht vorgestellt. Zarah – das ist Friedbert.«

»Na toll«, maunzte dieser. »Verrate es der ganzen Welt. Es ist ja auch nicht so, als könne man mit dem wahren Namen einer Fee eine unglaubliche Macht über sie ausüben.«

»Friedbert, es ist doch nicht dein *wahrer* Name.«

»Aber verdammt nah dran!«

»Beruhige dich. Um über dich zu herrschen, braucht man schon etwas mehr als nur deinen Namen. Außerdem habe ich Zarah schon viel bedeutendere Informationen anvertraut, und trotz unserer Differenzen hat sie mich noch nie hintergangen.« In seinem Blick lag wieder dieser seltsam weiche Ausdruck. »Nicht wahr, Zarah? Jedenfalls ist Friedbert meine Gute Fee.«

Jetzt war es an ihr, sich zu verschlucken. »Bitte? Du hast eine Gute Fee?«

»Pft.« Die Fee erhob sich schwirrend in die Luft. »Man könnte glauben, ich wäre ein Haufen Kopfläuse oder so.«

»Nein, nein. So meine ich das nicht. Ich bin nur etwas überrascht.«

»Weil ich ein Mann bin?«

Mann war nicht gerade das Erste, was ihr bei seinem Anblick einfiel. Es ging eher um den gesamten Umstand. Gute Feen erschienen nur äußerst selten jemandem und wenn, dann hauptsächlich Menschen, denen über lange Zeit schweres Unrecht angetan worden war. Der Volksmund nannte es den Aschenputtel-Effekt. Gallagher dagegen wirkte nicht gerade wie jemand, der in seiner Vergangenheit mit großer Ungerechtigkeit zu kämpfen gehabt hatte. Warum sollte sich eine Gute Fee dazu gezwungen gefühlt haben, ausgerechnet ihm, einem Dämon, zu erscheinen?

»Ist gut«, meinte Gallagher und kratzte an dem rosa Fleck, den der Feenstaub auf seiner Schulter hinterlassen hatte. »Mit Zarah zu zanken ist eigentlich meine Aufgabe. Willst du nun reinkommen oder nicht?«

»Darf ich? Ohne dass du Schwierigkeiten bekommst?«

»Schwierigkeiten bekomme ich nur, wenn die Nachbarn

uns hier reden sehen. Mit den Computersystemen lässt sich einfacher verhandeln.«

Sie trat in den Korridor, zog ihre Jacke aus und ließ sie achtlos zu Boden fallen. Gallagher wollte sie aufheben, doch Zarah hinderte ihn daran. »Schon okay.« Sie wollte nicht, dass er sah, wie abgenutzt und verdreckt das Kleidungsstück war. Ihre guten Sachen hatte sie bereits in den ersten Wochen eintauschen müssen, um über die Runden zu kommen. Zum Glück beließ der Dämon es dabei.

Schmal und lang erstreckte sich der Flur vor ihr, getaucht in das warme Licht eines verchromten Leuchters, der sich wie eine Schlange unter der hohen Decke wand. Neidisch betrachtete sie die Lampen. Was für eine Verschwendung! Aus dem Arbeitszimmer drang doch genug Licht, um sich im Flur keine Beulen zu holen. Sie erlaubte sich einen Blick hinein. Auf dem riesengroßen HD-Monitor leuchtete das Logo des Ordnungsamtes. Sie hielt den Atem an. Sollte er noch eingeloggt sein, könnte sie vielleicht ein paar Infos über die Fälle ergattern. Vorausgesetzt, sie käme an seinen PC, ohne ertappt zu werden.

»Da entlang, bitte.« Gallagher schloss die Tür zum Arbeitszimmer, dirigierte sie zum Wohnzimmer und verschwand selbst in der Küche.

»Oh. Wow. Hier hat sich aber vieles verändert.« Neue Farben, neue Möbel – die Wohnung hatte sich in ein Bild aus einem Designer-Katalog verwandelt. Rotbraune Wände harmonierten mit einem hellen Wollteppich, schnörkellose Möbel vermittelten stilvolle Kälte. Was pedantische Ordnung anging, da hatte er sich selbst übertroffen. Im Büro lästerte man – und über Gallagher zu lästern gehörte schlichtweg zum guten Ton –, er sei so überaus korrekt, dass sogar seine Bleistifte alle die gleiche Länge hatten.

»Ah ja, Vasen hat er auch noch«, murmelte Zarah, als sie die bauchigen, perlmuttglänzenden Behälter mit Pampasgras bemerkte.

An ihrem rechten Ohr surrte Friedbert. Bei jeder hektischen Bewegung verstreute er Glücksstaub, der unaufhörlich auf sie herunterrieselte. Keine große Sache, sie durfte nur nicht zu sehr daran denken, dass es sich dabei nicht um Staub im eigentlichen Sinne, sondern um Schuppen handelte. Fee oder nicht – eklig war es irgendwie schon. Außerdem waren solche Flecken schwer auswaschbar. Naturfarben eben.

»Ja, die Vasen, war gar nicht so leicht, etwas Passendes zu finden.« Entzückt legte Friedbert seine Hände zusammen und drehte eine Pirouette. »Findest du nicht auch, dass die Kombination aus Terracotta und Beige eine unvergleichlich behagliche Atmosphäre schafft? Du solltest unbedingt das Bad sehen! Kräftiges Lavendel kombiniert mit einem zarten Hauch von Türkis und Gletscher – ein Augenschmaus! In seinem Arbeitszimmer hätten Farn, Limette und ein Tick Melone für ganz viel Ruhe, Optimismus und Ausgeglichenheit gesorgt, aber da ließ der Tölpel nicht mit sich reden.«

»Entschuldige, sprechen wir von Tapeten oder von einem Obstsalat?«

»Pah. Noch ein Banause.« Er stupste sie kumpelhaft an.

»In meinem Arbeitszimmer bin ich ausgeglichen genug«, ertönte es aus der Küche. Kurze Zeit später trat Gallagher mit zwei Bechern heißem Tee an den Tisch, dessen Oberfläche eine Projektion der Landschaft des Grand Canyon schmückte. Friedbert bekam sein Getränk in einer Puppentasse serviert.

»Das kräftige Pink harmoniert wunderbar mit dem zarten Rosa deiner Flügel«, schmunzelte Zarah, doch Friedberts

Blick ließ das Eis, das zwischen ihnen gebrochen schien, wieder zu einer dicken Kruste gefrieren.

»Nächsten Monat habe ich Geburtstag. Schenk mir doch einen neuen Becher. Vorausgesetzt, du findest etwas passend zu meiner Größe.«

»Entschuldige, ich wollte dich nicht kränken.«

»Wenn du es nicht willst, dann tu's nicht! Denkst du, ich trage gern Tomatenrot?« Er deutete auf seinen Anzug. »Nein! Aber es gibt verdammt wenige Farben, die mit dem *zarten Rosa harmonieren* und in denen man einigermaßen vernünftig aussieht.« Friedbert schwang sich in die Luft. Seine Flügel vibrierten so schnell, dass Zarah einen sanften Lufthauch auf ihrer Haut spürte. »Ach, das ist mir einfach zu blöd. Ich bin in meinem Zimmer.« In einem scharfen Bogen flatterte er in den Korridor hinaus.

Nun blieb sie mit Gallagher allein. Und trotz Terracotta wollte sich das Gefühl von Behaglichkeit nicht einstellen. Sie zupfte an ihrem Ärmel, bevor sie merkte, dass er zu kurz war und die Armfessel nicht verdecken würde.

»Ich denke, ich bin bei Friedbert unten durch.« Sie griff nach der Tasse und nippte an ihrem Tee.

»Er ist ein ganz lieber Kerl. Wenn du ihn erst einmal näher kennengelernt hast, wirst du ihn zu schätzen wissen. Er ist bloß nicht ganz einfach, wenn es um seine Größe, Flügelfarbe oder … tausend andere Dinge geht.« Gallagher lächelte.

Heilige Bratwurst, er *lächelte*.

Etwas Heißes tropfte auf ihre Jogginghose und verbrühte ihr den Oberschenkel. Sie hielt die Tasse wieder gerade, nahm eine Serviette vom Tisch und tupfte den Fleck ab.

Du hattest sie vergessen, gib's zu. Du hattest sie total vergessen, diese raren Augenblicke, die ihr zu zweit hattet.

In denen seine Gefühle greifbar waren und echt.

Gefühle für dich.

Sie tupfte verbissener, ließ den Fleck nicht aus den Augen. »Wie läuft es auf der Arbeit?«

Begleitet von einem melodischen Klang erschien eine Nachricht auf der Oberfläche des Tisches: ›Wiederholte Warnung: eine unbefugte Person im Haus. Bitte die automatische Weiterleitung wieder erlauben oder das Ordnungsamt unverzüglich manuell informieren!‹

Mit einem Zeigefinger führte er die Nachricht zum Papierkorb-Symbol, das in einer Ecke aufgeleuchtet war. »Auf der Arbeit ist es immer das Gleiche.« Er rief eine Benutzeroberfläche auf, tippte etwas ein, und in der nächsten Sekunde grüßte wieder der Grand Canyon.

»Du kannst doch nicht die Systemnachrichten einfach so löschen!«, entfuhr es ihr.

»Doch, ich schon.«

»Okay. Wie du meinst. Ich habe übrigens von Odas Tod gehört. Schrecklich, nicht wahr?«

»Die Meldung hat in der Tat das ganze Amt aufgescheucht.«

Sie stellte die Tasse ab, krampfte die Hände um die Serviette. »Und sonst, wie geht es dir?«

»Gut.«

»Hübsch hast du es hier.«

»Zarah, wenn wir jetzt noch anfangen, über das Wetter zu reden, wird mir schlecht.«

Sie sah wieder auf den feuchten Fleck. Der an den Knien ausgebeulte Stoff ihrer Jogginghose fiel ihr auf und unzählige weitere Flecken, die blieben, egal wie oft sie die Hose in dem kalten Wasser scheuerte. »Das vorhin bei uns tut mir wirklich leid. In letzter Zeit hatten wir wohl ein paar Verständigungsprobleme.«

Er räusperte sich. »Zarah, Verständigungsprobleme zu haben ist bei uns ein Dauerzustand. Oder fällt dir ganz spontan eine Situation ein, in der wir keine Verständigungsprobleme hatten?«

»Beim Sex?«, entfuhr es ihr. Es sollte eine schlagfertige Erwiderung sein, nicht mehr. Doch dann überkam sie die Erinnerung an Sand, der an ihren Lippen klebte, an Küsse, die nach Meer schmeckten.

Verdammt, Zarah, du bist doch längst darüber hinweg!, mahnte sie sich, um sich im nächsten Augenblick zu fragen, ob er auch an diese Nähe dachte, ob es ihm etwas bedeutet hatte, ihr verrückter Ausbruch aus der Akademie, die irre Fahrt auf dem alten Benziner nach Travemünde und diese absolute, alles verschlingende Liebe auf einem kargen Strand an der Ostsee.

Aber das mit der Liebe, das musste wohl eines dieser Verständigungsprobleme gewesen sein.

Er lehnte sich zurück und starrte in seinen Tee. Sie hätte es ahnen sollen, wie schwer es wirklich sein würde, ihm allein gegenüberzutreten. Wie verletzlich sie sich fühlen würde – ein naives, dummes Mädchen, das einfach nicht dämonisch werden wollte. Andererseits … was störte sie das. Ihre Partnerschaft wäre eh niemals offiziell anerkannt worden. Gaius hätte kaum einer Paarung seiner direkten Nachfahrin mit einem wie Gallagher zugestimmt. Dafür war der Kastenunterschied zwischen ihr als dem Abkömmling eines erzdämonischen Kriegers und Gallagher, dessen Erzeuger zu den dämonischen Dienern zählten, schlichtweg zu groß.

Über eine Beziehung zu Gallagher brauchte sie überhaupt nicht nachzudenken. Jetzt, als Geächtete, umso weniger.

»Ich … ich muss …« Sie schüttelte den Kopf, zwang sich, an ihre Aufgabe zu denken. »Darf ich vielleicht dein Bad benutzen?«

»Ist alles in Ordnung?«

»Ja. Ich muss nur mal.«

»Klar.«

Sie beeilte sich, aus dem Wohnzimmer zu verschwinden. Im Bad ließ sie Wasser ins Waschbecken laufen und schlich unterdessen ins Arbeitszimmer.

Er hatte nicht abgeschlossen.

Mit nur einem Schritt gelangte sie in eine völlig andere Welt.

Aus den Regalen quollen Kartons mit schwer definierbarem Inhalt. Zwei weitere standen am Boden, mit Kabeln, Platinen und CDs gefüllt, trugen die kryptischen Bezeichnungen ›Zeugs I‹ und ›Zeugs II‹. Ob seine Bleistifte tatsächlich alle die gleiche Länge hatten? Um das zu klären, hätte sie zuerst einmal welche finden müssen, denn in dem dafür vorgesehenen Behälter steckte ein angebissener Schokoriegel.

Kannte sie ihn überhaupt?

Sie schob ein paar Utensilien beiseite, die vor dem Monitor lagen, um sich etwas Platz zu verschaffen. Anscheinend kam sie dabei an einen Sensor, sodass die Laser-Tastatur direkt auf der Tischoberfläche rot aufleuchtete. Auf dem Bildschirm – die Datenbank des Ordnungsamtes. Und Gallagher war tatsächlich noch eingeloggt! So nachlässig?

Ihre Finger verharrten über der Tastatur. Wenn der unbefugte Zugriff auf das System des Ordnungsamtes aufflog – und er würde mit Sicherheit auffliegen –, war es Gallagher, der dafür seinen Kopf hinhalten musste. Sie konnte es nicht tun. Egal, wie sehr er sie verletzt und wie sehr sie ihn zwei

Jahre lang dafür gehasst hatte, sie konnte es einfach nicht tun.

Oh doch! Ein Ruf wie eine Offenbarung. Etwas Lichtes, Erhabenes durchflutete ihr Inneres. *Denk an Enya, wenn du schon nicht an dich selbst denken willst. Kannst du es zulassen, dass sie hungert und in einer Bruchbude haust? Im steten Luftzug und ohne richtige Versorgung wird sie diesen Winter nicht überleben.*

Fast von allein führten ihre Finger die Suchanfrage durch. Das System spuckte bereitwillig die verlangten Daten aus. In einer Schublade, vergraben unter einigen Zetteln, fand sie einen Datenspeicherstick. Wenige Augenblicke später hatte sie die Einträge heruntergeladen und die Seiten wieder geschlossen.

Den Stick mit der Faust umklammert, drehte sie sich um. Gallagher! Er stand mit verschränkten Armen im Türrahmen und beobachtete jede ihrer Bewegungen.

»Ich wollte nur …« Sie stammelte. Noch schlimmer: Ihr fiel nichts weiter ein und das Lichte, Erhabene schmeckte plötzlich nach Asche.

»Eine Runde Solitaire spielen?« Seine Stimme klang kühl. Und keinesfalls mehr gelassen. Reflexartig schaute sie zum Fenster. Draußen war es hell. Viel zu hell, als dass er sich noch in seine dämonische zweite Gestalt hätte werfen können. Welche er auch immer besaß.

»Ich frage es nicht noch einmal: Was soll das?« Seine Nasenflügel bebten leicht, die Lippen waren zusammengepresst.

Das Blut wich ihr aus dem Gesicht. Fort, nur fort von hier. Sie stürmte los. Gallagher versperrte ihr den Weg, seine Hände versuchten, sie zu fassen, doch sie verpasste ihm einen mustergültigen Hieb mit dem Ellbogen, kämpfte sich frei. Der Flur! Sie schnappte sich ihre Jacke und hämmerte mit einer Handfläche auf den Monitor ein. Nicht abgesperrt! In der nächsten Sekunde befand sie sich schon im Treppenhaus und hastete die Stufen hinunter.

»Zarah! Halt!« Der Ausruf kam von oben. Verfolgte er sie gar nicht? Sie stürmte nach draußen und schnappte sich das Fahrrad.

Über den Dächern der Stadt stand die Sonne. Er würde sie nicht melden. Ganz bestimmt nicht. Denn damit würde er sich sein eigenes Grab schaufeln. Also konnte sie aufatmen und bis zum Ende der Ausgangssperre nachdenken, was sie weiter unternehmen sollte. – Nachdenken? Ja, klar. Das hatte sie auch sehr weit gebracht bis jetzt. Ash hätte sie nach dieser Aktion mit freundschaftlichem Spott überschüttet, wäre er noch bei ihr gewesen.

Zarah trat in die Pedale. Das Statuslämpchen an ihrem Armband leuchtete gelb.

8

Gallagher hörte noch, wie unten die Haustür zuknallte, dann knallte es auch schon hinter ihm – die Wohnungstür, die der Luftzug mit aller Wucht zugeworfen hatte. Weil er das Haussystem, das bei Zarahs Auftauchen vor lauter Warnmeldungen zu hyperventilieren drohte, lahmgelegt hatte, war die elektronische Sperrvorrichtung ausgefallen.

»Zarah!« Wie so oft entlud sich seine Entrüstung in diesen zwei Silben, die ihn meist zur Verzweiflung brachten. »Zarah!«, brüllte er erneut, mehr aus Frust als von der Hoffnung getragen, dass es sie zur Umkehr bewegen würde. Er ballte die Hände, als hätte er sie doch noch zu fassen bekommen, um sie zumindest kräftig durchzuschütteln. Nicht nur, dass sie seinen PC missbraucht hatte, jetzt stand er auch noch mit nackten Füßen auf dem kalten Steinboden vor seiner Tür. Die zwar nicht digital gesperrt, jedoch durch das gute alte mechanische Schnappschloss definitiv geschlossen war.

»Ihr Geister, wie kann ein einziges Wesen so viel Unheil heraufbeschwören?« Er fuhr herum und hämmerte seine Faust gegen die Tür. Der Schmerz in den aufgeschlagenen Knöcheln brachte ihn zur Vernunft. Durchatmen. Das Anklopfen dürfte laut genug sein.

Er prüfte die Taschen seiner Jeans und fand seinen Ausweis, eine Plastikkarte, die seine Stellung als Mitarbeiter des Ordnungsamtes bescheinigte. Er schob das Kärtchen in den Spalt zwischen der Tür und dem Rahmen, froh über die vielseitige Verwendbarkeit des Plastikutensils. Im Nu hatte er die Falle zur Seite gedrückt und gelangte in die Wohnung, ohne Friedberts Sticheleien über sich ergehen lassen zu müssen. Jetzt galt es herauszufinden, was Zarah im System des Ordnungsamtes angestellt hatte und in welchem Schlamassel sie diesmal steckte.

Mit wenigen Tastenkombinationen rief er die Logdatei auf, ohne die Verbitterung ganz hinunterschlucken zu können. In der kurzen Umnachtung seines rationalen Verstandes hatte er doch tatsächlich geglaubt, Zarah wäre zu ihm wenigstens als zu einem Freund gekommen, wenn er auf mehr schon nicht hoffen durfte. Und im Verborgenen – die Umnachtung war wohl bedenklicher gewesen, als er angenommen hatte – täuschte ihre Nähe ihm vor, dass alles, was verloren war, doch noch zurückgewonnen werden konnte. Er hatte nicht nur ihre bloße Anwesenheit gespürt, sie war bei ihm – in jeder Zelle seines Körpers. Auch jetzt noch hallte sie in ihm nach – wie ein heller Klang, eine schmerzhafte Erinnerung.

»Konzentrier dich lieber.« Er biss sich in die Unterlippe und überflog die Einträge der Logdatei, erleichtert darüber, dass Zarah zumindest keinen Sicherheitsalarm ausgelöst hatte. Dennoch hatte sie sich selten rücksichtslos angestellt. Er hoffte inständig, der Erste zu sein, der die Spuren bemerkte. Sonst gäbe es weder für sie noch für ihn irgendeine Rettung.

»Mal sehen. Die Fälle H-110426-36 und H-110712-18. Der Formwandler und der Glutschwanz. Das wird ja immer interessanter.«

Er leitete die Kopien der Berichte an den Drucker und beseitigte alle Spuren im System. Die beiden Fallakten hatten seinen ganzen Blattvorrat aufgebraucht – bereits vor

lich versuchst, deine Spuren zu verwischen, wie ist es dir gelungen, trotz des Brandmals die Magie zu behalten?«

Das Diagramm gab keine Antworten.

»Hallo, Gal.« Die Stimme, die wie aus dem Nichts kam und direkt in seinem Kopf erklang, schien das ganze Zimmer mit ihrer Gewalt zu erschüttern. »Du hast dich lange nicht mehr gemeldet. Was ist los?«

Gallagher fuhr herum. Mit dem Ellbogen stieß er den Papierstapel vom Tisch. In einem weißen Flattern wirbelten die Blätter herum, rutschten über das Parkett, bis hin zu der Gestalt, die einen halben Meter über dem Boden schwebte. In wallende Gewänder gehüllt, kam sie dem stilisierten Bild eines Engels verblüffend nahe. Nur dass es sich dabei um eine Astralprojektion handelte.

Gallagher schirmte die Augen ab. »Ashriel. Um alles in der Welt, hör auf zu strahlen wie Urin unter UV-Licht. Die Nachbarn werden es noch sehen.« Er rief die Benutzeroberfläche des Haussystems auf und sorgte dafür, dass sich die Fensterscheiben schwarz tönten. »Ich habe doch gesagt, ich melde mich bei euch, wenn ich Neuigkeiten habe.«

»Und dass Zarah bei dir war, ist keine Neuigkeit? Was wollte sie hier genau?«

»Keine Ahnung. Tee trinken. Ein wenig plaudern.« Er hockte sich hin, um die Blätter vom Boden aufzusammeln. »Sich beschweren, dass du nicht anrufst.«

»Ich meine es ernst!«

»Ich etwa nicht?« Er ignorierte den Druck, der sich in seinem Kopf aufbaute. »Habe ich dir nicht gleich gesagt, du hättest dich bei ihr melden sollen? Ich glaube, sie nimmt es dir ein wenig krumm.«

»Gal!«, donnerte die Stimme durch sein Inneres. »Ich bin nicht hier, um zu scherzen.«

»Natürlich nicht. An Humor hat es dir schon immer gefehlt.«

Die Gestalt rückte ein Stück auf ihn zu, das Vibrieren in seinen Knochen und seinem Kopf steigerte sich ins Unerträgliche. »Ich werde es nicht noch einmal wiederholen: Was wollte sie hier genau? Was hat sie gesagt? Und was hast du ihr erzählt?«

»Es reicht.« Gallagher richtete sich auf. »Beweg deinen eifersüchtigen Astralarsch aus meiner Wohnung! Dein Ego ist mit dem Heiligenschein anscheinend erheblich gewachsen.«

Tatsächlich wich Ashriel ein Stück zurück. Seine Stimme schallte nun etwas milder durch Gallaghers Schädel. »Ich will wissen, welche Daten sie genau mitgenommen hat. Und ich möchte mich vergewissern, dass du dich kooperativ verhältst, dich jedoch aus ihrem Leben heraushältst. Darüber waren wir uns doch einig.«

Er musste sich zwingen, die Unterlagen weiterhin Blatt für Blatt aufzusammeln, um sich zu beruhigen. Schließlich machte es wenig Sinn, einer Astralprojektion an die Gurgel zu gehen. »*Du* warst dir einig. Heute wie damals. Du hast entschieden, für sie und für mich. Aber hast du sie jemals gefragt, was sie will? Hast du überhaupt bemerkt, dass sie durchaus einen eigenen Kopf hat? Zugegeben, mit dem geht sie meistens direkt durch die Wand, aber ist das ein Grund, sie wie einen Bauern in deinem Schachspiel hin und her zu schieben?«

»Ich will sie beschützen. Und wenn dir wirklich etwas an ihr liegt, dann verhältst du dich still und meinen Anweisungen gemäß.« Die Stimme füllte seinen Verstand völlig aus, verdrängte jeden klaren Gedanken.

»Deinen Anweisungen gemäß?« Er knirschte mit den

Zähnen. »Auch gegen ihren Willen? Für wen hältst du dich eigentlich?«

»Es ist zu ihrem eigenen Wohl. Also, was wollte sie bei dir? Was?«

Ein Krampf durchlief seinen Körper. Auf das Weiß des obersten Blattes fiel ein dunkelroter Tropfen.

»Ich möchte nicht ungemütlich werden, Gal.«

Gallagher wischte sich die blutende Nase. Man legte sich nicht mit einem Engel am helllichten Tag an. »Sie hat Datensätze gestohlen zu den Fällen mit dem Formwandler und dem Gluhschwanz. Beide Delikte scheinen in Verbindung miteinander zu stehen.«

»Es gibt einen zweiten Fall mit einem ähnlichen Tathergang? Interessant. Ich werde die Unterlagen brauchen und die Erzengel in Kenntnis setzen.«

»Was kümmern diese Morde die Erzengel?«

»Ich glaube nicht, dass ich befugt bin, dir diese Informationen zu geben.«

»Weißt du was?« Gallagher knallte den Papierstapel auf den Tisch. »Lass es. Schwebe zu deinen geflügelten Freunden, eure Gunst brauche ich nicht. Unsere Vereinbarung ist somit passé, hast du mich verstanden? Und dann schulde ich Zarah wohl noch ein offenes Gespräch.« Er bluffte. Abgesehen davon, dass Zarah ihm nie zuhören würde, war er durchaus auf die Hilfe der Lichtseite angewiesen. Sicherlich wusste der Engel das, wollte ein Zerwürfnis anscheinend dennoch nicht riskieren.

Das Licht wurde sanfter, fließender. »Jetzt komm mal wieder auf den Teppich. Wir brauchen einander, das weißt du genauso gut wie ich. Fakt ist, Alessas Mutter war eine Gesegnete. Eine angehende Prophetin.«

Daher also die Scan-Farbe! Mit dem Segen der Engel

oder dem Fluch der Dämonen konnten für Magie empfängliche Menschen besondere Fähigkeiten erlangen, um der einen oder der anderen Seite zu dienen. »Was hat sie denn prophezeit?«

»Nichts. Das ist ja gerade das Seltsame. Entweder ist sie nicht dazu gekommen, oder sie war doch nicht die Richtige für den Segen. Die Einzelheiten kenne ich nicht, ich werde mich aber umhören. Kannst du an das restliche Material zu den Fällen gelangen?«

»Schwierig. Es wird im Archiv gelagert, zu dem ich keinen Zugang habe.«

»Eventuell kann ich ein paar Leute schicken. Und was Zarah betrifft: Sie musste schon genug ertragen, halte dich fern von ihr.«

»Meinst du nicht, sie hätte bei Weitem weniger ertragen müssen, wenn du sie von Anfang an aufgeklärt hättest?«

Der Druck in seinem Schädel nahm zu.

»Das ist mein letztes Wort, Gal, lass Zarah in Ruhe.« Die Gestalt löste sich auf und hinterließ einen Geruch nach Gewitterregen und Krankenhausflur, eine seltsame Mischung aus Reinheit und Chemikalien.

»Ich heiße Gallagher, du heilig verstrahltes Hirn.« Er biss in den Schoko-Riegel, der nicht mehr schmeckte, stampfte in die Küche und pfefferte den Riegel in den Mülleimer.

»Ach«, kommentierte Friedbert. Er saß auf dem Rand einer Schale und tauchte einen Zahnstocher in den Grießpudding mit Kirschsoße, um ihn genüsslich abzulecken. »Ein wenig frustriert, was? Willkommen im Club.«

Gallagher lehnte sich mit einer Schulter an den Kühlschrank.

»Neigen Feen nicht zur Fettleibigkeit, weswegen du auf deine schlanke Linie achten wolltest?«

»Soll dir doch egal sein.« Die Fee schleckte einen weiteren Klumpen Grieß ab.

»Was ist los?«

»Nichts. Alles bestens.«

»Lässt du mir etwas übrig?«

»Pft.«

Er seufzte, zu erschöpft, um auch noch mit einem Freund zu streiten, und wandte sich zum Gehen.

»Warte.«

Friedbert deutete zur Seite. Neben der Mikrowelle stand eine zweite Schale mit Grießpudding, den ein Sahnehäubchen und eine Kirsche zierten. »Da. Mit Liebe gemacht. Guten Appetit. So wie du aussiehst, brauchst du auch Nervennahrung.«

»Danke.« Er setzte sich zu Friedbert auf die Tischplatte. Schweigend löffelten sie den Pudding.

9

Das primitive Schloss knacken, hineinschleichen – die Akademie hatte eine hervorragende Einbrecherin aus ihr gemacht. Zarah wählte ausschließlich Internetcafés, die von Menschen geführt wurden. Die Alarmanlagen waren meist beinahe antik, und wenn mal eine losging, reagierte das Einsatzteam mehr als behäbig. Lange in einem Geschäft zu verweilen, konnte sie sich dennoch nicht erlauben, und manchmal musste sie mit leeren Händen wieder abziehen, weil das Papier so rar war, dass es im gewählten Laden keine Möglichkeit gab, die Daten vom Stick auszudrucken.

Stunden später, als der Tag im vollen Glanz über Hamburg herrschte, machte sie sich mit einem dicken Stapel im Fahrradkorb auf den Nachhauseweg. Endlich lief alles nach Plan, endlich ein Erfolg!

›Zarah, mal ehrlich. Du bist nicht dazu geschaffen, Pläne zu schmieden, die auch aufgehen.‹

»Von wegen!«

Sie trat in die Pedale. Häuser und verlassene Autos zogen an ihr vorbei. Ihre Hände froren in den löchrigen Handschuhen.

›Zarah, mal ehrlich.‹

»Ich schaffe das schon.«

Das Vorderrad eierte. Geschickt wich sie Schlaglöchern und Unrat aus. Schneller. Die Papierränder flatterten, ein Stein hielt die Blätter im Korb. Sie radelte an dem früheren Bahnhof Rahlstedt vorbei, von dem nur die Stahlkonstruktion des Daches geblieben war, und bis zur Oldenfelder Straße. Verlassene Villen und schäbige Bungalows jüngeren Datums säumten den Weg. Ein gutes Stück von ihrem Haus entfernt hielt sie an und inspizierte die Umgebung. Wer sagte, dass die Daten von der Armfessel tatsächlich nur einmal im Monat ausgewertet wurden? Wo würden die Beamten auf sie warten, sollte das Armband ihr von der Norm abweichendes Verhalten gemeldet haben?

Alles still, heruntergekommen und verwildert, aus dem Gedächtnis der Öffentlichkeit gestrichen.

Vorsicht …

Immer Vorsicht. Auch wenn das Auge nichts sieht und die Ohren nichts hören. Hatte Ash das nicht immer gepredigt?

Mit gezücktem Messer schlich sie zu ihrem Haus. Im Tageslicht, unter der gleißenden Novembersonne, fühlte sie sich beobachtet. Der Wind schien jedes Geräusch in die Ferne zu tragen, direkt ihren Feinden zu.

Der herbstliche Garten. Der knirschende Kies des Weges.

Hinter dem Küchenfenster bewegte sich der löchrige Fetzen, der ihnen als Gardine diente. *Enya. Es ist bloß Enya, die sich nach dem Sonnenlicht sehnt, obwohl sie weiß, wie gefährlich es ist, sollte sie ertappt werden.*

Alles still. Alles vertraut. Kein Grund zur …

… *Vorsicht!*

Ruckartig wandte sie den Kopf zur Seite, als müsste sie jemanden finden. Die Vorhut eines Einsatzkommandos oder … Ash? Die Beklommenheit, die sie plötzlich ergriff, war schier unerträglich.

Da!

Eine Stimme. Lieblich und ein klein wenig erregt drang sie durch das gesprungene Küchenfenster. Enya.

Sie lauschte intensiver, aber mehr war nicht zu hören.

Was ist nur los mit mir? Es ist doch bloß Enya. Es geht ihr gut. Wäre das Einsatzteam hier gewesen, wäre ihre Schwester abgeführt worden und würde nun nicht so ausgelassen mit sich selbst reden, so entzückt und voller Vorfreude.

Nur … worauf freute sie sich?

Etwas kippte um, ein Stöhnen drang durch das Fenster und ein weiteres Geräusch. Das eines Körpers, der auf den Boden aufschlug.

Zarahs Herz hämmerte gegen ihre Rippen. Sie hörte nichts mehr, außer dieses Wummern in ihrer Brust, trat gegen die Tür, stand im Flur.

Der süßliche Geruch von gekochtem Fleisch verfing sich in ihrer Nase.

Der Kanonenofen, natürlich.

Sie lief in die Küche und starrte auf den verkrampften Leib zu ihren Füßen.

Enya! Sie sank neben ihrer Schwester auf die Knie. Eine dünne, fast graue Flüssigkeit mit flockigen Rückständen rann Enyas blasse Wange entlang und sammelte sich in einer Pfütze auf dem Boden. Der steife Körper ließ sich kaum auf die Seite drehen, damit alles herauslaufen und Enya frei atmen konnte. Atmete ihre Schwester überhaupt noch? Zarahs Finger bebten, als sie über Enyas Hals tasteten.

Ein Elefant aus Spanien … Verworrene Zeilen, verworrene Gedanken, kein Puls. *Ein Elefant* … Der Reim musste funktionieren, jetzt wie noch nie! Schließlich war es Enya, die ihn ihr beigebracht hatte … die ihrem Leben überhaupt noch ein bisschen Sinn gab.

Ihre Hand zitterte über der blassen, durchscheinend wirkenden Haut, rein wie Schnee, der gleich schmelzen würde. Kein Puls! Doch. Da. Das sanfte, schnelle Pochen unter ihren Fingerkuppen.

Sie stieß die angehaltene Luft aus, musste sich mit dem anderen Arm abstützen. Auf einmal drehte sich alles vor ihren Augen.

»Ach Enya … Was ist hier bloß passiert?«

Schwer ruhte Enyas Kopf in ihrem Schoß. Zarah strich ihr das Haar zur Seite, sah in das kreideweiße Gesicht.

»Oh Höllenfürst!« Sie sprang auf.

Enyas Kopf prallte auf den Boden. Die weit aufgerissenen Augen starrten an die Decke, die Pupillen pulsierten.

»Enya!« Mehr brachte sie nicht hervor, spreizte die Finger, um Magierückstände wahrzunehmen und so womöglich einen Fluch, der in diesem Körper wütete, aufzuspüren. Aber sie fühlte nichts, absolut nichts.

Das Brandmal. Natürlich merkte sie nicht den geringsten Funken. Dieses verfluchte Brandmal!

Enya röchelte. Speichel schäumte auf ihren Lippen. Dann schnappte das Mädchen nach Luft, bäumte sich auf und sank erschöpft auf die Dielen. »Zarah. Du bist es. Ich wollte dich nicht erschrecken. Entschuldige.« Die Lippen, zwei bläuliche Striche, hatten sich kaum bewegt.

»Was ist passiert?« Zarah hockte sich neben ihre Schwester.

»Ich glaube, ich bin kurz ohnmächtig geworden. Alles ist gut.«

»Nichts ist gut! Was …«

Enya berührte sie mit ihrer kühlen Hand am Hals, strich an ihrem Ohr entlang. »Du schwitzt. Möchtest du dich waschen, während ich hier aufräume?«

Sie schob die Hand beiseite. »Enya! Sag mir endlich, was passiert ist.«

»Ich bin ohnmächtig geworden.« Ein dünnes Lächeln erschien auf Enyas Gesicht. »Das Wasser ist noch in der

Wanne, ich habe vorhin gebadet. Ist leider nicht mehr heiß.« Das Mädchen tastete nach der Kante der Arbeitsplatte. Es zog sich hoch, nahm den Topf vom Ofen, stellte ihn in die Spüle und goss Wasser aus einer Schüssel hinein.

»Wo ist dein Rollstuhl?«

»Geh und wasch dich.« Mit einem Topfreiniger begann sie, den Topf zu scheuern.

Zarah trat heran und hielt den Arm ihrer Schwester fest. »Was zum Teufel ist hier los?«

Enya seufzte und ließ den Topfreiniger in das schmutzige Wasser fallen. »Wenn ich hier nicht aufräumen darf, würde ich gern auf mein Zimmer gehen. Ich fühle mich wirklich ein bisschen schwach.« Sie entwand sich dem Griff. »Darf ich?«

Zarah ließ die Arme sinken. Das offene Gesicht, die kindliche Reinheit, alles schien so vertraut.

»Ja. Natürlich. Ich … ich hole dann mal deinen Rollstuhl.« Sie verließ die Küche, zog im Gehen die Jacke aus und pfefferte das Kleidungsstück in eine Ecke.

Der Rollstuhl stand im Wohnzimmer. Sie packte die Griffe, schob es in den Flur und über die Küchenschwelle.

Enya stand am Tisch und wischte mit einem leuchtend gelben Lappen die Oberfläche.

»Was tust du da?«

Das Mädchen zögerte, drehte sich um und lächelte erneut. Offen, warm, ganz Enya. »Nichts.«

Zarah stieß den Rollstuhl von sich, der zu ihrer Schwester klapperte, gegen ihre Beine stieß und zum Stehen kam. »Was war in der Suppe drin? Drogen? Hexenkraut?«

»Nichts.«

»Von Nichts wird man nicht bewusstlos.« Sie trat an den Tisch, fuhr mit der Hand über das Holz, das langsam trocknete. »Von Nichts steht ein behindertes Mädchen wohl kaum auf den Beinen und putzt die Küche!«

»Weißt du was? Du bist einfach unmöglich.« Enya setzte sich in den Rollstuhl und legte die Hände auf die Räder. »Ich bin dann in meinem Zimmer.«

»Was du auch nimmst, ich will, dass du damit aufhörst. Hörst du?«

Enya gab den Rädern Schwung, rollte an ihr vorbei.

»Enya!«

»Lass mich in Ruhe!«

»Ich will doch nur dein Bestes.«

»Was ist denn mein Bestes? Du kennst mich doch gar nicht!« Die Küchentür knallte zu.

Stöhnend ließ sich Zarah auf den Hocker am Tisch fallen. Die dünne Stimme vorhin, die so fröhlich durch das gesprungene Fenster drang. Die Gemütsschwankungen. Die Ohnmacht.

Gallagher, der eine zierliche Hand sanft in der seinen zum Abschied hielt ... Die Andeutungen des Wodjanois.

Zarah stürzte in den Flur. »Enya! Du bist schwanger. Du bist schwanger, nicht wahr? Ist es von ...«

Eine weitere Tür schlug zu und schnitt ihr das Wort ab.

Das Wasser war kalt. Aber sie mussten sparen, auch am Wasser, das sie mit Eimern von der Pumpe am Ende des Weges herbeischleppen mussten. Zarah streifte sich die Klamotten vom Leib und stieg in die Wanne. Sie seifte sich ein, spülte den Schaum wieder ab und wusch auch gleich ihre Kleidung. Es machte ihr nichts aus zu frieren, jetzt noch weniger als sonst.

Von der Leine, die quer durch das Bad gespannt war, nahm sie die frischen Sachen ab, die nassen hängte sie auf.

An dem T-Shirt, das sie bei Gallagher getragen hatte, leuchteten unverändert Friedberts Staubflecken.

In ihrem Zimmer breitete Zarah die ausgedruckten Unterlagen aus, hüllte sich in ihre Jacke und zog sich die Handschuhe über. Durch das zerbrochene Fenster strömte Kälte herein. Sie würde es nie erfahren, wer von ihren ehemaligen Kollegen nach ihrer Entlassung Steine auf das Haus geworfen und Beleidigungen an die Wände geschmiert hatte.

Nach einer halben Stunde merkte sie, dass sie noch immer nicht über den ersten Absatz hinausgekommen war. Frustriert schob sie die Blätter von sich. Sie lauschte, um wenigstens ein Lebenszeichen von Enya zu erhaschen. Vielleicht hätte sie das Mädchen nicht so vor den Kopf stoßen sollen.

Warum tust du dir das eigentlich an?

Ohne Enya wäre alles anders gewesen.

Ohne sie wäre ich jetzt womöglich bei Ash.

Aber was wärst du ohne sie?

Zarah dachte an den Tag, an dem sie Zeugin dieses seltsamen Menschenbrauchs geworden war, einer Beerdigung. Als Handwerker war Enyas Vater in ein Haus gerufen worden, in dem es einen Rohrbruch gegeben hatte. Was keiner ahnte: Das Gebäude stammte aus Kriegszeiten. Während der Kämpfe war es so sehr von der Magie angenagt worden, dass die Balken das Gewicht nicht mehr trugen. Das Haus brach über ihm zusammen. Erst nach drei Tagen barg man seine Überreste, um diese in einem hastig zusammengezimmerten Sarg beizusetzen. In der Nacht davor hatte es geschneit, und dann waren die Temperaturen über die Nullmarke gestiegen und hatten den Schnee in grauen Matsch verwandelt. Unter einem Busch hinten im Hof hatte in der eisigen Erde ein Loch geklafft – geweihte Friedhöfe durften nicht genutzt werden, weswegen die Menschen die Leichen ihrer Angehörigen begruben, wo immer sie ein Plätzchen dafür fanden. Die wenigen Versammelten froren, und sogar der Priester, der heimlich zur Beisetzung geladen worden war, bemühte sich, seinen Part schneller herunterzuspulen. Nur Enya saß bewegungslos in ihrem Rollstuhl und starrte mit leerem Blick auf den Sarg. Auch dann noch, als die anderen Trauernden schon längst gegangen waren. Zarah war zu ihr getreten, um sich zu erkundigen, wie lange ihre Schwester in der Kälte noch auszuharren gedachte. Doch noch bevor die Frage ihre Lippen verlassen konnte, spürte sie, wie Enya ihre dürren, klammen Finger in ihre Hand schob. »Jetzt sind wir wohl eine Familie«, flüsterte sie, und etwas in ihrem Ton hatte Zarah einen Schauer über den Rücken gejagt. Etwas Endgültiges, etwas, was alles veränderte.

»Zarah?«

Sie schreckte hoch. Enya war mit ihrem Rollstuhl ins Zimmer gerollt und knetete ihre Finger. Dürr, wie damals beim Begräbnis, und bestimmt auch klamm. Sie fror so leicht. »Ich habe geklopft, aber du hast nicht geantwortet.«

»Nein, nein, mach dir keinen Kopf deswegen. Es ist schon in Ordnung. Geht es dir … besser?«

»Ja. N-nein. Ehrlich gesagt, geht es mir scheußlich.« Sie senkte die Wimpern. Die von der Tusche unbeschwerten, schönen Wimpern, die seidig schimmerten. »Ich muss mich bei dir entschuldigen. Keine Ahnung, was in mich gefahren ist. Ich hätte nicht so … ätzend zu dir sein dürfen.«

Zarah nickte. »Es tut mir auch leid.« Die Worte klangen fremd. Mit Entschuldigungen kannte sie sich nicht aus. Sie erinnerte sich nicht einmal daran, mit Enya jemals so sehr gestritten zu haben, dass eine von ihnen um Verzeihung bitten musste.

»Ich weiß, wie viel du für mich tust und wie schwer du es hast. Manchmal vergesse ich einfach, dir für alles dankbar zu sein.«

»Rede keinen Stuss.« Sie wandte sich ab, sortierte die Papiere neu. »Was habe ich dir auch zu bieten? Ein Dreckloch und meine übertriebene Fürsorge.«

»Du bietest mir so viel mehr. Weißt du das nicht? Wir sind doch eine Familie.«

Zarah erschauerte wie am offenen Grab.

Enya rollte näher heran. »Wenn … wenn ich schwöre, dass ich keine Drogen nehme und … nicht schwanger bin, wirst du mir glauben?«

Sie zwang sich, Enya anzusehen. »Ja. Natürlich.«

»Gut.«

Sie musterten einander. Wieder ließ ein Lächeln Enyas Mundwinkel zucken, brachte Wärme und Zärtlichkeit. »Ich störe dich wohl bei der Arbeit, stimmt's?«

»Ach was. Ist nur ein beknackter Fall.« Zarah schaute auf das Blatt, auf dem ihre Hand ruhte. Es enthielt die Auflistung der Runen, die am Tatort nach Odas Ermordung gefunden worden waren.

Eine Rune hatte sie auch vor dem Angriff des Formwandlers gesehen. Auf der Schwelle des Hauses. Gab es da womöglich einen Zusammenhang? Andererseits stellten Runen nichts Besonderes dar. Viele nutzten diese magischen Zeichen, um ihr Haus vor schlechten Energien zu schützen oder die Zukunft vorauszusagen.

»Worum geht es denn bei deinem Fall?«

»Zwei Morde, und ich frage mich die ganze Zeit, welche Verbindung wohl zwischen den beiden Opfern bestanden haben könnte. Ich war zwar eine ganz passable Ordnungsaufseherin, bin aber eine miserable Ermittlerin.« Sie rieb sich die leicht brennenden Augen. Sie war müde, einfach zu müde.

Enya zog sich hoch, um sich mit dem Oberkörper über den Tisch zu beugen. Mit einer Hand stieß sie dabei eine runde Blechdose vom Tisch, die über die Dielen holperte und schließlich ihren Deckel verlor. Eine rote Haarsträhne rutschte aus dem Dosensarg, ein vertrockneter Ministrauß Veilchen, der Knopf von Ashs Aufseheruniform, den Zarah ihm nicht mehr hatte zurückgeben können. – Die Überreste ihres früheren Lebens.

Zarah beeilte sich, die Sachen aufzuheben, doch Enya griff vor ihr nach den Veilchen, die neben dem Rollstuhl gelandet waren. »Seit wann sind Blumen dir so wichtig, dass du sie aufhebst?«

Hitze stieg ihr in die Wangen. »Ich hebe sie doch nicht auf. Keine Ahnung, wie der ganze Dreck hier gelandet ist.« Sie verstaute die Strähne und den Knopf in der Dose und streckte die Hand nach den Veilchen aus. »Gib her, ich schmeiße das gleich weg. Das hat hier nichts verloren.«

Grinsend hob Enya den Arm. »Komm schon, sag mir, woher du die Blumen hast! Hat sie dir etwa ein heimlicher Verehrer geschenkt?«

»Quatsch. Lass den Unsinn.«

Sie wollte nach dem Strauß greifen, doch Enya manövrierte den Rollstuhl von ihr fort und wedelte mit den Blumen in der Luft. »Sag schon, sag schon!«

»Okay. Ich habe sie in der Schublade des Nachtschränkchens gefunden, als ich im Krankenhaus lag. Zufrieden?«

»Also doch ein heimlicher Verehrer. *Nichts ist süßer als die verborgene Liebe*«, trällerte Enya.

»Wunderbar. Mehr Kitsch kannst du dir nicht zusammenreimen? Ich glaube, ich muss mich gleich übergeben.«

»Das ist die Botschaft der Veilchen. Jemand wollte dir etwas durch die Blume sagen, du Dummerchen. Veilchen symbolisieren Treue, Hoffnung, Zuneigung. Da ist einer in dich verliebt und kann es wohl nicht offen sagen, verstehst du?« Enya rollte wieder näher heran und legte die Blumen in Zarahs Hand. »Hast du eine Ahnung, wer es sein könnte?«

»Nein.« Zarah verstaute den Strauß in der Dose, schloss den Deckel und warf sie in eine der Schreibtischschubladen. »Ich glaube nämlich nicht an …«, sie schluckte, »… gute Geister. Nicht mehr.« Sie setzte sich wieder, legte die Arme auf die Tischplatte und ließ den Kopf auf sie sinken. Hörte ein Rascheln von Papier und schloss müde die Augen. Enya blätterte wohl in den Unterlagen. Sollte sie machen, das Mädchen verstand eh kein Wort. Bereits vor einigen Jahren hatte Zarah einen Antrag an den Bildungsausschuss gestellt, in dem sie bat, Enya wenigstens die einfachste Grundbildung zuzubilligen. Der Antrag wurde abgelehnt. Nur auserwählte Menschen durften Lesen und Schreiben lernen, noch weniger einen Beruf erlernen. Bei einer Behinderten sah der Ausschuss die Ausbildung als Ressourcenverschwendung an. Da hatte auch Zarahs Stellung als Aufseherin nichts bewirkt.

Sie musste tatsächlich eingeschlafen sein. Sah Ash, der strahlend und imposant an ihr vorbeiglitt, in ein gleißendes Licht gehüllt. Sie lief ihm nach, suchte seinen Blick und begriff nicht sofort, dass sie in Gallaghers Gesicht schaute und etwas fühlte, was nicht sein durfte. Er reichte ihr seine Hand, sie wollte nach ihm greifen, doch ihre Finger fassten ins Leere, während etwas an ihrer Schulter rüttelte.

»Was? Wie?«

»Ich meine: Diese Frau, der das Herz herausgerissen wurde, hatte anscheinend eine Art Tagebuch geführt. *Pro-*

phezeien ist eine Herzensangelegenheit hieß es. Und war die andere Tote nicht eine Seherin? Meinst du nicht, das Tagebuch könnte dir ein paar Anhaltspunkte liefern?«

Zarah brauchte einen Moment, um in die Realität zurückzufinden und ihren Traum endgültig als Albtraum einzustufen. »Woher weißt du von diesem Tagebuch?«

»Steht in der Liste der sichergestellten Beweisstücke.« Enya deutete auf ein Blatt.

»Ja, aber woher weißt du …« Zarahs Hocker fiel um. Sie war aufgesprungen, fühlte aber kaum den Boden unter den Füßen. »Du kannst lesen?«

Enya blinzelte, die schiefergrauen Augen schimmerten feucht. »Ja.«

»Woher?«

»Ich habe es mir selbst beigebracht. Entschuldige. Ich weiß, das war falsch und …«

»Hast du eine Ahnung, wie gefährlich das ist? Was, wenn jemand davon erfährt? Die ungenehmigte Aneignung von Wissen wird bei Menschen mit dem Tod geahndet, ist dir das klar?«

»Bitte, reg dich nicht so auf.« Enyas Hände zitterten in ihrem Schoß. »Von mir wird doch keiner etwas erfahren.«

»*Ich* habe es erfahren. Was, wenn du dich auch jemand anderem gegenüber verrätst? Wie lange kannst du das überhaupt schon?«

»Seit ich die alten E-Books meines Vaters gefunden habe. Mir war doch sonst nichts von ihm geblieben. Ich wollte ihm nahe sein. Ich schwöre, niemand sonst wird davon erfahren, du brauchst dir keine Sorgen um mich zu machen. Hier.« Enya reichte ihr die Liste. »Ich will dir nur helfen. Eine Seherin und möglicherweise eine Prophetin. Ist das nicht die Verbindung, nach der du gesucht hast? Mit dem

Tagebuch kannst du dir Gewissheit verschaffen, ob tatsächlich etwas daran ist.«

Zögernd nahm Zarah das Blatt entgegen. Das Tagebuch war zusammen mit anderen Sachen ins Archiv gebracht worden. »Gut. Aber wie soll ich die Wachleute ablenken und unbemerkt ins Archiv kommen? Soll ich vielleicht einen Brand legen? Ich hege ja schon lange den Wunsch, die ganze Bude abzufackeln.«

Enya neigte den Kopf leicht zur Seite. »Hm. Das Ordnungsamt befindet sich doch auf dem ehemaligen Uni-Gelände, oder? Da würde sicher gleich eine Sprinkleranlage losgehen. Vergiss das Feuer, nimm lieber Wasser. Und etwas Glück wirst du wohl auch brauchen.«

Zarah dachte an die hartnäckigen Flecken auf ihrem T-Shirt. »Für etwas Glück hat Friedbert unwissentlich gesorgt.«

»Friedbert?«

»Gallaghers Fee.« Sie geriet ins Stocken, als ihr die verärgerten Worte der Fee einfielen. »Vergiss es. Aber wegen des Wassers … hast du da etwa einen Plan?«

Enya grinste breit. »Und ob! Den E-Books meines Vaters sei Dank.«

10

Die Haut unter dem Plastikarmband schwitzte, als sie es am Wachhäuschen an das Lesegerät hielt. Bei jeder Bewegung hörte Zarah das Klimpern des Werkzeugs in ihrem Rucksack, das sie auf den Tauschmärkten nach und nach ergattert hatte. Oder glaubte es zu hören. Eine Rohrzange, ein Schraubendreher und eine Taschenlampe, die flackerte und ständig auszugehen drohte. Die Sachen waren sicher in das T-Shirt mit Friedberts Staub eingewickelt und in das Futter am Boden eingenäht. Um die Utensilien auf das Gelände zu schmuggeln, sollte das Glück auf jeden Fall reichen. Trotzdem hatte sie das Gefühl, allein das Gewicht, das ihre Schultern nach unten zog, müsste sie verraten.

Das Lämpchen des Lesegeräts flackerte auf und blieb rot.

Sie hielt erneut das Armband hin – ohne Erfolg.

Jetzt schwitzte sie am ganzen Körper.

Ihr Vorhaben wurde entdeckt, das Werkzeug war irgendeinem Detektor, den sie nicht bedacht hatte, aufgefallen, die Armfessel hatte schon längst all ihre Abweichungen vom akzeptablen Verhalten gemeldet … Töricht, auch nur gehofft zu haben, mit ihrem Wagnis durchzukommen.

Die Tür des Wachhäuschen schwang auf. Aus dem Inneren kroch Onkel Joschi, ein alter Arachne-Dämon, der nach dem Tod seines Zwillingsbruders und dem Verlust des größten Teils seiner magischen Fähigkeiten die Zeit mit Extrem-Kettenrauchen vertrödelte, und wenn es ihm in all dem Qualm gelang, die Einlasssysteme überwachte.

»Ich bringe sie um«, murrte er und rollte mit allen vier Augenpaaren, die auf seinem haarigen Kopf drei Reihen mit Rundum-Blick bildeten. »Ich bringe sie alle um. Bin ich ein Stehaufmännchen oder was?« Er steckte seinen Universalschlüssel in das Steuerungspaneel der Schranke und hob die Sperre manuell auf.

Ächzend und mit knackenden Gelenken bewegte er sich zurück an seinen Platz, und Zarah konnte nur hoffen, dass er es schaffen würde, ohne unterwegs zusammenzubrechen. Dabei hatte sie einst selbst zugesehen, wie Onkel Joschi in wenigen Millisekunden über zwanzig Meter weit gesprungen war, um punktgenau im Nacken seines Feindes zu landen und die Giftzähne in sein Opfer zu stoßen.

Sie huschte durch die Personenschleuse, während an ihrem Rücken der Blick der Spinnenaugen nagte. Das Werkzeug hüpfte bei jedem Schritt mit. Sie zwang sich, ihren Gang zu mäßigen, mimte die schlurfenden Bewegungen der Geächteten, die sie noch vor wenigen Tagen gewesen war, achtete auf die Umgebung, die Überwachungskameras und die Wachleute.

Oben auf dem Hügel lagen die neueren Gebäude der ehemaligen Uni, modern geschwungen und mit gläserner Front. Zu regulären Bürozeiten saßen dort die großen Chefs und die Verwaltung. Eine breite Treppe führte nach unten, an der früheren Studentenmensa und der Bibliothek vorbei zu den älteren Bauten aus rotem Backstein. Ein kleiner Teich, umgeben von wenigen Bäumen und Büschen, wirkte wie eine Oase der Ruhe und in der bald endenden Nacht noch stiller als sonst. Zu ihren Putzzeiten hielten sich hier selten viele Beamte auf, abgesehen von den Mitarbeitern der Notruf-Zentrale, der Wache und den Einsatzteams, die sich in Bereitschaft hielten. Obwohl sie nicht den üblichen Weg wählte, schlugen die Sensoren, die ihre Bewegungen auf dem Gelände überwachen sollten, keinen Alarm.

Sie betrat den Umkleideraum. Ihr Spind ließ sich nicht öffnen, weder mit der PIN noch mit der PUK. Erst dann bemerkte sie die Nachricht, die auf dem Log-Screen blinkte. ›Gesperrt wegen Wartung des Sicherheitssystems. Betreten des Geländes nur für befugtes Personal.‹

Deshalb wollte die Schranke sie nicht passieren lassen! Während Onkel Joschi es als eine wartungsbedingte Störung des Systems ausgelegt haben musste. Womöglich spielte Friedberts Staub eine entscheidende Rolle bei diesem Versehen. Denn es konnte nur Glück sein. Viel Glück. So viel, dass ihr flau im Magen wurde.

Sie war nach draußen getreten, stand vor der Tür und fror. Ihr war nie aufgefallen, dass sich das Gebäude mit dem Archiv direkt neben ihrem Einsatzort befand. Und sie hatte absolut alles dabei.

Sie ging zum Teich. Noch konnte sie umkehren.

In Gedanken ging sie Enyas Plan durch, der funktionieren sollte.

Auf der Treppe erschienen zwei Wachmänner, die gemächlich die Stufen hinabstiegen. Sie huschte in die Büsche, drückte sich an die eisige Erde und wartete, bis die beiden Uniformierten an ihr vorbeimarschiert waren. Dann stahl sie sich entlang der Fassade, außerhalb der Kamerabereiche, zu einem der Kellerfenster und begutachtete es. Als Aufseherin hatte sie schon schwierigere Hindernisse überwinden müssen. Das Fenster gab nach und löste sich vom Rahmen. Kein Alarm.

Sie schlüpfte hinein, lief lautlos durch den Keller und suchte nach den Absperrventilen der Hauptwasserleitung. Diese sollten bei einer Wasseruhr zu finden sein, hatte Enya behauptet: »Du weißt schon. Die typischen Handrädchen, wie sie lange vor dem Ende der Welt in Mode waren. Bei den älteren Gebäuden findest du sie höchstwahrscheinlich an den verzinkten Stahlleitungen. Da sie nur selten betätigt werden, brauchst du einiges an Kraft, um sie zu bewegen. Deine Aufgabe ist es, sie für Hände unbrauchbar zu machen.« Ein erhobener Zeigefinger, ihre gewichtige Stimme – Enyas Vater wäre stolz darauf gewesen, dass sein Mädchen ihm so nacheiferte.

Zarah brauchte ein Weilchen, um die Wasseruhr und die besagten Ventile zu finden. Zur Sicherheit verglich sie diese mit Enyas ungelenker Zeichnung. Zwei runde Dinger, die ein wenig an eine stilisierte Blume erinnerten, fixiert mit einer handelsüblichen Schraube.

Sie löste den zweiten Boden aus dem Rucksack und holte den Schraubendreher. »Ene, mene, muh und raus bist du.« Auch diesen Reim hatte ihr Enya vor Ewigkeiten beigebracht. Er half Menschen, schnell Entscheidungen zu treffen. Obwohl im Unklaren blieb, welche Kräfte damit beschworen werden sollten – der Spruch funktionierte auch bei Geächteten. Das Ende des Werkzeugs zeigte auf die Leitung mit dem kalten Wasser. »Also gut, eine kalte Dusche für das Ordnungsamt.«

In den Rohren blubberte und zischte es, während sie den Griff abschraubte, um die längst korrodierte Spindel freizulegen. Das Handrad löste sich, und sie trat einen Schritt nach hinten. »Ich würde gern eure Gesichter sehen, wenn ihr versucht, hier die Wasserzufuhr zu stoppen.«

Sie verbat sich, darüber nachzudenken, wie verblüffend einfach bisher alles ging. Auf der Etage oberhalb des Archivs befanden sich Büros und Aufbewahrungsräume. Keine Sicherheitsvorrichtungen wie ein Stockwerk tiefer, keine Metalltür, die unbefugten Personen den Zugang verwehrte.

Aus der Hosentasche zog sie Enyas zerknitterten Zettel hervor und drehte ihn um. »2. Die Unterputzventile finden –> Toiletten«, stand dort in Enyas krakeliger, kindlicher Schrift. »Meist in einer Ecke.« Darunter die Zeichnung: Zwei Griffe, die aus der Wand ragten und bei denen Zarah sich schon oft gefragt hatte, wozu die eigentlich gut waren.

Sie brauchte kaum eine Minute, um die Stelle zu finden und sich davorzuhocken. Mit dem Schraubendreher löste sie den blauen Plastikpunkt, der die Kaltwasserleitung markierte, und entblößte die darunterliegende Schraube.

Das Aufheulen des Alarms fuhr ihr bis ins Mark.

Vorbei. Sie kauerte sich zusammen und presste die Hände auf die Ohren, während das Dröhnen der Sirene ihren Kopf zum Vibrieren brachte.

Und das wegen eines Plastikpunktes? Sie lachte, ohne sich selbst zu hören. Nicht das Kellerfenster oder die Sensoren waren ihr zum Verhängnis geworden – der Alarm war durch einen beschissenen Plastikpunkt an einem Unterputzventil ausgelöst worden!

Der Lärm endete, und ihr hysterisches Lachen hallte durch die Toilette. Sie hielt inne. Senkte die Arme. Wartete.

Doch niemand kam, um sie zu holen.

Sie löste sich aus der Starre und machte weiter, solange sie es eben noch durfte. Es spielte keine Rolle, in welchem Stadium ihres Plans sie erwischt wurde – das Ende wäre immer gleich.

In die Arbeit versunken, hätte sie beinahe die Schritte überhört, die sich der Toilette näherten. Erst als diese federnd leicht direkt vor der Tür erklangen, fuhr sie hoch.

Sie stopfte das Werkzeug in den Rucksack und verschwand in einer der Kabinen, wo sie auf den Klodeckel stieg.

Die Eingangstür schlug gegen die Wand.

»Ich halte das nicht mehr aus«, knurrte eine Männerstimme. »Der Alarm geht schon zum vierten Mal los. Hast du von diesen beknackten Serverarbeiten und dem Sicherheitscheck gewusst?«

»Das Memo kam kurz vor meinem Schichtbeginn«, erwiderte ein anderer. »Sogar der Funk setzt teilweise aus. Ich habe mich bei dem Leiter der Technikabteilung beschwert, und weißt du, was diese widerlich hübsche Kellerassel geantwortet hat? Dass ich halt ein paar Stunden lang meine Augen offen halten und mich nicht auf die Überwachungsanlage verlassen sollte. Der hat doch ein Rad ab.«

Die Schritte verstummten vor den Pissoirs. Ein Reißverschluss ratschte, und bald darauf prasselte ein Urinstrahl auf das Porzellan.

Zarahs angespannte Muskeln begannen zu schmerzen. Sie verlagerte das Gewicht. Der Rucksack raschelte. Sie hielt den Atem an, doch beinahe gleichzeitig mit dem Rascheln blubberte das Wasser in einem der Pissoirs.

»Ch-che, che. Kommt ›Dämon‹ von ›dämlich‹? Nicht in der Lage, überleben ohne die Menschentechnik. Und? Wo das wird hinführen? Das ich frage mich.«

»Du schon wieder? Hat dir die Abreibung kürzlich nicht gereicht? Ich kann's gern wiederholen.«

»Ai-jai-jai. Wie unhöflich. Aber was ich erwarte von jemand, der nicht einmal merkt, was geschieht vor sein eigene Nase.«

Verflucht! Der Plastikpunkt lag noch gut sichtbar auf dem Boden. Den Wodjanoi hatte sie ganz vergessen. Natürlich wusste er längst, was sie mit seinen Leitungen anstellte.

Plötzlich ertönte ein Gerangel und der nasale Ausruf des Wächters: »Hey, spinnst du?«, während der andere Mann die Situation mit einem Husten zu überspielen versuchte.

Dann verhallte das Ringen. Es platschte erneut, der Wassergeist ließ sein Opfer anscheinend frei und verschwand im Abfluss.

»Wenn ich den kriege, trete ich ihm so in den Arsch, dass er es im Freiflug zurück in seine Heimat schafft!«

»Ach lass den doch«, meinte der andere, der sein Gegluckse endlich herausgehustet hatte. »Komm. Wir müssen unseren Rundgang machen. Der Technik-Fuzzi hat recht, es gilt, besonders aufmerksam zu sein.«

Erst nach mehreren Minuten wagte sie sich aus ihrem Versteck, schlüpfte aus der Kabine – und blickte direkt in die kalten Glubschaugen. Mit einer Hand stützte der Wodjanoi den Kopf ab, der andere Arm baumelte lässig vom Waschbeckenrand. »So, so, da ist sie also, kleine Einbrecherin. Wetten wir, ich weiß, was du hast vor?«

Der Rucksack wog Tonnen, zog ihre Arme lang. »Ich habe dir geholfen, weißt du noch?«

»Muss ich noch wissen das?« Er spuckte ihr eine kleine Fontäne vor die Füße.

»Verpfeife mich nicht. Bitte!«

»Che-che.« Er lachte. »Ich glaub, ich halte grad fest dich am Bart, ist so? Was du bist bereit, opfern mir für mein Schweigen?«

Der Rucksack plumpste auf die Fliesen. Die Gestalt des Wodjanois schien vor ihrem Blick zu verschwimmen und gleichzeitig zu wachsen. Bedrohlich ragte die schlammgrüne Silhouette aus dem Waschbecken.

Zarah wollte schlucken, hatte aber keine Spucke mehr. »Du willst das, was ich in meinem Zuhause nicht kenne. Stimmt's?«

Wie oft hatte sie die russischen Märchen belächelt, in denen die dummen Kaufmänner und Zaren dem Wodjanoi auf den Leim gingen und ahnungslos ihre neugeborenen Söhne und Töchter als Lösegeld versprachen! Aber in Wirklichkeit steckte mehr dahinter. Kein simples Märchen – sondern ein Opferritual.

»Bist du kluges Mädchen.« Der Wodjanoi klatschte in die froschartigen Pfoten.

»Du nimmst Kinder, nicht wahr?« Sie konnte nichts dafür. Wie von selbst blitzten die Bilder in ihrem Kopf auf. Gallagher, den sie vor ihrem Haus erwischt hatte … Enyas Ohnmacht … Dämonenschwangerschaften verliefen oft mit Komplikationen.

Besonders, wenn das Dämonenkind im Leib einer Menschenfrau heranwuchs.

»Schätzelchen«, blubberte der Wodjanoi in ihre Gedanken hinein, »›Daheim‹ ist ein Begriff, was kann haben viele Bedeutungen. Aber wir diskutieren, und dir läuft schon davon die Zeit. Was jetzt? Po rukam?« Er stemmte sich am Waschbeckenrand ab.

»Warte!« Sie streckte die Arme aus, um ihn zu packen, bevor er ihr entglitt. »Geht es hier um Enya? Sag es mir!«

»Po rukam!« Er hechtete nach vorn und drückte ihre Hand. »Po rukam! Po rukam! Po rukam!«

»Nein!« Sie zog die Hand zurück. Mit einem schmatzenden Geräusch rutschte sie aus seinem Griff. Schleim tropfte von ihren Fingern, während sie hastig die Papiertücher aus dem Spender zog und sich die Hand abwischte. »Ich habe nicht …«

»Abgemacht – Po rukam!« Der Wodjanoi wirbelte um die eigene Achse. Wie von einem Sog erfasst, verschwand er im Waschbecken.

»Nein!«, rief sie.

»Nein«, flüsterte sie kraftlos, während sie in den Abfluss starrte und an dem Geruch von Morast schluckte. »Das zählt nicht. Ich habe nicht … Ich habe …« Sie ließ sich neben dem Waschbecken zu Boden gleiten.

Ihre Finger rochen nach abgestandenem Wasser und Schlick, egal, wie verbissen sie die Haut schrubbte. Abgemacht. Der Wodjanoi war im Recht. Für ein magisches Bündnis zählte ein Handschlag. Wie es dazu kam, interessierte die Kräfte des Universums nicht im Geringsten.

Erneut erklang der Alarm.

Zarah kauerte auf dem Boden, eine Schläfe gegen die Fliesenwand gelehnt, und wartete, bis es vorbei war.

Die Rohre gluckerten.

Du wirst kein Kind bekommen! Eher sterbe ich.

Und vielleicht galt der magische Handschlag bei einer Geächteten auch nicht? Ja, das musste es sein.

Ihre Finger rochen trotzdem danach.

Sie rappelte sich hoch und stolperte zu den Unterputzventilen. Die Schraube lösen. Den Griff abziehen. Das verchromte Gehäuse herausdrehen. Den Gedanken an ein unschuldiges Kind, das sie dem Wodjanoi womöglich geopfert hatte, verdrängen.

Nackt und schutzlos ragte die Messingspindel heraus, im Umfang etwas dünner als ein Bleistift. Sie packte die Spindel mit der Rohrzange, bog sie hin und her, und der Stift brach ab.

Jetzt zu den Waschbecken.

»Oi, noch etwas«, blubberte es aus dem Abfluss. »Bei Eckventile du solltest an Seite hocken, nicht direkt davor. Drückt Wasser da recht heftig aus der Leitung.«

Sie umklammerte die Rohrzange so fest, dass ihre Fingerknöchel sich weiß färbten. Am liebsten hätte sie das Waschbecken, aus dem die Stimme des Wodjanois drang, in Stücke zerschlagen.

»Danke für den freundlichen Hinweis«, zischte sie durch die Zähne.

»So ich bin zu dir. Wie Beinahe-Vater zu seinem … aber lasst du dich nicht ablenken.«

Sie rief sich zur Vernunft und befolgte seinen Rat, obwohl alles in ihr danach schrie, ihm zu trotzen. Bei der letzten Drehung schoss tatsächlich eine Fontäne hervor, das Wasser flutete den Boden und durchtränkte ihre Jogginghose. Sie stand auf. Es würde einige Minuten dauern, bis der Wassersegen im Archiv bemerkt werden würde.

An der Metalltür eine Etage tiefer machte sie halt. Das entsprechende Lämpchen leuchtete nicht – die Überwachungskamera war außer Betrieb. Sie zog das T-Shirt heraus und rieb die rosafarbenen Staubflecken an der Klinke. Ob noch etwas Glück für sie übrig war, oder war es inzwischen aufgebraucht? Das würde sie bald erfahren. Zarah lief nach unten und versteckte sich.

Nach zehn Minuten hörte sie ein metallisches Rasseln, Fluchen und schnelle Schritte die Treppe hoch. Als die Schritte verhallten, hastete sie zum Archiv. Gesegnet seien Friedbert und sein Schuppen! Die Tür stand einen schmalen Spalt offen. Der Korridor dahinter führte an einem leeren Aufsichtszimmer und etlichen Räumen vorbei. Von der Decke tropfte es wie in einer Höhle, und sie musste aufpassen, um in den Pfützen auf dem Linoleum nicht auszurutschen. Die Türschilder trugen Nummern, die in den Akten vermerkt waren. So fand sie schnell den richtigen Raum.

Der gar nicht abgeschlossen war! Nein, so viel Glück konnten die Flecken unmöglich gebracht haben, außer, Friedbert gehörte zu den Mächtigsten seiner Art. Sie stieß die Tür an, die sich geräuschlos und beinahe gespenstisch vor ihr auftat.

Ein Zufall? Eine Falle? Die Folgen des Systemchecks?

Die langen Reihen von Lagerregalen schienen im Nirgendwo zu verschwinden. Die Plastikboxen darin erinnerten an Kindersärge, die auf Einäscherung warteten. In der Stille pochten ab und zu Wassertropfen auf die Deckel.

Sie trat ein und lehnte die Tür an. Die Taschenlampe warf ein kränkliches Licht auf den Boden, die Luft roch nach ungewaschenen Füßen. Zitternd kroch der Lichtkegel an einer Regalleiste hoch und ertastete die Fall-Nummern, nach denen die Aufbewahrungsboxen sortiert waren.

Särge. Das Bild bekam sie nicht mehr aus dem Kopf. Denn ein ähnliches hatte sie während ihrer Ausbildung gesehen. Fall-Nummern, Reihen von Aufbewahrungsboxen, die auf eine Einäscherung warteten, und Leichen darin. Das Ordnungsamt hatte eine Säuberung vorgenommen und die Zwillinge wankelmütiger Dämonen eliminiert.

Rasch senkte sie die Taschenlampe. Beinahe glaubte sie tatsächlich, durch die milchigen Plastikwände Umrisse toter Menschenleiber zu sehen.

Ein Geräusch, als würde weiter hinten etwas auf dem Boden abgestellt, ließ sie aufhorchen. Ein Wächter, der das Material vor dem Wasserschaden zu retten versuchte? Sie knipste die Lampe aus, pirschte sich heran und spähte durch den schmalen Spalt zwischen zwei Boxen. Es war kein Wächter. Sondern zwei Unbekannte, mit Taschenlampen ausgerüstet und Ski-Masken über dem Kopf, machten sich an einem Aufbewahrungsbehälter zu schaffen. Zarah hörte ein Wispern: »Ja, das ist das Buch, das sie immer so sorgfältig versteckt hat. Die Engel haben es ihr für die Prophezeiungen geschenkt. Lass uns abhauen.«

Die beiden huschten in Richtung Ausgang, das Licht ihrer Taschenlampe tanzte herum. Zarah bog um das Regal und beleuchtete die Box. Sie brauchte nicht nach der Fall-Nummer zu suchen, denn sie erkannte den Schürhaken, den sie dem Formwandler damals in den Hals gerammt hatte. Also war nicht nur Enya auf die Idee gekommen, die Geheimnisse der Menschenfrau zu enthüllen.

Sie lief den Einbrechern hinterher, erwischte den einen und riss ihn am Arm herum. Er schrie überrascht auf. Seine Taschenlampe rollte unter ein Regal. Mit dem rechten Haken schleuderte sie ihren Gegner zu Boden. Im selben Augenblick traf ein Schlagstock sie in den Rücken. Sie stolperte über den Liegenden, blieb aber auf den Beinen und drehte sich dem Angreifer zu, der immer wütender auf sie einzuschlagen begann. Geschickt wich sie den Hieben aus.

»Nimm das Zeug und verschwinde!«, keuchte eine Frauenstimme unter der Maske und warf dem Liegenden das Buch zu. »Ich lenke sie ab.«

Zarah blockte ein paar Hiebe ab, bis sie die Gelegenheit bekam, sich unter dem Schlagstock zu ducken und die Gegnerin am Handgelenk zu packen. Noch eine Drehung, und schon bog sie der Unbekannten den Arm auf den Rücken. Mit einem Ruck zog sie die Ski-Maske herunter, schleuderte die Angreiferin herum und schaltete sie mit einem gezielten Schlag aus. Der Körper krachte gegen ein Regal und sackte auf dem Boden zusammen. Zarah hob die Taschenlampe, leuchtete der Besiegten ins Gesicht und brauchte ein paar

Sekunden, um zu realisieren, dass sie das Mädchen erkannt hatte. A… Alla?

Lessa geht es gut.

Teufelsfurz, nein, jetzt ganz sicher nicht mehr. Sie kniete sich hin, prüfte die Lebenszeichen und atmete auf. Alles so weit okay. Alessas Komplize war natürlich schon über alle Berge. Sie setzte ihm trotzdem nach, in der Hoffnung, sie würde ihn einholen. Allein konnte sie das bewusstlose Mädchen unmöglich von hier fortschaffen. Ließe sie es zurück, würde es in einer zum Verwechseln ähnlichen Box landen.

Sie stieß die Tür auf, stolperte ins Helle und prallte mit jemandem zusammen.

»Hiergeblieben!«, herrschte jemand sie an und packte ihren Oberarm.

Dann brach ein fürchterlicher Tumult aus. Wieder heulte der Alarm los. Andere Wächter stürmten das Archiv und schrien etwas, um die Sirene zu übertönen, und Zarah wusste, dass es vorbei war.

»Wir wissen nicht, wohin die Reise geht; wir wissen nicht einmal: Who is driving?«

JOSEPH WEIZENBAUM,
ÖSTERR.-AMERIK. MATHEMATIKER

Ich fühlte mich stärker, mächtiger, rücksichtsloser. Es tat weh und erschreckte mich, doch nach und nach nahm mich diese Kraft immer mehr ein. Der Gedanke, irgendwann das Schicksal dieser Welt in Händen zu halten, erfüllte mich mit Genugtuung. Ich sehnte mich danach, das Leben da draußen in vollen Zügen zu genießen. Und gleichzeitig spürte ich, wie mein Wesen sich in etwas Dunklem verlor. War es ein Teil von mir? War ich das überhaupt noch?

Ab und zu traute ich mich, mein Zuhause zu verlassen, und beobachtete auf meinen heimlichen Streifzügen die Kreaturen, über die zu herrschen mir anscheinend vorherbestimmt war. Menschen, Dämonen, Engel – ich belauerte sie beim Wirken ihrer Zauber, wie sie um die Gunst der Magie buhlten und sich für kleine Erfolge abmühten. Ich sah, was die Magie ihnen dafür gab und was sie ihnen nahm.

Ich hatte Mitleid mit ihnen.

Mein nächtlicher Retter – ich mochte ihn immer weniger so nennen – ließ mehr und mehr Vorsicht walten. Ich ahnte, dass sich etwas Bedeutsames anbahnte, doch er erzählte mir kaum etwas von meiner Bestimmung. Ein Orakel, meinte er nur knapp, habe vorausgesagt, dass unser Universum, gegenwärtig in Nacht- und Lichtseite getrennt, wieder vereint würde. Durch jemanden, der sich sowohl den Tag als auch die Nacht untertan macht. Durch mich. Nirgends fand sich jedoch auch nur die kleinste Spur einer solchen Prophezeiung, obwohl es sonst in allen möglichen Überlieferungen von Offenbarungen nur so wimmelte. Ich musste Sorge dafür tragen, dass dem auch so blieb.

Viel mehr machte mir jedoch der Hunger zu schaffen. Mein heimlicher Besucher ließ sich zunehmend seltener blicken, und so fiel es mir immer schwerer, meine Gier nach rohem Fleisch im Zaum zu halten. Dieses Verlangen zehrte an meinem Inneren, schwächte mich und trieb mich an die Grenze des Wahnsinns.

Bis ich eines Tages tötete.

Es kam wie ein Sog über mich, alles rückte in die Ferne, und ich versank in einem seltsamen Dämmerzustand. Mein Körper gehorchte nur primitiven Instinkten. Auflauern, anschleichen, zuschnappen.

Ich kam erst zu mir, als meine Zähne sich bereits in das Fleisch gruben und krachend die zarten Knochen zermalmten.

Mit einem Mal glaubte ich, an dem Fang zu ersticken, röchelte und stieß mit der Zunge die Überreste heraus, in der Hoffnung, ich würde es irgendwie schaffen, nicht hinzusehen. Kalter Schweiß bedeckte meine Haut. Mir wurde schwindelig.

»Ah, warmes Fleisch, sehr delikat.« Die Stimme meines Retters hüllte mich ein. Er beobachtete mich, jeden meiner Schritte und jeden meiner Atemzüge. »Wobei ich gehofft hatte, dass du dich an eine – hm – größere Beute wagst.«

Halb blind vor Entsetzen starrte ich auf die Büsche vor mir, ohne imstande zu sein, den Kopf zu drehen und zu ihm aufzuschauen. Ich hatte den Tod schon oft gesehen, aber noch nie hatte ich zwischen den Zähnen die letzten Zuckungen meiner Beute gespürt.

»Ein Geächteter wäre womöglich zu viel verlangt, aber wenigstens ein Hund oder eine Katze. Und nicht so etwas.«

Alles sträubte sich in mir, hinunterzublicken, dennoch tat ich es wider jede Vernunft. Auf dem verwelkten Gras lagen die halb zerkauten Überreste einer Ratte.

Das war ich nicht … Meine Kehle schmerzte von stummen Weinkrämpfen, und die Augen, die keine Tränen mehr vergießen mochten, brannten. Ich war ein Monster, das sich fragte, wann es verlernt hatte zu weinen.

Er trat näher, seine Fingerspitzen wanderten mein Rückgrat hinunter. »Vielleicht sollte ich mich geduldig zeigen. Immerhin hast du nicht mit Insekten angefangen.« Seine Stimme kribbelte wie Spinnenbeine in meinem Nacken. »Ich fürchte, es wird dir nicht leichtfallen, zu tun, was du bald tun musst.«

Ein Zittern durchlief meinen Körper. Nur mühsam gelang es mir, etwas halbwegs Verständliches herauszupressen: »Ich … brauche etwas … zu essen.«

Der Anblick der Ratte ließ mich erneut würgen. Wie konnte ich bloß jetzt an Nahrung – rohe, nach Möglichkeit noch *lebendige* Nahrung – denken?

»Du musst lernen, dich selbst darum zu kümmern. Was würde mit dir geschehen, sollte ich nicht da sein, um dich zu beschützen? Dämonen und Engel suchen nach dir. Denn die Mächtigsten spüren schon längst, wie die Magie sich wandelt und sich jemandem zuwendet. Kannst du in deinem jetzigen Zustand der ganzen Welt trotzen?«

»B-bitte!« Erneut fuhr der Schüttelfrost mir bis in die Knochen.

»Keine Sorge. Solange ich da bin, werde ich nicht zulassen, dass du in falsche Hände gerätst. Ich glaube, es ist an der Zeit, den nächsten Schritt zu tun.«

»G-gib mir … zu essen. Ich … flehe dich an …«

»Bald wirst du die Fähigkeit erlangen, mit der Magie zu sprechen. Du bekommst eine ganz besondere Zunge dafür. Um deiner Bestimmung näher zu sein.«

»N-nein. Nicht …«, wisperte ich kaum hörbar, während alles in mir schrie: *Ja! Mehr!*

War mir wirklich von Anfang an klar gewesen, was aus mir würde? Hatte ich das gewollt? Wollte ich das noch?

»Es gibt nur ein kleines Problem. Ich weiß nicht, wo die Trägerin deiner Zunge ist. Du wirst sie aufspüren müssen. Und töten.«

Entkräftet schüttelte ich den Kopf. »Nein.« Ob ich es ausgesprochen hatte? Oder stattdessen *Alles was du willst!* gebrüllt hatte, damit er mir endlich etwas gab, um den Hunger zu stillen. Ich war nur ein Werkzeug in seinen Händen, ein Werkzeug, das ich ihm selbst gegeben hatte. Er hielt die Fäden, die mir entglitten waren. Er würde derjenige sein, der die Zukunft formen würde, nicht ich.

»So ist es brav.« Er warf mir ein Stück Fleisch hin. Menschenfleisch. »Friss es und folge mir. Uns steht eine lange Nacht bevor.«

11

Der Wächter schlug ihr Gesicht gegen eine Wand und fesselte ihre Hände mit Handschellen auf dem Rücken. Zarah biss die Zähne zusammen und spürte, wie ihr warmes Blut aus der Nase troff. Der Aufprall hinterließ in ihrem Kopf einen pulsierenden Schmerz, der mit dem Heulen der Sirene an- und abschwoll.

»Bewegung!«

Während sie unbeholfen zur Seite stolperte, schleifte ein anderer Wärter die bewusstlose Alessa aus dem Raum. Im Flurlicht sah der schmale Körper noch zerbrechlicher aus. Die Spitzen des zerzausten blonden Haars saugten das Wasser auf. Der Wächter ließ die Beine des Mädchens los, und die Fersen prallten auf das Linoleum. Weitere Männer brüllten einander etwas zu, ohne gegen die Sirene anzukommen, und fuchtelten mit den Armen.

Von einem Moment auf den anderen verstummte der Alarm. Die Aufseher hingegen gaben erst Ruhe, als sich die Tür zum Archiv mit einem metallischen Knall schloss.

»Was ist denn das hier für ein Durcheinander?«

Zarah fand kaum die Kraft, ihren Blick von Alessa abzuwenden und zu demjenigen aufzuschauen, der immer auftauchte, wenn sie in Schwierigkeiten geriet. Gallagher.

Er deutete auf den Flur und zog fragend eine Augenbraue hoch. Seine Mimik war ihr so vertraut, dass es schmerzte. Sie hätte gern nach seiner Hand gegriffen. Aber die war nicht für sie, um ihr, wie schon so oft, auf die Beine zu helfen. Und die Finger, die er zu ihr ausstreckte, hatten Enyas Hand zärtlich und liebevoll gehalten, nicht ihre.

Flüchtig glitt sein Blick über sie. Es tut mir leid, wollte sie ihm sagen, und es hätte ehrlich geklungen. Aber die honigbraunen Augen verströmten etwas Kaltes und wahrhaft Teuflisches.

Der Wächter, der sich über Alessa beugte, stotterte etwas von einem Einbruch, bis der Hauptwachtmeister ihm mit dem Handballen gegen den Hinterkopf stieß und vortrat. »Ich glaube nicht, dass wir einem Technik-Fuzzi irgendwie Rechenschaft schuldig sind. Hast du überhaupt die Befugnis, dich im Archiv aufzuhalten?« Bei jedem Wort entblößten die schmalen Lippen eine Reihe raubtierhafter Zähne. Ein Tropfen fiel von der Decke auf seinen Nacken. Der Hauptwachtmeister schüttelte sich, buckelte und fauchte den Wasserfleck über seinem Kopf an. Ein Katzendämon. Übel, auch ohne schlecht gelaunt zu sein.

»Die Befugnis besitze ich durchaus«, erwiderte Gallagher ungewöhnlich leise, beinahe schnurrend. »Schließlich muss ich die Funktionsstörung des Sicherheitssystems untersuchen.« Als es von der Decke auch auf seinen Kopf hinabtropfte, schüttelte er sich ebenfalls. »Wobei ich mir nicht sicher bin, ob sich die Befugnis auch auf Tropfsteinhöhlen erstreckt.«

Das Schnurren in seinem Ton schien den Katzendämon zu besänftigen. Das kurze gescheckte Haar des Hauptwachtmeisters legte sich. »Ah ja, das Sicherheitssystem. Das genau dann spinnt, wenn hier eingebrochen wird.«

»Der Sicherheitscheck wird von meinem Team in unbestimmten Intervallen durchgeführt und erst unmittelbar zuvor bekannt gegeben. Die Einbrecher dürften kaum davon gewusst haben. Der Einfluss von Glück und Zufall wird von vielen unterschätzt, obwohl die wissenschaftlichen Studien unserer keltischen Kollegen belegen …«

» … dass nasse Füße zu Erkältungen führen.« Die Pupillen des Katzendämons verengten sich zu senkrechten Schlitzen. »Die Bedeutsamkeit von Studien unserer *keltischen Kollegen* ist uns allen bekannt. Mir erscheint der Zeitpunkt des Einbruchs unter den gegebenen Umständen jedoch ziemlich seltsam. Euch nicht?« Die leuchtenden Augen visierten die Untergebenen. Die Wachmänner warfen einander verstohlene Blicke zu und murmelten etwas halbwegs Zustimmendes.

»Verstehe.« Gallagher nickte. »Wenn du den Verdacht hast, dass ich oder irgendjemand aus meinem Team die Pläne zur Durchführung des Sicherheitschecks preisgegeben haben, bist du verpflichtet, eine interne Untersuchung einzuleiten.« Er legte den Kopf leicht schief, und seine Augen wurden schmal. »Ich weiß nicht, ob eine solche Untersuchung etwas Sachdienliches an den Tag bringen würde. Ganz sicher aber die Tatsache, dass ich wohl ein paar Videoaufnahmen zu schlampig ausgewertet habe. Der Missbrauch von Katzenminze während deiner Pausen fällt mir da ein. Und dass die Einbrecher überhaupt so weit gekommen sind, ist ebenfalls nicht die Schuld meines Teams.«

Der Hauptwachtmeister fauchte. Seine Nasenspitze zuckte. Dann zog er den Kopf ein, was seine imposante Gestalt kleiner machte, leckte sich über die Handflächen und glättete sein Haar an den Schläfen. »Ach Gallagher, verzeih. Die Jungs und ich sind wohl etwas zu aufgebracht wegen des Einbruchs. Das hätte niemals passieren dürfen.«

»In der Tat.« Erst jetzt verweilte Gallaghers Blick ein bisschen länger auf Zarah. Eindringlich. Lauernd. »Ihr habt

Glück gehabt, dass diese Putze einen der Einbrecher gestellt hat.«

Nie hätte sie gedacht, dass ein einziges Wort so viel Verachtung in sich tragen konnte.

Sie war allein. Gefesselt. Allen ausgeliefert. Und er – unendlich frei, sodass sogar ein Hauptwachtmeister vor ihm kuschte.

»Ja, ja. Was hier genau passiert ist, wird noch untersucht«, maunzte der Katzendämon und gab seinen Leuten ein Zeichen. »Bringt die Geächtete in den Verhörraum und die Einbrecherin zum Aufwachen in die Zelle.«

Sie wurde abgeführt. An Gallagher vorbei, den sie mit einer Schulter streifen musste, weil er, ohne sich zu rühren, in dem engen Flur stand und nicht einmal dem Hauptwachtmeister Platz machte. Zwei Wächter eskortierten sie in das Befragungsgebäude, den Peintrakt, wie es hinter vorgehaltener Hand hieß. Was die zugemauerten Fenster vor neugierigen Blicken verbargen, wusste niemand so genau, außer den für Verhöre zuständigen Inspektoren. Es interessierte auch keinen. Hauptsache, die Verdächtigen redeten und sagten aus, was von ihnen erwartet wurde.

Sie passierten mehrere Türen, bis die Wachmänner Zarah in einen der Räume beförderten. Das Licht aus dem Flur beleuchtete einen Metalltisch mit zwei Stühlen. Der eine Wächter zwang sie, Platz zu nehmen, und befestigte eine Kette an den Handschellen, die sie fixieren sollte.

Die Tür fiel zu und tauchte alles in absolute Dunkelheit.

Zarah legte die Wange auf die kalte Tischoberfläche und schloss die Augen. Ein wenig Schlaf würde sie wohl vertragen. Doch ihre gefesselten Arme schmerzten, und der unbequeme Stuhl tat das Übrige. So verstrichen die Stunden des Wartens in einem quälenden Dämmerzustand, der ihr nicht erlaubte, die Realität wenigstens für einen Moment auszublenden. Ihr ständiges Scheitern, ihre Angst um Enya, das schmerzhafte Pochen in der Brust, wenn sie an Gallagher dachte …

Als das Licht den Raum flutete, schreckte sie hoch und blinzelte. Ihre schmerzenden Augen erkannten die Silhouette, die sich ihr auf Eselshufen näherte, nicht sofort. Abbas! Argwöhnisch beobachtete sie, wie ihr ehemaliger Chef ächzte und sich auf den Stuhl ihr gegenüber setzte. Was, bitte schön, tat er hier? Für Verhöre dieser Art war er doch mehr als überqualifiziert.

Abbas dagegen schien sich nicht an ihrem befremdeten Blick und dem undankbaren Job zu stören. Lässig schaltete er sein Pad ein und stellte am Rand des Tisches einen Teller mit einem Sandwich ab, das einen unverkennbaren süßlichen Geruch verbreitete.

»Ich hoffe, es stört dich nicht, wenn ich esse?«, meinte der alte Ghul und zog zwischen den Brothälften eine Scheibe verdorbenes Fleisch heraus, um es sich gleich in den Mund zu schieben.

Ich hoffe, es stört dich nicht, wenn ich kotze.

Er schmatzte laut und lange, und erst als das letzte Stückchen hinuntergeschluckt war, schenkte er der digitalen Akte seine Aufmerksamkeit. »Zarah. Ja, ich weiß, ich sollte eine Geächtete nicht beim Namen nennen, aber ich finde, du hast es verdient. Dank dir wurde die Einbrecherin gestellt, und wir konnten an wichtige Informationen gelangen.«

Alessa …

Bitte, Gallagher, mach, dass es ihr gut geht!

Seine teuflischen, honigbraunen Augen bescherten ihr auch jetzt noch Gänsehaut. Total bekloppt, ausgerechnet ihn darum anzuflehen.

»Wie sich herausgestellt hat«, fuhr Abbas fort, »gehört dieses Menschenmädchen zu einer Rebellengruppierung, die uns zunehmend Sorgen bereitet. Haben diese Leute anfangs nur Unruhe gestiftet und die Menschen gegen die Dämonen aufgehetzt, gehen nun weit größere Attentate und Sabotagen auf ihr Konto. Vom Fall der armen Tara hast du sicherlich schon gehört?«

Nein, hatte sie nicht. Woher auch, so von der Welt abgeschnitten, wie sie lebte.

»Das Mädchen wurde ihrem Erzeuger entführt, einem Günstling der Nachtseite, der eine führende Position im Wirtschaftsgremium innehat und große Hoffnungen in die Kleine setzte. In der Tat war sie … etwas Besonderes, und die Rebellen wussten es anscheinend. Wenige Stunden später erreichten uns die Forderungen der Gruppierung. Die natürlich nicht erfüllt werden konnten, da der Kodex jegliche Verhandlungen mit Erpressern und Terroristen verbietet. Trotz aller Bemühungen des Ordnungsamtes, die Kleine zu retten, konnten wir das Schlimmste nicht abwenden. Wir haben das Mädchen verloren.« Abbas knallte seine Faust auf die Tischplatte. Zarah zuckte zusammen und drückte ihren Rücken gegen die Stuhllehne, doch der Ghul sprach weiter, als wäre ein solcher Gefühlsausbruch ganz und gar nicht bedenklich für einen Dämon: »Die Indizien, die wir nach dem Mord an Oda sichergestellt haben, weisen ebenfalls auf die Rebellen hin. Anscheinend nutzen sie Runen, um die Magie herbeizulocken. Sehr mächtige Runen. Eigentlich zu mächtig für Menschen. Höchstwahrscheinlich hilft ihnen jemand. Ein Dämon. Der stark genug ist, einen Gluhschwanz unter Kontrolle zu halten.«

Lessa geht es gut …

Gallagher! Sie schluckte.

»Genauso wie den Formwandler aus dem Fall, für den sich die Einbrecher so interessiert haben«, fuhr Abbas fort, und Zarah konnte nur hoffen, dass der Ghul ihre Regung nicht bemerkt hatte. »Das von dir gefasste Mädchen will bedauerlicherweise nicht reden. Wir könnten natürlich schwerere Geschütze auffahren, aber da ist mir eine viel bessere Idee in den Sinn gekommen.« Er schmatzte erneut und kratzte mit einem Fingernagel in einem Zahnspalt, bis er die Fleischfaser endlich hatte. »Komm mit.«

Abbas löste die Kette und wankte in den Flur voraus. Zögernd folgte Zarah ihm. Wenn nötig, würden die Wächter sie dem Ghul hinterherschleifen.

Draußen wartete kein Personal. Abbas wandte ihr den Rücken zu und torkelte auf seinen Eselsbeinen den Flur entlang. Die Handschellen blieben ihr allerdings nicht erspart, so weit ging sein Vertrauen also doch nicht.

Nach mehreren Treppen und Fluren gelangten sie in den Bereich für die Besucher des Ordnungsamtes. Da dieser im Peintrakt lag, wunderte es niemanden, wenn die meisten Gäste hier als Häftlinge endeten. Vor einer Glasfront, die einen größeren Raum abschirmte, blieb Abbas stehen und betätigte einen Knopf. Die Deckenlampen des Raumes gingen flackernd an. Eine dürre Gestalt im Rollstuhl hob erschrocken den Kopf.

»Enya!« Zarah wollte gegen das Glas klopfen, doch die Handschellen hielten ihre Hände fest, und das Metall schnitt schmerzhaft in die Gelenke.

Bestürzt musterte sie ihre Zwillingsschwester. Das Gesicht des Mädchens wirkte blasser als sonst, das dunkelblonde Haar lag wirr auf ihren Schultern. Sie trug nichts außer einem türkisfarbenen Nachthemd mit Spitze an Saum und Ärmeln. Die Aufseher mussten sie direkt aus dem Bett gezerrt haben.

»Keine Sorge, ihr fehlt nichts.« Abbas lehnte sich mit der Schulter gegen die Glasfront.

Ihr fehlt nichts! Natürlich fehlte ihr was. Sie fror. Oder hatte Angst.

»Nein, meine Teuerste, Sorgen sind wirklich überflüssig, denn ich habe wunderbare Nachrichten für euch. Die ganze Zeit hast du dich genauso verhalten, wie von uns beabsichtigt und von Oda, wenn auch leider etwas lückenhaft, vorausgesagt. Dass du alles riskiert hast, um die Einbrecher zu stellen, beweist deine Loyalität. Eine bessere Tarnungsgeschichte hat niemand.«

Er holte einen Schlüssel und öffnete die Handschellen.

»Tarnungsgeschichte?« Misstrauisch rieb sie sich die Gelenke.

»Hiermit befördere ich dich zur verdeckten Ermittlerin. Bitte verzeih uns alles, was wir dir in der letzten Zeit zugemutet haben, aber es musste nach Möglichkeit echt aussehen.«

Endlich begriff sie. »Du willst mich in die Rebellengruppe einschleusen.«

»Wir vermuten, dass die Rebellen einen Stützpunkt in der Toten Stadt haben. Durch das Brandzeichen wurde dir jegliche Magie genommen. Somit bist du die einzige ausgebildete Aufseherin, die in der Lage ist, diesen Ort zu betreten, ohne dadurch zu sterben. Zumindest hoffen wir das. Denn aus welchem Grund dort weder Magie noch Technik funktionieren, wissen wir leider nicht genau.« Schwer lastete seine Hand auf ihrer Schulter. »Etwas Schlimmes passiert mit der Welt. Wir müssen schnell reagieren, wenn wir verhindern wollen, dass alles, was wir kennen, zugrunde geht. Die Magie verändert sich. Wird unaufmerksamer, launischer. Sogar für die hochrangigen Dämonen wird es zunehmend schwieriger, ihre Aufmerksamkeit zu erregen. Sieh dir meine Eselsbeine an – ich bin nicht mehr in der Lage, mein Äußeres ohne Störungen aufrechtzuerhalten und muss wie in alten menschlichen Mythen auf Hufen laufen. Odas Tod scheint damit zusammenzuhängen, ebenso wie Taras Entführung. Die Rebellen planen etwas Schreckliches, etwas, was die Magie ins Wanken bringt. Wir müssen diese Verbrecher aufhalten. Liefere mir die Namen der Mitglieder, Informationen über ihre Pläne, die Organisation der Gruppe und ihre Verbindungen zur Lichtseite – und du wirst deine schöne Penthouse-Wohnung zurückerhalten, die Zugehörigkeit zu deiner Kaste, die Achtung, die dir zusteht.«

Immer noch wandte sie ihren Blick nicht von der dürren, zitternden Gestalt im Rollstuhl. »Was ist mit Enya?«

»Ach ja, armes Mädchen. Du wirst vermutlich lange fortbleiben. Irgendjemand muss sich um sie kümmern. Sie wird in meiner Obhut stehen. Solange du lieferst, was ich erwarte, brauchst du dir keine Sorgen um sie zu machen. Ich schätze, wir verstehen uns. Nicht wahr, Zarah?«

Es gab keine Freiheit. Es gab keine Wahl. Aber Enya – die gab es noch. Sie hatte geschworen, ihre Schwester zu beschützen.

»Dein Zögern könnte ich glatt als Befehlsverweigerung einstufen.« Abbas' Verwesungsgeruch benebelte ihren Verstand. »Dann würdest du tatsächlich eine Geächtete sein und nicht diesen Kuschelvollzug genießen wie bisher.« Er tippte auf ihre Armfessel. »Oder meinst du, die wirklichen Geächteten haben so viele Freiheiten wie du? Denk darüber nach, wie lange deine Schwester im Überwachungslager überlebt, sollte ich veranlassen, euren Sonderstatus aufzuheben.«

»Nein.« Sie drückte ihre Stirn gegen das kalte Glas und beobachtete, wie Hauch für Hauch die Oberfläche beschlug, bis Enya kaum noch zu sehen war. »Sag mir, was ich zu tun habe.«

»Braves Mädchen.« Etwas Selbstzufriedenes blitzte in seinen Augen auf, als er ihren Rücken tätschelte. »Der Name des Anführers lautet *G.host*. Erschleiche dir sein Vertrauen.«

12

Der Gefangenentransport wartete bereits vor der Eingangspforte: das gepanzerte Ungetüm mit mattschwarzer Lackierung und leuchtend gelber ›OA-3‹-Aufschrift an der Seite. Ordnungsaufseher, Einheit drei, voll von äußerst geselligen Kollegen, zuständig für die Verlegung von Delinquenten. An den Fenstern des Ordnungsamtes drängten sich die Schaulustigen – ein Einbruch ins Archiv war nun einmal nicht gerade die Regel.

Glotzt doch. Mal sehen, wie ihr glotzen werdet, wenn ich als eine von euch zurückkehre. Zarah biss die Zähne zusammen und wandte den Blick ab.

Sie musste zurückkehren. Für Enya. Auch wenn sie lieber weiterhin mit einer Armfessel herumlaufen würde, als in Aufseheruniform unschuldige Menschen für das Ordnungsamt zu verhaften. Aber waren die Rebellen so viel besser? Warum hatte Alessas Mutter sterben müssen?

Neben ihr bellte ein Beamter seinem Kollegen etwas zu und entfachte pochende Schmerzen in ihrem Kopf, die ihr leichte Übelkeit bescherten. Zwei Wächter trieben Alessa über den Platz, die kurze, trippelnde Schritte mit den in Fesseln gelegten Füßen machte und jeden Augenblick zu stolpern drohte.

Mit wenigen Griffen wurde Zarah an das Menschenmädchen gekettet und in den Transporter gezwungen.

»Setzen!« Der Wächter stieß sie beide auf die Metallbank, beugte sich vor und befestigte die Fesseln an den Halterungen in der Wand des Transporters. Das Licht der Straßenlampen, das durch die geöffnete Tür fiel, erhellte sein dünnes Haar, den Rücken, an dem die Uniformjacke etwas hochgerutscht war. Oberhalb seines Hosenbundes blitzte ein Streifen nackter Haut auf, die grünlich wie oxidiertes Kupfer schimmerte. Er müffelte nach einer feuchten Gruft, morschem Holz und matschiger Erde. Seine Hände waren sehnig, das Gesicht eingefallen.

Alessa kauerte auf der Bank, den Blick auf ihre zu Fäusten geballten Hände gerichtet. Trotz ihrer Haltung wirkte sie nicht wie jemand, der sich klein machen wollte. Viel eher erinnerte sie an einen Luchs, der auf einem Ast lauert, bevor er hinunterschnellt und die Krallen ausfährt. *Hoffentlich stellt das Mädel nichts Dummes an.*

Es war an der Zeit, mit der Show zu beginnen.

Als der Wachmann an den Fußfesseln fummelte, trat Zarah ihn leicht in die Wade. »He, Kleiner, wann wurdest du denn verwandelt? Scheinst wohl ganz neu zu sein, was?«

Die erloschenen Augen, matt und schwarz wie die Außenfarbe des Transporters, kreuzten ihren Blick. Seine Oberlippe zuckte und entblößte das Gebiss mit zwei spitzen Eckzähnen. »Maul halten!«

»Ach, sieh an, sieh an. Schöne Beißerchen gab es auch dazu. Wackeln sie noch, oder kannst du damit schon knabbern?«

In den Pupillen glühte das Rot auf. »Die Fahrt ist lang. Vielleicht kriegst du das selbst raus.« Seine Nasenflügel erzitterten, als er geräuschvoll ihren Duft einsaugte. In seinem Blick erglomm Misstrauen. Dann Wachsamkeit. »Du riechst nicht nach Angst. Ich habe schon einige hier erlebt, die eine große Klappe hatten, sich aber heimlich in die Hose machten, du aber … irgendetwas stimmt mit dir nicht.«

Verdammt. Hoffentlich würde die Wut das Misstrauen überlagern. Betont lässig lehnte sie sich zurück. »Wer soll denn schon vor dir Angst haben? Traust du dich, allein mit uns zu fahren, oder willst du lieber Verstärkung holen?«

Seine Hand schnellte hervor und presste ihre eine Gesichtshälfte gegen die Wand des Transporters.

»Oh nein«, hauchte er, und sie erstickte beinahe an seinem ranzigen Atem. »Ich teile nicht.«

Langsam ließ er seine Hand sinken, und die Nägel pflügten tiefe Kratzer in ihre Haut, die Narbe entlang und hinunter zum Hals. Gierig schnupperte er nach ihrer Angst und ließ schließlich zufrieden von ihr ab.

»So ist es besser.« Er leckte an seinen Fingern, die das Blut über ihre Wange geschmiert hatten. Sogleich flackerte das Rot der Pupillen auf, glühend wie Kaminkohle.

Na, bin ich lecker genug, um dich die Vorschriften ein wenig vergessen zu lassen?

Er schlug die Tür zu, als könnte er die Abfahrt kaum erwarten, und sperrte ab. Sogleich versank alles in Dunkelheit – die Verwandelten brauchten kein Licht, um zu sehen.

Durch die Finsternis drang das blecherne Klopfen gegen eine Wand, vermutlich zur Fahrerkabine, und der Transporter setzte sich in Bewegung. Sie passierten die Sicherheitsschleuse, bei der das Auto mal langsam anfuhr, mal bremste, dann rauschten die Reifen über den Asphalt. Abgesehen von diesem Geräusch, drang nichts von der Außenwelt in den Innenraum ein, weder Licht noch der leiseste Luftzug. Nichts, was auch nur den kleinsten Hinweis auf den Verlauf der Strecke geben würde. Die Route für die Verlegung änderte sich jede Nacht.

Zarah zählte die Sekunden, um das Zeitgefühl nicht zu verlieren, während sie im Dunkeln dem lauten Schnaufen des Verwandelten lauschte, der sich an dem Geruch ihres Blutes labte. Jeder Atemzug versetzte ihn tiefer und tiefer in den Blutrausch. Den Geräuschen nach zu urteilen, schien er bereits zu fiebern.

Sechshundertfünfunddreißig, sechshundertsechsunddreißig … Na komm schon! Etwa zehn Minuten waren bereits verstrichen, doch der Wächter machte keine Anstalten, seiner Gier nachzugeben.

»So einer bist du also?« In ihren Ton presste sie den ganzen Spott, zu dem sie gerade fähig war. Sie konnte doch sonst jeden in Rage bringen. »Nur lecken und große Sprüche kloppen?«

Gieriges Schnauben antwortete ihr, mehr nicht. *Siebenhundertsechzehn, siebenhundertsiebzehn. Verdammt, hör auf zu keuchen, und beiß endlich zu!* Er musste ihr nahe kommen, wenn der Ausbruch gelingen sollte.

»Erzähl mal, hast du es schon geschafft, deine jährliche Jungfrau auszuleeren? Oder hat sie sich zu sehr gewehrt, und die Beißerchen haben zu sehr gewackelt?«

Jetzt kam kein Geräusch mehr von ihm, nicht einmal ein Keuchen. Hatte er seine Gelüste doch niedergekämpft? Nein, unmöglich! Ihre Stimme vibrierte. »Ich meine: Sonst wird das nix mit der ewigen Schönheit. Am Ende musst du dir doch noch Botox spritzen, um dein Versagen gegenüber den Kollegen zu kaschieren.«

»Sie hat gequiekt, wie du es gleich tun wirst.« Sein modriger Atem strich über ihren Hals, obwohl sie weder hören noch spüren konnte, wie er vor ihr aufgetaucht war. War er nahe genug?

Siebenhundertvierundfünfzig!

Die Reißzähne gruben sich in ihren Hals. Der Schmerz überwältigte ihre Sinne, während sein Speichel das Gift in ihre Blutbahnen trug. Näher ging es nicht mehr. Ihre Extremitäten wurden schwer, während ihr Bewusstsein allmählich schwand.

Irgendetwas wollte sie ... *musste sie* ... tun!

Ihr Kiefer tat weh, so sehr presste sie die Zähne aufeinander. Vor ihren Augen pulsierten rote Kreise – und mit einem Mal pulsierte absolut alles in ihr und um sie herum: die Dunkelheit, ihr Herz, die Schmerzen.

Irgendetwas ... tun!

Schwach schüttelte sie die rechte Hand und fing den Zahnstocher auf, der aus ihrem Ärmel rutschte. Jetzt pulsierten auch die Gesprächsfetzen mit Abbas in ihrem Verstand.

Er wird sterben. Der Verwandelte, der mit uns im Transporter fahren muss. So weiß, so harmlos lag dieses Stückchen Eschenholz in ihrer Handfläche.

Das nehme ich in Kauf. Mit schmalen Augen hatte Abbas ein paar Kieselsteine in ihre Handfläche rieseln lassen. *Kollateralschaden.*

Wie ich, wenn ich geschnappt werde?

Du lässt dich nicht schnappen. Enya vertraut darauf, das reicht mir vollkommen aus. Dir etwa nicht?

Oh doch, durchaus! Fest umklammerte sie ihren winzigen Holzspeer, riss die Uniform des Aufsehers hoch, sodass die Kette an ihren Handschellen bis zum Äußersten spannte, und entblößte seinen Bauch. Ihre Finger fuhren über seine Haut und fanden die Vertiefung des Bauchnabels. Der Verwandelte zuckte unter der Berührung zusammen – doch zu spät.

Sie rammte den Zahnstocher hinein.

Mit einem trockenen Geräusch riss die Haut. Der Mann japste und sackte zu Boden. Nun atmete er nicht mehr.

Der Gestank machte es ihr schwer, den Würgreflex im Zaum zu halten. Neunhundert … Ja, was? Sie hatte es versäumt zu zählen. Wie weit waren sie noch von der Hafencity entfernt?

Sie rutschte von der Bank, soweit es ihr die Kette erlaubte. Ihre ausgestreckten Finger erreichten nur den Saum seiner Uniform. Sie zerrte an dem Leichnam, der plötzlich eine Tonne zu wiegen schien, fluchte und zog noch kräftiger. Endlich ertastete sie die Schlüssel und fluchte weiter, während sie mit dem Karabinerhaken kämpfte, der den Schlüsselbund am Gürtel des Wachmannes festhielt. Wertvolle Sekunden verstrichen, bis sie endlich die Fußschellen und die Ketten gelöst hatte, die sie und Alessa an der Wand des Transporters fixierten. Um die Handschellen kümmerte sie sich nicht, schließlich sollte sie mit dem Menschenmädchen verbunden bleiben.

Hallo, G.host. Ich komme.

»Steh auf.« Sie zog Alessa von der Bank, hielt inne, rang sich zu einem ›Ich meine: bitte‹ durch und widmete sich der Türverriegelung. Das Mädchen stand direkt hinter ihr. Ihr warmer Atem fuhr durch die Bisswunde, die zu pochen begann, als würde die Stelle das frische Leben in der Nähe spüren. Die Kleine versuchte, etwas Abstand zu gewinnen, sodass die Kette Zarahs Hände bei jeder Bewegung zur Seite zog.

»Teufelsfurz, zappel doch nicht so!« Mit aller Kraft riss sie Alessa an der Kette zurück und erntete ein scharfes Keuchen. »Ich … meine: Halt still.« Nein. Das war nicht wesentlich besser. Sie sollte ihre Freundin werden. »Ich meine …«

Bei ihrem nächsten Handgriff schwang die Tür auf. Der Straßenbelag flog unter ihr vorbei. Links – eine Reihe etwa sechsstöckiger Gebäude mit großen Bogenfenstern in den ersten Geschossen. Rechts – kahle Bäume, etwas Freifläche und Metallleiber mehrerer vor langer Zeit gestrandeter Busse vor einem halbrunden, gläsernen Bau. Wie hell, diese Nacht, nach der vollkommenen Finsternis des Gefangenentransporters.

»Spring!« Es war Alessa, die sie plötzlich packte und zusammen mit ihr aus dem langsamer werdenden Wagen stürzte. Der Aufprall auf dem Asphalt durchfuhr ihre Eingeweide, als hätte sie sich die Beine in den Bauch gerammt. Gleich darauf bohrte sich Alessas Ellbogen in ihr Zwerchfell und presste beinahe die ganze Luft aus ihr heraus. Die Fesseln verhedderten sich, ihre Arme wurden zur Seite gezerrt. Schwer atmend lagen sie einen Moment da.

Der Wagen bremste mit quietschenden Reifen. Der Fahrer kletterte heraus, die Pistole im Anschlag. Zarah rappelte sich hoch und zog das Menschenmädchen auf die Füße. Sie wollte gerade Kieselsteine aus der Tasche holen, die den Wachmann, ebenfalls einen Verwandelten, ablenken würden, da griff Alessa nach dem Schmuck mit Sternchen und Plastikperlen, der um ihren Hals baumelte. Die Schnur riss, als sie daran zog, um den Tand dem Fahrer entgegenzuschleudern. Der Mann drückte auf den Abzug, doch seine Aufmerksamkeit galt bereits den glitzernden Sternchen und hüpfenden Kügelchen zu seinen Füßen, und der Schuss verletzte nur das Schweigen der Nacht.

»Los!« Zarah zog an der Kette. Zusammen rannten sie zu den Bussen und dem gläsernen Bau. Falsche Richtung. Keine Möglichkeit, sich zu verstecken. Ihre stolpernden Gestalten müssten wie auf einer Handfläche zu sehen sein, besonders für einen Verwandelten.

Ein Blick über die Schulter – der Mann kroch noch auf

dem Boden und zählte die Perlen. Musste sie zählen, ein Verwandelter konnte nicht anders. Ein paarmal würde er bestimmt durcheinanderkommen und von vorn anfangen, doch lange konnte ihn diese unfreiwillige Glitzerkram-Inventur nicht mehr aufhalten.

Bereits nach kurzer Zeit begann Alessa vor Anstrengung zu japsen. *Menschen!* »Ist Joggen nicht deine Lieblingsdisziplin?«

Endlich hatten sie die Busse erreicht und rannten an dem Gebäude vorbei, dessen Vordach, von Metallsäulen gestützt, wie ein gläserner Flügel in die Nacht ragte.

Weiter, weiter! Noch hielt das Adrenalin sie aufrecht, noch trotzte sie dem Gift des Verwandelten. Aber wie lange würde es ihr gelingen, das aufsteigende Rauschen in ihren Ohren zu ignorieren, das Flimmern vor ihren Augen, als hellte sich die Nacht wie durch einen Dimmschalter auf, um sich sogleich wieder zu verdunkeln?

Nach einer halben Ewigkeit schälte sich aus der Nacht das Gebäude des Hauptbahnhofes, ohne dass ihr bewusst war, es als Ziel anvisiert zu haben. Zarah taumelte mehr, als dass sie rannte. Anscheinend führte Alessa sie.

Piazzollas *Oblivion* wehte ihnen entgegen, in Form des wehmütigen und samtigen Klangs eines Celloquartetts. Eine wunderschöne Melodie, wenn sie nicht nach genau 13 Takten abbräche, um von vorn zu beginnen. Ein Überbleibsel aus den Zeiten vor dem Ende der Welt, als sich durch die Lautsprecher des Bahnhofs klassische Musik auf die Passanten ergoss.

Zu dem Celloquartett gesellte sich eine eindringliche Stimme, die in der Dunkelheit predigte. Bald hatte sich ihre Quelle als ganz und gar nicht magischer Natur offenbart: Ein Mann, unauffällig in saubere Jeans und Pullover gekleidet, tigerte vor der Turmuhr an der Westfront des Gebäudes hin und her. In dem einen Arm trug er ein mannshohes Holzkreuz, während er mit dem anderen wild gestikulierte. »Verdammnis wird über euch kommen, die ihr blind und taub für die Worte Gottes bleibt. Wenn sich der Schlund der Hölle auf Erden auftut, dann werdet ihr begreifen, dass alles wahr ist, was in der heiligsten aller Schriften geschrieben steht!«

Zarah wollte an ihm vorbeihuschen, doch er fuhr herum und holte mit seinem Kreuz aus.

»Weiche, du Dämon!«, brüllte er und jagte ihr hinterher. »Exorcicamus te, omnis immunde spiritus, omnis Satanica potestas …«

Sie duckte sich unter dem Kreuz hindurch. »Welchem Überwachungslager ist der bloß abhandengekommen!«

Der Mann packte Alessa an der Hand. Nicht auch das noch!

»Lass sie in Frieden! Sie ist ein Mensch!« Zarah entriss ihm das Mädchen und zog es mit sich zum Eingang. Erst dort bemerkte sie einen orangefarbenen Zettel in Alessas Faust. »Was ist das?«

Das Mädchen faltete das Papier auseinander und hielt es ihr entgegen. *Zeus liebt dich*, prangte verheißungsvoll auf dem Blatt.

»Ach das. Ich wusste gar nicht, dass dem Olymp dieses Jahr Wahlen bevorstehen.« Sie zuckte mit den Schultern. »Schmeiß den Müll weg.«

Zusammen bahnten sie sich einen Weg durch die Trümmer, Schlafstellen aus stinkendem Stroh und Bündel mit der letzten Habe der Verstoßenen. Ab und zu stolperten sie über den einen oder anderen Körper und ernteten ein Murren – wenn darin noch etwas Leben schlummerte. Obdachlose, Süchtige, Punks und Menschen, die nicht weiterwussten, zogen sich hierher zurück. Sie blieben nicht lange dieselben. Der Hauptbahnhof war auf dem alten Friedhof *Vor dem Steintor* errichtet worden; nun stiegen die hungrigen Geister nach und nach empor, um in die verwahrlosten Menschen zu schlüpfen. Die herrschenden Dämonen duldeten diesen Abschaum. Abgesehen von obligatorischen Razzien, ließ man die Besessenen und Geächteten in Ruhe.

Eine letzte Zuflucht. Ein Ort ohne Ausweg.

»Wenn ich irgendwann am Ende bin, dann lande ich auch irgendwo hier.«

Alessas Händedruck holte Zarah in die Gegenwart zurück. Sie hatte gar nicht bemerkt, dass sie stehen geblieben war. Aber jetzt besann sie sich. Dieses Schicksal durfte Enya und sie nicht ereilen; dafür würde sie sorgen. Jetzt erst recht. Zielstrebig durchquerte sie die Wandelhalle und steuerte auf den Eingang zur ehemaligen U-Bahn zu.

»Was hast du vor?«, fragte das Mädchen, das neben ihr hereilte.

»Unsere Spuren zu verwischen. Die Menschen da unten werden uns Deckung geben. Zumindest für den Moment.« Wie lange er auch dauern mochte.

An dem Durchgang zur tiefer liegenden Station, unter dem schiefen Schild ›Niendorf Nord‹, säuberte sich ein Punk mit der Spitze eines Messers die Fingernägel. Neben ihm döste auf der Pappe ein zotteliger Hund mit mehreren kahlen Stellen im Fell, an denen seine graue Haut zu sehen war.

Sie hielt vor dem Punk an. »Hey, gib mal das Messer her.«

Er hob seinen trüben Blick, und es dauerte einige Sekunden, bis er etwas halbwegs Verständliches durch seine schlaffen Lippen gezwängt hatte: »Verpiss dich, du …«

Sie schmetterte ihm ihre Faust in die Zähne und schnappte

sich das Messer, bevor es auf dem Boden auftraf. »Danke. Warum nicht gleich so? Für lange Diskussionen habe ich echt keine Zeit.«

Der Hund riss die verkrusteten Lider auseinander, als sein Herrchen neben ihm niedersank und Blut auf die Fliesen keuchte.

»Komm.« Sie schob Alessa zur Seite. Zuerst brach sie die Gehäuse ihrer Armfesseln auf, so, wie Abbas es ihr gezeigt hatte, und setzte die Elektronik darin außer Gefecht. Dann presste sie das Mädchen bäuchlings gegen die nächste Wand und schlitzte mit dem Messer seine Kleidung auf. Das T-Shirt und das verschlissene Jeansjäckchen boten der überraschend scharfen Klinge kaum Widerstand.

»Was tust du da?« Alessa reckte den Hals. »Nein!«

»Halt still.« Sie tastete zuerst über das rechte, dann über das linke Schulterblatt, bis sie eine winzige Wölbung unter der Haut spürte. »Dachte ich es mir doch. Es ist ein Chip, mittels dessen man uns orten kann, wenn die Armbänder versagen. Achtung – jetzt.«

Schon ritzte die Klinge die Haut auf.

Der Geruch von Blut erfüllte ihre Nase. Wie gebannt beobachtete sie die zähe, dunkle Flüssigkeit, die Alessas blassen Rücken entlanglief.

»Bist du irre? Was machst du da?«

Zarah schreckte zurück. *Ich habe doch nicht wirklich darübergeleckt, oder? Nein, das hätte ich unmöglich …* Sie schluckte krampfhaft und … schmeckte nichts Falsches.

Aber was war schon richtig, was falsch?

Reiß dich zusammen! Sie konzentrierte sich darauf, aus der Wunde den kleinen, zylindrischen Körper herauszupulen – den Transponder.

»So. Fertig.« Sie drehte Alessa um und zeigte ihr den

Fund auf ihrer Handfläche. »Jetzt du. Ich trage ganz sicher auch einen.«

Sie beobachtete, wie Alessa das Messer nahm und die blutige Klinge in der Hand drehte. Der Geruch lockte und reizte sie, versprach Kraft und Leben. Sie wandte sich rasch um und presste ihre Stirn gegen die geflieste Wand. »Fang endlich an.«

Die Schmerzen werden deinen Verstand schon klären, Zarah. Aus irgendeinem Grund hörte sie die Stimme ihres Erzeugers, sah ihn im Tribunal an dem Tisch sitzen, dann den glühenden Stab in seiner Hand, der auf ihr Gesicht zielte.

»*Na mach schon!*«, zischte sie ihn an.

Piazzollas *Oblivion* strömte aus dem Nirgendwo in ihren Gehörgang und verwandelte sich in eine Kakofonie aus keifenden, wütenden Tönen. Durch das Mauerwerk nahm sie die Schritte des Predigers am anderen Ende des Bahnhofs wahr, die ihre Stirn durchdrangen und ihren Verstand niedertrampelten. Sie saugte das Gestöhne der Elenden auf und die letzten Atemzüge derer, die dem Leid nachgegeben hatten.

Alessas kühle Finger drückten auf eine Stelle nahe dem Rückgrat und verharrten dort.

Es musste wehtun! Jetzt. Sofort.

Aber es tat nicht weh. Der Körper, in den sich die Messerspitze bohrte, schien jemand anderem zu gehören.

»Du blutest nicht.«

Sie wurde umgedreht. Hände befühlten ihre Wangen.

»Hast du Fieber?«

»Quatsch. Von dem bisschen Vampirsabber?« Sie strich sich über den Hals. Ihre Fingerspitzen fuhren über die aufgedunsene Bisswunde, die sich heiß und fest wie Knorpel anfühlte. »Die Wirkung wird bald nachlassen.«

»Vampire. Ja.« Mit dem Absatz ihres Schuhs zertrat Alessa die beiden Transponder, während ihr Blick Zarah durchbohrte. »Woher wusstest du, dass zu unserer Bewachung Vampire eingesetzt wurden?«

»Weil das beim Gefangenentransport immer so ist.«

»Und den Wächter hast du – womit erledigt?«

»Eschen-, Espen- oder Eichenholz ist sehr wirkungsvoll gegen die Verwandelten.«

»Da bin ich aber gespannt, wo du den Pflock, den du ihm ins Herz gerammt hast, versteckt hattest, sodass keiner ihn bei der Durchsuchung gefunden hat.«

»Ist das ein Verhör?«

»Eine Unterhaltung.«

»Ach so? Ich habe dich da rausgeholt, wenigstens ein ›Danke‹ wäre angebracht gewesen.«

»Nachdem du mich zuerst genau da reingeritten hast. Danke trotzdem. Was hast du im Archiv überhaupt gemacht?«

»Anscheinend dasselbe wie du und dein Freund.«

»Und das alles sicherheitshalber mit einem Pflock ausgestattet, der nicht gefunden werden kann?«

»Doch nicht mit einem Pflock! Und nicht ins Herz! Eine Verletzung des Bauchnabels zeigt ein nicht weniger verheerendes Ergebnis. Da reicht schon ein Splitter, der unter die Haut geht. Soll ich vielleicht anfangen zu hinterfragen, warum du ganz zufällig eine Kette getragen hast, die du im entscheidenden Moment so gut für den Zählzwang eines Verwandelten einsetzen konntest?«

»Okay, Mrs. Van Helsing.« Alessa kramte in einem Mülleimer und grinste schief, als sie darin einen Draht fand. »Hast ja recht. Ich hinterfrage auch nicht, warum ich so schnell einen Dietrich für unsere Handschellen gefunden habe. Manchmal hat man einfach Glück. Gleich hast du mich los, versprochen.«

Oh nein. Nicht schon jetzt!

Dabei wollte sie sich doch mit ihr anfreunden. Musste das Mädchen noch so vieles fragen. Zum Beispiel, warum seine Mutter wirklich sterben musste, was mit Ash damals nach dem Formwandlerangriff genau passiert war, was Gallagher … nein, Letzteres wollte sie ganz sicher nicht fragen. Sie sollte aufhören, stets an ihn zu denken.

Geschickt öffnete Alessa die Schlösser und warf die Fesseln beiseite. »Das war's dann. Ich hoffe, unsere Wege kreuzen sich nicht wieder. Denn jedes Mal, wenn du in meinem Leben auftauchst, geht alles schief.« Das Menschenlächeln erschien selbstsicher auf ihren Lippen, obwohl ihre Stimme kaum wahrnehmbar bebte.

Zarah atmete auf. Nein, noch war es nicht vorbei. Abbas hatte vorgesorgt.

Sie sah zu, wie das Mädchen sich abwandte und ging. Zählte erneut die Sekunden.

Alessa stolperte. Ihre Schritte wurden unsicherer, bis sie taumelte und sich an eine Wand lehnte.

»Verdammt …« Ihre Beine knickten ein. Die ausgestreckten Arme fingen den Sturz ab, konnten den Körper jedoch nicht halten. »Was … was ist mit mir los?«, stieß sie gepresst hervor.

Hundertfünfundzwanzig, hundertsechsundzwanzig …

Und dann, endlich: »Hilf mir. Bitte.«

13

Zarah beugte sich zu dem Mädchen und lauschte seinem pfeifenden Atem. Durch die zerzausten Haarsträhnen schimmerte die bleiche Haut seines Halses. Die Sehnen waren wie Saiten gespannt. Ein kleines, zitterndes Knäuel Mensch.

Sie half Alessa auf und lehnte das Mädchen mit dem Rücken gegen die Wand. »Ich heiße Zarah. Meinst du nicht, wir sollten zusammenhalten. Freunde?«

»Lessa. Sicher … weißt du das. Was … geschieht mit mir?«

»Orientierungslosigkeit, Bewusstseins- und Sprachstörungen, leichte Krämpfe – höchstwahrscheinlich haben wir es mit einem Ortungszauber zu tun.«

Alessa nickte, was eher einem Zucken glich, wollte sich das Haar aus dem Gesicht streichen, doch die Finger verhedderten sich in dem Gewirr. Sie senkte die Hand und starrte teilnahmslos durch die verfilzten Strähnen. Gewöhnungsbedürftig, dieses hellblonde, dämonenfremde Haar. So blond, dass es einem Tupfen Hoffnung gleich zu leuchten schien, obwohl es dreckverkrustet war.

»Da du die Eisenhandschellen nicht mehr trägst, beginnt der Ortungszauber zu wirken. Zwar kann er deine genaue Position nicht aufzeigen, aber denjenigen, der ihn gewirkt hat, zu dir führen. Den Sucher. Je weiter du von ihm entfernt bist, desto schlechter wird es dir gehen.« Sie brauchte nicht hellsehen zu können, um zu ahnen, was im Kopf des

Mädchens vorging. Die Worte, die gleich darauf die blassen Lippen verließen, hätte sie mitsprechen können.

»Den Ortungszauber … kann nicht brechen. Sie schnappen mich, was?« Die halb geschlossenen Lider bebten.

»Sie werden nicht aufgeben, es zu versuchen.«

»Sie … schnappen mich.«

»Wir werden es ihnen nicht leicht machen. Ich bin bei dir, und …« *Abbas braucht dich. Und solange Abbas einen braucht …*

»Und – was?«

»Und erst mal müssen wir hier weg.« Sie zog Alessa auf die Beine und stützte sie. Eigentlich wollte sie warten, bis ihre Partnerin wider Willen selbst auf die rettende Idee kam, aber anscheinend verlangte sie zu viel von diesem verstörten, geschwächten Menschenmädchen. »Hast du schon etwas von der Toten Stadt gehört?«

»Nein!« Alessa taumelte zur Seite, trat falsch auf, und ihr Fuß knickte um.

Ihr Gewicht lastete auf Zarah, und als der Kopf des Mädchens gegen die Bisswunde stieß, hätte sie aufheulen können. Sie biss die Zähne zusammen. »Die Tote Stadt ist ein kleiner Ort nördlich von Hamburg. Früher hieß er Bargteheide.«

»Ich meine … sicher. Ich meine …« Schwer atmend richtete sich das Mädchen auf und straffte die Schultern. »Wie … kommsu ausgerechnet … *den* Entschluss …?«

»Angeblich wird dort jede Art von Magie ausgelöscht. Wenn es uns gelänge …«

»Vergiss es.« Alessa entwand sich dem Griff und taumelte. »Ich … Nein, du gehst nicht in die Tote Stadt! Ich bringe dich nicht dorthin.«

»Du – mich? Mädel, du stehst kaum auf den Beinen.«

Alessa schob Zarahs Hände, die sie zu stützen versuchten, beiseite und schaffte tatsächlich ein paar Schritte. Die ersten wie eine Seiltänzerin, die nächsten fester, trotziger. »Mir geht es schon besser.«

»Genau. Weil der Sucher und sein Trupp dir langsam aber sicher näher kommen.«

»Ich muss … muss es allein schaffen.« Sie torkelte zu den Handschellen, die sie eben noch abgeworfen hatte, und wickelte sich die Kette um den Arm. »Denn ich werde dich ganz sicher nicht in die Tote Stadt führen.«

Zarah verschränkte die Arme. Der Wunsch, endlich ins Freie zu kommen, zu rennen und zu jagen, pulsierte immer eindringlicher in ihren Adern. »Als du gerade so durcheinander vor dich hingestammelt hast, konntest du paradoxerweise klarer denken. Dir ist doch immer noch bewusst, dass diese Aktion den Zauber nicht brechen wird, oder? Eisen friert die Magie ein. Es verhindert, dass in unmittelbarer Nähe neue Zauber gewirkt werden, aber es lässt nichts einfach so verschwinden.«

»Es wird den Zauber schwächen. Das sollte mir für den Anfang genügen.«

Die Wunde an Zarahs Hals pochte dumpf. *Irgendwo oben rumort es. Abgehackte Rufe, Schritte, Füße, die über den Boden stampfen. Was geht da vor?* Sie schüttelte den Kopf, wartete, bis die Welt zurück in den gewohnten Takt fand und nicht mehr so seltsam verzerrt und langsam wirkte.

Exorcicamus te, omnis immunde spiritus, omnis Satanica potestas …

Ein Schuss ertönte.

»Zarah? Geht es dir gut?«

Sie tastete nach der Wand, die sich unter ihren Fingern aufzulösen, mal näher zu kommen, mal weiter fortzurücken schien. »Nein. Ich höre sie kommen. Sie kommen!«

An der stillgelegten Rolltreppe, die nach oben führte,

polterte es. Alle Menschen, die sich noch bewegen konnten, rutschten, krochen oder kullerten die Stufen hinunter. Wie Ratten strömten sie in die unterirdischen Gänge und suchten Zuflucht in den dunklen Winkeln.

Ein Hieb in den Bauch drückte Zarah gegen die Wand. Sie spähte über die Köpfe der Fliehenden hinweg. »Alessa!«

Noch ein Hieb. Diesmal schlug sie zurück, kämpfte sich vorwärts, obwohl sie immer wieder zurückgedrängt und hin und her geschubst wurde. »Alessa …« Sie stolperte über einen Körper, hielt sich an jemandem fest, der sie einige Schritte mitzog, bevor er sie wegstieß. »Lessa!«

Ein Griff um ihr Handgelenk, ein Ruck. Sie riss sich los. In ihrem Augenwinkel tauchte das Gesicht des Mädchens auf. Endlich. Sie packte die Kleine am Oberarm. »Die Aufseher kommen!«

Einem Feuer gleich breitete sich der Ruf in den Gängen aus, verschluckte das übliche Geschrei und Gestöhne. »Die Aufseher! Sie kommen! Sie töten!«

»Na, willst du es immer noch allein schaffen?« Sie spürte, wie Alessas Körper sich an sie schmiegte. Wie das Menschenherz raste, so eindringlich, als wäre es ihr eigenes.

»Nein. Nein.«

Oben auf der Treppe flackerten Taschenlampen auf. Zarah legte einen Arm um Alessas Taille und drückte das Mädchen fester an sich. Die Aufseher stießen die Elenden auseinander und sandten Lichtstrahlen in die blassen, der Helligkeit entwöhnten Gesichter. Schüsse hallten, trafen Leiber, die stürzten, um von vielen Füßen niedergetrampelt zu werden.

»Mir nach!« Zarah zog das Mädchen in den Menschenstrom, der nach unten zu den Gleisen drängte. Lessas Finger hatten sich krampfhaft um ihre Hand geschlossen. Ihre eigenen spürte sie kaum noch. »Wenn du stolperst, bist du tot.«

Die Schüsse, die Schreie, das Schlagen so vieler Herzen. Eine Kugel traf die geflieste Wand. Nur kurz kniff Zarah die Lider zusammen, als die Splitter in ihre Wange stachen. *Nicht anhalten. Nicht Alessas Hand loslassen.*

Sie taumelte über die Gleise und steuerte auf die Verteilerebene zu. Die Ausgänge würden bewacht sein, die Aufseher trieben die Menschen gezielt in eine Richtung. Und dort wären sie verloren.

»Rühr dich nicht vom Fleck!« Sie schob Alessa in eine Ecke und brüllte in die Massen: »Hier oben, hier ist der Weg frei!«

Es stimmte nicht, aber zusammen mit dem Menschenstrom, der sie erfasste, stürzte sie zum Ausgang. Mehrere Aufseher, die Waffen im Anschlag, versperrten den Weg nach draußen.

»Feuer!« Das Brüllen fegte über ihre Köpfe hinweg.

Die Kugeln fliegen. Eine wird sie in die Brust treffen, ist auf dem besten Weg zu ihrem Herzen. Sie tritt zur Seite, ohne Eile, und duckt sich hinter einen Mann, der mit den Armen rudert und nach vorn stürzt. Neben ihr dehnt sich ein Aufschrei, als jemand vom Tod getroffen wird, der ihr galt. Der Mann vor ihr fällt immer noch, als sie sich schon hinter einen anderen schiebt. Der Aufseher ganz links steht etwas abseits von seinen Kollegen. Er merkt, dass sie ihn im Visier hat, reißt seine Waffe herum. Noch fünf, vier Meter trennen sie voneinander. Die Mündung richtet sich auf ihr Gesicht, doch sie ist schon vor ihm und biegt den Lauf hoch. Seine Augen weiten sich. Der Mund will einen überraschten Ausruf freilassen. Wie sein Genick knackt, hört er nicht mehr. Die Maschinenpistole liegt schwer in ihren Händen. Sie zielt auf die anderen Beamten und drückt auf den Abzug. Nichts. Immer noch nichts. Endlich reagiert die Waffe.

Achtmal. Jeweils ein Kopfschuss.

Das plötzliche Schwindelgefühl zeichnete die Konturen der Umgebung weich. Ihre Knie zitterten. »Alessa! Komm!«

Das Mädchen tauchte vor ihr auf. Das Gesicht blass, der Blick starr. »Zarah … du warst …«

»Gut. Ich weiß.« Sie zog einem der gefallenen Aufseher die Uniformjacke aus und schlüpfte hinein. Eine weitere warf sie Alessa zu, in die sich das Mädchen bereitwillig einwickelte.

»Deine Augäpfel sind blutunterlaufen.« Alessa beugte sich zu einem der Erschossenen und nahm ihm seine Waffe ab. »Ist das auch … gut?«

Nein. Überhaupt nicht. Zarah senkte die Lider und deutete auf die Maschinenpistole. »Kannst du damit umgehen?«

»Das werden wir früh genug feststellen.«

»Na gut. Blitz-Gebrauchsanweisung: Es ist eine MP7.« Sie überprüfte die Munition. »In diesem Fall mit einem 30-Patronen-Magazin ausgestattet. Davon stehen dir noch 23 Schüsse zur Verfügung. Hier hast du ein Reflexvisier. Und so kannst du die Schulterstütze ausziehen. Die Waffe ist standardmäßig auf hundert Meter genullt.«

»Und was heißt das?«

»Auf hundert Meter trifft die Kugel dorthin, wohin der rote Punkt zeigt. Die Waffe kannst du entweder im Einzelschuss- oder im Dauerfeuermodus gebrauchen. Je nachdem, wie lange du auf den Abzug drückst. Alles klar?«

»Klarer geht's kaum.«

Zarah wischte sich über die Stirn und bemühte sich, den Blick auf das Mädchen zu fokussieren. Die Bisswunde anzufassen, traute sie sich nicht. Das Brennen hatte sich weiter ausgebreitet, fast über ihre ganze Gesichtshälfte und ihre Schulter. »Komm endlich!«

Sie wartete einen Moment, bis der Schwindelanfall sich

verflüchtigte, zog Alessa die Treppe hoch und schließlich raus auf die Straße. Zwei Gestalten kamen auf sie zugelaufen. Sie schoss. Sie traf beide, aber nur einer war ein Aufseher.

Nicht hinsehen. Das Magazin, das der Beamte bei sich hatte, einstecken. Weiter. Jetzt standen sie unter dem Vordach des ehemaligen Deutschen Schauspielhauses und drückten sich an die verglasten Eingangstüren. Die Kirchenallee wimmelte von Aufsehern. »Wir brauchen ein Fahrzeug, sonst kommen wir nicht weit.«

Alessa kramte in ihrer Jeanstasche und reichte ihr den zerknüllten orangefarbenen Zettel.

»Die Olymp-Werbung? Danke, aber gerade bin ich politisch eher desinteressiert.«

Das Mädchen glättete das Blatt. Auf der anderen Seite stand braun in einer krakeligen Schrift eine Adresse: ›Kurze Mühren 6‹.

»Was soll das bedeuten? Ein persönliches Gespräch mit Zeus?«

»Dort wartet ein Auto auf uns. Aufgeladen und mit einer funktionierenden Identifizierungskarte.«

Ein kleines, zitterndes Knäuel Mensch. Ein schwaches Menschenmädchen. Und doch klug genug, um nicht kopflos davonzulaufen, als sich ihm die Gelegenheit dazu bot, sondern einen Plan zu verfolgen.

»Dann warst du es, die uns zum Hauptbahnhof geführt hat?« Sie stöhnte, presste ihre Wange an das kalte Glas und biss sich auf die Unterlippe, um ein weiteres Stöhnen zu unterdrücken, das ihre Schwäche offenbart hätte. »Ich hatte mich schon gefragt, wie wir dort so zielstrebig gelandet sind. Und diesen Irren – den kennst du also?«

»Tschak. Er schreibt mit Milch, die erst bei Erhitzung

sichtbar wird. Aber er musste schon von Weitem gesehen haben, dass ich kein Feuerzeug zur Hand haben würde. Du hast recht, Zarah, allein schaffe ich es nicht in die Tote Stadt. Ich muss dir vertrauen. Kann ich das?«

»Deine Entscheidung.«

Alessa senkte die Wimpern. »Ich glaube, ich habe keine Wahl.«

Diese Menschen. Sie sahen so hilflos aus, waren es aber nicht. Fast zu grell leuchtete der orangefarbene Zettel in der Hand. Fast zu unwirklich wirkte die Maschinenpistole in den schmalen Händen.

Vielleicht hätte sie auch ihrer Schwester mehr zutrauen sollen.

»Dann ab zur Kurzen Mühren. Das ist an der südlichen Seite des Hauptbahnhofs, wir müssen um das ganze Gebäude herum.« Zarah schloss die Augen und spürte ihr eigenes Herz pochen. Die Welt begann wieder, sich immer langsamer zu drehen. Beinahe zaghaft stimmte Alessas Herz mit ein. *Du darfst dich dem Virus nicht öffnen! Du beschleunigst dadurch nur die Ausbreitung der Infektion.* Sie schob den Gedanken beiseite und konzentrierte sich auf ihre Wahrnehmung. Zwei Aufseher näherten sich ihnen vom Hachmannplatz; das Pochen ihrer Herzen spürte sie immer intensiver. So viel Leben, so viel Kraft zog sie unwiderstehlich an, doch sie lauschte, horchte in die Stille hinein, die ihr von der Ellmenreichstraße entgegenkam. »Ich glaube, ich kann dich durchbringen. Mit etwas Glück, versteht sich.«

Sie schlich um die Hausecke. Alessa folgte ihr. An die Hauswände gedrückt, eilten sie davon, versteckten sich in den Eingängen und wählten einsame Straßen der Innenstadt. Kaum ein Passant wollte zufällig einer Razzia des Ordnungsamtes in die Quere kommen.

Im Gegensatz zu den sonst dunklen Gassen zuvor erstrahlte die Einkaufsmeile an der südlichen Seite des Hauptbahnhofes im vorfestlichen Glanz. Lichterketten und Straßenlaternen erhellten die Wege bis in die letzte Ecke, die bunten Ladenschilder und Schaufenster leuchteten mit ihnen um die Wette. Zu dieser Jahreszeit lag stets etwas Fröhliches in der Luft, etwas, was Dämonen und Menschen gleichermaßen ansteckte. Die unzähligen Läden lockten mit Schnäppchen. Das Blei floss zum Sonderpreis, Runen- und Ritualbücher lagen auf den Grabbeltischen, und beinahe jedes Geschäft pries mit großen Aushängen seine Opfertiere an. An der Spitalerstraße standen sogar ein paar Buden und vergraulten anständige Passanten mit dem Duft von Glühwein, gebratenen Mandeln und frittierten Würstchen. An einer Ecke lümmelten vier in Ponchos gekleidete, schon etwas ältere Männer herum und gaben nicht sonderlich überzeugend indianische Schamanengesänge von sich.

»Auch Bekannte von dir?«

Alessa grinste nur.

Noch kein neugieriger Bummler oder Schnäppchenjäger zu sehen, in den verdunkelten Räumen der Läden glotzten die Verkäufer ängstlich hinter den Theken hervor.

Die Aufseher!

»Duck dich.« Zarah zog Alessa hinter eine Bude.

Eine Patrouille marschierte an ihnen vorbei in Richtung Mönckebergstraße. Anscheinend hatte sich die Lage nach dem Streifzug durch den Hauptbahnhof etwas entspannt, denn einer der Beamten knabberte an einem kandierten Apfel.

»Ist der Weg frei?«, flüsterte Alessa. »Wir müssen nur noch quer rüber und …«

»Zurück!« Grob zog sie das Mädchen wieder zu Boden.

Eine Gruppe bewaffneter Männer, die aus einem Laden kam, machte ganz sicher keine Pause. In ihrer Mitte ging ein Mann in weißen Gewändern. Kein Gefangener – ein Schützling. Der Ladeninhaber drückte die Tür hinter ihnen zu und drehte hastig das Schild auf ›Geschlossen‹ um.

Die Gruppe blieb stehen. Der Indianergesang verhallte jäh. Hastig raffte das Quartett seine Habseligkeiten zusammen und eilte davon.

Der Mann in den weißen Gewändern breitete eine Samtdecke zu seinen Füßen aus und streute ein paar Körner darauf. Jemand reichte ihm einen Käfig, aus dem er ein Huhn holte. Behutsam strich er dem Tier über das weiße Gefieder und entließ es auf den Boden. Der Vogel schüttelte sich, machte ein paar unsichere Schritte, verschmähte jedoch die Gaben.

Zarah spürte Alessas Berührung an ihrer Schulter. »Wer ist das?«

»Der Sucher. Er bereitet sich auf irgendein Ritual vor.« Sie verstummte. Hatte einer der Aufseher gerade in ihre Richtung geschaut? Hatte er sie womöglich gehört? Sie legte eine Hand auf die Maschinenpistole, die an dem Riemen um ihre Brust baumelte. Sollten sie entdeckt werden, würde es ihnen kaum gelingen, sich den Weg freizuschießen.

Der Sucher nahm das Tier erneut in die Hände. Er streichelte und wiegte es, bis er sich den Körper des Vogels unter den Arm klemmte und ihm den Schnabel gewaltsam öffnete. Mit dem Zeigefinger stopfte er dem Huhn ein paar Körner tief in den Rachen. Dann ergriff er das zappelnde Tier an den Flügeln, verharrte für einen Moment und streckte ruckartig die Arme hoch.

Der Vogel schrie. Der feste Griff und die groben Bewegungen mussten ihm die Knochen gebrochen haben.

Alessa sprang auf und keuchte.

Keinen Ton! Sie drückte das Mädchen gegen die Wand der Bude und verschloss ihm den Mund mit einer Hand. *Bitte, bitte keinen Ton! Auch dann nicht, wenn es noch schlimmer wird.*

Der Mann packte den Kopf des Huhns, hielt den Körper fest und begann, an dem Hals zu drehen. Zarah hörte, wie die Wirbelsäule knackte, wie der Herzschlag erlosch. Bald zuckte das Tier nicht mehr, sondern hing schlaff in dem Griff, doch der Sucher drehte weiter. Bis sich das Blut auf seine Gewänder ergoss, er die Hand öffnete und einen abgerissenen Kopf auf der Handfläche präsentierte.

Die Aufseher um ihn herum erhoben die Gesichter gen Himmel. Ihr eintöniges Summen erfüllte die Nacht. Mit dem toten Huhn im Arm tanzte der Sucher in ihrem Kreis und schmierte das Blut in die ehrfürchtigen, starren Mienen.

Zarah spürte etwas Nasses auf ihrem Handrücken und drehte sich um. »Lessa?«

Tränen glänzten auf den Wangen des Mädchens.

Du weinst um ein Huhn? Du hast keine Ahnung, was die Abteilung für Opferungen mit dir *angestellt hätte, wären die Aufseher Ash, mir und dem Formwandler zuvorgekommen.*

»Schnell, weg von hier, solange sie alle beschäftigt sind.« Sie zog Alessa mit sich fort, in die Gasse zwischen den strahlenden Schaufenstern. Der schwarze Golf wartete an einer Fachbuchhandlung für spirituelle Literatur. Der Innenraum stank nach kaltem Fast-Food-Fett.

Alessa zitterte, während sie auf den Beifahrersitz kroch. Erst als durch die Rückscheibe der Durchgang zur Spitalerstraße nicht mehr zu sehen war, ließ sie sich gegen die Lehne sacken. »Warum hat er das getan?«

»Ich nehme an, er wird die Knochen entnehmen und

damit wahrsagen wollen. Die Ketten haben den Ortungszauber geschwächt, er will die Sache etwas beschleunigen.«

»Das bedeutet, dass ich daran schuld bin? An dem, was dem Vogel widerfahren ist?«

»Es war ein Opfertier. Wenn nicht der Sucher, dann hätte jemand anders es gekauft und damit Ähnliches angestellt.«

»Ich habe noch nie so etwas Grausames gesehen.«

Ich habe es machen müssen. Die Augen des Stiers, den sie vorher in Samt gehüllt und auf dessen Hörner sie zwei Kerzen gesteckt hatte. Der Elfenbeingriff des Ritualmessers in ihrer Hand, der eine ganz ähnliche Farbe zu haben schien. Oda, die die Prüfung abnahm. *Ach Zarah, du denkst nicht wie eine Dämonin.* »Mit dem Ritual bindet man die Magie an das Opfertier, wenn die eigene nicht ausreicht oder wenn man keine eigene hat.« *Tu es endlich, worauf wartest du nur? Tu es!* »Die Organe dienen dann als eine Art Katalysator für den nächsten Zauber ...« *Tu es, Zarah! Lass dich durch das Opfertier von der Magie berühren.* Die Augen des Stiers. Oda. Die Augen der Seherin. Das Herz einer möglichen Prophetin. Mächtige, überaus mächtige Organe.

»Oh Höllenfürst. Das ist es!«

»W-was?«

»Die Mordserie. Die entwendeten Organe. Irgendjemand bereitet sich auf einen gewaltigen Zauber vor. Vielleicht sogar auf den größten in der gesamten Dämonengeschichte nach dem Ende der Welt.«

»Durch die Tötung eines Huhns?«

»Doch nicht mit dem Huhn!«

»Ich verstehe nicht, was du meinst.«

Zarah schüttelte nur den Kopf. *Ich auch nicht. Zumindest nicht ganz. Aber langsam weiß ich, warum Abbas so nervös ist, und es beginnt, mir Angst zu machen.*

14

Das nächtliche Hamburg – die Spukgestalt einer mächtigen Metropole. Die halb zerstörten Häuser jagten den Golf von den leeren Straßen der Randbezirke fort, welche tagsüber zu betreten das Gesetz verbot und nachts – die Vernunft. Hier und da huschten die vom flackernden Kerzenlicht erhellten Fenster der Bewohner vorbei, die sich wenigstens diese Beleuchtung leisten konnten. Immer wieder spähte Zarah in den Rückspiegel. Die Dunkelheit verstand es zu gut, das Leben zu verwischen und alles unwirklich zu zeichnen. Ihr Fuß auf dem Gaspedal stemmte beinahe ein Loch in den Boden, doch der Tachozeiger verharrte stur auf der 120. Mal glaubte sie, überhaupt nicht vorwärts zu kommen, dann riss die Geschwindigkeit alles mit, und sie fragte sich, wie sie bei diesem Tempo die nächste Kurve nehmen sollte.

»Du fährst ohne Licht.« Alessas schmale Finger rieben über den Hals unter dem hochgestellten Kragen der viel zu großen Uniformjacke. Die Füße gegen das Handschuhfach gestemmt, kauerte das Mädchen auf dem Sitz.

Zarah streckte eine Hand aus, um das wirre, blonde Haar etwas zur Seite zu streichen. So, wie sie es oft bei Enya tat.

Du hast mich gestreichelt, hatte ihre Schwester einst gekichert und keck das Haar geschüttelt.

Unfug. Dämonen streicheln niemals. Und niemanden.

Du aber schon.

Sie senkte den Arm, der Enya nicht streicheln konnte und das mit Alessa an ihrer Stelle plötzlich nicht tun mochte, und starrte durch die Windschutzscheibe. »Es war eine sehr … hübsche Kette.«

Irgendwann, kurz nach ihrem Ausbruch aus der U-Bahn-Station, hatte die Welt angefangen, lauter zu atmen. Alessas Seufzen tönte rauschend, schon fast verzerrt zu ihr herüber. »Wir haben uns deswegen gestritten. Damals, zu Hause. Kurz bevor du gekommen bist, um uns zu retten.«

»Und alles endete.« Sie sah es vor sich: Ein etwa sechzehnjähriges Mädchen, das hinter dem Fenster vorbeihuschte, und einen Mann, der ihm etwas hinterherrief. Jetzt gab es keine Scheibe, durch die sie Alessa beobachten könnte. Keinen Mann. Und das damalige Mädchen vermutlich auch nicht mehr. »Dein Vater?«

Alessa senkte den Kopf. »Er hatte nie etwas Schlimmes zu mir gesagt, was er später bedauert hätte, auch damals nicht. Nur, dass ich die Kette abnehmen sollte, um mit dem Schmuck nicht zu viel Aufmerksamkeit zu erregen. Ich war so aufgewühlt, habe ihn beschimpft. Da war er lieber in den Hof gegangen.«

»Diesen Schuh musst du dir nun wirklich nicht anziehen. Auch wenn er bei euch geblieben wäre, hätte ihn vermutlich kein besseres Schicksal erwartet. Es ist ein Glück, dass wir wenigstens dich retten konnten.«

Aus den Wolkenfetzen tauchte der Mond auf.

Alessas Atmung schien sich zu verändern.

»Lessa? Alles in Ordnung?« Sie rüttelte das Mädchen an der Schulter.

Der Kopf, in das blonde Gewirr wie in einen Kokon gehüllt, baumelte zur Seite. »Timmerhorn«, kam es schwach unter den Strähnen hervor.

»Bitte?«

»Sch-schon zu weit vom S-sucher entfernt. Muss' dafür

sorgen, dass …« Alessa schluckte. Laut hallte das Geräusch in Zarahs Ohren. »H-hör z-zu. In Timmerhorn is … ist ein Reitstall. Fragst … nach Mattes, dem Stallburschen, und kriegst ein Pferd. Mit dieser Kiste hier kommst nicht …« Sie machte einige tiefe Atemzüge, kämpfte um die Klarheit der Worte: »Technik funktioniert dort genauso wenig wie Magie. Verstehst du?«

»Timmerhorn – Pferdestall – Mattes. Das kann ich mir merken.«

»Mattes fragt dich, wer du bist. S-sag ihm, dass … dass dich gute Geis-ster schicken.«

»Ja. Timmerhorn – Pferdestall – Mattes – gute Geister.«

»Du has-st es erfasst.« Mit einer schwachen Geste wischte Alessa sich das Haar aus dem Gesicht. Ein Hauch von einem Lächeln verzog ihre Lippen. »Und wehe, sollte sich sein Name nach ›Matjes‹ anhören!«

»Keine Sorge.« Sie erwiderte das Menschenlächeln mit einem lässigen Schulterzucken. »Ich werde darauf achten, dass man ganz deutlich ›Bismarckhering‹ verstehen wird. Ruh dich aus.« Mit einer Hand tätschelte sie Alessas Schulter.

Beinahe dankbar schloss das Mädchen die Augen.

Dunkelheit, nichts als Dunkelheit, in der sich die gestochen scharfen Silhouetten der Bäume und Häuser abzeichneten, als hätte jemand die Konturen mit einem Bildbearbeitungsprogramm nachgezogen.

Sie steuerte den Wagen in nordöstliche Richtung. Nur am Rande registrierte sie die Stadtteile, die vorbeizogen. *Tausendzweihundertachtundfünfzig* … Die Armaturenbrettuhr ging sehr genau. Wann hatte sie angefangen, wieder die Sekunden zu zählen? *Ich muss das nicht machen. Ich kann damit aufhören, wenn ich will. Tausendzweihundertneunundfünfzig* …

Timmerhorn. Es waren genau zweitausendsechshundertachtundvierzig Sekunden, als sie den Wagen zum Stehen brachte, den Motor abwürgte und die Handbremse anzog. Sie kurbelte das Fenster hinunter und ließ den Wind herein, der kalt über die Bisswunde leckte.

»Wir sind da.«

Auf dem dunklen Sitzbezug wirkte Alessas Gesicht noch spitzer und erinnerte an die Farbe tauenden Schnees. Ihre Haut roch warm, nach Erschöpfung, nach leichter Beute.

Wenn sie die Zunge ausstrecken würde, könnte sie diesen Hals schmecken, nur ein bisschen, dort, wo die Ader so zaghaft pochte und zum Zubeißen verlockte …

Zarah riss an der Türklinke und warf sich der Türöffnung entgegen. Der Gurt schnitt in ihre Brust. Hastig tastete sie nach der Gurtschließe, befreite sich und fiel nach draußen. Unter den Handflächen – die frostige Erde. Aufstehen. Laufen. Sie lief so lange, bis sie nicht mehr die warme Erschöpfung und Verletzlichkeit riechen musste. Bis der kühle Dämmerungsdunst sie vergessen ließ, die Schritte zu zählen, die sie vom Auto wegtrugen. Bis sie mitten auf dem Hof, der von Ställen, Scheunen und kleinen Häusern umschlossen lag, anhielt.

Zwischen den Gebäuden erhaschte sie einen Blick auf die Koppeln. Im Osten leckte die Röte über den Himmel und die Wolken. Ein Schnauben, das dumpfe Aufschlagen der Hufe auf den Boden und das Rascheln des Strohs, das Klappern eines Eimers – hier hatte die Stille viele Stimmen.

Sie wischte sich über das Gesicht, ließ die Winterluft ihre Gedanken klären und trat in eine Stallgasse. Im hinteren Bereich hantierte jemand mit einem Eimer, während die Pferde die Köpfe aus den Boxen reckten, um bei ihrem Anblick sogleich zu scheuen.

»Ich suche Mattes.«

Die Pferde schnaubten und drängten sich gegen die Wände, als sie näher kam.

»Ich ...«

»Er ist noch nicht da«, keifte eine weibliche Stimme.

»Nun. Dann warte ich auf ihn.«

Der Eimer klapperte ein Stück erboster. Zarah setzte sich auf den Boden, lehnte sich gegen eine Pferdebox und streckte die Beine aus. Dreihundertfünfundzwanzig Schritte, neunhunderteinundzwanzig Sekunden später stieg die Frau über sie hinweg und verließ den Stall. Sollte sie ihr folgen? Die Müdigkeit machte ihre Gedanken dumpf, ihren Kopf hohl. Sie würde einfach ein bisschen warten ...

Irgendwann öffnete sie die Augen und rieb sich die Lider. Schroff drängte sich die Stimme der Frau in ihr Bewusstsein: »Sie wartet schon eine ganze Weile auf dich.«

Mattes.

Er war um die 25 und schmal gebaut. Wenn er den Kopf neigte, rutschten ihm ein paar Strähnen seines Haars ins Gesicht wie eine dichte, glatte Pferdemähne. Seine Schritte erklangen unregelmäßig auf dem Betonboden. Das linke Bein zog er nach und stützte sich auf einen gewundenen Stab mit einem Metallknauf.

Zarah kam hoch, klopfte sich die Hose ab und merkte, wie sie auf seinen Stock starrte. »Bist du Mattes? Ich brauche ein Pferd.«

»Und ich – eine Fußmassage. Was bist *du* denn für ein Vogel?«

»Gute Geister schicken mich.«

Der Knauf wanderte von seiner rechten Hand in die linke, die blankpolierte Oberfläche des Holzes glänzte auf.

»Hast du mich gehört?« Sie schaffte es, ihm endlich ins

Gesicht zu schauen. In die Augen, die sie aufmerksam musterten. »Lessa und ich brauchen ein Pferd. Nur eins. Verstehst du? Ich muss in die To …«

»Todendorf-Gegend, schon klar.«

»Zum Höllenfürst, nein! Es ist …«

Sperrgebiet!, funkelten seine Augen sie an. »… zum Teil eine hübsche Reitstrecke.«

»Ja, richtig.« Rasch senkte sie die Wimpern. Starrte schon wieder auf sein Bein und den Gehstock. »Kann man hier nun ein Pferd für einen kleinen Ausflug leihen oder nicht?«

»Kannst du reiten?«

»Drei Jahre Unterricht …«, sie verschluckte ›an der Akademie‹, »… werden doch wohl reichen!«

»Aha.« Mit der Spitze des Stockes schob er ein paar Strohhalme beiseite. »Und wann hast du zum letzten Mal auf einem Pferd gesessen?«

Sie musste zählen. Schon wieder zählen. Jahre, Monate, Tage …

Er winkte ab und ging voraus. »Komm, ich glaube, ich habe ein Pferd für dich und deine Freundin.«

Auf dem Hof bedeutete er ihr zu warten und humpelte zu einem anderen Stall. Einige Zeit später kehrte er zurück. Er zog sein Bein nach, stützte sich auf den Gehstock, und das Pferd an seiner Seite stellte geduldig einen Huf vor den anderen. Die Dämmerung zeichnete alles ein wenig größer, doch dieses Ross mit seinem tonnenförmigen Rumpf auf den kurzen, kräftigen Beinen pflügte durch den Morgen wie ein Eisbrecher.

»Das ist Josepha. Willst du ihr ein paar Leckerli geben?« Schon drückte er ihr drei fingerdicke braune Snacks in die Hand.

»Na dann. Hallo?« Sie streckte dem Tier die Naschereien

entgegen. Für so ein massiges Pferd hatte es eine erstaunlich feine Maulpartie. Um die Augen fanden sich graue Haare, die sein Alter verrieten.

Zögerlich nahmen die weichen Lippen die Snacks an. Sie wollte ihm über die Blesse streichen, doch es zog seinen Kopf unter ihrer Hand weg. Aber wenigstens schlug es nicht aus oder spielte verrückt wie die Pferde in den Boxen zuvor.

Sie senkte den Arm. »Mal ehrlich, was soll ich mit diesem Brocken? Ich will doch nur eine kurze Strecke reiten, nicht gleich in eine Schlacht ziehen.«

Das Pferd schnaubte.

Mattes strich der Stute über die Mähne. Seine Wange schmiegte sich an das seidig schimmernde Fell. »Josepha ist ein gutes Pferd. Und ehrlich – macht sie nicht den Eindruck, als wäre sie Wasnezows Gemälde ›Die drei Recken‹ entsprungen?«

»Genau danach sieht sie aus. Als hätte ihre Blütezeit nicht in diesem Jahrhundert gelegen.«

Mattes kniff die Lippen zusammen. Der Stock keilte sich in den Boden. »Steig auf.«

Sie zuckte die Schultern, stellte sich auf die linke Seite des Pferdes und schwang sich in den Sattel. Josepha trat von einem Bein auf das andere, blieb jedoch ruhig. Zeit zum Aufatmen. »Zufrieden? Ich kann das.«

»Gehen wir ein Stück.« Er humpelte neben der Stute her, eine Hand am Zaumzeug.

Sie spürte jede Bewegung des Pferdes, diese Kraft zwischen ihren Schenkeln, die sie zu bändigen glaubte. »Ist Josepha eigentlich leicht zu lenken?«

»Für jemanden, der drei Jahre Reitunterricht hatte, sicher keine Herausforderung.«

»Ich bin ein Weilchen nicht geritten.«

Er wandte ihr das Gesicht zu, sein rechter Mundwinkel zuckte. »Ein Weilchen ist gut. Ich habe schon Kartoffelsäcke beobachtet, die anmutiger auf einem Pferd aussahen.«

Am liebsten hätte sie ihm eine Kopfnuss verpasst, doch ihre Hände klammerten sich zu sehr am Vorderzwiesel fest. »Was auf diesem Gaul anmutig aussehen soll – das will ich erst mal erleben.«

An der Straße hielt Mattes an. Seine Finger verkrampften sich etwas mehr um das Zaumzeug, als wollte er es nicht loslassen. »Was ist mit Lessa?«, flüsterte er kaum hörbar. »Warum brauchst du nur ein Pferd?«

»Sie ist mit einem Ortungszauber belegt und wird nicht in der Lage sein, selbst zu reiten.«

Er drückte die Stirn gegen Josephas Hals. Seine Schultern spannten sich an.

Zarah betrachtete ihn vom Sattel herab. Wie oft hatte sie Enyas Gefühlsausbrüche überstanden? Diese anfangs verstörenden Momente, wenn ihre Schwester sich an sie schmiegte und bebend ›Halt mich fest‹ an ihrem Hals wisperte. Die Gefühle eines fremden Menschen in ihrer Nähe zu ertragen war noch einmal etwas ganz anderes.

»Möchtest du zu ihr? Ich habe außer Sichtweite geparkt. Da links.«

»Ja. Danke.«

Mit jedem Schritt wurden ihr die Bewegungen des Pferdes vertrauter. Sie entspannte sich, wagte es, den Vorderzwiesel loszulassen und die Zügel in die Hand zu nehmen. Mattes ließ das Zaumzeug nicht los. Wollten sie so bis in die Tote Stadt pilgern?

Erst am Auto gab er die Stute frei. Wie auf Kommando hielt Josepha an und schnupperte an den welken Gräsern am Straßenrand.

Verdammt. Auch wenn sie sich nur leicht nach vorn beugte, glaubte sie, gleich aus dem Sattel zu gleiten und den kurzen Pferdehals hinunterzurutschen.

Drei Jahre Reitunterricht, drei Jahre!

Und jetzt fühlte sie sich wie ein Anfänger.

Mattes lehnte den Stock gegen den Wagen, öffnete die Tür und mühte sich, Alessa herauszuziehen. Das Mädchen hing schlaff in seinen Armen, murmelte etwas und bewegte unkoordiniert die Hände. Zarah zog ihre Füße aus den Steigbügeln und wollte Mattes zu Hilfe kommen, erntete jedoch ein schroffes ›Ich schaff das schon allein‹.

Sie beobachtete, wie er Alessa zum Pferd schleppte, wie er mit dem kaputten Bein auftrat und sich auf die Unterlippe biss.

»Dein schmerzverzerrtes Gesicht ist kaum zu ertragen.«

»Dann sieh nicht hin.«

»Sie ist doch halb bewusstlos. Sie merkt nicht, was du für sie tust. Es ist …«

»Dann sieh halt nicht hin.«

Er hatte es geschafft. Zarah griff Alessa unter die Achseln und zog sie bäuchlings vor sich auf das Pferd. Mattes keuchte, mit einer Schulter an die Stute gelehnt, die den Hals um ihn geschlungen hatte, als wolle sie ihn stützen. »Bring Lessa heil hin, versprichst du mir das?«

Sie nickte.

Seine Stimme klang fester, als er erneut sprach: »Hör mir jetzt genau zu. Du nimmst nicht die Alte Landstraße, sondern reitest zuerst nach Klein Hansdorf. Am ehemaligen Seniorenheim biegst du von der Dorfstraße links ab, dann bist du Am Glindfeld. Diese Straße geht nahtlos in einen Landwirtschaftsweg über, dem du bis nach Bargteheide folgst. Da gibt es keine Patrouillen.«

»Keine Patrouillen? Warum nicht?«

»Weil man äußerst schlecht patrouilliert, wenn man nichts sehen und hören darf.« Er kramte in seiner Hosentasche. Das Pferd schnupperte an seiner Hand, doch diesmal lagen darauf keine Leckerli, sondern zwei Paar Ohrstöpsel. »Es gibt drei wichtige Regeln: Du darfst nicht vom Weg abkommen. Du darfst den Stimmen nicht zuhören. Du darfst die Nebelgestalten nicht ansehen. Hast du mich verstanden?«

Sie nahm die Ohrstöpsel und verstaute sie in einer ihrer Taschen. Dann stieg sie ab, um aus dem Auto die Maschinenpistole zu holen, und hängte sich die Waffe um, bevor sie wieder in den Sattel kletterte. »Es wäre hilfreicher, wenn du mir einfach sagen würdest, was dort ist.« *Und wie man es töten kann.*

»Ich weiß es nicht genau, deshalb lebe ich noch. Man nennt ihn den Erlkönig. Weil diejenigen, die die Regeln nicht befolgen, tot am Ziel ankommen.«

15

Josepha kannte den Weg und trottete gemütlich am Straßenrand entlang. Jetzt, ohne Mattes, kam es Zarah vor, als würde sie auf einer Tonne hocken, die dem unruhigen Meer ausgeliefert war.

Gerade sitzen. Nicht in der Mähne festkrallen. Gerade sitzen!

Eine Mischung aus Ungeduld und Ehrgeiz brachte sie einige Zeit später dazu, sich an den Trab zu wagen. Mit den Fersen tippte sie die Seiten des Pferdes an. Die Zügel schnitten in ihre verkrampfte Hand, als das Tier den Kopf herumwarf und schnaubte.

»Na komm schon!« Ihre Füße traten etwas fester zu, was dieses Ross nicht sonderlich beeindruckte.

»Josepha!«

Die Ohren des Tieres zuckten. Es widmete seine Aufmerksamkeit den Büschen am Straßenrand.

»Jo-se-pha!«

Drei Jahre Reitunterricht, und sie benahm sich wie ein verärgertes Menschenkind auf einem Schaukelpferd. Sie konnte doch unmöglich alles vergessen haben!

Das Pferd setzte zum Trab an.

Oh doch, sie konnte. Sich dem Rhythmus des Tieres anzupassen war zum Leidwesen ihres Hinterns schwieriger als gedacht. Sie hüpfte im Sattel auf und ab, während Alessas Körper hinabzugleiten begann, mühte sich, das Mädchen wieder emporzuziehen, was die Stute als Gelegenheit wertete, wieder in Schritttempo zu fallen.

»Oh nein, Josepha!«

Als sie endlich in Klein Hansdorf ankamen, tat ihr alles weh, und die Vorstellung, vom Pferd zu fallen und sich in einem Straßengraben ausstrecken zu können, hatte etwas Tröstliches.

»Z-zarah?«

Um anzuhalten, brauchte das Pferd keine Aufforderung. »Lessa? Wie geht es dir?«

Das Mädchen stieß sich mit den Händen ab und rutschte vom Pferd, bis es auf dem Boden hockte. »Viel zu pass-ssabel, wie es aussieht. Schon was vom S-sucher … zu sehen?«

»Er holt auf, nehme ich an.«

»Viel zu schnell. Es ist aus mit uns. Sch-schaffen es nicht mehr in Sicherheit.«

»Zumindest nicht im bisherigen Tempo.« Sie sah sich um.

Klein Hansdorf war schon vor einiger Zeit verlassen worden, ohne dass die Dämonen es hatten räumen müssen. Die Menschen verschwanden hier, hieß es. Sie waren in die Felder oder das Gehölz gegangen und nicht zurückgekommen, bis die Übriggebliebenen ihre Sachen gepackt und sich davongemacht hatten. Seitdem nannten einige diesen Ort Geisterdorf, auch wenn Geister einen nicht minder großen Bogen um dieses Fleckchen machten. Es war still. So still, dass es sogar Zarahs Ohren mit einer seltsamen Taubheit umnachtete.

Etwas weiter hinten, an einer Weggabelung, thronte auf einem Hügel eine Wohnanlage und versprach eine strategisch gute Aussicht.

Sie stieg vom Pferd. »Kannst du reiten?«

Alessa schaute auf. Ihre Augen waren blau und trüb wie der Morgenhimmel nach einer aufreibenden Nacht. »Ich soll ohne dich weiter? Und du, was ist mit dir?« Sie begriff viel zu schnell. Also war ihnen weniger Zeit vergönnt als gehofft.

»Ich habe gefragt, ob du reiten kannst. Und nehme an: Ja.« Zarah drückte dem Mädchen die Ohrstöpsel in die Hand. »Steig auf.«

»Stopp! Was ... was hast du vor?«

»Dir Rückendeckung zu geben. Keine Zeit für Diskussionen, sonst kriegen sie uns.«

Alessa gehorchte. Anmutig saß sie auf Josepha, und ein leichter Druck ihrer Schenkel reichte aus, um das Ross in Bewegung zu setzen. An der Abzweigung zum Glindfeld hielt das Mädchen an. »Versprich mir, dass du mir heil nachkommst.«

»Versprich mir, dass du heil ankommst.« Zarah drehte sich um und marschierte zum Hügel, immer schneller, bis sie irgendwann lief und nicht hören musste, ob die Pferdehufe auf den Boden aufschlugen oder ob Alessa ihr immer noch nachschaute.

›Seniorenwohnpark‹ verhieß das weiße Schild neben der Auffahrt. Es verhieß noch mehr: Den letzten Halt vor der ewigen Ruhe. Damals, als die Welt glaubte, dämonenlos zu sein.

Sie rammte die Schulterstütze der Maschinenpistole in eine Fensterscheibe. Klirrend fielen die Scherben zu Boden. Die angestaute Luft, die auch nach all den Jahren noch nach alten Menschen roch, strömte nach draußen. Direkt neben dem Fenster befand sich ein kleiner Tresen. Von ihm aus führte ein Gang zu verglasten Türen, an einem Fahrstuhl und einer Treppe zu den oberen Etagen vorbei.

Im zweiten Stockwerk fand sie ein Zimmer mit einer guten Sicht auf die Straße. Auch hier fiel die Fensterscheibe ihrer Schulterstütze zum Opfer, fast hätte sie einen kleinen

Kübel mit Efeuranken aus Kunststoff vom Sims gefegt. In der Ferne ertönten Hufschläge. Die Aufseher hatten sich also ebenfalls Pferde besorgt. Sie zwirbelte ein Kunststoffblatt ab und steckte es sich zwischen die Zähne. Die Mündung ihrer MP7 lugte aus dem Fenster. Ihre Nasenflügel bebten, als sie den Pferdeschweiß witterte und den Geruch aus dem Timmerhorn-Stall erkannte.

Im gleichmäßigen Galopp zeigten sich die Verfolger auf der Straße. Die Reiter und ihre Pferde schienen in der Bewegung miteinander verschmolzen zu sein. Es sah so ästhetisch aus, so einfach, als bräuchte man bloß auf den Rücken der Tiere aufzuspringen, um davonzustürmen.

»Konzentrier dich, Zarah.« Ihre Zähne zermalmten den Stiel des Efeublattes. »Du musst sie aufhalten. Jetzt!«

Der Wind neigt die Zweige des Baumes und spielt mit den Blättern. Sie hat genug Zeit, das Zittern des Laubs zu betrachten, bevor sie durch die Zielvorrichtung zu den Reitern blickt. Die Hufe trommeln auf den Boden. Die Mähnen wehen.

»Es tut mir leid, Mattes. Aber Tiere werden nicht mit einem Schutzzauber belegt. Die Aufseher vielleicht schon.«

Sie schießt, weiß schon, dass die Waffe erst später reagieren wird, und wartet. Wartet. Wartet.

Die Kugeln treffen in die erhitzten Pferdekörper. Die Tiere stolpern, fallen. Die Mähnen wehen.

Sie spuckt das Efeublatt aus und läuft zur Tür. Sie steht schon auf der Schwelle, als sie hört, wie die Rufe ertönen und die Pferde auf den Boden aufschlagen, und sieht, wie sich der Vorhang, hinter dem sie sich verborgen hielt, bewegt.

Sie muss zu sich zurückfinden. Doch die Welt dreht sich immer noch so unendlich langsam. Ihre Handrücken jucken. Dort, wo das Tageslicht ihre Haut durch das Fenster erreicht hat, ist sie gerötet.

So weit ist es also schon.

»Dämonen werden nicht zu Verwandelten«, versichert sie sich. »Das werden sie nicht. So einfach ist das.«

Und – Gebrandmarkte?

Zurückfinden, zu sich zurückfinden …

Eine Ohrfeige trifft ihre Wange. Sie taumelt, sieht, wie der Boden auf sie zukommt, dreht sich im Fall um und kracht mit dem Rücken auf das Linoleum.

Ihr eigenes Röcheln schraubte sich in ihre Ohren. Sie blinzelte, die Umgebung schwankte und zerfloss vor ihren Augen. Die Waffe! Mit gespreizten Fingern tastete sie über den Boden, während sie eine missgebildete Gestalt auf sich zuhumpeln sah.

»Guten Morgen, Liebes«, krächzte die Stimme über ihr. »Bist du immer brav und fleißig gewesen?«

»Wer bist du?«

»Ah, du scheinst wieder bei Sinnen zu sein. Sehr gut.«

Raue Finger packten sie am Handgelenk, als würden Erde oder Rindenmulch an ihrer Haut reiben, und zogen sie auf die Beine. Die Greisin vor ihr überragte sie um zwei Köpfe, gänzlich in Lumpen und Fellfetzen gekleidet, die eine Eisenkette gürtete. Ein Fuß steckte in einem ausgetretenen Stiefel, der andere, um einiges größer, war mit Lappen umwickelt und ähnelte einem unförmigen Klumpen. Strähniges Haar hing ihr bis zu den Brüsten. Gelbliche Haut überzog die sehnigen Muskeln, wodurch das schiefe Gesicht an eine Ingwer-Wurzel erinnerte. Eine knorrige Hand reichte ihr die Maschinenpistole, mit der anderen stützte sich die Alte auf ein Beil.

»Wer bist du?« Zögernd nahm Zarah die Waffe entgegen und legte den Finger auf den Abzug, die Mündung zu Boden gerichtet.

»Ich habe dich da draußen beobachtet. Als du das Menschenmädchen fortgeschickt hast. Eine gute Tat. Und jetzt – lauf!« Die Alte verzog den Mund, was nicht nur eine Reihe spitzer Zähne entblößte, sondern auch das rotviolette Zahnfleisch. Seltsam, dass jemand, der so aussah, betörend nach Frische und Reinheit duftete. Wie der erste Schnee im Wald. Oder eine sternenklare Winternacht. »Lauf, aber nicht schneller, als die Welt sich drehen kann. Noch einmal wird dich keine Ohrfeige aus der Trance holen können.«

Dazu brauchte Zarah keine zweite Aufforderung. Sie schob sich an der Frau vorbei, rannte den Flur entlang und die Treppe hinunter. Als sie ins Erdgeschoss stürzte, kam bereits ein Aufseher durch die Tür, hinter ihm ein zweiter. Drei Schritte – und sie lief um die Ecke in den schmalen Gang, der gleich neben der Treppe lag und zum Hinterhof zu führen schien.

»Stehen bleiben!«

Sie stolperte und hielt an. Die Tür nach draußen war nur eine Armlänge von ihr entfernt. Unerreichbar, wenn einem eine Mündung auf den Rücken zielte.

»Waffe fallen lassen! Hände hoch! Umdrehen!«

Sie tat es – und erblickte hinter dem Aufseher eine junge Frau, die der Beamte nicht zu bemerken schien. Ihre milchige Haut schimmerte im Tageslicht, das durch die Tür fiel, genauso wie ihre Haarpracht, die rotgolden glänzte. Eine beigefarbene Satinrobe umfloss ihre Figur und betonte feste, runde Brüste. Umso absurder wirkten die Eisenkette um ihre Taille und der in schmutziges Leinen gehüllte Klumpen neben dem nackten, zierlichen Fuß mit bordeauxrotem Lack an den Nägeln. Zärtlich strich die Frau dem Aufseher über die Schulter. »Hallo, mein Lieber. Bist du immer brav und fleißig gewesen?«

Er fuhr herum und feuerte.

»Bruno, nicht!«, brüllte sein Partner, der bereits Schritt um Schritt zum Ausgang zurückwich.

Die Frau zog einen Schmollmund. »Hm. Nein, das war auf keinen Fall brav. Das ist schade, wahrhaft schade.«

Der Aufseher feuerte erneut. Zarah hörte, wie die Kugeln ins Fleisch trafen, doch die Frau fuhr sich unbeeindruckt mit der Zungenspitze über die Lippen und blies dem Mann ins Gesicht. Ein grünlicher Dunst entwich ihrem Mund. Der Aufseher schrie auf. Er presste sich die Hände auf die Augen, warf sich gegen die Wände und wälzte sich auf dem Boden, während ein weißer Schaum zwischen seinen Fingern zischelnd hervorquoll. Die Frau hob die Axt und rammte ihm diese in den Bauch. Das Blut spritzte. Seine Extremitäten zuckten noch, als sie ihn an einem Stiefel packte und zu Zarah aufblickte.

»Ach, Liebes, hättest du zufällig ein Pfefferminzbonbon für mich? Ich fürchte, mein Atem ist nicht ganz so frisch. Die Leute fallen einfach so um.« Keine Spur mehr vom Krächzen. Ihre Stimme perlte wie eine eiskalte, kristallklare Bergquelle.

»Du bist die Perchta!« Erst jetzt wurde ihr bewusst, dass sie die Sprache nicht gänzlich verloren hatte.

»Was ist nun mit dem Pfefferminz?«

»B-bedauere. Ich … ich habe nichts dabei.«

»Ach, wie schade.« Die Frau humpelte den Gang entlang, während sie den Körper des Mannes hinter sich her zog und eine breite Blutspur auf dem Linoleum hinterließ.

Zarah hob ihre Maschinenpistole auf, tastete nach der Klinke und öffnete ihrer Retterin die Tür.

»Danke, das ist sehr aufmerksam von dir. Komm.«

Benommen tappte sie der Perchta hinterher, die den Mann zu einem nahe gelegenen Teich schleifte und sich am Ufer niederließ. Unter dem dunklen Wasser trieben silberne

Schleier wie Federwolken, die sofort zu der Frau strömten. Sie lächelte ihnen zu, summte und stopfte Steine in den Bauch des toten Mannes – einen nach dem anderen.

»Perchta? Warum hast du mir geholfen?«

»Habe ich das?« Ihre Augen leuchteten wie Bernsteine, die von Sonnenstrahlen durchdrungen waren.

»Hast du also nicht. Okay. Hm. Was verlangst du von mir dafür? Dass ich hierbleibe?«

»Hier bist du in Sicherheit. Nur wenige wagen es, mein Reich zu betreten und mich zu stören.« Unter der Robe holte sie eine Nadel und einen dicken Faden hervor und begann, den Bauch des Mannes zuzunähen.

»Perchta, bitte! Ich muss gehen. Ich …«

»Liebes, Liebes. Ungeduldig wie immer. Ich kann mich noch zu gut erinnern, wie ich dich damals aus dem Becken der ungeborenen Seelen gezogen habe.« Verträumt schloss sie die Augen.

»Du verwechselst da etwas. Ich bin eine Dämonin.«

»Ach?« Die Perchta hob den Blick, betrachtete Zarah nachdenklich und zuckte schließlich mit den Schultern. »Stimmt, Dämonen haben keine Seele.« Sie biss den Faden ab, erhob sich und rollte den Mann in den Teich. Sein Körper plumpste ins Wasser und wurde von der Schwärze verschluckt. »Na, was stehst du denn noch hier? Lauf. Lauf in die Tote Stadt. Doch bedenke: Deine Feinde sind dir immer noch auf den Fersen. Nimm dich in acht auf deinem Weg.«

»Danke, Perchta.«

Die Frau nahm den Eisenkettengürtel ab und begann sich zu verwandeln. Die Haut erschlaffte, die spitzen Zähne traten hervor, der Glanz des Haars stumpfte ab.

»Du … du trägst Eisen bei dir?«

»Die Magie in meinem Blut ist zu stark. Ich muss sie bändigen. Und nun: Fort mit dir!«

Zarah drehte sich um und lief davon. Sie verließ das Gelände des ehemaligen Seniorenheims, lief über die Straße und huschte zwischen die Häuser. Der Landwirtschaftsweg schlängelte sich an den verwilderten Feldern vorbei und verschwand hinten in einem Wäldchen.

Sie hockte sich neben einen Busch und inspizierte die Umgebung. »Du darfst nicht vom Weg abkommen. Na prima.« Irgendwo in der Nähe waren ihre Verfolger. Auf dem Weg würde sie ein viel zu leichtes Ziel abgeben.

Sie setzte sich in Bewegung, versteckte sich im Gehölz und kroch über die flachen Ebenen. Ab und zu sah sie die Aufseher, die die Gegend nach ihr und Alessa absuchten und sich in Richtung der Toten Stadt bewegten. Von den Feldern rückte der Nebel heran und kroch über den Boden. Ihre Füße versanken im milchigen Dunst, als sie das Wäldchen endlich erreichte und sich zwischen die Bäume schlängelte. Der Nebel kräuselte sich um die Stämme herum, umschmeichelte die Äste und spielte mit den schrumpeligen Blättern, die unter seinen Berührungen seufzten.

In der Nähe knackte ein Zweig. Sie fuhr herum, spähte zwischen den Bäumen hindurch, dann glitt ihr Blick höher. Von oben herab starrte ihr ein Gesicht entgegen. Mal zeichneten die nebligen Linien Furchen und Wölbungen in das verschwommene Antlitz, mal glätteten sie jeden Makel. Die Äste bildeten einen Kranz über dem Kopf, der Bart verfing sich in den Büschen.

»Du darfst die Nebelgestalten nicht ansehen.« Sie zwang ihren Blick gen Boden. Aus dem wolkenweißen Dunst, in dem ihre Füße knöcheltief versanken, streckten sich neblige

Finger empor, griffen nach ihren Beinen, zupften an ihr. Sie wandte den Blick ab, suchte nach Rettung, doch der Spuk lauerte überall. Sie hetzte durch das Dickicht, stolperte über Wurzeln und Bodenunebenheiten. Zweige peitschten auf sie ein und zerkratzten ihr das Gesicht.

»Du liebes Kind, komm, geh mit mir! Gar schöne Spiele spiel' ich mit dir.« Die Stimme vibrierte in ihrem Kopf, brachte die Gedanken zum Klirren und den Verstand zum Bersten.

»Meine Töchter führen den nächtlichen Reihn und wiegen und tanzen und singen dich ein.« Der Gesang durchströmte den Nebel, traf falsche Töne, die dennoch etwas erschreckend Anziehendes bargen und sie lockten.

Jeder Schritt, jedes Stolpern trieb ihr den Atem aus der Lunge.

Bald würde sie die Tote Stadt erreichen.

Bald würde es vorbei sein.

»Du liebes Kind, komm, geh mit mir! Gar schöne Spiele spiel' ich mit dir«, trällerte die Stimme. Doch diesmal war sie real. Diesmal gehörte sie einem Mann.

Keuchend blickte sie sich um. Bäume. Nur Bäume. Und die Silhouette eines Aufsehers, der dazwischen tanzte, die Rinde streichelte und den Nebel durcheinanderwirbelte. Sie riss die Arme hoch, zielte – mit leeren Händen. Die Maschinenpistole hatte sie verloren.

Dann lief sie. Lief im Kreis. In die Arme des Aufsehers. Auch er hatte keine Waffe mehr.

»Ich liebe dich, mich reizt deine schöne Gestalt!« Seine Finger gruben sich in ihre Oberarme.

Sie riss sich los, stolperte, fiel. Kroch rücklings von ihm fort. »Also echt. Als schön hat mich noch keiner bezeichnet.«

Sein Gesicht verzerrte sich. »Und bist du nicht willig, so brauch' ich Gewalt!«

Sie wollte aufspringen, doch er stürzte sich auf sie und presste sie mit seinem Gewicht zu Boden.

Seine Hände zerrissen ihre Kleidung, krallten sich in ihre Brüste. Der Mann röchelte über ihr, in seinen Augen tanzte der graue Nebel.

Derselbe graue Nebel drückt auf sie wie Zement. Sie kann nicht atmen. Die Bäume winden sich. Vielleicht ist sie es, die sich windet.

Nein!

Nein.

Noch war sie bei Verstand. Sie packte seinen Kopf – eine Hand in den Nacken, eine unters Kinn. Ein Ruck, und es knirschte. Der Mann sackte über ihr zusammen.

Sie liegt still und atmet. Atmet einfach nur.

Steh auf!

Sie kroch unter dem Leichnam hervor, rappelte sich auf.

»Nicht vom Weg abkommen. Nicht den Stimmen zuhören. Nicht die Nebelgestalten ansehen. Nicht vom Weg …« Sie redete, redete lauter als die Nebelgestalten, starrte auf ihre Hände und hoffte, in die richtige Richtung zu stapfen. Bald fühlte sie den asphaltierten Weg unter ihren Füßen. Bald sah sie in der Ferne das gelbe Ortsschild mit der schwarzen Schrift.

Sie taumelt, sinkt auf die Knie, stützt sich mit den Händen auf dem Asphalt ab.

»Ich bin da. Ich bin fast da.« Sie richtete ihren Blick auf das Schild, kämpfte darum, bei klarem Verstand zu bleiben. Gar nicht mehr so weit – dann hatte sie es geschafft.

»Und ich lebe, verdammt noch mal!«, brüllte sie der Toten Stadt entgegen, obwohl sie es lieber dem Nebel entgegengebrüllt hätte.

Aber nach hinten blicken, das kann sie nicht mehr. Das kalte Metall eines Gewehrs drückt ihr in den Nacken.

»Nun. Die Knochen haben nicht gelogen. Die eine Flüchtige habe ich gefunden, die zweite kriege ich auch noch.«

Sie durfte den Verstand nicht verlieren!

Doch die Umgebung erschien wieder verzerrt, alles wurde langsamer …

Aus dem Augenwinkel sieht sie den Saum eines weißen Gewands, das nach Hühnerblut riecht. Der Sucher kommt um sie herum. An seinen Ohren haften schwarze Krümel – er hat sich Erde hineingestopft, um die Stimmen nicht zu hören. Und er ist auf dem Weg geblieben.

Die Mündung der Waffe fährt ihr über die Wange und stößt gegen ihre Stirn. Er steht vor ihr. Sie starrt auf den Asphalt unter ihren Händen.

Warmes, klebriges Blut ergießt sich über sie.

Überrascht denkt sie: Es riecht nicht wie meins.

Neben ihr bricht der Körper des Suchers zusammen. Sie schaut auf und sieht …

… ihn.

Breite Schultern. Eine stattliche, muskulöse Figur.

Nein.

Dunkles, welliges Haar. Blaue Augen. Blaue Augen?

»Zarah«, sagt er. »Du hast eine bemerkenswerte Gabe, dich in Schwierigkeiten zu bringen, weißt du das?«

Eine junge Frau mit schwarzen Locken beugt sich zu seinem Ohr. »Ghost? Ruf deine Leute zusammen, wir sollten schleunigst in unser Quartier zurückkehren, bevor wir jemanden verlieren.«

Wohlgeformte Gesichtszüge. Schiefer Nasenrücken.

Nein. Unmöglich. Es war schier unmöglich, dass ein Wesen so allgegenwärtig schien. Außer, er war …

Gott.

G.host.

Gallagher.

»Es kommt selten so gut wie erhofft,
aber auch selten so schlimm wie befürchtet.«

GERHARD CROMME, DT. TOPMANAGER

Er besaß mich, und ich tat alles, was er von mir verlangte. Es ging dabei nie um etwas Schlimmes, aber wie lange würde er mich noch schonen? Ich war ein Spielzeug in seinen Händen, zu schwach in meiner Unvollkommenheit, um ihm zu trotzen.

»Immer noch nichts?« Seine langen Finger trommelten gegen eine Aluminiumschale, die, mit blanken Knochen gefüllt, vor mir auf dem Tisch stand. Die Plastikkühltasche hatte er danebengestellt, und ich roch das frische Fleisch, das darin auf mich wartete. »Keine einzige Spur?«

Ich brauchte nicht zu antworten, denn hätte mein vor Kurzem erlangtes magiesensibles Herz etwas gespürt, wäre es mir unmöglich gewesen, still zu sitzen und an meinen Fingernägeln zu kauen.

»Verdammt.« Er packte die Schale und schleuderte sie gegen die Wand.

Dic Knochen prallten ab, fielen auf die Erde und schlitterten über den Betonboden, die verbeulte Schale zog immer kleiner werdende Kreise und blieb scheppernd liegen.

»Du musst sie aufspüren, hörst du?« Er schritt auf mich zu, und seine Hand verkrallte sich in meinen Nacken. Bereits die Hälfte der Kraft, mit der er die Schale von sich geschleudert hatte, hätte ausgereicht, um mir das Genick zu brechen. »Ohne ihre Zunge bist du für mich nutzlos.«

Ich starrte die weißen Punkte auf meinen Nägeln an, die Finger auf der Tischoberfläche gespreizt.

Der Druck auf meinen Nacken nahm zu. »Hast du überhaupt eine Ahnung, wie wichtig es ist?«

Ich ballte die Hände und drückte die Fingerkuppen gegen die Handflächen, beobachtete, wie die Sehnen unter der Haut hervortraten. »Ja.«

»Dann streng dich an, verdammt noch mal!« Er nahm die Plastikkühltasche, trat zur Tür und griff nach der Klinke. »Du hast bereits genug Aufschub bekommen.«

Ich blieb allein in der Kammer zurück, in der er mich seit einer Weile festhielt. Die Glühbirne unter der Decke tauchte die Betonwände, die mich umschlossen, in ein dämmriges Licht. Wenigstens hatte er mir dieses Licht gelassen, also war er nicht so erzürnt wie üblich. Ich verkroch mich zwischen den Laken. Mein Bett bestand aus einer speckigen Matratze, die eine der Ecken zu meinem Refugium aufwertete.

Wenn ich ganz still dalag, hörte ich einen Ventilator, der die Luft in meine Kammer blies. Sonst gab es keinen Hinweis darauf, wo ich war und wie lange schon. Mein Kerkermeister verstand es zu gut, mich zu hüten.

Noch schwebte im Raum der Geruch nach frischem Fleisch aus der Kühltasche. Ich ertappte mich dabei, wie ich immer verbissener an meinen Fingernägeln kaute. Mein Blick fixierte die Aluminiumschale auf dem Boden und die verstreuten Knochen. Das Fleisch daran war sehnig und zäh gewesen. Trotzdem hatte ich es verschlungen, und wäre davon noch etwas übrig geblieben, hätte ich auch den letzten Rest abgelutscht. Schon lange bekam ich nichts Frisches mehr zwischen die Zähne, obwohl mein Kerkermeister – mein Beschützer, wie er sich nannte – meine Sinne damit bei jedem seiner Besuche reizte. Ich wickelte mich noch fester in das Laken ein, riss mit den Zähnen an einem Fingernagel, roch Blut, schmeckte es. Noch bevor ich mich's versah, biss ich mir ins Fleisch. Der Hunger brodelte in meinen Eingeweiden. Ich kaute und spürte, wie meine anderen Zähne sich aus meinen Kiefern hervorschoben.

Oh Gütiger, ich war gerade dabei, mich selbst aufzufressen!

Ich strampelte mich frei, stürzte zur Tür und schlug mit den Handflächen gegen das Metall. »Komm zurück, hörst du? Komm zurück!« Ich glaube, ich weinte sogar.

Irgendwo ratterte der Ventilator. Es lärmte, es pochte in meinen Ohren, es machte mich wahnsinnig.

»Gib mir etwas Fleisch! Bitte! Ich flehe dich an!«

Meine Handflächen schmerzten. Aber nicht stark genug, um mich vom Hunger abzulenken.

Ich kratzte an der Tür, schlug und kratzte wieder. »Komm zurück!«

Dann flatterte mein Herz. Etwas kitzelte mein Inneres wie mit einer Feder. Die Stimmen brachen über mich herein, zerrten an mir, drängten sich um mich herum. Ich schüttelte den Kopf, hielt mir die Ohren zu und presste die Stirn gegen die Tür. Meine Augen brannten. Die Magie lockte mich, als wollte sie mir unbedingt etwas zeigen. Ich gab mich ihr hin, löste mich in ihr auf und flog davon – aus meinem Gefängnis hinaus.

Tara kämpfte sich durch das Dickicht, während ich um sie herum und sogar in ihr schwebte. Ich war überall. Ich war eins mit der Magie geworden – und für den Moment vollkommen.

Immerzu sah sich Tara um, zuckte bei jedem Geräusch zusammen, auch wenn sie selbst eines verursachte. Das

Mädchen kämpfte sich zwischen den Ästen vorwärts, stolperte und ächzte, eilte aber dennoch weiter. Als es auf die Lichtung trat, rannte es die letzten Meter, ließ sich erschöpft auf den Boden sinken, vergrub die Hände tief im Laub. Es wandte das Gesicht dem Himmel zu, aber der verzweifelte Ruf glich eher einem Tierlaut als einem Wort.

Eine verkrüppelte Gestalt hinkte hinter den Bäumen hervor. Das Mädchen fuhr zusammen, entspannte sich jedoch, als es die näher kommende Frau erkannte. Jeden ihrer Schritte begleitete das vertraute Rasseln einer Kette, die ihr um den Bauch geschlungen war. Eine Axt stellte ihren Gehstock dar.

»Was machst du hier nur? Ach Kleines. Du sollst mir doch fernbleiben, in Sicherheit.« Die Stimme klang alt und leierte. Die Perchta kniete sich nieder und streichelte dem Mädchen über den Kopf, das vor Erleichterung weinte und das Gesicht an ihrer Brust rieb.

»Ruhig, ruhig. Es wird alles gut.«

Nein, wird es nicht, hätte ich gern erwidert.

Tara stieß einen weiteren tierhaften Laut hervor, der in einem Weinkrampf endete. Es machte keinen Sinn zu reden. Die Mutter würde sie nicht verstehen. Auch nicht, wenn das Gesagte in klare Worte gefasst wäre. Dabei ging dem Mädchen so viel durch den Kopf, während es sich an die Mutter schmiegte. Zum Beispiel Giulias Blick, als diese sie mit ihrem ohne zu fragen genommenen Rasierer im Bad ertappt hatte. Tara hatte sich an der Wade geschnitten. ›Wenn du es nicht kannst, dann lass es einfach.‹ Giulia hatte ihr den Rasierer entrissen und ihn mit zwei Fingern zum Abfalleimer getragen, obwohl sie wusste, dass sie nicht so leicht an einen Ersatz kommen würde. Was ›es‹ in der Bemerkung tatsächlich bedeutete, darüber konnte Tara nur rätseln: sich die Beine zu rasieren oder die Adern aufzuschneiden?

Einige Nächte später war Tara von plätscherndem Wasser und unterdrücktem Gekicher aufgewacht. Vor ihrem Bett hockte der Junge mit dem schneeweißen Haar und goss Wasser von einem Becher in den anderen. Ausgerechnet er! Dessen Namen sie so lange auszusprechen lernte, bis ihre Laute dem Wort *Sun* glichen. Aber anscheinend mochte er keine Abkürzungen. Hinter ihm scharte sich die glucksende Meute. ›Mal sehen, ob die sich einnässt‹, flüsterte er. Später hatte sie sich oft vorgestellt, wie sie den Becher ergreift und ihn über seinem Kopf leert. Damals hatte sie sich jedoch nur aufgesetzt, die Decke an sich gerafft und gehofft, erst weinen zu müssen, wenn die Meute sich verzogen und sie sich im Bad versteckt hatte.

Die Perchta strich Tara über das Haar und den Rücken, während die Weinkrämpfe den Körper des Mädchens schüttelten. Traurig, ohne zu wissen, was ihre Tochter plagte. Und gleichzeitig froh über das Unwissen, weil sie ohnehin nicht hätte helfen können. »Du musst zurück. Du darfst nicht entdeckt werden. Vor allem nicht von denen, die deinen Wert kennen. Meine kleine, von der Magie geküsste Tara.«

Die Dämonenwelt befand sich in Aufruhr, das wusste ich schon seit Langem. Fieberhaft suchten die Hochrangigen nach solchen wie Tara, die einen besonderen Zugang zur Magie hatten oder bald haben sollten. Um mir zuvorzukommen. Oder mich hervorzulocken.

Das Mädchen klammerte sich an die Gewänder der Perchta. Sanft schob die Frau es von sich und streichelte ihm über das Gesicht. »Geh, bitte.«

Das Mädchen drückte sich erneut an die Mutter. Wieder hielten sie einander im Arm. Jetzt weinte auch die Perchta. Ich sah, wie ihre Tränen das schrumpelige Gesicht verätzten und noch mehr Furchen in die Haut gruben. »Mach es mir nicht noch schwerer. Ich will dich nicht verlieren, und bei mir bist du nicht sicher.«

Tara umarmte sie noch fester. So fest, dass die Mutter kaum zu atmen wagte.

»Du musst gehen.«

Auch die Perchta hielt sie noch fest, den eigenen Worten zum Trotz.

»Du musst gehen, Tara, zurück in die Tote Stadt. Ich darf dich nicht sehen. Dein Erzeuger und die Dämonen würden alles tun, um dich zurückzubekommen.«

Dann endete meine Freiheit. Die Magie zerrte mich zurück in meine Kammer, in meinen Körper. Ich lag auf dem Rücken und starrte mit weit aufgerissenen Augen die Glühbirne an, an der eine Schicht Schmutz und ein paar Spinnenweben klebten. Wie lange war ich fort gewesen? Mein Herz trommelte gegen meine Rippen wie eine Faust, die nach der verlorenen Freiheit verlangte, brannte wie meine Handflächen, die gegen die Tür geschlagen hatten. Mein Körper war mir zu eng, ich erstickte darin.

Ein Schlüssel drehte sich im Schloss, und die Klinke wurde niedergedrückt. Mein Kerkermeister sah durch den Spalt hinein, und ich dankte der Magie, die mich rechtzeitig zurückgebracht hatte.

Er fragte, ob alles in Ordnung sei.

Ich stützte mich mit den Ellbogen ab. Das Lächeln schlich sich ganz natürlich auf meine Lippen, es hatte wie ich gelernt zu lügen. Ich sagte, ich brauchte etwas zu essen.

Er betrachtete mich nachdenklich. Noch war ich ein Spielzeug in seinen Händen. Nun dann. Ich sollte langsam anfangen, mit ihm zu spielen.

Irgendwo weinte ein Baby.

16

Die Treppe führt nach oben und verliert sich im dunklen Schlund des ersten Stockwerks. Nur schemenhaft sind die Wände und ein Türrahmen zu erkennen.

Warte hier, hat er gesagt und ist die Stufen emporgestiegen. Die rotbraunen Holzstufen, deren Farbe in der Mitte von anderen, leichtfüßigeren Schritten abgescheuert wurde.

Zarah wartet.

So, wie er es ihr gesagt hat.

Zarah legt eine Hand auf das Geländer, wärmt das kalte Holz mit ihrem Leben. Sie stellt einen Fuß auf eine Stelle, wo die Farbe noch deckt, zieht sich hoch, und schon hat sie die erste Stufe bezwungen. Die Treppe ist zu steil für ihre kurzen Beine. Zu groß sind die Schuhe, die an ihren Füßen schlappen, und zu rosa. Mit einer weißen Blume aus Leder, die jetzt in der Dunkelheit zu leuchten scheint. Zarah macht Pausen, atmet flach, um kein Geräusch zu verursachen. Endlich oben. Das erste Stockwerk schließt sein Maul um sie.

Aus einem Türspalt fällt müdes, flackerndes Licht auf die Dielen. Zarah kann den Badewannenrand sehen, den Schaum, der sich bauscht, und die Teelichter. Wenn sie sich etwas näher heranschleicht, kann sie noch mehr erkennen. Eine schmale Figur im Nachthemd, die den Kopf gesenkt hält. *Ich werde niemals aufhör'n dich zu lieben, glaub' es mir*, summt die Gestalt, was eher einem Stöhnen gleicht. *Ich finde wieder Lust an meinem Leben, neben dir.* Das lange Haar verschleiert ihr Gesicht. Die junge Frau streift das Hemd ab, und das flackernde Licht leckt an ihrer nackten Haut.

Enya!, möchte Zarah rufen und bleibt still. Warte hier, hat er gesagt, bevor er die Stufen emporgestiegen ist, um jetzt hinter der jungen Frau zu stehen. Seine Hände legen sich auf die zierlichen Schultern, die unter der Berührung leicht nachgeben, als würde das Gewicht sie zerbrechen. Die Hände massieren und streicheln. Ein Stöhnen hallt durch das Bad. Der Kopf neigt sich zur Seite, während das Haar weiterhin das Gesicht verhüllt. Eine Wange streift seinen Handrücken.

Enya!, möchte Zarah rufen. Enya, nein!

Und bleibt still.

Er vergräbt eine Hand in dem langen Haar und wendet sein Gesicht ab. Zeigt für einen Augenblick das steinerne Antlitz, bis seine Züge zu schmelzen beginnen und andere Konturen annehmen. Sein dichter, dunkler Schopf lichtet sich, weicht grau-silbernen Strähnen. Die Haut erschlafft und zeigt Leberflecke. Die Eselsbeine treten von einem Huf auf den anderen.

Zarah bleibt still.

Er schließt die Lider.

Er rammt das Gesicht der Frau in den Wandspiegel.

Die Scherben klirren und fallen zu Boden. Mit ihnen fällt auch die Frau.

Es ist nicht Enya.

Zarah bleibt still.

Sie hatte nicht geschrien, aber ihre Kehle war eng und wund. Sie hatte nicht geschrien, aber ihr fehlte die Luft.

»Scht. Alles ist gut. Beruhige dich. Du bist in Sicherheit. Ich werde nicht zulassen, dass dir etwas zustößt.«

Sie rang nach Atem und bäumte sich auf. Starke Arme umfingen ihren Körper, hielten sie sanft und doch fest genug, dass sie nicht mehr strampelte und zu ersticken glaubte.

»Alles ist gut. Alles ist gut. Du bist in Sicherheit.«

Ihr Keuchen schmerzte sie in der Kehle. Sie blinzelte. Ein fremdes, unberührtes Zimmer. Ein totes Zimmer in der Toten Stadt. Die verblichenen Gardinen von der Farbe verwelkten Grases waren zurückgezogen und ließen das Licht herein, das weiße, entsetzlich grelle Tageslicht. Auf einem Tisch stand eine Vase mit verblassten Kunstblumen. Keine Veilchen.

Über sie beugte sich ein Gesicht, ein wohlbekanntes Gesicht. Feine Züge, das schiefe Nasenbein.

Sie war bei ihm. Er hielt sie im Arm. Sie brauchte keine Veilchen.

Hallo, G.host, würde sie sagen.

Hallo, Zarah, würde er antworten.

Sie hatte ihre erste Begegnung schon so oft in Gedanken geprobt, ohne zu ahnen, dass es nicht ihre erste Begegnung sein würde.

Ihre vernarbte Wange berührte seine Brust. Weiche Wolle schmiegte sich an ihre Haut und trug seine Wärme und seinen Duft zu ihr. Diesen ganz besonderen, betörenden Duft nach Morgengrauen. Nach Nordwind. Und ein wenig nach dem ersten Kuss, der der letzte war.

Warme Finger strichen ihr über die Stirn und tauchten in ihr kurzes Haar. »Wie fühlst du dich?«

Womöglich träumte sie nur. Sie träumte so entsetzlich oft von Gallagher. Und vielleicht sollte sie sich in diesem Traum endlich trauen und ihn küssen, bevor sie aufwachte oder zur Besinnung fand.

»Lessa geht es gut. Danke, dass du sie hierhergebracht hast.«

Sie schaute auf und blickte in seine Augen, in diese unglaublich blauen Augen.

»Danke, dass du sie gerettet hast, als ich es nicht konnte.«

Blaue Augen.

Er bettete sie auf das Kissen, doch sie sammelte ihre Kräfte und stemmte sich hoch. Etwas stimmte hier nicht, und endlich wusste sie auch, was.

»Bleib liegen. Lass es langsam angehen.« Seine Hände umfassten ihre Schultern und drängten sie mit mildem Druck zurück auf das Bett.

»Was zum Höllenfürst ist mit dem Waldhonig passiert?« Ihre Stimme leierte. Das Zimmer begann, um sie herum zu schwappen, die Konturen verflossen wie Wasserfarben.

Die Hände ließen von ihr ab, verharrten mitten in der Bewegung. »Bitte – womit?«

»Deine Augenfarbe. Das ist doch nicht normal.« Sie gab der Schwerkraft nach und fiel auf das Kissen. Ihr Körper protestierte gegen die Anstrengung, ihr Puls schnellte in die Höhe, ihr Atem rasselte. Was hatte sie so geschlaucht?

Abbas im Verhörraum und Enya im Nachthemd hinter dem Panzerglas; G.host und seine Rebellen, die hinter der Mordserie steckten; Gaius, der sich dort im Bad in Abbas verwandelte; Scherben, die klirren; eine Frau, die zu Boden fiel; die Flucht in die Tote Stadt.

Alles war nur eine einzige, undefinierbare Suppe aus Bildern.

Sie suchte Gallaghers Blick. Seine Augen lächelten sie an, und erst einige Sekunden später bemerkte sie, dass alles an ihm sie anlächelte: die Lippen, die winzigen Fältchen um die Mundwinkel, die weichen Züge seines Gesichts. So offen und warm hatte sie bis jetzt nur Enya lächeln sehen, wenn ihre Schwester vor ihr einen Teller mit dampfenden Pfannkuchen hinstellte.

»Kontaktlinsen.«

»Ach so, Kontaktlinsen.« Sie bemerkte ihre ausgestreckte Hand, die Finger, die seine Mundwinkel fast berührten. Rasch senkte sie den Arm. »Du musst verrückt sein! Total übergeschnappt. Wenn du dir zu diesem Babyblau mit Kontaktlinsen verhilfst.«

»Zarah, du bist unglaublich. Du wurdest verhaftet und bist ausgebrochen, wurdest mit dem Vampirvirus angesteckt und hast nur knapp überlebt, und jetzt bist du wach, wir sitzen hier und unterhalten uns über meine Augenfarbe?«

»Die Farbe ist grauenvoll. Mal ehrlich, dein Aussehen sorgt für genug Spott im Büro, du brauchst es nicht künstlich auf die Spitze zu treiben.«

»Das Blau ist natürlich. Es ist das Braun, das ich den Kontaktlinsen zu verdanken habe. Und du hast recht, es nennt sich beim Hersteller tatsächlich ›Waldhonig Nr. 3‹ und kann sogar Gefühle spiegeln. Sag mir lieber, wie es dir geht. Spürst du noch Übelkeit?«

»Erzähl nicht, du färbst dir auch die Haare. Was ist das? ›Nachtschwingen Nr. 5‹?«

»Nein.« Er schmunzelte, so ungezwungen und innig, wie es kein Dämon konnte, und zupfte an den Locken, die sich um seine Ohren kringelten. »Einfach nur ›Intensivtönung Schwarz mit Diamantglanz‹.« Er grinste noch breiter, noch frecher, bis sie nichts mehr wahrnahm außer diesem Lächeln, das sie ein klein wenig neckte und über ihre Haut kribbelte. »So viel Eitelkeit darf sein. Dieses Jahr ist Blond bei den Dämonen leider mal wieder nicht zur Trendfarbe geworden. Können wir jetzt aufhören, über mein Aussehen zu sprechen, und endlich feststellen, wie es dir geht? Ist dir noch übel?«

Blond. Blauäugig. Und dazu noch dieses Gesicht. »Übel ist gar kein Ausdruck.« Sie verschluckte sich und musste husten. An ihrem Hals spannte der Druckverband und verursachte einen dumpfen Schmerz. Die Bisswunde. Nicht mehr angeschwollen wie ein Tennisball und prall von Gift.

Noch ein paar Erinnerungsfetzen, die an den richtigen Platz rückten.

Gallagher schob einen Arm unter ihren Nacken, half ihr hoch und nahm ein Glas Wasser vom Nachttisch. Als er das Glas an ihren Mund setzte, berührte sie mit der Unterlippe seinen Daumen. Sie schloss die Augen. Verschluckte sich abermals und musste erneut husten. Er stellte das Glas ab, und schon spürte sie weder die Wärme seiner Haut an ihrer Lippe noch die flüssige Kälte.

»Mehr«, stöhnte sie, hielt inne und schob noch schnell hinterher: »Wasser.«

»Später. Hast du andere Beschwerden? Schmerzen? Wahrnehmungsstörungen? Zum Glück hat der Virus nicht dein Gehirn angegriffen, nur das Blut. Es war verdammt knapp, ist aber noch einmal gut gegangen. Zumindest bist du jetzt wach und bei klarem Verstand.«

Blaue Augen. Dämonen hatten niemals blaue Augen, sie trugen keinen Himmel darin, um die Sehnsucht nach Tageslicht zu wecken. »Wer bist du eigentlich?«

»Okay, der Verstand ist anscheinend doch nicht so klar wie erhofft.« Er neigte den Kopf. Seine rechte Braue zuckte hoch. »Gallagher. Hier werde ich G.host genannt. Sag mir lieber, wo Enya ist. Mit Sicherheit wurde bereits ein Haftbefehl gegen sie erlassen. Wir müssen schnell sein und versuchen, sie hierherzubringen.«

Es schmerzte, ihn anzulügen. Es schmerzte, Enyas Namen so vertraut aus seinem Mund zu hören und die Sorge zu spüren, die darin mitschwang. »In Sicherheit.« Es zerriss sie. All das, was er sie zu spüren zwang, ohne dass sie wusste, was es eigentlich war. »Den Weg in die Tote Stadt wird sie nicht verkraften … Wir sind doch in der Toten Stadt?«

»Ja.«

Sie keuchte. »*Du* bist in der Toten Stadt. Und wenn du nicht gerade eine ausgefallene Selbstmordmethode ausprobierst, erzähle mir nicht, du wärst ein Dämon.«

Er zupfte an den Locken. Nicht mehr schelmisch, sondern irgendwie bedrückt, als wüsste er plötzlich nicht, wohin mit den Händen. »Ich bin ein Mensch.«

Sie zog sich die Decke bis zu den Achseln und verschränkte die Arme über dem Bauch. Auf einmal fror sie. »Du arbeitest im Ordnungsamt. Du hast die Akademie absolviert. Und allein um dort aufgenommen zu werden, musstest du die Reinheit deiner dämonischen Abstammung bis in die fünfte Generation nachweisen. Na los, du hast noch einen Versuch, mich anzulügen, aber diesmal streng dich etwas mehr an. Wer bist du?«

Er ließ die Locken los und schaute an die Zimmerdecke, wo die Tapete abgegangen war und einen Schimmelfleck entblößte. »Ein Wechselbalg.«

»Wwwww… was?« Das Wort vibrierte in ihrer Kehle. Sie schnappte nach Luft.

»Meine Dämonenfamilie hat ihr Baby gegen ein Menschenkind getauscht. Auf dem Papier bin ich ein Dämon. In Wirklichkeit – ein Mensch.«

Auch sie wandte den Blick ab, konnte ihn nicht mehr anschauen, ohne an dem Kloß in ihrem Hals zu ersticken. Stattdessen starrte sie auf ihre gespreizten Finger, die auf dem gräulichen Laken zitterten.

Es war so verdammt kalt in diesem Zimmer!

Ja, das musste es sein.

Bis die Finger sich ballten und den Stoff würgten. »*Nein.*«

Hatte sie es gesagt? Gehaucht? Bloß gedacht?

In ihrem Kopf erhoben sich Rufe einer johlenden Menge. Mit einem Mal fühlte sich Zarah klein und völlig verloren. *Mam!* Zarah kämpfte sich durch die Meute. Die Aufseher hatten sie und ihre Mutter aus dem Haus gezerrt, das ganze Dorf auf der Hüttmannwiese zusammengetrieben. Im Tumult hatte Zarah ihre Mutter verloren. *Mam!* Da vorn, etwas abseits stand sie, eine schlanke Frau mit hängenden Armen. Das goldene Haar hüllte sie ein, sonst trug sie nichts außer einem Negligé, das sie niemals auszog. Endlich war Zarah bei ihr, fasste den dünnen, kühlen Arm an und zog daran. *Mam, komm mit mir hier weg, Mam. Lass uns nach Hause gehen.* Die Frau reagierte nicht. Sie reagierte nie, und Zarah hatte gelernt, nicht in das starre Gesicht mit den verdrehten Augen, der hängenden Unterlippe und dem vorgeschobenen Unterkiefer zu blicken.

Mam, komm hier weg. Zumindest in die hinteren Reihen, wo Zarah nicht die schwarze Bühne mit dem Pfeiler sehen musste, an den zwei Mädchen gekettet waren. Eine gebrandmarkte Dämonin und ein Mensch. Beide Wechselbälger, aufgeflogen. *Mam* … Zu spät. Die ersten Steine trafen die zitternden, gekrümmten Leiber, die sich aneinanderschmiegten. *Sie werden ihn töten, Mam. Sie werden Gallagher töten.*

»Zarah?«

Sie zitterte unter dem Laken. Ihre Finger krallten sich noch immer in den Stoff. Genauso, wie sie sich damals an ihre Mutter geklammert hatte.

»Es ist …« *Ich kann es einfach nicht. Diese Angst um dich haben.* »… so kalt hier. Gib mir etwas Wasser.«

Er reichte ihr das Glas, doch ihre Zähne klapperten so sehr, dass sie das meiste verschüttete. »Warum hat deine Dämonenfamilie das getan? Wenn so etwas herauskommt, werden die Kinder hingerich…« Ihre Stimme brach. »Die Dämoneneltern werden gebrandmarkt und ihrer Rechte enthoben. Niemand riskiert so etwas.«

»Doch, wenn man das eigene Baby sehr liebt. Wenn man alles tun würde, um es vor einem Fluch zu bewahren.«

Liebe? Eindeutig ein falsches Gefühl bei Dämonen. Aber nicht gänzlich ausgerottet. »Es gibt sie also tatsächlich. Dämonen, die ihre Sprösslinge nicht bloß als *Brut* ansehen.«

»Anscheinend.«

Es war zu viel. Einfach zu viel. »Um was für einen Fluch handelt es sich dabei?«

»Die Einzelheiten durfte ich nicht wissen. So weit ich das herausfinden konnte, ging es um einen Streit mit einer Fee, die das Baby daraufhin verflucht hat. Allerdings wurde der Schadenszauber mehrdeutig formuliert, sodass er nicht zwangsläufig das Baby meiner Dämonenfamilie treffen musste, sondern jenes, das sie großziehen und Sohn nennen würden. Deshalb haben sie nie meinen Namen benutzt, sondern nur *Sohn* zu mir gesagt.«

Sie schluckte. »Und hat der Fluch dich getroffen?«

»Noch bin ich da und an einem Stück.«

Ein Mensch. Jetzt trennten sie beide nicht bloß verschiedene Kasten voneinander, sondern seine unsterbliche Seele. Wie sie nie eine haben würde. Aber vielleicht … vielleicht reichte seine für sie beide. Vielleicht konnte sie sich deswegen nie wirklich von ihm lösen. Weil ein Stück von ihm in ihr geblieben war. »Wie ist es, als Mensch bei Dämonen aufzuwachsen?« *Wie ist es, ein Mensch zu sein?*

»Keine Ahnung. Ich kenne es nicht anders. Meine – wie

soll ich sagen? – Tauscheltern waren eigentlich ganz gut zu mir. Auch wenn ich ihnen meine schiefe Nase zu verdanken habe.«

»Wie das denn?«

»Es war zwei Tage vor der Musterung. Mein Tauschvater hatte die Hölle in Bewegung gesetzt, damit ich die Einladung bekam. Eigentlich war er nicht hoch genug gestellt, dass seine Sprösslinge an die Akademie durften. Aber wofür gab es Beziehungen? Am Abend hat er mir das Gesicht zerschlagen. Du kannst dir vielleicht vorstellen, wie ich dann aussah – und bei der Musterung gab es keine Probleme. Ohne die Akademie wären meine Zukunftsaussichten sehr mager gewesen. Ich darf also nicht klagen. Ich meine, sie haben nur zweimal in meinem Leben Hand an mich gelegt. Da habe ich schon ganz andere Geschichten gehört.«

»Was war beim zweiten Mal?«

»Sie haben mich erwischt, wie ich mit einem Bleistift Zitate aus alten Menschenromanen auf die Fußbodenleiste unter meinem Bett gekritzelt habe. Verständlich, dass sie bei dem Anblick ausgeflippt sind. Als sie sich endlich abreagiert hatten, hat mein Vater mich beiseitegenommen, den Bleistift geschreddert, die Platte mit den E-Books formatiert und mir das Versprechen abgenommen, dass ich den Dreck nie wieder in die Hände nehmen werde. Nun ja. Zumindest in Bezug auf Bleistifte habe ich eine leichte Neurose entwickelt.«

»Dabei munkelt man, die Dinger hätten bei dir immer die gleiche Länge, und in Wirklichkeit benutzt du keine.« Mit bebenden Fingern wischte sie sich über die Lider. »Wie ist es dir gelungen, all die Jahre als Dämon durchzugehen? Dazu noch im Ordnungsamt.«

Er deutete ein Lächeln an.

Warum lächelte er?

Ausgerechnet jetzt, ausgerechnet bei dem Thema?

Ihre Blicke trafen sich, und sie merkte, wie sich das Lächeln auf seinem Gesicht verlor. »Ich bin ein Technik-Fuzzi, schon vergessen? Dass ich überhaupt existiere, nehmen die anderen im Büro erst wahr, wenn sie sich über meine Bleistifte amüsieren. Niemand kommt auf den Gedanken, sich zu fragen, ob er meine dämonische Zwiegestalt jemals gesehen hat. Nicht einmal du. Oder?«

Nicht einmal ich.

Sie musste sich erneut über die Lider wischen. »Sogar damals, an der Akademie …« *Da waren wir zusammen.* »… habe ich keine Gelegenheit ausgelassen, mit anderen über dich zu lästern.«

»Ich weiß.«

»Ich habe es verheimlicht, das mit uns.« *Und wie ernst es mir war, so ernst, dass …*

Er nickte. »Mach dir keinen Kopf darum, es ist schon lange her.«

»Niemand wusste von uns.« *Außer Ash. Der mir wie immer auf die Schliche gekommen war.*

»Zarah, es ist okay. Ich habe dir damals keine Vorwürfe gemacht und werde auch heute nicht damit anfangen.«

Warum nicht? Hättest du machen sollen. Weil ich eine Idiotin war, keinen Deut besser als die Meute, immer bereit, einen Stein zu werfen. Sie betrachtete sein Profil. Zum ersten Mal verstörte seine Schönheit sie nicht, zum ersten Mal kam es ihr nicht abartig vor, in diese ebenmäßigen Züge zu blicken und sie anziehend zu finden. Am liebsten hätte sie ihm über die Wange gestrichen, die Haarsträhnen hinter das Ohr geschoben, sein Gesicht neu erkundet.

Wie konnte ich dich lieben, ohne dich zu kennen, ohne zu wissen, wie du bist und was dich bewegt?

»Wie … Wie konnte ich dich lieben …«

Seine Schultern spannten sich an. Er nickte abermals. Stand auf. »Verstehe.«

»Warte!« Sie richtete sich auf, doch ein Schwindelanfall zwang sie zurück. Das Zimmer drehte sich, das Bett trieb wie auf hoher See. »Warte …«

An der Tür klopfte es zaghaft. Alessas Kopf schob sich durch den Spalt. »Ghost? Entschuldige die Störung. Oh, Zarah, du bist wach! Ähm, Ghost? Mattes ist da. Er meint, er hätte eine Nachricht für dich. Ich zitiere: Sag ihm, das heilige Geflügel möchte mit ihm reden, er ist aber nicht auffindbar, und damit das klar ist, ich bin kein Botenjunge. Zitat Ende.«

»In Ordnung, ich wollte eh schon gehen.«

»Warte!«, flüsterte Zarah, während er schon fast durch die Tür verschwand. »Warte …«

»Bleibst du bitte bei Zarah«, er schob Alessa in den Raum, »und zeigst ihr hier alles, wenn sie wieder auf den Beinen ist? Ich werde vermutlich ein paar Tage fortbleiben.«

»Klar.« Sie küsste ihn auf die Wange. »Mach dir keine Sorgen.«

Sie küsste ihn. Hatte ihn geküsst. Während er sie mit einem Arm an sich drückte.

Zarah biss sich auf die Unterlippe. Es war nicht das Zimmer, das sich auflöste, es war das Nass in ihren Augen, das die Umgebung so unscharf zeichnete.

»Schön, dass es dir besser geht!« Alessa wandte sich ihr zu. »Übrigens: Seinen richtigen Namen kennen nur du und ich, für andere ist er Ghost, verstanden?« Zwischen den Fingern zwirbelte das Mädchen den Stiel einer welkenden Veilchenblüte.

Weißt du, hätte Zarah am liebsten geschrien, *dass die Rebel-*

len vielleicht hinter dem Mord an deiner Mutter stecken? Und es war ihr egal, ob sie Abbas' Worten glaubte oder nicht.

Sie wollte ihn hassen. Und sie wollte damit nicht die Einzige sein.

Weil alles so furchtbar wehtat.

Alessa musste ihren Blick bemerkt haben, hob die Blume an die Nase und zuckte mit den Schultern. »Manchmal ist er ganz komisch drauf. Hat mir das hier in die Hand gedrückt.« Das Mädchen legte das Veilchen auf den Nachttisch. »Hast du es übrigens schon gesehen? Es hat geschneit!«

Zarah drehte sich auf die Seite. So musste sie Alessa nicht ansehen. Dafür aber das Veilchen, das verloren auf der hellen, rissigen Holzoberfläche lag. Liebe, Hoffnung, Treue. Treue! Ja, er brachte sie tatsächlich dazu, alles zu vergessen.

Er log sogar durch die Blume.

17

Gallagher legte eine Hand auf den kühlen Touch-Screen seiner Wohnung und wartete, bis die Identifikation gelaufen war. Auf der Schwelle ertappte er sich dabei, wie er zögerte, einzutreten und die Dämonenwelt endgültig an sich heranzulassen. Dabei hatte er sich so sehr beeilt, der Toten Stadt den Rücken zu kehren und noch bei Tageslicht nach Hamburg zu fliehen. Als könnte man vor der eigenen Dummheit weglaufen.

Die Beleuchtung schaltete sich automatisch ein und flutete den Korridor. Oft hatte er Friedbert dabei beobachtet, wie er auf dem spiegelblanken Parkett Pirouetten drehte und Melodien aus ›La Sylphide‹ summte. *Ein kleiiiner Mann für das Bolschoooooi Theater*, hatte er seinen Freund stets mit einem von vielen fast vergessenen Archaismen geneckt. In der letzten Zeit waren die Darbietungen häufiger geworden, ganz besonders das Ende des zweiten Aktes.

Mit einer Schulter lehnte er sich an die Wand, unfähig, ein Teil dieser polierten Welt zu sein. Die Tür zum Arbeitszimmer lockte ihn in das vertraute Refugium, wo er inmitten von überfüllten Kisten, hier und da verhedderten Kabeln und in den Ecken lauernden Staubmäusen frei atmen konnte. Doch er rührte sich nicht, sondern starrte die Kratzer im Parkett an. Denn über die Kratzer im Parkett nachzudenken half ihm, nicht über Zarahs fassungsloses ›Wie konnte ich dich lieben‹ nachdenken zu müssen.

Merkwürdig, diese Schrammen auf dem Boden. Wo

kamen die her? Er hob den Blick. Das 3-D-Bild, das winterliche Alpen zeigte und zwischen dem Bad und Friedberts Schlafzimmer hing, fehlte. Es war mit aller Gewalt abgerissen worden. An der Stelle, wo es mit doppelseitigem Klebeband fixiert gewesen war, fehlte ein Stück Tapete. In einer Ecke glänzten Scherben.

»Friedbert?« Er legte eine Hand auf die Pistole, die im Halfter an seiner Hüfte steckte. »Friedbert! Bist du da?«

In den Tiefen der Wohnung lief der Fernseher. Ansonsten gab es keine Geräusche, die ihn alarmiert hätten, doch der Ruhe traute er nicht. Auf den Zehenspitzen schlich er zum Wohnzimmer.

»Friedbert? Hörst du mich?«

Seine Hand umklammerte die gezogene Pistole, noch bevor der zerstörte Raum in allen Einzelheiten auf ihn wirken konnte. Sämtliche Schubladen waren auf den Boden geleert worden, das Mobiliar verrückt, die Polster aufgeschlitzt. Einst hatte er Vasen besessen, fiel ihm ein, und Regale, die im Zickzack die Wände des Zimmers entlangliefen. Jetzt lag alles zerschellt und zerschlagen auf dem Boden. Schwere Stiefel hatten das Pampasgras zertreten und schmutzige Abdrücke auf dem Flokati hinterlassen.

Friedbert saß auf einem Schaumstofffetzen, der aus der Mitte des Sofas wie ein Eisberg ragte, lutschte an einem Brocken Popcorn und stierte auf den Flachbildfernseher. ›Nicht sauber, sondern rein‹, erklärte dort eine paarungswillige Dämonin ihrem Auserwählten und hielt ihm ihre Abstammungsurkunde vor die Nase, bevor es sogleich in stark reduzierter Kleidung zur Sache ging.

Gallagher senkte den Arm mit der Waffe, zögerte einen Augenblick und steckte die Pistole ein. »Musst du diesen Dreck gucken?« Er wandte sich dem Fernseher zu. Ein geknurrtes ›Aus!‹ ließ das Stöhnen und Hecheln abbrechen. »Was ist das für ein Chaos hier?«

»Ah, schön, dass du auch mal aufkreuzt.« Die Fee wischte sich die Hände an dem zerfetzten Sofa-Velours ab und griff nach einem weiteren Popcornstück aus dem Berg, der sich neben ihr auftürmte.

»Wärst du so freundlich, mir zu erklären, was hier passiert ist?«

»Deine Freunde vom Ordnungsamt waren da und haben die ganze Bude auf den Kopf gestellt.«

Unwillkürlich suchte Gallagher nach Halt. »Interne Untersuchungen?«

Mit einem wütenden Surren schraubte sich Friedbert in die Luft. »Was hast du denn gedacht, nach dem Einbruch ins Archiv und der Flucht zweier Verdächtiger? Ehrlich, ich begreife das einfach nicht. Wie hast du es angestellt, dass alles so entsetzlich schiefgelaufen ist? Ihr hattet doch meinen Glücksstaub dabei!«

»Genau. Und Zarah hatte ihn ebenfalls benutzt. Von einem T-Shirt, das sie hier getragen hat. Plus und Plus aus der gleichen Magiequelle ergibt ein dickes Minus. Zarah und Alessa mussten also aneinandergeraten.«

»Zarah, Zarah!«, äffte die Fee ihn nach. »Ich kann den Namen nicht mehr hören. Die Tussi ist die Unglückspest in Person, merkst du das nicht?«

»Sie kann doch nichts dafür.«

»Nur dich in die Scheiße reiten, das kann sie gut. Die Sache im Archiv hat das gesamte Ordnungsamt in Aufruhr versetzt. Und du verduftest einfach so für beinahe zwei Wochen, ohne jemandem etwas zu sagen! Wie verdächtig ist das denn, bitte schön? Jetzt sag schon, was du die ganze Zeit getrieben hast!«

Friedberts intensiv blinkende Sommersprossen verursachten ein Flimmern in seinen Augen. Gallagher schloss die Lider. Zarah. Sie war auch hier, in seiner Dunkelheit, die nur ihm gehören sollte. »Tut mir leid. In der Toten Stadt gab es … Okay. Schweigen wir über die Tote Stadt. Was hast du den Inspektoren gesagt?«

»Dass du auf einer Sauftour bist.«

»Na ganz klasse. Wann waren sie hier?«

»Bereits vor drei Tagen. Aber ich werde einen Teufel tun und während der Raunächte aufräumen.«

»Beruhige dich, das verlangt auch niemand von dir. Haben sie etwas gefunden?« An die Dateien auf seinem Computer sollte keiner allzu schnell herankommen, weswegen seine kleinen Eingriffe in das Sicherheitssystem vermutlich noch ein Weilchen unentdeckt bleiben würden. Was gab es noch, was ihn verraten könnte? Er dachte an die Serviette, die ihn jedes Mal weiß anleuchtete, wenn er die untere Schublade aufmachte. Mit einem Fingernagel waren in das weiche Papier zwei kaum leserliche Wörter geritzt worden: ›Hallo, G.host‹. So oft hielt er das dünne Papier in den Händen und stellte sich vor, wie Zarah es gehalten hatte. Manchmal glaubte er, die Wärme ihrer Finger zu spüren. Hallo, G.host. Zwei Worte, die fast jede Nacht mit ihrer Stimme in seine Träume drangen.

»Natürlich nicht.« Das Surren der Libellenflügel klang weniger wütend, jedoch laut genug, um Zarah aus seinen Gedanken zu vertreiben. Friedbert drehte einen Looping in der Luft und ließ sich auf seinem Schaumstofffetzen nieder. »Ich bin ja deine Gute Fee. Aber den Glücksstaub kannst du von der Tapete überall selbst abkratzen, das sage ich dir!«

»Gut.« Gallagher stieß sich vom Türrahmen ab und machte ein paar Schritte durch das Wohnzimmer. Das Pampasgras und die Scherben knirschten unter seinen Schuhsohlen und gruben sich noch tiefer in den Teppich. In diesem Chaos müsste er eigentlich heimisch sein. Aber das Gefühl wollte sich nicht einstellen. Stattdessen dachte er daran, wie er tagelang an dem Bett ausgeharrt hatte. Wie er das welkende Veilchen in den Fingern gehalten und gehofft hatte. Gehofft hatte, dass alles gut würde.

Er schüttelte den Kopf. Alles *war* gut. Was für eine Reaktion hatte er denn sonst von einer Dämonin erwartet? »Na dann. Und ich hatte schon befürchtet, du hättest etwas zu wild gefeiert, da du sturmfreie Bude hattest.«

Ein weiteres Popcorn wanderte in Friedberts Arme, doch er aß es nicht, sondern stützte sein Kinn darauf. »Gefeiert, der war gut. Ich habe den Mittwinter allein verbringen müssen. Allein! Weil ich nicht wusste, wo du steckst, wann du zurückkommen und ob du mich brauchen würdest. Kannst du dir vorstellen, welche Sorgen ich mir gemacht habe?« Er verdrehte die Augen und winkte ab. »Ach, vergiss es.«

»Friedbert, es tut mir ganz ehrlich leid. Zarah … Ich meine: Lessa und Zarah ging es ziemlich mies. Wie hätte ich da weggekonnt, ohne zu wissen, ob sie es packen würden?«

»Ja. Klar.« Friedbert biss in das Popcorn. Seine Wangen blähten sich wie bei einem Hamster, ein paar weiße Krümel blieben an seinem Kinn kleben. »Fernseher: an!«

Der Bildschirm hellte sich auf.

»Fernseher: aus!« Gallagher setzte sich zu der Fee auf das Sofa. Etwas knirschte darin, eine Feder musste sich gelöst haben und ließ Friedbert ein kleines Stück in die Höhe schnellen. Der Schaumstoff ragte schief aus dem Schlitz, als die Fee wieder landete. »Entschuldige. Weißt du was? Ich habe einen Vorschlag. Drei Raunächte stehen noch bevor, und ich gelobe feierlich, hierzubleiben und mit dir zu feiern.« Er hob eine Hand. Der Entschluss bedeutete eine Erleichterung. Zumindest hatte er einen Vorwand, um nicht in die Tote Stadt zurückkehren und Zarah ansehen zu müssen, solange ihre Worte in seinen Ohren nachklangen.

»Drei Nächte von zwölfen – was für eine Quote.«

»Gegen einen guten Wein und leckeres Essen hast du doch nie etwas einzuwenden. Was sagst du? Frieden?«

»Gut. Aber damit eines klar ist: Das kostet dich mindestens einen knusprig gebratenen Juleber. Und wehe, du bestellst ihn beim Catering-Service. Ich will dich in der Küche schuften sehen.«

Gallagher lachte. »Einverstanden.« Egal, wie die Dämonenwelt es wertete, er war bei Friedbert, der jeden unzulässigen Gefühlsausbruch gnädig übersah. Als er vorhin den Drang verspürt hatte, immer weiter zu fliehen, hatte er anscheinend vergessen, was es war, bei einem Freund bleiben zu können. Vielleicht sollte er mit ihm reden, über all das, womit er so schwer klarkam? Seinen Empfindungen Ausdruck verleihen? Es sich von der Seele reden?

Er grübelte bereits, wie er anfangen sollte, als er bemerkte, dass sich das mollige Gesicht der Fee trübte. Die Sommersprossen verblassten und wirkten mit einem Mal verwaschen. »Remarque.«

»Äh – was?«

»Sie haben die Bücher gefunden. Die, die du im Bad hinter den Fliesen am Badewannensockel versteckt hattest.«

Mit einem Mal fühlte sich Gallaghers Kopf leer an. »Du hast doch gesagt, sie hätten nichts gefunden.«

»Tut mir leid.« Die Stimme der Fee knirschte. »Ich hatte die Bücher vergessen, sonst hätte ich das Bad ebenfalls mit dem Glücksstaub bestäubt. Ich hatte nicht mehr viel davon übrig.«

Remarque war weg. Der kostbare, auf Papier gedruckte Remarque.

Seine Finger erinnerten sich noch an die rauen Seiten, die er umblättern und nicht weiterklicken musste, und an das Geräusch, das sie dabei verursachten. Über den Rücken der Bücher hatte er gern mit dem Daumen gestrichen. Er erinnerte sich an den Geruch, den die Bücher einst besessen hatten, zumindest, bis das Raumspray ›Ozeanbrise‹ ihn vertrieben hatte. »Du hast Remarque nie gemocht.«

Es klang wie ein Vorwurf.

Die Fee wandte den Blick ab. Die Libellenflügel erzitterten. »*Du* hast ihn gemocht.«

»Ich habe ihn nie vollends begriffen. Ich wollte es, aber er ließ es nicht zu.« Schon seltsam, immer ausgerechnet das zu mögen – und manchmal auch zu lieben –, was man nicht verstand. Vielleicht hätte er besser seine Fachliteratur lieben sollen, die keine Geheimnisse vor ihm hatte. Vielleicht hätte er sein Herz besser einer Frau öffnen sollen, die nicht in der Lage war, ihn zu verletzen. »Sie haben die Bücher vernichtet, nicht wahr?«

»Erst einmal nur konfisziert.« Friedbert rutschte hin und her, bis er fast hinunterkullerte. »Wie geht es eigentlich Alessa? Und … Zarah?«

»Zarah hast du auch nie gemocht, nicht wahr?«

Er hätte das Veilchen nicht aus der Hand geben sollen. Wie war er überhaupt auf den Gedanken gekommen, ihr Blumen zu schenken? Was für eine dumme Idee.

»Muss ich das?«, schnaubte Friedbert. »So, wie du ihr hinterherhechelst, reicht das locker für uns beide. Sag mal, was ist überhaupt los mit dir? Du siehst aus wie … Warte. Du hast es ihr gesagt, nicht wahr? Ich spüre da bei dir gewisse Schwingungen, die mir ganz und gar nicht gefallen.«

»Gesagt? Was?« *Dass ich sie liebe?*

»Dass du ein Mensch bist.«

Er wollte doch mit Friedbert darüber reden, warum fiel es ihm jetzt denn so schwer? »Ja, habe ich. Danke, dass du das Wörtchen ›bloß‹ gnädigerweise verschluckt hast.«

»Manchmal frage ich mich, ob du masochistisch veranlagt bist. Sag nur rechtzeitig Bescheid, wann ich das nächste Mal den Besen herausholen muss, um die Scherben zusammenzufegen, nachdem die Tussi dir das Herz gebrochen hat. Es ist doch schon wieder so weit, hab ich recht?«

»Hör auf. Du verstehst das einfach nicht.«

»Wirklich?« Urplötzlich senkte Friedbert die Stimme. Seine Sprossen blinkten alarmgelb. »Ich glaube, wir sind nicht mehr allein.«

Etwas hatte sich verändert. Frühlingsfrische stieg Gallagher in die Nase, ein Gefühl von Ruhe und Besinnlichkeit schien beinahe greifbar durch das verwüstete Wohnzimmer zu treiben. Bläuliches Licht schimmerte an den Wänden.

Neben der Tür schwebte eine Astralprojektion.

In der Dämmerungsstunde strahlte sie um einiges weniger intensiv als bei ihrer letzten Begegnung am helllichten Tag.

»Ashriel. Was tust du hier?«

Friedbert grunzte. »Was wohl? Mäuschen spielen. Der Tussi hechelst nicht du allein hinterher.«

»Hallo, Gal.« Aus dem tiefen Timbre strömte so viel Frieden, als wäre der Engel dabei, zu segnen und zu vergeben. »Wie ich merke, hast du deinen kleinen Freund immer noch nicht im Griff.«

»Lass meine Fee in Ruhe.« Gallagher erhob sich. »Ich habe doch oft genug gesagt, du sollst mich nicht in meiner Wohnung aufsuchen, ich werde zum Treffpunkt kommen und dich rufen, wenn es so weit ist. Oder ist Geduld neuerdings eine Todsünde bei euch?«

Ashriel starrte in die Ferne, über seinen Kopf hinweg, sodass Gallagher sich umdrehte, um zu sehen, was sich hinter seinem Rücken abspielte. Aber da war nur ein Fenster.

»Ich bin der Engel des Lichts. Ich bin hier, um dir eine Botschaft zu überbringen.«

»Warum so offiziell?«

»Die Erzengel haben beschlossen, mit sofortiger Wirkung jegliche Unterstützung deiner Aktivitäten zu beenden.«

»Wie bitte?«

»Es wird keine Treffen mehr geben, keinen Informationsaustausch, kein Asyl für Flüchtlinge von der Nachtseite. Freu dich, es ist das letzte Mal, dass du meinen heiligen Anblick ertragen musst.«

»Ich würde ja glatt jubeln, wenn ich verstehen würde, was los ist. Dein Anblick kann mir erspart bleiben, aber was ist mit den Menschen, die eure Hilfe brauchen? Was ist mit Tara?«

»Tara ist nicht mehr von Bedeutung.«

»Nicht von Bedeutung? Weißt du, wie dreckig es ihr in der Toten Stadt geht? Bald ist sie achtzehn, wenn sie bis dahin nicht raus ist, ist sie so gut wie tot. Es ist schon jetzt nicht abzusehen, welchen Schaden sie genommen hat.«

»Die Erzengel …«

»Die Erzengel! Verschone mich mit deinen Erzengeln. Unsere Aktivitäten waren nie wichtig oder bedeutend genug, um den obersten Chor der Engel zu beschäftigen. Ihnen überhaupt aufzufallen. Was ist also passiert?«

Die Astralprojektion schwebte mit ausgebreiteten Armen auf ihn zu. »Ich bin nicht befugt, dir darüber Auskunft zu erteilen.«

»Ihr steht unter dem Mistelzweig«, flötete Friedbert an seinem Ohr.

»Glaub ja nicht, ich werde ihn knutschen.« Gallagher funkelte den Engel an. »Rede, was ist passiert? Wir haben euch die Infos zugespielt, eure Auserwählte in Sicherheit gebracht, das Tagebuch eurer Prophetin beschafft – und es soll Schluss sein?«

»Die Erzengel danken dir für die bisher geleistete Arbeit.« Eine Pause folgte, bis die nächsten Worte mit seltsamem Nachdruck kamen. »Besonders für die Ausführung des letzten Auftrages sei dir gedankt. Im Namen der Erzengel entschuldige ich mich für die Unannehmlichkeiten, die du unseretwegen hattest und …«, erneut eine Pause, »… haben wirst.«

»Haben werde? Ashriel, was geht hier vor?«

»Leb wohl.« Der Engel bewegte den Arm, als zeichnete er mit dem Zeigefinger etwas in die Luft, und löste sich in silbernen und goldenen Wirbeln auf.

Gespeist von den letzten Spuren seiner Energie, leuchtete die unsichtbare Schrift in der Luft auf.

𝄞 SUCH DAS ORAKEL! LAUF!

»Orakel? Lauf? Friedbert, kneif mich. Was war das gerade für ein Auftritt?«

»Ich bin mir nicht sicher«, kam es zögernd zurück. »Etwas Böses geschieht gerade. Ich spüre da recht miese Schwingungen.«

Rasselnd fiel das Gitter vor den Fenstern herunter und verwandelte die Wohnung in ein Gefängnis. Mit einem eindringlichen Alarmton meldete das Haussystem: »Achtung! Die Angehörigen dieses Haushalts stehen unter Arrest. Bitte Ruhe bewahren. Warte auf die weiteren Anweisungen des Ordnungsamtes. Achtung! Die Angehörigen dieses …«

Friedbert schoss hoch. »Dieser heilige Scheißkerl hat dich den Dämonen ausgeliefert! Verflucht, was stand nur in dem Tagebuch, dass die Engel alle vernichten wollen, die etwas davon wissen?«

»Ich weiß es nicht. Ashriel hat unser Team abgepasst, bevor es die Tote Stadt erreichen konnte, und das Buch an sich genommen. Ich habe es nie zu Gesicht bekommen.«

»Okay, es ist jetzt egal. Verschwinde von hier. Ich versuche, sie aufzuhalten.«

Gallagher fing Friedbert mit der Hand. »Ich lasse dich nicht allein.«

Kleine Fäustchen trommelten gegen seine Finger. »Hör auf! Du hast meine Flügel zerknittert!«

»Und deinen Anzug, ich weiß. Beruhige dich. Wir kommen hier gemeinsam heraus. Oder gar nicht. Fernseher: an. Bibel-TV.«

»Wir bekommen *Bibel-TV*?«

Der Alarm verstummte. Das Gitter vor den Fenstern hob sich mit einem metallischen Klappern.

»Es aktiviert einen Virus, den ich geschrieben habe, um das System in genau solchen Situationen handzahm zu machen.«

Im Treppenhaus lärmte es – polternde Schritte vieler Stiefel, eine raue Militärstimme: »Ordnungsaufseher im Einsatz!«

Gallagher prüfte seine Pistole. »Na dann. Ich würde sagen: Wir nehmen keine Gefangenen. System: Sprengsatz aktivieren.«

»Wir haben einen *Sprengsatz*?«

»Du wirst staunen, was wir noch alles haben.«

Friedbert hielt sich die Ohren zu. »La-la-la-la-laaaa.«

18

Jeden Tag stand Zarah auf und prüfte mit der Fußspitze den Boden wie dünnes Eis. Zwei, drei Schritte schaffte sie, ohne zu schwanken und nach dem Bettrand zu tasten. Später würden es mehr werden; und es wurden mehr, mit jedem Tag. Jeder Schritt ein kleiner Sieg.

Den Gang zum Plumpsklo im Hof versuchte sie stets in die Stunden der Dämmerung zu legen, wenn das Haus schwieg und niemand ihren Kampf um jeden einzelnen Meter beobachten konnte. Doch irgendjemand tat es trotzdem. Schlich ihr mit unregelmäßigen Schritten in der Dunkelheit nach, ließ die Dielen ächzen, und ab und zu streifte ein gebückter Schatten ihr Sichtfeld. Zu schnell, als dass sie ihm in ihrem Zustand hätte nachlaufen können. Ein Bewacher? Eine Einbildung? Oder einfach jemand, der genauso wie sie Schutz vor fremden Blicken suchte?

Es taute wieder, berichtete Alessa. Das Mädchen brachte regelmäßig das Essen. Wie ging es denn Mrs. Van Helsing heute, erkundigte es sich, wenn es am Bett wartete, während Zarah aß.

Später blieb ›Wie geht es denn …‹, aus.

›Er hätte längst zurück sein sollen‹ hieß es.

An diesem Tag stand Zarah auf, und der Boden fühlte sich nicht mehr brüchig unter ihren Füßen an. Es ging ihr besser. Tausendmal besser als der Veilchenblüte, die auf dem Nachttisch vertrocknete.

Unter der Blume entdeckte sie einen Streifen Papier,

akkurat in der Mitte zusammengefaltet, ohne dass sie bemerkt hatte, wann und wie er in ihr Zimmer gelangt war.

Sie legte eine Hand auf den Zettel und zog ihn zu sich. Ihre Finger bebten leicht, als sie das Papier vorsichtig auseinanderfaltete, die Augen geschlossen.

›PS: Hallo, Zarah.‹

Sie öffnete die Lider.

›Erwarte deinen ersten Bericht in drei Wochen.‹

Kein ›G.host‹ als Unterschrift. Sondern ›Abbas‹. Eiskalt schien der Name ihren Rücken hinunterzulaufen. In der Mitte lag ein abgerissener Fingernagel. Sie wusste, es war Enyas, obwohl er keine besonderen Merkmale trug und ebenso gut jedem anderen Menschen gehören konnte. Wer?, pochte es in ihrem Kopf. Wer hatte den Zettel hierhergebracht?

Unten im Haus erklangen Stimmen und Gelächter. Mit schweißfeuchten Händen zerriss sie den Zettel. Auf Beinen, die sie kaum noch spürte, stakste sie ins Bad und stopfte die Fetzen in den Abfluss. Der Fingernagel blieb an ihrer Handfläche kleben. Sie streifte ihn ab. Jetzt klebte er am verkalkten Porzellan des Waschbeckens. Hastig drehte sie an dem altmodischen Wasserhahn, doch natürlich kam kein einziger Tropfen heraus, und wenn sie sich über den Abfluss beugte, schimmerte in den Tiefen das weiße Papier.

Im Spiegel nahm sie die Umrisse ihres Gesichts wahr. Ruckartig wandte sie sich ab. Auf einem Hocker neben der Dusche stand eine Schüssel mit Wasser. Sie hielt ihr Gesicht in das kalte Nass, um einige Zeit später schnaufend und prustend wieder aufzutauchen. Dann goss sie die Hälfte in das Waschbecken, spülte die Papierfetzen und den Nagel fort.

Im Spiegel tauchte ihr Gesicht auf, das zu berühren sie sich nicht traute. Sie war allein. Und wünschte, er wäre bei ihr – Gallagher. Sie wünschte, sie könnte ihm alles anvertrauen.

Damals, in der Akademie – das war doch bloß eine Affäre. Ohne Zukunft. Es konnte nichts anderes gewesen sein.

Ja, wie war es denn damals? Wusste sie es noch?

Sie wusste es.

Er fiel niemals auf, zumindest, wenn es nicht wieder einmal um sein Gesicht ging. Die meiste Zeit hockte er in irgendeiner Ecke mit seinem Pad und löste merkwürdige mathematische Aufgaben voller seltsamer Buchstaben und Zeichen. Eigentlich hätte sie es schon damals merken sollen – für einen Dämon war er schlichtweg zu still und vor allem zu schlau. Nicht selten fragte sie sich, wie ausgerechnet er ihre Aufmerksamkeit gewinnen konnte. Wahrscheinlich lag es daran, dass sie ihren Kommilitonen in allem hinterherhinkte: im Ausdauertraining, in Kraftübungen, im Leben. Die anderen brauchten keine Verschnaufpausen. Sie dagegen hielt zu oft inne und bemerkte manchmal, was viele zu schnell übersahen. Gallagher, zum Beispiel. Später wurde ihr klar, dass sie viel öfter innehielt, wenn sie ihn irgendwo über sein Pad gebeugt sitzen sah. Er ist immer so still, hatte sie sich gedacht und mehr gewollt. Mehr von seiner Stille, von den Blicken, von dem Geruch seiner Haut.

Wie konnte ich ihn lieben? Ich. Eine Dämonin. Sie stützte sich erneut am Waschbecken ab. »Und warum schmerzt das bloß so entsetzlich?«

»Was schmerzt?«

Sie fuhr herum und stieß gegen die Schüssel mit dem restlichen Wasser, das auf den Boden kippte. Prompt stand sie in einer Pfütze, und ihre Socken saugten sich voll.

Alessa machte einen Schritt ins Bad. Zarah wich zurück, bis sie die Kante des Waschbeckens im Kreuz fühlte. Mit zusammengepressten Lippen starrte sie das Mädchen an. Das bordeauxrote Strickkleid, das zwei Handbreit über dem Knie endete, umschmeichelte die zarte Figur. Ein breiter Gürtel mit einer verzierten Schnalle in Sichelform betonte die Taille. Ein paar blonde Locken kringelten sich über den Ohren, das restliche Haar war in künstlerischer Unordnung hochgesteckt.

Das meinten die Menschen also mit *hübsch*. Vielleicht sogar mit *schön*.

… und ließen sich küssen von den zarten Lippen.

»Du sollst doch nicht aufstehen. Komm, ich bringe dich zurück ins Bett.«

»Nein.« Sie zerrte ein Handtuch von einem Haken, kniete sich hin und tupfte das Wasser auf. »Ich werde wahnsinnig, wenn ich noch länger in diesem Zimmer bleibe. Ich muss raus.«

Alessa hockte sich neben sie. Aus dem Schrank unter dem Waschbecken zog sie einen Lappen hervor. Ihr Kleid rutschte hoch, und sie zupfte am Saum, während sie mit der anderen Hand versuchte, die Pfütze aufzuwischen. Diese Nägel! Mit Glitzerlack. Oh Mann. Hatte in diesen Händen tatsächlich vor nicht allzu langer Zeit eine Maschinenpistole gelegen?

»Lass das, Prinzesschen. Wäre doch schade um die gute Robe.«

Alessa setzte sich gerade hin, den Lappen im Schoß. Das würde einen Fleck geben. Einen recht hässlichen Fleck. »Was habe ich verbrochen?«

»Bitte?«

»Ich weiß, dass du nicht unbedingt einfach bist. Glaube mich aber zu erinnern, dass wir schon mal auf einem besseren Gesprächsniveau waren.«

»Ich habe doch kaum etwas gesagt.«

Das Mädchen legte den Lappen beiseite, und im nächsten Augenblick ruhten ihre Hände auf Zarahs Schultern. »Dann ist alles gut?«

Es kostete sie Überwindung, sich dieser Berührung nicht zu entziehen. »Na ausgezeichnet, was sonst?«

»Schön. Ich weiß nicht, ob wir passende Sachen für dich haben. Aber wie wäre es, wenn ich dir dein Haar zurechtschneide? Du glaubst gar nicht, wie sehr dir ein guter Pixie-Cut stehen würde!«

»So weit kommt es noch!« Sie wich zurück und stieß mit dem Hinterkopf gegen das Waschbecken. »Meine Haare lässt du schön in Ruhe.«

»Du weißt aber, dass dieses Durcheinander auf deinem Kopf wie ein überfahrenes Eichhörnchen aussieht, oder?«

»Ja. Und ich habe nichts daran auszusetzen!« Sie stand auf und ging. Wusste nicht, wohin, ging einfach, und der Boden schien nachzugeben unter ihren Schritten. Vielleicht gehörte sie tatsächlich ins Bett.

Alessas Finger schlossen sich um ihr Handgelenk. »Ich glaube, ich kann es weder bei ›gut‹ noch bei ›na ausgezeichnet‹ belassen. Was ist passiert? Ist es … wegen Gallagher?«

»Nein. Warum sollte es? Lächerlich. Seid ihr ein Paar?« Der Boden hätte nachgeben müssen. Aber ausgerechnet jetzt stand sie fest auf den Beinen, und es wallte keine Katastrophe heran, die sie von der Erde auslöschen oder zumindest ihre letzte impulsive Frage ausradieren würde.

Alessas Augen weiteten sich. Verständnislosigkeit lag in ihrem Blick. Dann lachte sie los. Die Locken wippten um ihr Gesicht, als würden sie mitkichern. »Gott, nein! Um Himmels willen. Bist du eklig.«

»Eklig? Ich dachte … Ich dachte, hübsche Menschen mögen, nun ja – andere hübsche Menschen.«

»Gallagher ist mein Bruder.« Das Lachen erstarb, als Alessa sich auf die Unterlippe biss.

Diese sanften Züge des Menschengesichts, die zaghaften Fältchen um die Mundwinkel, wenn das Mädchen lächelte, die Augen, die das Blau des Taghimmels versprachen. Alles so verdammt offensichtlich! Unwillkürlich griff Zarah nach einer von Alessas Locken. Sie fühlte, wie das weiche Haar zwischen ihren Fingern hindurchglitt. Und beobachtete, wie die Strähne sich zu einem Kringel neben dem Ohr zusammenrollte, sobald die Spitze freigelassen wurde. Weizenblond. Und so schön.

»Ich nehme an, er hat es dir erzählt, oder? Zumindest hatte er das vor.«

Sie widerstand dem Impuls, noch einmal nach der Strähne zu greifen. Früher hatte sie so oft Gallaghers Haar zwischen ihren Fingern gefühlt. »Dass ihr Geschwister seid? Nein.«

»Woher er wirklich stammt.« Alessas Blick wurde eindringlich, prüfend.

»Er sagte, dass seine Dämonenfamilie ihn sich ertauscht hat.«

Ein erleichtertes Seufzen. »Genau. Er hat uns vor circa dreieinhalb Jahren gefunden. Meine Mutter war rausgegangen, um die Abfälle zum Komposthaufen zu bringen. Er saß im Hof auf dem Hackklotz neben dem Schuppen. Vermutlich schon seit Stunden, ohne anzuklopfen. Meine Mutter kam zurück ins Haus, führte ihn an der Hand wie ein kleines Kind. Lessa, hat sie gesagt, bring deinem Bruder einen Stuhl, und hör auf, von dem Auflauf zu naschen, wir essen, wenn Vater da ist.« Alessa strich sich eine Strähne hinter das Ohr. »Seit diesem Tag war er immer für uns da, wenn wir ihn brauchten, hat uns vor Bösem beschützt. Bis zuletzt. Als das Böse stärker war als alles, was er ihm entgegensetzen konnte.«

»Oh verdammt.« Zarah senkte den Blick.

»Was ist?« Eine Hand legte sich auf ihren Rücken. Die Berührung ließ sie erschauern, ließ ihr Inneres erstarren.

»Verdammt, nein.«

»Zarah? Ist alles in Ordnung?«

»Nein! Nichts ist in Ordnung.«

Sie schaute in Alessas Gesicht, das plötzlich seltsam verschwommen wirkte, erblickte deren Augen – groß, blau, erschrocken. »Zarah. Du … Du weinst …«

»Er hat mir das Teuerste anvertraut, was er hatte. Seine Familie. Er wollte, dass ich euch beschütze. Und ich ließ zu, dass ein Formwandler deine Eltern abschlachtet.«

Ehe sie sich's versah, lag sie in Alessas Armen, das Gesicht an der Schulter des Mädchens, und dachte daran, dass sie mit ihren Tränen das schöne Kleid befleckte. Dabei war es doch zu hübsch. Die Wolle so weich wie das Streicheln vertrauter Hände, vom schüchternen Duft eines warmen Menschenkörpers getränkt. Nicht einmal Enyas Sachen rochen so … kraftgebend.

»Weißt du noch, Zarah, wie du im Auto gesagt hast, dass ich mir diesen Schuh nicht anziehen darf? Niemand war gegen diesen Formwandler gewappnet. Niemand hat mit ihm gerechnet. Auch Gallagher nicht. Du hast mehr getan, als möglich war.«

Eine Weile rang sie um Fassung. Als sie sich wieder aufrichtete, musste sie nicht mehr durch die schmerzende Kehle atmen und sich gegen den Druck in der Brust stemmen. Die Tränen hatten alles fortgeschwemmt, alles, außer ihrer Schuld. »Was ist eigentlich mit dem Dämonensprössling geschehen? Gegen den Gallagher ertauscht wurde?«

Alessa atmete durch und drückte Zarah ein Taschentuch in die Hände.

»Hm, ich schätze, das hätte ich nicht fragen sollen, was?« Sie putzte sich die Nase.

»Doch. Schon ok. Tja. Da war der Name Programm.«

»Wie meinst du das?«

»Daimon. Klingt schon fast nach … nun ja … nach dem, was er war. Findest du nicht auch?« Die Locken um ihr Gesicht zitterten. »Er hat meinen Vater ermordet. Danach hat ihn niemand je wieder gesehen.«

»Deinen Vater? Ich dachte … Warte. Wer war dann der Mann, den der Formwandler getötet hat?«

»Mein Stiefvater. Meinen leiblichen Vater hat Daimon umgebracht, als ich etwa fünf Jahre alt war. Ich erinnere mich kaum an die Einzelheiten, das meiste wurde mir später erzählt.« Alessa zupfte das Taschentuch aus Zarahs Hand und knetete es nervös.

»Du musst es mir nicht erzählen.«

»Ich weiß noch, wie Daimon sich zu mir beugte und mich ganz komisch ansah. Willst du, dass ich dir einen Zauberspruch beibringe?, hat er gefragt. Ich nickte. Dann sprich mir nach: Sesam öffne dich. Er sagte es immer wieder, während er irgendetwas auf meine Handfläche zeichnete, und ich musste es wiederholen, wiederholen, wiederholen. Ich dachte, es wäre ein Spiel. Er spielte so oft mit mir. Dann hat er meine Mutter im Bad eingesperrt, mich in mein Zimmer gebracht und in einen Schrank gesteckt. Er gab mir einen Musikplayer mit Kopfhörern. Keine Ahnung, woher er das Ding hatte. Er sagte, ich sollte ihn laut stellen, wir würden mit Papa Verstecken spielen. Ich hatte bis dahin noch nie irgendwelche Lieder gehört, außer wenn meine Mutter mir heimlich vorgesungen hat, und war völlig aus dem Häuschen. Dann kamen die Aufseher. Irgendwann. Ich hatte völlig das Zeitgefühl verloren. Einer von ihnen hob mich aus dem Schrank und trug mich in den Flur, an der Badtür vorbei. Das Holz war mit Zeichen vollgeschmiert. Blut, wie ich später erfahren habe – Daimon hatte die Tür mit Runen verriegelt. Ein Magier des Ordnungsamtes mühte sich ab, den Zauber zu durchbrechen. Der Beamte, der mich trug, fragte, ob ich wisse, wo mein Bruder sei. Ich antwortete, er würde Verstecken spielen. Der Beamte fragte, was mein Bruder mir denn als Letztes gesagt hätte. Ich erzählte von der Sache mit dem Player, schaute das Zeichen auf meiner Handfläche an und sagte: ›Sesam öffne dich.‹ Die Badtür sprang auf. Meine Mutter saß auf dem Klodeckel, die Hände im Schoß zusammengefaltet, ganz ruhig. Dann erhob sie sich und ging hinaus, als wäre nichts geschehen. Sie stand unter Schock, sagten die Beamten. Schließlich war es zu viel für einen Menschen, wenn der Sohn den eigenen Vater umbrachte und die Mutter mit magischen Runen im Bad gleichsam einmauerte.«

»Moment mal. Daimon hat die Tür mit Runen versiegelt, und der Magier des Notdienstes konnte sie nicht aufbrechen? Wie alt war er damals? Ich meine, Daimon.«

»Zwölf.«

»Niemals! Du verarschst mich, oder?«

»Zwölf.« Alessa überlegte kurz. »Und sieben Monate. Wenn du es genau wissen willst.«

Zarah stand auf, machte ein paar Schritte. Ihre Gedanken überschlugen sich. »Ein Dämonenkind trägt von Geburt an Magie in seinem Blut. Es kann sie nur nicht nutzen, bis es seine Zwiegestalt bekommt. Außer, es greift auf Hilfsmittel zurück, sollte es überdurchschnittlich magisch begabt sein. Runen sind ein solches Hilfsmittel. Aber mit zwölf? Unvorstellbar. Er müsste ein magisches Genie sein.« Runen … Ihr Blick heftete sich auf Alessa, und für einen

Moment wurde ihr schwindelig. »Weißt du zufällig, in welchem Zustand sich die Leiche deines Vaters befand, als er gefunden wurde?«

»Er … er wurde … in Stücke gerissen.«

»Fehlten ihm Organe? War er vielleicht Opfer eines Rituals geworden?«

Alessa würgte. »Du meinst, wie das Huhn?«

Schlimmer. Bei Menschen war es immer schlimmer, denn dadurch konnte die Energie noch besser gebunden und übertragen werden. »Ja, so ähnlich.«

Alessa starrte vor sich hin, ohne sich zu bewegen, die Augen leer. Dann schüttelte sie langsam den Kopf. »Ich weiß es nicht. Er wurde regelrecht zerfetzt. Ich glaube, sie haben ihn nie vollständig zusammenbekommen. Kann sein, dass ihm Organe entnommen wurden.«

»Das habe ich mir gedacht.« Sie ließ sich zurück auf das Bett fallen. »Cleverer Junge.«

Clever und mächtig. Eine furchterregende Kombination. Wenn er schon mit zwölf die Magie so wirkungsvoll bändigen und leiten konnte, was konnte er da wohl jetzt, nach Erreichung der magischen Volljährigkeit?

»Ich nehme an, nach Daimon wurde gefahndet?«

»Mein Vater war ein Günstling der Nachtseite. Sehr hochgestellt durch einen Pakt, den er mit den Dämonen geschlossen hatte. Folglich war Daimon der meistgesuchte Verbrecher Hamburgs.« Alessa schnaubte und endlich, endlich zeigte ihr Gesicht etwas Gefühl. »Aber wenn Daimon Verstecken spielte, konnte niemand ihn finden.« Das Mädchen lehnte sich warm und mit einem Mal erschöpft gegen Zarah. »Nach dem Tod meines Vaters haben wir unsere Privilegien verloren. Nicht selten habe ich versucht, meine Mutter auf den Tag, an dem er ermordet wurde, anzusprechen, aber sobald ich auch nur ein Wort darüber verlor, verhielt sie sich so wie damals, als die Tür im Bad aufgebrochen worden war. Sie stand auf und ging hinaus. Nach den vorgeschriebenen sieben Jahren Trauerzeit hat meine Mutter erneut geheiratet. Ihren alten Freund aus Jugendzeiten. Den Mann, den du bei dem Formwandlerangriff gesehen hast. Ich habe ihn Papa genannt und es auch so gemeint. Er … er fehlt mir, Zarah. Und meine Mutter. Und … und wenn ich allein bin, habe ich schreckliche Angst, dass mir nach und nach immer mehr Menschen fehlen werden. Verstehst du?«

Zarah legte einen Arm um sie. Dachte an Gallagher.

»Ja. Ich verstehe.«

Lessas Angst wurde zu ihrer eigenen Angst.

19

Er hätte auch am nächsten Tag längst zurück sein sollen. Genauso wie am übernächsten.

Wenn Zarah auf dem Fensterbrett kauerte, konnte sie die Straße sehen, das Backsteingebäude mit der Aufschrift ›Sparkasse‹, links davon einen kleinen Teich, umgeben von einem Geländer. Sie wusste nicht, in welcher Richtung sie Ausschau halten sollte, aber wenn sie die Schläfe gegen die Fensterscheibe drückte, konnte sie bis zur Kreuzung blicken, die ihr etwas zu versprechen schien. Doch die Tote Stadt blieb tot, egal wie sehr sie wartete, hoffte und bangte.

Das Schloss klackte, die schiefe Tür schabte energisch über den Boden. Zarah schaute nicht hin, da ihre Besucherzahl stets sehr überschaubar bei einer Person blieb, doch diesmal klang das Aufschlagen von Absätzen zu fest für Alessas Schritte. Alessa bewegte sich eher wie eine Säbeltänzerin eines modernen Amazonen-Clans. Man hörte sie nicht kommen, und man nahm sie bis zuletzt nicht ernst.

Also schaute sie doch hin.

»Zarah, nicht wahr?« Eine junge Frau stolzierte herein, mit einem Hüftschwung, der die Weltmeere zum Wellengang brächte. Ihre Hand fuhr an der Wand entlang, zeichnete den Bettrand und die Stuhllehne nach – und nahm immer mehr Raum in Besitz, während Zarah nur das Fensterbrett blieb – und auch das vermutlich nicht mehr lange. »Bei uns ist es üblich, mit anzupacken und sich nützlich zu machen, wo es nur geht. In Zimmern verschanzen wir uns eher selten.«

Ja, diese Frau übersah man kaum, denn sie strahlte Selbstbewusstsein und Stärke aus, und ihr eng anliegender Angorapullover leuchtete löwenzahngelb. Der Ausschnitt entblößte ihr Schlüsselbein und den Ansatz ihrer Brüste. Die dunkelbraune Mähne floss an ihrem Rücken herab. Durch die Strähnen blitzten übertrieben große Silberohrringe. Den Blickfang stellte allerdings das Tattoo auf ihrer linken Gesichtshälfte dar: Flammen, denen die Schläfe entlang ein Tiger entsprang. Jede ihrer Regungen schien dem Bild Leben einzuhauchen.

Hinter ihr kam Alessa hervor, die im Vergleich zu der jungen Frau wie ein Schulmädchen aus den Jahrhunderten vor dem Ende der Welt wirkte. »Warte, sie ist noch nicht so weit. Lass ihr etwas Zeit. Du weißt doch, was sie und ich durchgemacht haben.«

»Für mich sieht sie fit genug aus. Was meinst du, Zarah? Hm? Ist es nicht langsam an der Zeit, das benutzte Geschirr selbst abzuwaschen, statt es andere für dich schrubben zu lassen?«

»Nun sei doch nicht so«, wandte Alessa ein. »Ich habe euch einander noch nicht einmal vorgestellt. Zarah, das ist Giulia. Ghosts rechte Hand, sozusagen.«

Die junge Frau presste die Lippen zusammen. »Nur ›sozusagen‹?« Ihre Stimme klang rauchig und dunkel und beinahe bedrohlich.

»Aber vielleicht kennst du sie eher unter ihrem Spitznamen«, fuhr Alessa fort. »Sie ist als das Waka-Waka-Mädchen bekannt.«

Zarah stand auf. Vor Verblüffung, ungläubig und nicht zuletzt aus Respekt. Es gab kaum einen Aufseher des Ordnungsamtes, der diesen Namen nicht hasste und im tiefsten Inneren nicht bewunderte. Das Verbot, ihn laut auszusprechen, war inzwischen sogar im Kodex verankert. Genauso wie die Wiedergabe des Slogans ›This time for freedom – We're all people‹, der sich wie ein Lauffeuer unter den Menschen verbreitet hatte.

Sie stellte sich vor, wie Giulia vor das Hamburger Rathaus trat und mit einem aufsehenerregenden Hüfttanz und einem ansteckenden Lied den Beginn der Waka-Waka-Bewegung einläutete, die die Menschen zur Auflehnung gegen die Dämonenherrschaft animierte. Binnen kürzester Zeit war das Lied so tief in den Menschenherzen verwurzelt, dass nicht einmal die Sirenen es auszulöschen vermochten. Später hieß es, das Waka-Waka-Mädchen sei gefasst worden und warte in einem Hochsicherheitsüberwachungslager auf die öffentliche Hinrichtung. Öffentlich war diese jedoch nie geworden. Obwohl der Oberste Dämonenrat in einer offiziellen Mitteilung versicherte, dass die Delinquentin vorschriftsgemäß enthauptet wurde, glaubten die Menschen den Gerüchten, sie wäre entkommen und nährte den Widerstand aus einem geheimen Unterschlupf. Ihr Name war zu einem Symbol geworden, ihre Person zum Idol erhoben. Kein Mensch – eine Legende.

Zarah betrachtete Giulias tätowierte Wange. Jetzt, bei genauerem Hinsehen, erkannte sie die eingebrannte Häftlingsnummer, welche die kunstvoll ausgearbeiteten Flammen zu verbergen versuchten. Zumindest ein Überwachungslager musste Giulia schon einmal von innen gesehen haben.

»Schon gut. Natürlich helfe ich, wo ich kann.« Aber sie erkannte noch viel mehr als eine Nummer auf der Wange – die perfekten Züge, die wie von Künstlerhand gemeißelt waren, erschienen ihr immer vertrauter. Ja, jetzt wusste sie es wieder. Jetzt konnte kein Tattoo sie mehr täuschen.

Vor fast hundert Jahren hatten Dämonen alle Skulpturen zerschlagen. Vor knapp zweieinhalb Jahren hatte Zarah mit diesem Gesicht dasselbe vorgehabt.

Sie hatte sich damals zusammenreißen können. Sie würde es auch jetzt schaffen.

»Prima, ich wusste, dass wir uns verstehen werden.« Die junge Frau lächelte und streckte eine Hand aus. »Das Waka-Waka lassen wir sein, nenn mich einfach Giulia.« Die andere Hand schnappte sich das Veilchen.

Und du? Erkennst du mich auch? Weißt du noch all die Worte, die ich dir und Gallagher ins Gesicht geschrien habe? Weißt du noch, wie dein Lachen klang, als ich davongelaufen bin? Langsam löste sie die Finger, die sich zu Fäusten verkrampft hatten. »Ich mach das schon. Du musst das Unkraut nicht wegräumen.« Sie zupfte die Blume aus den gierigen Fingern.

»Nun. Wunderbar. Dann folge mir, Zarah.« Giulia entschwand in den Flur. Die schwarze Hose, die sich an ihre langen Beine schmiegte, betonte jede Vertiefung und Wölbung ihres Pos. Einst hatte sich Gallaghers Hand in diesen Po gekrallt, und Zarah musste daran denken, wie sein Blick damals den ihren traf. Sie stand nur wenige Meter entfernt, an ihrem geheimen Treffpunkt, während er ihr direkt in die Augen blickte und eine andere küsste. *Ash hatte recht gehabt* – aber das kam ihr erst Stunden später in den Sinn, lange nach der Leere, die zuerst ihren Verstand zu verschlingen drohte.

Alessas Finger verschränkten sich mit ihren, warm und weich. »Zarah? Ist alles in Ordnung?«

Einen Bruchteil einer Sekunde klammerte sie sich an diese Finger, bevor ihr einfiel, dass Dämonen sich niemals an jemanden klammerten. »Ja. Natürlich. Es geht mir gut.«

Und es fühlte sich tatsächlich gut an, nicht mehr so allein.

Giulia führte sie ins Erdgeschoss. Aus einem der Räume drangen Stimmen, doch die junge Frau machte erst in der Küche halt. Schmutziges Geschirr stapelte sich auf einem Metalltisch, daneben standen ein Eimer mit dampfendem Wasser und eine Schüssel. In einer Ecke hockte jemand vor einem offenen Unterschrank, knisterte mit einer Plastiktüte und stopfte sich etwas in den Mund.

»Du!« Giulia stürmte auf den Missetäter zu und zerrte ihn auf die Beine. Ungekochte Eiernudeln regneten zu Boden. »Du schon wieder!«

Es war ein Mädchen, erkannte Zarah, während Giulia die buckelige Gestalt zur Tür schleifte. Ein Mädchen mit einem Klumpfuß und unregelmäßigen Schritten, wie sie ihr manchmal in der Dunkelheit durch das Haus gefolgt waren.

»Wer ist das?«

Giulia schob das Mädchen in den Flur und machte die Tür zu. »Tara. Die Missgeburt stiehlt unser Essen.«

»Ein paar trockene Nudeln, ja?«

»Glaubst du, die Lebensmittel fallen hier vom Himmel?« Mit einer Hand fegte sie die Eiernudeln zusammen und ließ sie zurück in die Tüte rieseln. »Wir müssen streng rationieren, wenn wir überleben wollen.«

Giulia erhob sich und warf Zarah einen Scheuerlappen zu. Er war löchrig, ausgefranst und fühlte sich wie ein totes Tier an. »Ich habe gehört, du bist recht erfahren im Dreckschrubben, nicht wahr, Zarah?« Der Blick – die dunkle Süße von Amaretto und das Feuer von Samba. »Wie lange musstest du den Dämonen hinterherputzen?«

»Du hast anscheinend so einiges gehört.« Zarah nahm

einen Teller vom Stapel, dachte an Enya und an ihren Auftrag. Sie musste sich zügeln. Feinde zu haben, konnte sie sich hier nicht leisten. »Ich nehme an, du hast hier das Sagen, wenn Ghost nicht da ist?« Die Marmelade vom Teller zu schrubben kostete sie weniger Überwindung, als an die Frau ihr gegenüber diese Worte zu richten.

»So ist es. Keine Sorge, ich habe das Gefühl, wir werden prima miteinander auskommen.«

»Solange ich keine Eiernudeln stehle, schon klar. Ihr habt ein gutes Versteck gefunden. In die Tote Stadt wagen sich Dämonen eher selten.«

»Ein paarmal haben sie einen Trupp geschickt, der aus Dämonen bestand, die noch über keine Zwiegestalt verfügten und denen die Stadt nicht so gefährlich werden konnte. Doch wir kennen die Gegend besser als sie. Der Aufklärungstrupp hatte keine Chance.«

»Wie viele seid ihr?«

»Genügend, um dem Ordnungsamt Bauchschmerzen zu bereiten.« Giulia holte eine zweite Schüssel, goss Wasser hinein und begann ebenfalls, Tassen, Teller und Besteck abzuspülen.

»Ich bin beeindruckt.« Zarah beobachtete, wie Giulias Haut sich im heißen Wasser rot färbte, wie die manikürten Nägel den festgetrockneten Dreck von der Oberfläche abkratzten. »Tschak, Mattes – ihr habt anscheinend ein gut funktionierendes Netzwerk.«

Giulias Blick wurde eine Spur dunkler. »Du weißt von Tschak? Hm, Alessa muss eindeutig vorsichtiger werden.«

»Habt ihr Verbindungen zu der Lichtseite? Seid ihr den Engeln schon mal begegnet?«

»Möglich.«

»Wie sind sie denn so?« Etwas Warmes sickerte durch

ihr T-Shirt. Erst jetzt merkte Zarah, dass sie sich den Lappen an die Brust gedrückt hatte.

Wie war Ash denn jetzt so? Wie fremd würde er sein, sollte sie ihn jemals wiedersehen? Sie hatte noch nie einen Engel aus der Nähe erlebt, abgesehen von zwei Astralprojektionen, die sie während eines Auftrags zufällig gesichtet hatte. Engel hielten es selten für nötig, sich jemandem zu zeigen.

»Strahlend. Gütig. In ihrer Nähe zu sein bedeutet eine Erleuchtung.«

»Sie helfen euch also? Normalerweise verduften sie schnell, sobald es irgendwo nach Ärger riecht.«

Heftig tauchte Giulia das Glas, das sie gerade spülte, ins Wasser. Ein kleiner Schwall ergoss sich auf den Tisch. »Die meiste Arbeit erledigen ja auch wir. Nun.« Das Lächeln fiel schal aus. »Wer weiß. Vielleicht sammeln sie ihre Kräfte, um den Dämonen einen Arschtritt zu verpassen. Hast du mich jetzt genug ausgefragt, Zarah? Glaub ja nicht, dass wir hier alle dämlich sind. Ghost mag dir vertrauen, aber ich hab dich im Visier, glaube mir.«

»Okay.« Zarah stellte den Teller ab. »Hör zu. Ich denke …«

Die Tür öffnete sich ein wenig. »Giulia? Ich muss dich sprechen. Es ist wichtig.«

»Moment!«, flötete die junge Frau, mit einem Mal gut gelaunt und unbeschwert. »Zarah – mach weiter hier, ich bin gleich zurück.« Sie trocknete sich die Hände an einem Geschirrtuch ab, warf Zarah einen letzten Blick zu und verschwand im Flur.

Zarah ließ den Lappen in die Schüssel gleiten und bewegte sich leise zur Tür. Durch den Spalt drangen Schritte und das Geräusch eines einschnappenden Schlosses.

Sie schlüpfte aus der Küche. Ihr Orientierungssinn führte sie unfehlbar zum richtigen Zimmer. Zaghaft legte sie eine Hand auf die Klinke, wartete einen Wimpernschlag lang und drückte den Griff geräuschlos hinunter. Mit angehaltenem Atem öffnete sie die Tür wenige Millimeter.

»… Neuigkeiten? Eine Nachricht von ihm?« Giulias Stimme bedrängte, verlangte und … zitterte ein klein wenig. »Mensch, sag doch endlich was!«

»Keine Nachrichten«, erwiderte ein männliches Timbre.

»Du kommst den ganzen Weg hierher vom Außenposten, um zu sagen, dass du nichts hast?«

»Ghost wird weiterhin vermisst. Er hat sich weder bei unseren Spähern gemeldet, noch ist er an den Safepoints aufgetaucht. Ich weiß nicht, ob das etwas zu bedeuten hat, aber auf allen lokalen Sendern wird eine gelungene Operation der Ordnungsaufseher gemeldet, in der es wohl um die Festnahme eines Gegners der Nachtseite ging.«

»Einzelheiten?«

»Kaum bekannt. Nur dass während der Razzia die Wohnung des Verdächtigen explodiert ist.«

»Wo?«

»Güntherstraße.«

Gallagher! Zarah taumelte zurück. Die hinuntergedrückte Klinke schnellte mit einem metallischen Klacken hoch, die Tür schwang ein Stück weiter auf.

Verdammt. Sie huschte den Korridor entlang zurück zur Küche.

»Zarah!« Giulias Ruf schnitt ihr in den Rücken. Langsam drehte sie sich um. »Genug gelauscht?«

»Ich wollte nur …«

»Wusste ich doch, dass man dir nicht trauen kann. Tissan? Sperr sie ein. Ich werde später entscheiden, was wir mit ihr machen.«

Der Mann trat vor. Schneeweißes Haar, eingefallene Wangen, tief liegende Augen. Seine dünne, von einer dicken Schicht Fettcreme glänzende Haut ließ jeden Knochen deutlich hervortreten, der schlaffe Hals ragte aus dem Hemdausschnitt wie der einer Schildkröte. »Aber Alessa hat sich für sie verbürgt. Und Ghost …«

»Solange Ghost nicht da ist, entscheide ich! Fort mit ihr.«

Er kam auf Zarah zu, und je näher er kam, desto bekannter wirkten seine entstellten Züge.

»Tissan?«, flüsterte sie, als seine knochigen Finger sich um ihren Oberarm schlossen. »Tissan Brandner?«

»Kennen wir uns?«

»Flüchtig. Ich kannte Ashriel. Deinen dämonischen Zwillingsbruder. Wie …« Dann wusste sie, wie. Dehydrierte Haut, weißes, kraftloses Haar. »Es war ein Formwandler. Richtig? Jetzt begreife ich es endlich. Ash hat einen Formwandler dazu gebracht, deine Gestalt anzunehmen. Mit dem Eisen habt ihr ihn daran gehindert, die Gestalt zu wechseln, und so wurde deine Hinrichtung vorgetäuscht.« Gallagher hatte offenbar von dem Plan gewusst. *Schaffst du es, keine Dummheiten anzustellen? Nur dieses eine Mal?* Natürlich wusste er es und hatte versucht, es ihr zu sagen. Wenn sie ihm nur genauer zugehört hätte! »Auf diese Weise bist du entkommen, stimmt's? Ash …«

»Halt den Mund!«, zischte er. »Ich will nie wieder den Namen dieses Arschlochs hören!«

»Aber er hat dir das Leben gerettet. Er hat …«

Eine Hand legte sich auf ihr Gesicht. Kalt und fettig.

»Ja«, zischte Tissan. »Er hat das hier aus mir gemacht.

Eine Missgestalt, vor deren Berührung sich jeder ekelt. Oder willst du behaupten, dass dir das hier gefällt?« Sein Daumen glitt über ihren Mund und schmierte seine Fettcreme, die seine Haut vor dem endgültigen Austrocknen bewahrte, auf ihre Lippen. »Kein Widerspruch?« Er ließ ihr Gesicht los. »Wusste ich doch. Und das nennst du ›mir das Leben gerettet‹?«

»Vergeude keine Erklärungen an eine Seelenlose, was kann die schon verstehen!«, mahnte Giulia. »Bring sie weg. Ich werde mich später mit ihr beschäftigen.«

Da polterte jemand in den Korridor hinein. Ein Junge mit verwuschelten braunen Haaren und einem Blick, der herumirrte. Seine Arme, die schneller waren als die Worte, fuhren durch die Luft.

»Er ist da.« Mehrfach öffnete und schloss er den Mund, bis endlich der nächste Satz folgte: »Ghost ist da.«

20

Innerhalb von Sekunden standen sie alle im Eingangsbereich des ehemaligen Hotels. Jemand rief »Ghost!«, und nur Zarah flüsterte: »Gallagher«, um ihrer Erleichterung Luft zu machen.

Die Tote Stadt lebte.

Er lebte, er war bei ihr.

»Es ist alles in Ordnung«, sagte Gallagher zu den anderen.

Auch zu dir, versicherte sie sich. Nur war sie bloß eine von vielen. Er lächelte sogar sein Menschenlächeln, das seinen Zügen Wärme und Zuversicht verlieh. Doch sie hatte gelernt, ihm in die Augen zu schauen. Seine Augen lächelten nicht. Und schon gar nicht vor Zuversicht.

Alessa war es, die überhaupt als Erste aufatmete und sich bewegte, ihn schließlich auch umarmte. »Ich habe mir solche Sorgen um dich gemacht.«

Auch er legte einen Arm um sie. Dann löste sie sich von ihm und schlug ihm spielerisch gegen die linke Schulter. »Was fällt dir ein, so zu verschwinden?«

Für einen quälend langen Moment, der Zarah ins Herz schnitt, verzerrte Schmerz Gallaghers Gesicht.

Auch Alessa hatte es gesehen und warf ausgerechnet Zarah einen alarmierten Blick zu, bevor sie wieder zu ihrem Bruder aufschaute. »Was ist los? Bist du verletzt?« Sie wollte ihm über den Arm streicheln, doch er schob sie beiseite.

»Quatsch.« Die Schwäche, die sich nicht mehr auf sein Gesicht traute, zehrte an seiner Stimme, doch er räusperte sich und ließ ihr auch da keine Chance. »Ich bin vom Pferd gefallen. Nicht der Rede wert.« Sein Blick wanderte über die Versammelten, streifte auch Zarah, doch sie senkte rasch den Blick. »Besprechung in einer Stunde. Ich muss mich nur etwas frisch machen.« Leicht hinkend stieg er die Treppe hoch.

Sie schaute ihm nach. *Du bist die Letzte, die er sehen will.* Sie merkte, wie sie zur Treppe trat. *Und was willst du ihm auch sagen?*

Ein leichter Stoß in den Rücken beförderte sie einen Schritt weiter. »Na los.«

»Was?« Sie fuhr herum. Beinahe hätte sie Alessa zurückgeschubst – ertappt, verwirrt. »Du glaubst doch nicht etwa …«

»Geh schon. Zimmer acht.«

Auf einmal wollte sie das Mädchen umarmen, drehte sich aber noch rechtzeitig um, bevor sie sich gänzlich zur Idiotin machen konnte, und eilte die Treppe hoch. Als sie über die Schulter blickte, sah sie, wie Alessa und Giulia stritten. Sie taten es ohne Worte. Aber Giulias Griff um Alessas Handgelenk sagte mehr als genug. Die Haltung von Alessas Körper, der den Weg zur Treppe versperrte, auch.

Vor Zimmer acht hielt sie an, legte eine Hand auf die Klinke, drückte diese leise herunter. Der Spalt gönnte ihr einen Blick auf seinen Rücken. Gallagher trat zum Fenster und schälte sich aus dem Pullover. Jetzt konnte sie etwas von seinem Profil erspähen, das gegen das Tageslicht wie ein Schattenriss wirkte. Keine verwirrende Schönheit. Nur Gallagher. So menschlich fern.

Er begann, das Hemd aufzuknöpfen. Das Kleidungsstück

glitt zu Boden. Im Licht- und Schattenspiel des Raumes zeichneten sich seine Muskeln ab, die kräftigen Schultern, das schmale Kreuz, die Linie des Rückgrats, die im Bund seiner Jeans verschwand.

Sie dachte daran, wie er und sie eng umschlungen vor Tissans Haus gestanden hatten, wie ihre Hände den Weg unter seine Jacke gefunden und seine Wärme gespürt hatten. Diese Wärme spürte sie auch jetzt – sie sammelte sich in ihrem Bauch und floss in ihren Schoß, kitzelte ihr Herz und brannte auf ihren Wangen.

Die Tür quietschte verräterisch, als Zarah sich unabsichtlich noch etwas mehr dagegenlehnte. Gallagher sah zu ihr. Er rührte sich nicht. Sagte kein Wort. Zarah glaubte sogar zu bemerken, wie er die Lippen fest aufeinanderpresste, als koste es ihn Überwindung, sie nicht davonzujagen.

Sie betrat den Raum und schloss die Tür hinter sich.

Er schnappte sich das Hemd und zog es rasch über. Trotzdem sah sie es: die Verbände, an der Schulter – blutgetränkt.

»Vom Pferd gefallen?« Sie hastete zu ihm und öffnete sein Hemd. Die drei Knöpfe, die er schon zugemacht hatte, sprangen ab. »Du meinst, nachdem auf dich geschossen wurde, oder wie?«

Er wich zurück. »Zarah …«

»Was ist passiert?« Sie ertappte sich dabei, wie sie Gallaghers Hände festhielt, als er das Hemd wieder zuknöpfen wollte. »Und wehe, du lügst mich an.« Dann ließ sie ihn los, in der Befürchtung, ihm Schmerzen verursacht zu haben.

»Ich bin doch noch da.« Er strich ihr über die vernarbte Wange. Sie spürte seine Wärme. An ihrer Haut. In seiner Stimme. »Was auch immer war, ich habe es überlebt.«

»Es … es ist nur so … Ich weiß nicht, wie ich mich daran gewöhnen soll, Angst um einen Menschen zu empfinden.«

Jetzt flackerte doch noch Schmerz in seinen Augen auf. Er trat einen Schritt zurück. »Danke, nicht nötig, mich daran zu erinnern.«

Sie keuchte wütend. »Ich habe Angst, dich zu verlieren! Verstehst du das nicht? Ich habe Angst. Ich …«

Jetzt war die Luft raus. Sie sank zu Boden und vergrub das Gesicht in den Händen. Ich liebe dich. Sie hatte es beinahe gesagt, stellte sie mit Entsetzen fest.

Sie hörte, wie er sich neben sie setzte. »Zarah, ich …«

Den klaren Kopf – den brauchte sie jetzt am meisten, besonders, wo er so nah neben ihr saß. Sie riss sich zusammen. »Erzähl mir, was passiert ist.«

Er fuhr sich durch das Haar. »Ich fürchte, meine Tarnung ist aufgeflogen. Ein Aufseher-Trupp hat meine Wohnung gestürmt und ziemlich hässlich herumgeballert. Ich hatte Glück. Natürlich. Ich war nur ein wenig zu langsam.«

»Wie schlimm haben sie dich erwischt?«

»Schulter, Oberschenkel und ein Streifschuss an den Rippen. Wie gesagt, ich hatte Glück.«

Sie schaute an ihm herab. Sein linkes Bein hielt er ausgestreckt. Durch das offene Hemd, das einen Teil seiner Brust und des Bauches entblößte, lugte der Mull der Verbände hervor. Ihr Blick schweifte zu seinem Gesicht. Er war so unerschütterlich, dass sie manchmal vergaß, wie verletzlich er war.

Sie streifte ihm das Hemd von den Schultern.

»Was machst du da?«, flüsterte er.

»Ich will deine Verbände wechseln, was sonst? Wo ist ein Medizinschrank?«

Sie bemerkte ihre Hand, die immer noch auf seiner gesunden Schulter lag, und zog den Arm zurück.

»Alles Notwendige findest du hier in der Kommode.«

Zarah beeilte sich, auf die Beine zu kommen. Sie machte die Schublade auf und inspizierte deren Inhalt. »Du scheinst sehr oft vom Pferd zu fallen, wenn ich die Ausrüstung hier betrachte.«

Als sie zu ihm zurückkehrte und den Verband löste, erkannte sie sogleich, wie er sich bei diesen Verletzungen so fit geben konnte. Die dünne Haut, die die Wunde verschlossen hatte, war unter Alessas Schlag gerissen. Die durch Magie regenerierten Zellen zeigten sich meist noch wochenlang sehr empfindlich.

Vorsichtig tupfte sie das Blut ab. Ein Wunder, dass die zusammengeflickten Sehnen und Muskeln keine Schäden davongetragen hatten. Im schlimmsten Fall hätte Alessas neckischer Schlag ihn zum Krüppel machen können. »Wer hat die Magieanwendungen vorgenommen?«

»Ein menschlicher Arzt hat sich darum gekümmert. Keine Ahnung, wie er das organisieren konnte. Ich war zu dem Zeitpunkt nicht sonderlich ansprechbar.«

»In der Volksdorf-Klinik?« Sie dachte an den Mann mit dem fahlen Gesicht und den Schatten unter den Augen. Der an *Geister* glaubte. Und dem sie jetzt im Stillen dankte. Für damals und heute. »Was ist mit Friedbert? Geht es ihm gut?«

»Die ganze Aktion hat ihn ziemlich geschlaucht. Ich habe ihn bei der Perchta gelassen, sie wird sich um ihn kümmern.«

»Und was hast du jetzt vor?« Sie desinfizierte die Wunde, legte einen neuen Verband an und widmete sich seiner Verletzung am Bauch. Hier war die neu gebildete Haut intakt geblieben und zitterte leicht bei jedem seiner Atemzüge.

Er antwortete nicht. Sie hob den Blick. »Gallagher?«

»Keine Ahnung. Nicht nur, dass die Dämonen die Jagd

auf mich eröffnet haben, die Engel haben uns auch noch die Zusammenarbeit aufgekündigt.«

»Eine interessante Umschreibung für ›Wir sind geliefert‹. Das wird eine ziemlich kurze Besprechung in einer Stunde werden. Ich bin mir sicher, wir werden rechtzeitig vorm Kaffeetrinken fertig sein.«

»Wir haben schon Schlimmeres überstanden.« Er lächelte sie an. »Du Dornenzunge.«

Sie fand das Lächeln in seinen blauen Augen wieder, an deren Farbe sie sich zu gewöhnen versuchte, ohne dass ihr davon übel wurde. Übel? Nein. Ihr wurde schwindelig.

»Du solltest schleunigst lernen, mich besser anzulügen. Ich glaube, Schlimmeres hat die Welt noch nicht gesehen. Wobei – die vielleicht schon. Beim Membranriss. Als es danach die Welt nach dem Ende der Welt gab. Du hast keine Ahnung, was sich da gerade zusammenbraut.«

»Was weißt du darüber?«

»Über den Membranriss? Ich dachte, du hättest im Geschichtsunterricht besser aufgepasst als ich: 2012 nach alter Zählung platzte die Membran, welche die menschliche und die dämonische Welt voneinander trennte, die beiden Realitäten vermischten sich …«

»Nein, ich meine über die Situation jetzt.«

»Du spürst es doch auch, oder?« Ihre Fingerspitzen verharrten über seinem ausgestreckten Bein. Welche Schäden hatten die Muskeln bei dem Ritt zurück in die Tote Stadt davongetragen? »Hose runter.«

»*Bitte?*«

»Ich will mir deine Wunde ansehen. Was hast du denn … Ähm. Ja.« Ihre Finger verhedderten sich im Mull, ehe sie ihm das Verbandszeug in die Hände drückte. »Ich denke, das machst du dann lieber selbst.«

Sein Blick neckte sie. Doch gleichzeitig verbarg sich darin ein anderer Ausdruck, der Zarah nachdenklich, beinahe schon traurig stimmte.

Er zögerte, hob einen Arm, als wolle er ihr durch das Haar streifen, das sie damals abgeschnitten hatte. »Ich hätte nie geglaubt, dass ich mich jemals trauen würde, es dir zu sagen. Ich finde, du hast ein sehr hübsches Gesicht.«

Sie hätte sich gern mit ihrer Wange in seine Handfläche gekuschelt, doch er zog seinen Arm schon zurück. »Entschuldige. Das war … unangebracht von mir. In der Toten Stadt bin ich wohl zu sehr Mensch.«

»Ja«, erwiderte sie leise. »Es war unangebracht. Ich bin eine Dämonin. Eine Seelenlose.« *Ich kann dich nicht lieben!* »Auch in der Toten Stadt und mit dem Brandzeichen.«

Der seltsame Ausdruck erlosch in seinem Blick. Er nestelte an dem Verbandszeug in seinem Schoß. »Du wolltest eben noch etwas zur allgemeinen Situation sagen. Ich meine – bevor es darum ging, dass ich meine Hose ausziehen soll.«

»Ja.« Sie räusperte sich. »Es braut sich da etwas zusammen.« Beinahe hätte sie Abbas zitiert: ›Wir müssen schnell reagieren, wenn wir verhindern wollen, dass alles, was wir kennen, zugrunde geht.‹ »Und ich glaube, ich habe einen Verdacht, was es ist.«

»Schieß los.«

»Hat dir Lessa von unserer Flucht erzählt? Von dem Opferritual, das wir beobachtet haben?«

»Das Ableben des Huhns hat ihr sehr zugesetzt. Seitdem hat sie kein Fleisch mehr angerührt, obwohl es das Kostbarste ist, was wir hier kriegen können.«

»Solche Rituale dienen dazu, die Magie an die Organe des Opfers zu binden und sie dann für den eigenen Zauber zu nutzen. Nun stell dir vor, jemand würde die Magie an das Herz einer Prophetin oder die Augen einer Seherin binden. Welche Kräfte er damit entfalten könnte! Und jetzt stell dir noch mehr vor: Dieser Jemand wäre unglaublich magiebegabt. Seine Fähigkeiten könnten sich ins Unermessliche steigern. Er könnte über die Magie herrschen.«

»So einen Zauber kann niemand allzu lange aufrechterhalten.«

»Aber lange genug, um die Welt in ihren Grundfesten zu erschüttern. Sowohl Dämonen als auch Engel haben es bereits gespürt und suchen nach dem Täter. Um ihn aufzuhalten? Oder auf die eigene Seite zu ziehen? Wenn wir schneller wären, hättest du etwas in der Hand, womit du um die Zukunft deiner Leute verhandeln könntest. Hast du noch die Sachen aus dem Archiv? Ich glaube nämlich … deine leibliche Mutter kannte den Täter.«

»Du meinst, sie hätte einen Hinweis auf ihn in ihrem Tagebuch zurückgelassen? Wir haben es im Auftrag der Engel besorgt. Doch sie haben nicht zugelassen, dass wir es uns genau anschauten.«

»Mist.«

»Aber ich habe einen kleinen Hinweis erhalten. Zumindest könnte ich es als einen solchen deuten. Ich soll nach einem Orakel suchen.«

»Nach welchem Orakel? In unserer Zeit gibt es die an jeder Ecke.«

»Meine Rede.« Er verdrehte die Augen. »*Such das Orakel. Lauf.* Na danke auch für die Hilfe.«

»Mehr nicht?«

»Hm. Ein paar leuchtende Schwaden haben an einen Violinschlüssel erinnert. Aber ich kann mich auch täuschen.«

Zarah sprang auf. »Ein Violinschlüssel? Bist du dir sicher?«
»Mehr oder minder. Hilft das irgendwie weiter?«
»Und wie. Ich schätze, ich kenne das Orakel.«
»Wirklich? Wer ist es?«
Sie schluckte. »Meine Mutter.«

21

»Und, wie gefällt es dir?« Alessa trat einen Schritt zur Seite und hielt Zarah einen Spiegel vor die Nase.

Oh. Mein. Höllenfürst.

Unbeholfen zupfte Zarah an ihrem Haar. Die Unbeholfenheit ging in Unbehagen über. Sie grub die Finger in die kurzen Strähnen. *Was habe ich mit mir … machen lassen?* Der Schnitt betonte ihre Wangenknochen, brachte ihrem schmalen Gesicht etwas Zartes, Verwunschen-Feenhaftes.

»Du siehst so niedlich damit aus!«

»Das habe ich befürchtet.« Sie schluckte, um den aufsteigenden Brechreiz zu bezwingen. »Und jetzt?« Panik. »Damit kann ich doch unmöglich …«

»Entspann dich. Es steht dir.« Alessa tauchte die Hände in eine Schüssel mit Zuckerwasser. »Und jetzt machen wir aus niedlich – frech.«

»Warte mal, ja? Ich glaube, du hast mich schon genug verschandelt.«

Ein Druck auf ihre Schulter brachte ihren Hintern zurück auf den Stuhl. »Ruhig, ruhig. Für eine Mrs. Van Helsing bist du heute ziemlich wuselig. Oder liegt es vielleicht an dem bevorstehenden Date mit meinem Bruderherz?«

»Es ist kein Date!«

»Richtig. Es ist kein Date. Wie hat er das genannt? Ach ja. Informationsbeschaffung und Verfolgung einer Fährte. Auf einer Jacht zu einer Nordseeinsel. Weißt du schon, was du zu euerem Date anziehen willst?«

»Es ist kein Date!«

»Natürlich nicht. Das haben wir doch gerade geklärt.« Alessa verwuschelte Zarahs Haar im Nacken, sodass es keck in alle Richtungen abstand, während sich der kurze, fransige Pony glatt an die Stirn schmiegte.

Das konnte doch unmöglich mit ihr passieren. *Das bin ich gar nicht!* »Bringt es was, wenn ich jetzt zu schreien anfange?«

»Wenn es dir hilft, deine Nervosität in den Griff zu bekommen – nur zu.«

»Ich bin nicht nervös. Und es ist …« Sie stöhnte und ließ sich gegen die Stuhllehne sinken. »Ach, vergiss es.«

Alessa kicherte. »Und dir ist hoffentlich klar, dass ich nach deiner Rückkehr einen Bericht mit allen Einzelheiten erwarte.«

Womit habe ich das verdient? Was hatte sie bloß geritten, Alessas Drängen nachzugeben und das Mädel an ihr Haar heranzulassen? Natürlich wusste sie, was. Das unerhörte, unangebrachte, dämliche ›Du hast ein sehr hübsches Gesicht‹.

Aus einem Beutel schüttelte Alessa unzählige Tuben, Schächtelchen und Kästchen auf den Tisch. Starr beobachtete Zarah, wie die Teile über die glatte Holzoberfläche schlitterten. Das Make-up.

»Oh nein. Nein, nein, nein, nein!« Aufspringen, das Weite suchen. Weg hier. Schleunigst.

Sie spürte, wie Alessa von hinten die Arme um ihre Schultern schlang. »Vertrau mir.«

Fast hatte sie aufgelacht. »Nicht bei dem Zeug!«

»Augen zu.«

Auf keinen Fall.

»Na mach schon.«

Nie im Leben.

»Za-rah!«

Du hast ein sehr hübsches Gesicht. Oh Scheißdreck. Das konnte doch nicht wahr sein!

»Na siehst du, so ist es brav.« Mit zaghaften Strichen fuhr etwas Weiches über ihre Lider. »Wo wollt ihr eigentlich genau hin? Gallagher tut so geheimnisvoll.«

Ach, nur zu meiner Mutter. Ich will ihn meiner Familie doch nicht vorenthalten. So macht ihr Menschen das, oder etwa nicht? »Amrum.«

»Oh.« Die Besorgnis in Alessas Stimme war unüberhörbar.

Vielleicht hätte sie die Information nicht preisgeben dürfen. Es gab einen Spion in ihren Reihen, der Abbas' Zettel überbrachte. Aber seine eigene Schwester?

»Es ist gefährlich dort. Besonders … für Gallagher.«

»Ich weiß. Keine Sorge. Ich kenne mich auf der Sireneninsel aus.«

»Dann folgt ihr tatsächlich einer Fährte.« Etwas auf dem Tisch klapperte leise, als Alessa eine der Tuben oder Kästchen zurücklegte. »Versprich, dass du ihn mir heil zurückbringst.«

»Darauf kannst du Gift nehmen.«

»Er ist alles, was ich habe.«

Zarah schaute auf. »Lessa. Ich schwöre dir bei allen Teufeln, dass ich auf ihn aufpassen werde. Ihm wird nichts geschehen. Du hast mein Wort.«

Alessa nickte ernst. »Danke. Und jetzt – Augen zu. Ich bin noch nicht fertig.«

Zarah gehorchte. Etwas tupfte, pinselte und rieb über ihr Gesicht. Ihre Haut fühlte sich ungewöhnlich schwer und zugespachtelt an. Bloß nicht ausflippen. Irgendwann würde man es abwaschen können. Hoffentlich.

»So. Wie findest du es? Sag aber die Wahrheit.«

Sie traute sich nicht, die Augen aufzumachen.

»Za-rah.«

Schon gut. Sie tat es.

»Und? Was denkst du? Gefällt es dir?«

Sie starrte ihr Spiegelbild an.

Sie war … hübsch. Tatsächlich hübsch. Trotz der Narbe, die ihr Gesicht verunstaltete.

Und was sie noch mehr erschreckte: Sie wusste nicht, ob sie dieses Hübschsein gut oder schlecht finden sollte.

»Dir fehlt noch der Lippenstift. Ich habe leider keine zu deinem Teint passende Farbe. Aber Giulia sollte noch etwas von ihrem Lipgloss haben. *Brilliant rose kiss*. Der ist wie für dich geschaffen.«

An der Tür raschelte es. Zarah wandte den Kopf und sah, wie Giulia sich von dem Rahmen löste. Wie lange hatte die junge Frau hier schon herumgelungert?

»Schön zu erfahren, Alessa, wie großzügig du hier meine Sachen herumreichst.«

Mit einem Mal wirkte Alessa klein und schuldig. Keine Spur mehr von dem Mädchen, das Giulia einst den Weg zu Gallagher versperrt hatte. »Du hast recht. Es tut mir leid.«

»Du bist wohl einen Tick zu sehr in deiner Rolle aufgegangen.« Giulia drehte sich um und ging. »Ghost ist unten. Er bittet um ein wenig Beeilung«, tönte es aus dem Flur.

Alessa lehnte sich an den Tisch. Ihre Arme hingen schlaff herab, das Gesicht hatte sie dem Boden zugewandt. »Tut mir leid. Ich bin mir sicher, sie meinte es nicht so. In der letzten Zeit sind wir alle ein wenig angespannt.«

Zarah stand auf. »Schon gut, mach dir keinen Kopf deswegen. Ich sollte deinen Bruder nicht warten lassen.« Sie ging aus dem Zimmer.

»Zarah, warte. Bitte. Ich muss dir etwas sagen. Geh nicht mit Giulia da runter. Am besten … am besten …«

Aber sie lief schon die Treppe hinunter, denn sonst würde sie es sich womöglich doch noch anders überlegen. Erst in der Mitte des Abstiegs, als sie den Eingangsbereich sehen konnte, machte sie halt, stieg noch zwei, drei Stufen hinunter und verharrte. Unten wartete die Meute auf sie. Unzählige Gesichter, die vor ihren Augen zu flackern schienen, glotzten zu ihr herauf. Kein Gallagher. Sie konnte ihn nirgends sehen. Vielleicht erkannte sie ihn auch nicht, so sehr, wie die Gesichter vor ihrem Blick schwirrten. Nein, er durfte nicht da unten sein, er durfte es einfach nicht.

Ein ersticktes Flüstern in ihrem Rücken holte sie ein: »Zarah, ich muss dir etwas sagen.«

Jemand gackerte. Hier und da stimmten ein paar andere mit ein.

»He, da ist doch unsere Seelenlose.« In jedem Wort – das Feuer von Samba und die dunkle Süße von Amaretto.

»Hat sich ganz schön herausgeputzt.«

»Das Narbengesicht!«

»Denkt wohl tatsächlich, mit etwas Schminke würde sie ansehnlicher sein.«

Zarah merkte, dass sie zitterte. Und nichts dagegen tun konnte. Die Gesichter feixten sie an, labten sich an ihrer Blöße.

»Stellt euch das mal vor: Sie wollte doch wirklich meinen Lipgloss haben.« Das schmatzendes Geräusch eines Kusses peitschte durch den Raum. »*Brilliant rose kiss.* Kiss, kiss, Narbengesicht!«

Zarah drehte sich um und lief. Stolperte. Stieß sich die Knie an den Stufenkanten an. Die kleine, schuldige Alessa trat ihr in den Weg.

Sie schubste das Mädchen beiseite. Das Lachen der Meute jagte sie den Flur entlang. Irgendein Zimmer. Irgendein Bad. Sie knallte die Tür hinter sich zu, suchte nach einem Riegel und fand nichts. Die anderen scharten sich draußen zusammen, riefen etwas und johlten. Sie stemmte sich gegen die Tür. Die da draußen – die durften nicht ins Bad, durften sie nicht kriegen.

Etwas bewegte sich hinter dem Duschvorhang. Eine gebückte Gestalt kroch hervor und hinkte auf Zarah zu. Tara.

Fäuste trommelten gegen die Tür. »He, Narbengesicht! Komm doch raus. Verstecke deine Schönheit nicht vor uns!«

Das Holz vibrierte in ihrem Rücken. Sie musste ihre ganze Kraft aufwenden, um sich gegen die Tür zu stemmen, aber ihre Kräfte schwanden. Tara hockte zu ihren Füßen und verkeilte etwas in dem Spalt. Die Tür bebte, gab jedoch nicht mehr nach.

Zarah ließ los und wankte zum Waschbecken, entdeckte sich im Spiegelschrank. Die zarten Züge, die tränenverquollenen Augen. Sie brüllte, verkrallte sich in den Schrank und riss ihn von der Wand. Es krachte. Es klirrte. Sie fiel auf die Knie.

»Kann mir jemand erklären, was hier los ist?«

Plötzlich war es so still da draußen.

Zarah beugte sich über die Spiegelscherben und blickte in ihr zersplittertes Gesicht. Die Tränen zeichneten schwarze Bäche auf ihre Wangen.

»Zarah? Zarah!« Gallagher klopfte an die Tür.

Mit ihrer Hand umschloss sie einen der großen Splitter.

»Zarah, lass mich rein! Hörst du?«

Es würde nicht wehtun.

»Zarah!«

Sie pflügte mit den Fingern durch ihr Haar. ›Niedlich und frech‹ war so kurz und fühlte sich trotzdem so schwer an.

»Zarah …« Er kniete sich neben sie. Seine warme Hand umschloss die ihre. Woher kam er so plötzlich? Sanft bog er ihre Finger auseinander und nahm ihr die Scherbe weg. Ihre vernarbte Wange schmiegte sich an seine Brust. Sein Herz raste. Ihr Herz tat es ihm nach.

Irgendwann löste sie sich von Gallagher, wischte sich über die Augen, verrieb die Schminke. Nichts an ihr zitterte mehr. »Wir müssen los. Der Kapitän wartet nicht, und nach Dagebüll ist es ein langer Weg.« Über seine Schulter hinweg sah sie Tara, die an der Tür hockte und den Keil in den Händen hielt. Das Mädchen hatte ihn also hereingelassen.

»Zarah …«

Sie erhob sich. »Geh. Ich folge dir.«

Er stand ebenfalls auf, streckte ihr seinen Arm entgegen. Seine Handfläche blutete, vermutlich von der Scherbe, die er ihr weggenommen hatte.

Sie stieß ihn von sich. »Geh.«

Er ging. Sie folgte ihm, wie versprochen. Die Meute draußen hatte einen Gang gebildet. Aber jetzt war es keine Meute mehr, nur jeder für sich, mucksmäuschenstill und angespannt.

Zarah kam an Giulia vorbei. Ihre Blicke trafen sich.

»Wie ich sehe, hast du nun Kriegsbemalung aufgelegt.« Die Worte trafen sie kaum hörbar. Jemand gluckste.

Zarah blieb stehen. Gallagher ging weiter, merkte nichts, er würde sie nicht hören. »Pass auf. Ich verstehe nichts vom Zickenkrieg. Wenn ich im Krieg bin, drücke ich auf einen Abzug. Also denk drüber nach.«

Sie ging weiter. Etwas abseits stand Alessa. Immer noch klein. Immer noch schuldig.

Miststück!

Das Mädchen zuckte zusammen, als hätte Zarah ihm tatsächlich ins Gesicht gespuckt.

Mit festen Schritten holte sie Gallagher ein.

Keine Blöße mehr, keine Gefühle.

22

In Ahrensburg wartete ein Auto auf sie. Es stand unweit vom Muschelläufer, einer inzwischen berühmten Fiberglas-Skulptur, die hier einige Jahre vor dem Ende der Welt aufgestellt worden war. Die vier Meter Hässlichkeit in einem blauen Anzug gehörten zu den wenigen Kunstwerken, die vom Obersten Dämonenrat als wertvoll erachtet worden waren. Die Skulptur stellte einen blonden Mann dar, der seine linke Hand lässig in die Tasche seiner Hose gesteckt hatte und den rechten Arm, der in einer klobigen Muschel endete, den Passanten entgegenstreckte. Vor dem Ende der Welt strömten daraus Walgesänge oder Schreie neugeborener Robbenbabys – die Historiker waren sich in diesem Punkt nicht mehr einig. Heute ergossen sich aus dem eingebauten Lautsprecher die Propaganda-Sprüche der Nachtseite. Was die Dämonen nicht beachtet hatten, war die inzwischen schon hundertjährige Tradition, die ihren Ursprung noch in der alten Welt genommen hatte, den Muschelläufer heimlich zu demolieren, und so präsentierte der Plastikriese heute ein beachtliches Loch in seinem Schritt.

Was die Stadt vor der Herrschaft der Nachtseite Tausende von Euros kostete, erledigten die Dämonen mit Hilfe der Magie. Ritualtänze nackter Jungfrauen um Mitternacht sammelten genug Energie, um die Schäden an der Skulptur zu beseitigen. Plakate und Flyer an jeder Ecke kündigten bereits die nächste dieser Veranstaltung an. Gleich zwei von diesen Flyern steckten hinter den Scheibenwischern des alten Minis, der ganz unscheinbar auf den Trip nach Dagebüll wartete. Gallagher zog die Zettel hervor, faltete sie ordentlich zusammen und steckte sie in die Tasche seiner Jacke. Außerhalb der Toten Stadt und seines Arbeitszimmers war er anscheinend immer noch der überaus korrekte Dämon, den Zarah zu kennen glaubte.

»Willst du ans Steuer?« Es waren die ersten Worte, die er seit dem Vorfall im Bad an sie gerichtet hatte, und das vermutlich auch nur, weil sie es zugelassen hatte, dass ihre Blicke sich trafen. Rasch wandte sie ihr Gesicht ab. Sie wollte ihn nicht anschauen. Und vor allem wollte sie nicht, dass er sie anschaute, eine Dämonenfrau, die sich von einem Menschenmob jagen ließ.

»Zarah?«

Sie schüttelte den Kopf, abweisend genug, damit er nichts mehr sagte, und stieg ein. So trug die Stille zwischen ihnen sie bis nach Dagebüll, die ganzen vier Stunden lang. Ihre Route verlief durch die kaum benutzten Landstraßen, wo die Chancen, auf eine Patrouille zu geraten, etwas sanken. Ab und zu hielt sie es nicht aus und warf einen verstohlenen Blick zu ihm rüber, den er sofort spürte und zu erwidern versuchte, doch Zarah schaute jedes Mal rechtzeitig weg. Das Auto fühlte sich zu eng an, zu voll von seinem Schweigen, seiner Nähe, seinem Duft.

Am Ziel angekommen, spürte sie kaum noch ihren Hintern und ihre Beine, so steif hatte sie auf dem Beifahrersitz gehockt.

Die Gegend war in Schwärze getaucht, nur am Pier kämpften sich Lichter durch die zähe Nacht. Der eisige Wind fegte über die freie Fläche, erfüllt vom Geruch nach Schlick und Meer. Zarah atmete tief ein und aus, spülte mit der salzigen Luft die Enge von sich.

Gallagher sagte, das Schiff sei noch nicht da, und fragte, ob sie etwas essen wolle. Sie schüttelte abermals den Kopf und ging, setzte sich auf die Kante des Piers. Die Wellen unter ihr schwappten träge wie Erdöl. Sie starrte hinein. Wäre sie nicht gebrandmarkt worden, hätte sie vielleicht die zweite Gestalt ihrer Mutter geerbt. Wie es sich wohl anfühlte, dem Meer zu gehören? Sie beugte sich vor, als wäre sie bereit, in die Wellen zu tauchen.

Sie hörte, wie Gallagher hinter sie trat. »Zarah, bitte, rede mit mir.« Der Wind trug seine Worte davon.

Sie schwieg.

Sie hatte ihn an sich herangelassen; sie hatte Alessa an sich herangelassen; sie war dabei, die ganze Welt an sich heranzulassen. Ein Fehler.

Er setzte sich zu ihr. »Zarah …«

»Es gibt nichts zu bereden.« Sie kam hoch, taumelte, wäre beinahe ins Meer gestürzt, als seine Hand ihren Arm abfing. Sie zerrte ihren Arm aus seinem Griff. Der Wind drängte sie von ihm. Zu bereitwillig gab sie dieser Kraft nach und stolperte einige Schritte davon, die Arme eng um ihren Leib geschlungen.

Langsam wandte Gallagher das Gesicht ab und starrte aufs Meer hinaus.

Jeder fror für sich, nur wenige Schritte voneinander entfernt und doch fern genug, um sich in der Nacht zu verlieren.

Der Wind warf Zarah die Klänge eines Windspiels zu. Aus einer rosafarbenen Staubwolke über Gallaghers Kopf schälte sich hustend und niesend Friedbert. Die nächste Böe wirbelte ihn landeinwärts davon, doch er kämpfte sich zurück.

»Da bist du ja!« Sein Piepsen ertrank in der Nacht und in

der eigenen Empörung. »Wie erwartet, gerade dabei, etwas Idiotisches anzustellen.«

»Friedbert, was machst du hier?«

Die Fee schwirrte dicht über seinem Kopf. »Dir mitteilen, dass deine Haaransätze wieder mal blond durchschimmern. Bei Tinkerbell, was glaubst du denn, was ich hier tue?«

Gallagher fing Friedbert auf und schirmte ihn mit einer Hand vor dem Wind ab. »Wie hast du erfahren, was ich vorhabe? Und wieso bist du mir gefolgt? Friedbert, du solltest doch bei der Perchta bleiben. Dort bist du in Sicherheit.«

»Und was ist mit dir?«, rief Friedbert aus. »Kannst du mir bitte schön erklären, was an meiner Anweisung, die Füße still zu halten, so schwer zu verstehen war? Hätte Tara nicht angedeutet ...«

»Tara? Auch das noch. Hat sie sich davongeschlichen? Was hat sie bei der Perchta gemacht? Sie sollte doch in der Toten Stadt bleiben, bis wir eine Lösung für sie gefunden haben.«

»Ups. Ich meine ...«

»Wie oft macht sie das? Verdammt, es ist doch so gefährlich für sie. Sie wird überall gesucht.«

»Ach, du etwa nicht?«, brauste die Fee von Neuem auf. »Dieser heimliche Trip sollte – was noch einmal darstellen? Ein romantisches Date?«

Zarah zuckte zusammen, schlang die Arme fester um sich.

»Und was tut diese Tussi wieder bei dir?« Friedbert lugte hinter Gallaghers Daumen hervor. »Ich meine, nichts gegen dich, Kleine, aber du bist eine echte Glückskillerin.«

Mit einem Finger schob Gallagher die Fee zurück. »Es geht um ein paar wichtige Informationen, die wir beschaffen müssen, und Zarah kennt sich auf der Insel am besten aus.

Hör zu. Nach der letzten Aktion bist du noch nicht bei Kräften. Gehe zurück zu der Perchta, und warte dort auf mich. Ich bin so schnell wie möglich wieder da. Versprochen.«

»Zurück. Ich fasse es nicht. Zurück. Das hättest du wohl gern!«

Die beiden merkten nicht, wie die Dunkelheit aufgehört hatte, einsam zu sein. Ein stämmiger Mann, der nach Fisch und Schweiß roch, trat neben Zarah.

»Ich dachte, es handele sich nur um zwei Passagiere«, murmelte er, als wären sie bereits lange miteinander bekannt.

»Ich fürchte, wir müssen mit der Anstandsdame des Herrn vorliebnehmen«, flüsterte sie zurück.

»Ah«, sagte er nur. Und erst einen Moment später: »Dann bringe ich euch jetzt auf das Schiff.«

Gallagher kam heran, mit Friedbert in der hohlen Hand, der sich hin und her wiegen ließ. »Ich danke Ihnen, dass Sie uns helfen.«

»Kein Thema, mein Junge.« Der Mann klopfte Gallagher auf den Rücken. »Gute Geister waren bei mir, als ich sie gebraucht habe, also bin ich jetzt bei euch. Kommt.«

Die Jacht entpuppte sich als ein Krabbenkutter. Etwas Leuchtendes huschte auf dem Mast hin und her. Erst im Näherkommen erkannte Zarah ein glühendes drachenähnliches Geschöpf von der Größe einer Katze. »Ich dachte, Feuerwesen würden das Wasser meiden. Es sieht aus wie ein …«

»… Gluhschwanz«, beendete Friedbert ihren Satz. »Ich fresse meine Schuhe, wenn das kein Gluhschwanz ist.«

»Vorsicht!«, brüllte der Kapitän und warf sich zu Boden.

Sie spürte Gallaghers Arme, die sie herunterdrückten, seinen Körper, der sie vor der Gefahr abschirmen wollte. Im nächsten Augenblick senkte sich ein Schatten vom Himmel herab, schwärzer als die Nacht umher. Ein Drache! Die mächtigen Schwingen peitschten die Böen, die Krallen schienen die Luft zu zerreißen. Der eindringliche Blick der bernsteinfarbenen Augen brannte sich durch die Dunkelheit. Die Kreatur öffnete das Maul, und die messerscharfen Zähne blitzten auf.

Doch nicht die Menschen waren ihr Ziel. Der Gluhschwanz auf dem Mast richtete sich auf und zuckte mit den Vorderpfoten wie ein kleiner Hund, der um Leckerli bettelte. Die Bestie raste auf das Feuerwesen zu. Gleich würde sie ihre Beute zerfetzen. Doch plötzlich packte der Drache den Gluhschwanz mit den Lefzen im Genick und schnellte in die Höhe. Binnen weniger Sekunden verschwand seine gewaltige Gestalt in den Wolken.

Erst nach mehreren Minuten ließ Gallagher Zarah los. »Was war denn das?«

Auch der Kapitän rappelte sich hoch. »So große Drachen in diesen Gefilden? Merkwürdig.«

»Es war kein Drache.« Zarah zupfte ihre Kleidung zurecht. »Habt ihr seine Pupillen gesehen? Sie waren rund und nicht schlitzförmig wie üblich. Es war die Zwiegestalt eines Dämons.«

»Und nun?«, fragte Friedbert.

Einen Moment starrten sie schweigend gen Himmel, wo der Drache verschwunden war.

Der Kapitän räusperte sich. »Wenn die Reise wie geplant gehen soll, müssen wir jetzt aufbrechen.«

»Dann brechen wir auf«, beschloss Gallagher. »Dämon oder Drache – wir waren nicht sein Ziel.«

»Ach ja?«, maunzte Friedbert. »Und dass er in die Richtung verschwunden ist, in die auch wir wollen, ist auch nicht weiter beunruhigend, oder wie?«

Doch Zarah ging schon an Bord und wusste, dass Gallagher ihr folgte.

Die Kajüte, in die sie sich zu dritt zwängten, war so klein, dass sogar Friedberts Anwesenheit unendlich viel Platz zu verschlingen schien. Bald pflügte der Kutter durch das Meer. Zarah ließ ihre Gedanken mit dem Wellengang treiben. Gallagher schwieg. Während Friedbert sich in einen Blumentopf übergab, bei dem Zarah sich fragte, was diese Zierde hier eigentlich verloren hatte.

Nach Stunden der Überfahrt kam der Kapitän wieder. »Es ist so weit. Näher an die Insel zu kommen wäre zu gefährlich, aber ihr könnt mit einem Motorboot ans Ufer gelangen. Ich werde drei Stunden lang hier auf euch warten.«

Friedbert hob den Kopf aus der Pflanze. Auf seinem leichenblassen Gesicht schimmerten die Sommersprossen wie Aschelecken. »Das Salzwasser darf nicht auf meine Flügel gelangen. Es würde sie irreparabel ruinieren.«

»Von deinem Anzug ganz zu schweigen«, wandte Gallagher ein. »Du bleibst selbstverständlich hier und düngst weiter die Pflanze. Ehrlich, es ist hier sicherer für dich.«

»Spinnst du? Mir wird schon allein vom Meeresgeruch übel. Dann erschieß mich lieber gleich.«

Zarah seufzte. »Eine Fliegenklatsche hätte ich zur Hand.«

Friedbert schoss in die Höhe. »Und mit dieser Schnepfe werde ich dich schon gar nicht allein lassen.« Bei den letzten Worten würgte er – im nächsten Augenblick kniete er wieder im Blumentopf.

»Du nimmst den Mund ganz schön voll.«

Gallagher hob eine Hand. »Hört auf, Leute. Okay, mein Freund, du kommst mit.« Er schaute den Kapitän an. »Ich bräuchte einen Behälter, in dem ich meine Fee vor Meereswasser sicher transportieren könnte.«

Geräuschvoll kratzte der Seebär seinen Dreitagebart. »Eine Tupperdose lässt sich organisieren.«

»Erschießt mich …«, stöhnte Friedbert in die Pflanze.

Nachdem die Dose gefunden und in den Deckel Luftlöcher gebohrt worden waren, begleitete der Kapitän alle an Deck. Im Osten rekelte sich bereits der Morgen, als sie in das Motorboot gestiegen waren, um sich zur Nordspitze der Insel vorzukämpfen. In der Ferne schimmerte der Streifen des Strandes und der Dünen unter einer tief hängenden Wolkendecke.

Für Zarah war Amrum untrennbar mit ihrer Mutter verbunden; sogar wenn sie die Umrisse der Insel betrachtete, sah sie darin das Profil mit dem vorgeschobenen Kinn. Vielleicht hatten nicht nur Menschen eine Seele, sondern auch Orte, und die Seele von Amrum war eben ihre Mutter – schön und rau, faszinierend und fremd.

Der Strand veränderte sich jedes Jahr, das wusste sie noch aus längst vergangenen Zeiten. Die letzten Stürme dieses Herbstes hatten wohl einiges an Sand weggeweht, denn jetzt begrüßte nur ein schmaler Streifen am Ufer seine Besucher. Zarah sprang aus dem Boot, um es aus seinem Element herauszuschieben. Die Turnschuhe tränkten sich sofort mit Wasser, jeder Schritt schmatzte. Am liebsten hätte sie die Schuhe sofort ausgezogen und die Zehen in den feinen Sand gegraben. Nicht nur Menschen schlugen Wurzeln – nun war sie zu den ihren zurückgekehrt.

Wonach hat sich deine Kindheit angefühlt?, hatte Enya sie einst gefragt. Damals war ihr keine Antwort eingefallen. Jetzt wusste sie es wieder: nach Amrum-Sand. Wenn die nackten Füße darin versanken, wenn man Hände voll davon schöpfte und ihn in dünnen Rinnsalen hinunterrieseln ließ, wenn man … man darunter begraben zu sein scheint und Myriaden von Sandkörnern die Schreie ersticken.

Mit voller Brust sog sie die Luft in sich ein, diese ganze Weite, als würde sie bis zum Horizont ein- und ausatmen.

»Geht's wieder?«

Sie zuckte zusammen. Gallagher stand dicht hinter ihr, leicht gebeugt, sodass sein Haar ihren Nacken kitzelte und sie eine Gänsehaut bekam.

Sie riss sich aus seiner Nähe los, lief, stürmte den Hügel, der vor ihr lag. Dünenschutz ist Inselschutz – der Meermann würde außer sich sein, erführe er davon, wie sie Trampelpfade in seine Dünen stampfte. Zum Glück war sein Feeling auf dem Land sehr eingeschränkt. Erst oben angekommen verlangsamte sie den Schritt, blickte zurück und sah, wie Gallagher Friedbert aus der Tupperdose befreite. Die Fee ließ sich auf seine Schulter nieder und hielt sich an den Haarsträhnen fest.

Dann begann Gallagher den Aufstieg. Seine Fußabdrücke überdeckten ihre Spuren. Wer auch immer den Trampelpfad entdeckte, würde ihm die Schuld dafür geben. Er wusste es.

Dabei war sie es doch, die ihn auf dieser Insel schützen sollte.

»Wohin jetzt?«

»Zuerst nach Norddorf. Dann fragen wir uns durch.« Sie machte sich auf den Weg nach unten, darauf bedacht, den steilen Abhang nicht hinunterzurutschen. Keine Schritte hinter ihr. Sie schaute zurück. »Was ist? Kommst du?«

Er betrachtete sie stirnrunzelnd. »Zarah, hältst du das wirklich für eine gute Idee? Ich dachte, wir kommen hierher, sprechen mit deiner Mutter und verschwinden wieder, bevor uns jemand bemerkt.«

»Männer! Was habt ihr für Komplexe, nach dem Weg zu fragen? Ich habe keine Ahnung, ob meine Mutter noch in unserem Haus wohnt. Und glaube ja nicht, dass unser Besuch unbemerkt geblieben ist. Der Meermann wusste von unserer Ankunft bestimmt, bevor wir auch nur einen Fuß auf die Insel gesetzt haben.«

Gallagher folgte ihr, ohne etwas zu erwidern.

Friedbert zupfte an der Haarsträhne, an die er sich klammerte. »Bist du dir sicher, dass die Tussi weiß, was sie tut?«

»Ja«, lautete die Antwort.

Hinter den Dünen fand Zarah den alten asphaltierten Landwirtschaftsweg, der beinahe geradlinig durch die Wiesen führte. Schweigend marschierten sie Richtung Norddorf, das in der Ferne schimmerte. Nach einer halben Stunde erreichten sie die ersten Häuser. Oft erzählte man sich, wie es hier vor dem Ende der Welt nur so von Badegästen wimmelte. Jetzt lag alles still da und verfiel immer mehr. Die Menschen waren fort, das Leben war der Insel ausgetrieben worden. Nur einige Frauen und Kinder hatten bleiben müssen, um den magischen Besetzern zu dienen.

Je weiter Zarah voranschritt, desto stärker stellte sich das Gefühl ein, beobachtet zu werden. Aus den Fenstern, die sie wie blinde Augen anstarrten, aus den langen Schatten der Dämmerungsstunde, aus jeder Pfütze, die der letzte Regen hier vergessen hatte. Ob sie wirklich wusste, was sie tat – da war sie sich nicht mehr sicher.

Reiß dich zusammen. Als du hierher aufgebrochen bist, hast du für ein fremdes Leben die Verantwortung übernommen. Ihr Blick streifte die rosafarbene Klette an Gallaghers Haarsträhne. *Na gut. Für zwei.*

Die hölzernen Schilder mit den Straßennamen wiesen ihr den Weg. Die Schatten wurden länger, formten sich zu lebendigen Umrissen. Sie sammelten sich zu Scharen, folgten den ungebetenen Gästen und tuschelten. Es klang wie das Rauschen des Windes, durch das sich ein seltsames Lied zu weben schien.

Friedbert rutschte auf Gallaghers Schulter hin und her, zupfte unaufhörlich an der Strähne. »Das gefällt mir nicht. Das gefällt mir ganz und gar nicht. Ich spüre da gewisse Schwingungen …«

»Sei ruhig«, flüsterte Zarah ihm zu. Als sie sich wieder dem Weg zuwandte, stand in der Mitte der Straße eine dunkle Gestalt, die sich sanft im Takt des Rauschens und des Liedes wiegte. Das Empfangskomitee war eingetroffen. »Gallagher, bleib hier. Verstanden? Keinen Schritt weiter.«

Je näher sie der Frau kam, desto mehr wurde sie von ihrer dämonischen Schönheit betäubt. Die kalte Perfektion des Gesichts barg etwas Gefährliches. Alle Züge waren klar definiert und starr wie die einer Porzellanpuppe. Die großen, ausdruckslosen Augen glänzten wie Murmeln. Auf einer Wange prangte ein Violinschlüssel – das Erkennungsmal der Sirenen, ähnlich dem Gjallarhorn der Aufseher.

In gehörigem Abstand blieb Zarah stehen und riskierte einen Blick zurück. Die anderen Schatten hatten sich viel zu nah an Gallagher gewagt, berührten ihn beinahe, griffen jedoch noch nicht an.

Zarah verbeugte sich vor der Frau, musste nicht lange überlegen, bis der Name ihr wieder einfiel. »Ich grüße dich, Himeropa, und bitte dich um Hilfe. Wo finde ich den Meermann Ekke Nekkepenn?«

Der rote Kussmund öffnete sich zu einem breiten Spalt und erstarrte. Die Lippen bewegten sich nicht mehr, obwohl die Töne aus dem roten, feuchten Schlund strömten: *»Lie-*

der, gib mir süße Lieder, Herr, zu deiner Frühlingspracht. Gabst dem Vogel sein Gefieder und des Sanges süße Macht.« Altertümlich klang der Gesang, erhaben wie ein Engelschor, und ein eiskalter Strom durchzuckte Zarah. In den Augen der Sirenen war sie also eine Fremde. Und Fremde durften die Insel niemals betreten, ohne ein neues Lied dafür zu opfern.

Enya hatte niemals gesungen, woher sollte sie jetzt einen Song kennen?

Kalt stierten die Murmel-Augen sie nieder.

Sie brauchte eine Lösung, aber Musik war Dämonen fremd wie … Veilchenblüten. Menschen konnten, was Dämonen versagt blieb.

»Erhabene Himeropa, darf ich dir meinen Begleiter vorstellen, der sich unsagbar freuen würde, dir ein Menschenlied schenken zu dürfen?«

Die Antwort war ein kaum merkliches Nicken.

Ich hoffe, du kannst singen, Gallagher. Zarah winkte ihn heran. Er kam und blieb neben ihr stehen.

»Du darfst der erhabenen Himeropa dein Lied vortragen.«

Seine Augenbraue zuckte hoch. Auf seiner Schulter gluckste Friedbert: »Ich hab doch gesagt, die Tussi hat 'nen Knall.«

Sie packte Gallagher an seiner Jacke und zog ihn näher zu sich. »Na mach schon«, flüsterte sie ihm ins Ohr. »Wir brauchen einen Song.«

»Mal ehrlich«, flüsterte er zurück. »Was hast du dir bloß dabei gedacht? Ich bin ein Technik-Fuzzi und keine Reinkarnation von … Justin Bieber.«

»Ob dein – anscheinend verendeter – Biber singen konnte, ist jetzt egal. Wenn du kein Lied kennst, dann erfinde etwas. Du bist ein Mensch. Das kann ja nicht so schwer sein.«

»Erfinde was. Du bist witzig.« Er befreite seine Jacke aus ihrem Griff und trat einen Schritt zurück. »Na schön. Gute Fee, lass es uns versuchen.«

Friedbert schwang sich in die Luft. »Verstehe. Die Tussi sagt: ›Spring!‹, und du fragst: ›Wie hoch?‹ Dir ist hoffentlich klar, dass die Sirene auf dich losgehen wird, wenn ihr deine Darbietung nicht gefällt.«

Himeropa öffnete den Mund. Eine Reihe spitzer Zähne schob sich über ihr normales Gebiss, ihr Atem pfiff schneidend hindurch.

Gallagher räusperte sich. »Ich glaube, die Dame wird leicht ungeduldig. Komm schon, Gute Fee, ich brauche ein wenig Hilfe.«

»Und was darf es sein?«

»So groß ist mein Repertoire unter der Dusche nun auch wieder nicht. Im Grunde kenne ich nur eines.«

»Bitte?« Friedbert wich ein Stück von ihm zurück. »Wenn du das tust, wird es der Sirene gehören und aus dem Gedächtnis der Welt für immer ausradiert sein.«

»Ich fürchte, wir haben keine andere Wahl.«

»Weißt du noch, wie wir uns genannt haben, als wir einst ein wenig zu viel getrunken und es gesummt haben? Ich und Ich. Nicht Ich und der Rest der Welt. Und jetzt willst du für die da unser Lied hergeben?« Sein Blick streifte Zarah.

»Zarah ist doch nicht der Rest der Welt.«

»Ach so ist das.« Friedberts Züge entgleisten. Die Hände ballten sich zu winzigen Fäustchen. »Dann ist es natürlich nicht schade drum.«

Aber Gallagher sah die Fee schon lange nicht mehr an. Sein Lächeln galt Zarah. »Ja, ist es nicht.«

»Verstehe. Viel Spaß dann, ihr zwei.« Die Fee gab den Rhythmus vor, die Sommersprossen huschten silbern über ihr Gesicht und blinkten im Takt der Musik, die unhörbar in der Luft zu schweben schien. Gallagher tippte mit einem Fuß auf den Boden, um in den Rhythmus zu finden, begann zu summen und löste sich immer mehr in dem Klang auf. Für einen Augenblick schloss er die Lider, und als er wieder aufschaute, flossen die ersten Worte in die Musik ein. »*Ich hatte schon längst keine Hoffnung mehr, doch jemand hat dich geschickt, von irgendwo her …*« Im Wimpernschlag der Stille setzte Zarahs Herz aus. »*Du hast mich gefunden, in der letzten Sekunde.*«

Sie hörte ihm zu, ohne sich zu rühren, während seine Stimme einen Teil von ihr mit sich davontrug.

Sie war mit dem Sirenengesang aufgewachsen. Mit der toten Musik aufgesaugter Menschenlieder, in emotionsloser Perfektion vorgetragen. Gallagher dagegen traf nicht die richtigen Töne, manchmal sogar so falsche, dass es schmerzte. Aber noch mehr schmerzten sie die Gefühle, die in ihr hochkamen, sie erstickten und ihr Tränen in die Augen trieben. Was war mit ihr los? Und plötzlich wusste sie, warum Menschen nicht mehr singen durften.

»*Du bist das Pflaster für meine Seele …*« Sie fühlte seine Hand in der ihren, den warmen Druck seiner Finger. Mit einem Ruck zog er sie an sich. Sein Arm umschlang ihre Taille. Nicht fest, aber sie konnte trotzdem kaum atmen.

»Nein, nein.« Sie schüttelte den Kopf, versuchte sich zu befreien. »Singe nicht für mich. Singe für *sie*.«

Auch er schüttelte den Kopf, ohne seinen Blick von ihr zu lösen. Erst jetzt merkte sie, dass sie sich zusammen bewegten, im Takt der Musik.

Er drehte sie herum, und plötzlich war sie wieder an seiner Brust, ihre Hand klammerte sich an seine Schulter, drückte ihn fester an sich.

»Und jetzt die Gewissheit, die mir keiner nimmt, wir waren von Anfang an füreinander bestimmt.«

Ihre Lippen flüsterten ihm nach, so atemlos nah an seinem Mund: »*Wir haben uns gefunden, in der letzten Sekunde.*«

Mit einem hohen, durchdringenden Schrei stürzte sich die Sirene auf Gallagher und riss ihn aus Zarahs Armen. Zarah wurde auf das Kopfsteinpflaster geschleudert.

Die Welt hielt all ihre Lieder an und hatte aufgehört zu atmen.

»Wir stehen am Vorabend großer Ereignisse.«

NAPOLEON BONAPARTE, FRZ. KAISER

Kein Licht – weder in mir noch um mich herum. Mit jedem Atemzug wurde ich schwächer, und während ich in meiner Ecke kauerte und in der Finsternis keuchte, war ich mir nicht einmal sicher, ob ich überhaupt noch lebte. Die Stimmen riefen mich mit sich, immer wieder versuchte ich, mit ihnen zu fliehen, doch mein irdischer Körper hielt mich im Kerker zurück.

Als die Metalltür sich öffnete, nahm ich es kaum wahr. Die Schritte ließen den Boden vibrieren, an den ich meine Wange drückte, und hallten in meinem Kopf nach. Er hatte die Tür nicht verschlossen. Schon wieder hörte ich ein Baby weinen, sein Quengeln drang zu mir durch all die Wände hindurch, die uns trennten.

»Es tut mir leid, wenn ich dich etwas vernachlässigt habe. Aber ich weiß kaum noch, wann ich zuletzt richtig geschlafen habe. Schon merkwürdig, dass Koliken in einem winzigen Bauch einem mehr abverlangen als die Umgestaltung der Zukunft.« Er warf mir etwas zu, mit einem harten Geräusch schlug es auf den Boden. »Beeil dich, wir müssen los.«

»Wwwo-chin?« Ich konnte mich zusammenreißen, für dieses eine Wort, bevor die spitzen Zähne durch das Zahnfleisch sprossen und ich nach dem Essbaren schnappte. In meinem Mund splitterte der Knochen, an dem kaum Fleisch war. Genug, um mich auf die Beine zu bringen, aber zu wenig, um mir die Kraft einzuflößen, die notwendig gewesen wäre, damit ich meinem Kerkermeister entkommen könnte.

»Auf einen kleinen Ausflug. Wir müssen endlich an die Trägerin deiner Zunge herankommen. Und ich habe schon einen Gedanken, wie.« Er zerrte mich hoch. »Du scheinst in dieser Angelegenheit nichts voranzubringen – tut dir das Mädchen etwa leid?«

In der Dunkelheit sah ich ihn kaum, spürte sein Gesicht jedoch dicht vor meinem. Sein Geruch verursachte mir Übelkeit. Mir schwindelte, als würde er mir die Luft wegatmen.

»Sag schon!« Seine Finger quetschten mir das Fleisch von den Oberarmen. »Sag es. Tut die Kleine dir leid? Hast du noch Gefühle?«

»Gib mir mehr … zu essen …«

Er ließ mich fallen. »Du hast genug. Steh auf und folge mir.« Mit wenigen Schritten erreichte er die Tür. Ich kroch ihm hinterher. Wie töricht von mir, geglaubt zu haben, ich könnte ihn überlisten.

Die Stimmen umflüsterten mich, machten mir Mut. Ich war nicht allein.

Ich lauschte der Magie. Sie berichtete mir, was in der Welt da draußen ohne mich geschah; wie bald schon geschehen würde, worauf ich so sehr hoffte. Das Mädchen würde sterben. Ich würde seine Zunge bekommen und vollkommen sein. Während mein Bewacher mich beim nächsten Vollmond an sich binden und durch mich über die Magie befehligen wollte.

Ich brauchte Hilfe. Ich würde nicht allein gegen ihn bestehen, ich durfte nicht zulassen, dass er mich beherrschte, sobald ich geformt war.

Hilfe …

Ich sah mich in der Welt um mit den Augen der Magie, hörte die unzähligen Gedanken, Wünsche und Hoffnungen. Nach und nach sickerte ich aus meinem Körper und wurde allgegenwärtig. Ich suchte, ich fand. Wenn ein Dominostein fällt, passiert vielleicht nichts weiter, aber manchmal löst er eine Kettenreaktion aus, die im entscheidenden Moment ausschlaggebend sein kann.

Mein Dominostein saß in einem tomatenroten Anzug auf der Schulter eines Menschen und hielt sich an einer Haarsträhne fest. Kaum zwei Daumen hoch, aber voller widersprüchlicher Gefühle, die er sich selbst nicht eingestehen wollte und noch weniger verstehen konnte.

Ich würde alles genau berechnen. Ich würde meinen Dominostein umstoßen und beobachten, wie mit ihm alle fielen, genau so, wie ich es mir vorgestellt hatte.

Es ist leicht, sich in Geduld zu üben, wenn die Zeit in einem pulsiert und man sie mal schneller, mal langsamer laufen lässt.

Es ist leicht, alles zu wissen, wenn man allwissend ist.

Im 17. Jahrhundert der alten Zeitrechnung hatte Dr. John Dee ausführlich beschrieben, wie man eine Fee fing. Ein deutliches Zeichen dafür, dass durch die Membran schon damals etwas Magisches in die Menschenwelt durchsickerte, denn woher sonst hätte der Mann die Methode so genau kennen sollen? Ich suchte nach einem Helfer, der für mich die ersten Vorbereitungen treffen konnte, damit mein Kerkermeister nichts bemerkte.

Der Helfer hieß Mattes. Er schlief noch, während ich ihn umflüsterte. Nimm einen breiten viereckigen Kristall, sagte ich, drei Zoll in der Länge und in der Breite. Lege den Kristall in das Blut einer weißen Henne an einem Mittwoch oder einem Freitag. Nimm ihn heraus, wasche ihn mit geweihtem Wasser und räuchere ihn.

Dr. John Dee empfahl den Vorgang zur Sicherheit mehrfach zu wiederholen, aber so viel Zeit hatte ich nicht, zumal die Magie mir zuflüsterte, dass es ausreichen würde.

Bald würde der Pferdejunge aufstehen, aber nicht aufwachen; bald würde er alles daransetzen, meine Bitte zu erfüllen, und keine Ruhe finden, bis er es getan hatte. Menschen waren so lenkbar.

Mein Körper rief mich zu sich. Ich sträubte mich dagegen, doch der Sog wurde stärker und stärker und zog mich Stück für Stück in das Gefängnis meines Leibes zurück. Eingeengt. Tonnenschwer. Mir selbst fremd. Mein Kerkermeister schlug mir auf die Wangen, fragte, was mit mir los sei. Ich sagte, ich wäre vor Hunger zusammengebrochen. Er glaubte mir.

Ich lag auf dem kalten Betonboden und hörte dem Weinen des Babys zu, das seine Mutter vermisste.

23

Zarah rieb sich über die Lider, setzte sich auf und sah sich um. Die Prellung an der Schulter tat weh, den rechten Knöchel hatte sie anscheinend verstaucht, aber sie wusste nicht mehr, warum sie hingefallen war. Etwas fehlte ihr, als hätte sie einen Teil ihrer selbst verloren.

Nicht weit von ihr entfernt küsste Himeropa Gallagher.

Kaum eine Stunde auf der Insel, und er schmiss sich schon an die erstbeste Sirene ran. Vielleicht war das seine Art, ihr das Schweigen während der Fahrt heimzuzahlen.

Neben ihrem Fuß kauerte Friedbert, der ebenso verstört den Kuss beobachtete. »Was tut er da?«

»Was er am besten kann, anscheinend.« Sie zerrte ihre Kleidung zurecht, kam auf die Beine und trat wütend gegen einen Stein.

Himeropa saugte an Gallaghers Lippen, saugte ihn aus. Er verharrte merkwürdig apathisch in ihrem Griff, den Kopf in den Nacken gebogen. Seine Lider flatterten.

Verdammt.

Es war kein einfacher Kuss.

Bleib zurück, hatte sie zu ihm gesagt. Keinen Schritt weiter, hatte sie ihm gesagt. »Was ist denn so schwer daran, sich an meine Anweisungen zu halten?«

Hoffentlich war es noch nicht zu spät.

Sie humpelte näher und verbeugte sich vor der Sirene, ohne die kalten Murmel-Augen, die jede ihrer Bewegungen verfolgten, außer Acht zu lassen. »Ich grüße dich, Himeropa, und bitte dich um Hilfe. Wo finde ich den Meermann Ekke Nekkepenn?«

Die Sirene stieß Gallagher von sich. Er schwankte und sank auf die Knie.

Himeropa schloss die Augen und summte eine Melodie, als koste sie diese. Sie wirkte zufrieden. Das Summen erstarb. Der Mund, der zusammengezogen wie eine tote Nordseegarnele auf dem Gesicht zu kleben schien, öffnete sich, und andere Töne entflohen ihrer Kehle. *»Drum sag' ich mir – is' nur Kino. Alles halb so schlimm, is' nur ein schlechter Film.«*

»Ich danke dir.« Zarah verbeugte sich erneut und schirmte Gallagher vorsichtshalber mit ihrem Körper ab. Was Männer betraf, besaßen die Sirenen eine kurze Aufmerksamkeitsspanne. Mit etwas Glück reichte der Kuss aus, und Himeropa hatte ihn schon wieder vergessen.

Friedbert erhob sich in die Luft. »Da haben wir nach dem Weg gefragt. Großartig. Unglaublich hilfreich. Vielen Dank. Und jetzt?«

»Reg dich ab. Er ist im *Lichtblick*, dem hiesigen Kino, das war doch leicht verständlich. Du musst erst mal meine Mutter hören. Sie kommuniziert ausschließlich durch Schlager.«

»Das wird dann eine lange Unterhaltung werden. Warum hast du die Sirene nicht gleich nach dem Verbleib deiner Mutter gefragt?«

»Weil wir den Meermann begrüßen müssen, bevor wir über seine Insel wandern.« Sie hockte sich vor Gallagher. »Ist alles in Ordnung mit dir?«

Er hob den Kopf. »Nein. Ich glaube nicht. Ich habe das Gefühl … etwas verloren zu haben.«

»Wenn du deine Jungfräulichkeit meinst – die zu vermissen fällt dir reichlich spät ein. Hoch mit dir.« Sie half ihm auf die Beine. »Und fürs nächste Mal: Wenn ich sage, du rührst dich nicht vom Fleck, dann hörst du auf mich, verstanden? Warum hast du nicht auf mich gehört?«

Benommen schüttelte er den Kopf. »Ich weiß es nicht. Nicht mehr.«

Friedbert ließ sich auf seiner Schulter nieder. »Merkwürdig. Auch mir ist so, als würde etwas fehlen. Ich kann mich erinnern, dass ich sauer war. Und irgendwie … verletzt, aber ich weiß nicht mehr, weswegen.«

»Das bist du doch immer. Kommt endlich. Dank Gallaghers unermüdlichem körperlichem Einsatz mussten wir wenigstens kein Lied hergeben.« Sie stützte ihn, worauf sich ihr Knöchel sofort meldete.

»Du bist der Kompass, wenn ich mich verlier', du legst dich zu mir, wann immer ich frier'« Der Gesang wand sich zwischen Himeropas spitzen Zähnen.

Gallagher hielt inne und drehte sich nach der Sirene um. Mann! Hatte er immer noch nicht genug?

»Nein!« Sie stupste ihn an. »Du legst dich jetzt nicht zu ihr, auch wenn sie zur Eissäule erstarren möge.«

»Warte. Das Lied … Es ist …«

Unsers, dachte Zarah, um bereits im nächsten Augenblick den Kopf zu schütteln. Nein, sie kannte doch keine Lieder. Sie stieß Gallagher etwas kräftiger an. »Ehrlich, ich muss übergeschnappt gewesen sein, als ich versprochen habe, dich auf die Insel mitzunehmen.«

Seine Züge wurden hart. »Zarah, ich schwöre, ich habe keine Ahnung, wie das passiert ist. Ich wollte sie nicht küssen.«

»Die Ausrede habe ich schon gehört.« Sie ließ ihn los und stampfte davon, ungeachtet ihres schmerzenden Knöchels.

Tief in ihrem Inneren vermisste auch sie etwas. Aber sie hatte es an die Sirene verloren, und es war mehr als Gallaghers Kuss.

»Oh nein, Ausreden hast du von mir noch nie gehört. Und so eine schon gar nicht.«

Er sprach leise, und trotzdem fuhr sie herum, und im nächsten Augenblick starrte sie ihn nieder, mit all ihrer Wut, die nicht durch ihre verengte Kehle passte. »Schön zu erfahren, dass du damals bei Giulia genau wusstest, was du tatest.«

Er stand mit verschränkten Armen da, mitten auf dem Weg und immer noch viel zu nah an der Sirene. Friedbert hatte sich auf seiner Schulter aufgerichtet, die Arme ebenfalls verschränkt. »Zarah, ich dachte, wir hätten die Vergangenheit hinter uns gelassen. Ich dachte, wir würden neu anfangen.« Jetzt klang seine Stimme wie kahl geschoren.

Vielleicht kam es ihr aber auch nur so vor, weil sie es war, die sich so entblößt fühlte. »Das dachte ich auch. Doch anscheinend habe ich falsch gedacht. Du bist keinen Deut anders als damals!«

»Ach ja?« Er trat auf sie zu. »Dann freut es mich zu erfahren, dass du in mir immer noch einen waschechten Dämon siehst. Ich hatte schon befürchtet, du würdest mich von dir stoßen, weil ich ein Mensch bin.«

Sie wich einen Schritt zurück, besann sich wieder und reckte ihm ihr Kinn entgegen. »Ich stoße dich von mir, weil du ein Arschloch bist. Enya, Giulia, ich, Himeropa …«

»Ich habe nie etwas mit Enya gehabt!« Er hatte die Stimme erhoben. Das tat er sonst nie.

Nun stolperte sie doch noch einige Schritte zurück. »Dann ist sie wohl vom Heiligen Geist schwanger. Denn abgesehen von mir, dir und Ash hat sie mit niemandem Umgang gepflegt.«

»Na bitte: Ash! Da hast du deinen Heiligen Geist!«

»Ash würde so etwas nie tun!«

»Aber ich, ja?«

»Du, ja! Wie man sieht, knutschst du alles, was nicht bei drei auf den Bäumen ist. Aber beim Knutschen belässt du es nicht. Musste Enya es mit dir für den Kanonenofen treiben? Und Giulia? Lass mich raten: für den Lipgloss. *Brilliant rose kiss* – hab gehört, das Zeug soll wahnsinnig begehrt sein.«

Er packte sie. Seine Finger bohrten sich in ihre Oberarme.

Oh Höllenfürst. Sie hatte ihn angeschrien. *Er* hatte sie angeschrien.

Ihr Rücken stieß gegen ein Schaufenster eines ehemaligen Geschäfts. Keine Fluchtmöglichkeit mehr, nur noch dieses beängstigend schöne Gesicht vor ihr. Sie schnappte nach Luft, als sie … Gallagher schmeckte – seine Wut, seinen Schmerz, seine Hilflosigkeit. Ihr Schrei schlug in ein Stöhnen um, das sich in seinen Mund entlud. Sie stemmte sich gegen seine Brust, konnte ihn jedoch keinen Millimeter fortbewegen. Dann fehlte ihr plötzlich die Kraft und auch der Wille, ihn wegzustoßen.

Ihre Hände blieben auf seiner Brust liegen.

Er gab ihren Mund frei, drehte den Kopf weg und lehnte seine Stirn gegen das Schaufenster. Langsam atmete er aus. Sein Körper versperrte ihr den Weg, aber jetzt hätte sie ihn mit Leichtigkeit zur Seite und aus ihrem Leben schieben, fortgehen und ihn allein zurücklassen können.

Ihre Hände wanderten höher, ruhten einen Augenblick auf seinen Schultern, dann strichen sie den Nacken entlang, und schon fühlte sie sein Haar zwischen ihren Fingern. Mit einer Wange lehnte sie sich gegen ihn. An seiner Stirn spürte sie noch die Kälte der Fensterscheibe. Hinter ihm scharten sich die Schatten der Sirenen zusammen, gierten nach seiner Liebe und zehrten von seiner Wärme.

Sein Atem hauchte den Winter von ihren Lippen fort. Sie wartete auf den Kuss, aber sein Mund verharrte wenige Zentimeter vor dem ihren. Wenige Zentimeter und doch so unendlich weit entfernt, dass sich dazwischen noch der Inselwind drängte. Vielleicht war das seine Art, ihr eine Chance zu geben, doch noch auf einen Baum zu klettern.

Sie zögerte. Dann hielt sie es nicht länger aus, küsste ihn und spürte, wie seine Lippen sie zärtlich und warm empfingen.

Es war, wie eine ziellose Flucht aufzugeben. In seinen Armen durchzuatmen und plötzlich zu merken, dass sie endlich, endlich hineingefunden hatte. Dass sie genau danach gesucht hatte.

Willkommen zu Hause, Herz.

Was ist, wenn das alles nicht echt ist?, dachte sie. Viel zu laut.

»Es ist echt. Ich liebe dich.« Die Schatten rückten noch näher, berührten ihn beinahe, jeden Moment bereit, ihn zu verschlingen.

»Ich …« Plötzlich war Ash da, in ihrem Kopf, ihrer Brust, ihrer Erinnerung, und sie verstummte.

Was ist, wenn du gar nicht weißt, was Liebe ist?

Gallagher strich ihr über die Narbe. »Du musst es nicht sagen.«

Sie sagte es auch nicht, aber es fehlte ihr. Vielleicht war es wie damals, sie schämte sich, es zuzugeben. Nein, es durfte nicht wie damals sein.

Doch sie wollte jetzt nicht mehr nachdenken, sie mussten fort – fort von den Schatten. »Bekomme ich jetzt ein Fläschchen Lipgloss?«

Er lachte, drückte sie ein wenig fester an sich und gab sie dann frei. »Alles, was du willst.«

Zwischen den Fingern rieb sie den Kragen seiner Jacke mit dem rosafarbenen Fleck. Stutzte. »Wo ist eigentlich Friedbert?«

Gallagher schielte zu der Stelle, auf der die Fee die ganze Zeit gehockt hatte. »Verdammt. Ich war viel zu wütend, um auf ihn zu achten, und dann war ich …« Er verstummte. In seinen Augen glomm Erkenntnis auf. Wich den Schatten aus, die um ihn herum verschwunden waren, um doch noch in ihn zu gelangen.

»Keine Sorge. Wir finden ihn.« Sie trat einige Schritte zurück, betrachtete prüfend den Weg, suchte zwischen jedem Pflasterstein nach etwas Rosafarbenem.

Gallagher hielt sie am Handgelenk zurück. Sie spürte die Kälte in seinen Fingern, in seiner Stimme. »Das bringt nichts.«

»Deinem Freund ist nichts passiert, ich bin mir sicher. Er ist ein zähes Kerlchen.«

»Er ist fort.«

»Er wird schon zurückkommen.«

»Wird er nicht.« Die Schatten in seinen Augen gruben sich tiefer. »Er hat seine Aufgabe erfüllt, mehr Glück kann er mir nicht bringen. Ich dachte nur … ich müsste nicht zwischen Liebe und Freundschaft wählen. Ich dachte, dass er sich wenigstens verabschieden würde.«

Sie fühlte sich hilflos unter diesem Blick, von den Schatten darin umgeben. »Er wird schon zurückkommen.«

Gallagher schwieg.

»Lass uns gehen«, war alles, was er schließlich sagte. »Wir müssen den Meermann treffen.«

Das Kino lag in einem zweistöckigen Gebäude aus rotem

Backstein im Zentrum des Dorfes und sah aus, als wäre es aus mehreren Teilen zusammengeschustert. In den Schaufenstern eines länglichen Anbaus hingen verblichene und zerfledderte Plakate alter Kinofilme, hier und da mit den Propaganda-Aushängen der Nachtseite überklebt. *Seelenlos – mächtig!* und *Auch in dir schläft ein Dämon.* Ein Ziegelstein hielt die Tür offen. Zarah stieg die drei Stufen empor und durchschritt den kleinen, dunklen Vorraum. Es roch feucht und moderig und nach süßem, warmem Popcorn. Die Maschine dafür, die im ehemaligen Kassen- und Wartebereich stand, arbeitete noch. Weitere Stufen führten zum Kinosaal.

Sie stemmte sich gegen die Tür und schlüpfte hinein. Die relativ kleine Leinwand zeigte einen verschwommenen 3-D-Film aus der Zeit, als man noch eine Brille benötigte, um die Illusion genießen zu können. An den Wänden hingen Naturfotografien, die dezent angeleuchtet wurden und die – längst trügerische – Stille der Insel anpriesen. In der Mitte des Saals war ein Whirlpool eingebaut worden, in dem Ekke Nekkepenn lümmelte.

Der Meermann war klein und dicklich. Die Decke seines schuppenbesetzten Schädels erinnerte an eine Zipfelmütze, ein spärlicher Bart zierte das für seine Statur ungewöhnlich spitze Gesicht. Vom Nacken über die Schultern herab hingen schleierartige Flossen wie bei einem Kampffisch, die einem Umhang glichen und sich im blubbernden Wasser bewegten. Einen Arm hatte er am Poolrand ausgestreckt und die Finger mit den Schwimmhäuten ausgebreitet. Die andere Hand wühlte lustlos im Popcornbecher.

Zarah räusperte sich. »Ich grüße dich, Ekke Nekkepenn. Entschuldige meinen unangemeldeten Besuch. Hättest du etwas Zeit für mich? Ich gelobe feierlich, deine Aufmerksamkeit nicht länger als nötig zu beanspruchen.«

»Ach Mädel«, blubberte er unisono mit dem wirbelnden Wasser, »warum denn so zurückhaltend? Komm näher, lass dich mal anschauen.«

Gallagher trat warnend neben sie. Allein der Blick, den er ihr zuwarf, versperrte ihr den Weg. Zarah nickte ihm beruhigend zu. Sie war hier aufgewachsen, sie wusste, was sie tat. Bevor der Meermann es schaffen würde, ihr an jeden Finger einen Goldring zu stecken, ihr eine goldene Kette um den Hals zu wickeln und sie zu seiner Braut zu erklären, würde sie Fischstäbchen aus ihm machen. Oder es zumindest nicht unversucht lassen.

Sie stellte sich neben ein Bild, das Windspuren im Sand des Strandes zeigte, damit Ekke Nekkepenn sowohl sie als auch die Geschehnisse auf der Leinwand betrachten konnte.

»Ich möchte gern meine Mutter besuchen. Weißt du, wo ich sie finden kann?«

»Ach, die schöne Lore? Sieh mal einer an, plötzlich erfreut sie sich einer unerwarteten Beliebtheit. Nun. Seit einiger Zeit lebt sie außerhalb von Norddorf am Wattenmeer. Geh Richtung Osten über den alten Uferweg, dann kannst du das weiße Haus mit dem Reetdach nicht verfehlen. Dort hat sie sich verschanzt.«

»Verschanzt?«

Ob Sturm oder Sonnenschein, Nacht oder Tag – die schöne Lore war bei jeder Gelegenheit davongeschlichen, um sich zur Nordspitze der Insel zu stehlen und stundenlang auf das Meer hinauszustarren. Die fünfjährige Zarah verriegelte die Fenster, versteckte die Hausschlüssel, doch ihre Mutter fand immer ein Schlupfloch.

»Ja, seit einem guten Dreivierteljahr ist sie kaum wiederzuerkennen. ›*Ich werde niemals aufhör'n dich zu lieben, glaub' es mir. Ich finde wieder Lust an meinem Leben, neben dir.*‹« Ekke Nekkepenn dirigierte mit einer Hand. Das an den Fingern klebende Popcorn flog herum, einige Stückchen landeten im Whirlpool, um auf der Wasseroberfläche zu tanzen. »Das hat sie geträllert, als ich sie zum letzten Mal gesehen habe. Ist schon eine Weile her.«

Die Liebe der schönen Lore. Eine moderige Kälte nistete sich in Zarahs Knochen ein. »Du meinst doch nicht, Gaius sei zu ihr zurückgekehrt?«

»Wer weiß, wer weiß. Als du zur Ausbildung weggegangen bist, hat sich dieser slawische Wassergeist um sie gekümmert. Der Wodjanoi. All die Jahre. Aber dann hat sie ihn davongejagt, um ihr Liedchen zu trällern.«

Der Wodjanoi. Plötzlich glaubte Zarah, den Schlick an ihrer Hand zu riechen, mit der sie mit ihm den Pakt geschlossen hatte. Ein Baby, sie schuldete ihm noch ein Baby. »Wann hast du sie zum letzten Mal gesehen?«

Ekke Nekkepenn streifte mit dem Handrücken seine Unterlippe und blubberte: »Drei Wochen ist es bestimmt schon her.«

»Ist Gaius auf der Insel?«

»Ach Mädel, ich gönne meinen Mädchen doch ihre Privatsphäre. Die schöne Lore wollte unsere Gesellschaft nicht mehr, und wir haben es akzeptiert. Aber es gab bereits seit längerer Zeit keine dieser Orakelmeldungen mehr, die sie für ihren Blog gewöhnlich im Watt hinterlassen hat. Das macht die Aktualisierungen recht schwierig. Wir verlieren die Besucher. Sag ihr das bitte, wenn du sie siehst.« Er wandte sich wieder der Leinwand zu. »Ach ja, *Die Sturmflut*. Wie war ich damals jung …«

»Ich danke dir für die Auskunft.«

Aber er brabbelte schon längst etwas von den alten Zeiten, als die Magie nur selten einen Weg durch die Membran in die Menschenwelt fand, dafür aber umso mehr Schrecken auslöste.

Draußen musste Zarah sich auf eine Bank setzen. Gallagher nahm neben ihr Platz, ließ ihr jedoch genug Raum für Gedanken und genug Luft für ihr Gestammel. »Was macht Gaius hier? Was macht er bei meiner Mutter? Nach all den Jahren. Er war nie jemand, der sich binden würde. Jetzt schon gar nicht.«

»Vielleicht gerade jetzt. Er muss ziemlich alt sein. Wenn sein Zwillingsbruder …«

»Sein menschlicher Zwilling ist schon lange tot. Gaius ist einer der wenigen, der nach dem Schwinden seiner magischen Kräfte seine führende Position in der Nachtwelt nicht verloren, sondern sie sogar ausgebaut hat. Er ist klug, kann andere geschickt manipulieren und hat genügend in der Hand, um den halben Dämonenrat zu stürzen. Glaub mir, er braucht kein Seniorenasyl bei einer ehemaligen Lebensgefährtin.«

»Bist du dir sicher, dass er es ist, der bei deiner Mutter wohnt? Vielleicht hat sie einen Neuen gefunden.«

»*Ich werde niemals aufhör'n dich zu lieben.* Es kann nur Gaius sein. Die Erinnerungen an ihn waren für meine Mutter ein Anker in diesem Leben, als sie den Verstand verloren hat.«

»Das hast du mir nie erzählt.«

»Das habe ich niemandem erzählt.«

»Willst du es jetzt tun?«

»Ich weiß es nicht.«

Es sollte kurz nach der Geburt passiert sein, noch im

Wochenbett. Die schöne Lore sang nicht mehr, sondern erzählte von ihren Visionen, die das nächste Ende der Welt offenbarten. Beunruhigendes, seltsames Zeug über die falsche Gegenwart und eine Zukunft, die ganz anders aussehen würde. Gaius, der während der Schwangerschaft und der Geburt anderswo geweilt hatte, kehrte auf die Insel zurück. Man munkelte, er sei vom Obersten Dämonenrat beauftragt worden, der Sache nachzugehen. Als müsse etwas dran sein an Lores Visionen, sagte man. Zu dem Unfall kam es etwa eine Woche später. Sie durfte noch nicht aufstehen, war noch zu schwach. Kein Wunder, dass sie sich nicht halten konnte und die Treppe hinunterstürzte. Sagte man. Danach sang sie wieder, aber zusammenhangslos und nur für sich selbst, denn die Welt um sie herum hörte auf zu existieren. Ihre seit dem Unfall sehr vagen Orakelsprüche, in die nun jeder etwas hineininterpretieren konnte, was dann für jeden anders in Erfüllung ging, schrieb sie während der Ebbe in das Watt. Und Gaius ging wieder weg.

»Keine Ahnung, ob das der Wahrheit entspricht«, sagte Zarah nach einer wiederholten Pause und realisierte, dass sie Atemzug für Atemzug doch noch die ganze Geschichte erzählt hatte. »Ich weiß nicht, wen zu sehen ich mehr fürchte: meine gestörte Mutter oder Gaius.«

»Wenn du möchtest, gehe ich allein hin und versuche, mit ihr zu sprechen.«

»Nein, das wäre zu gefährlich für dich. Sie ist immer noch eine Sirene, darauf erpicht, einen auf die Insel verirrten, fremden Mann zu ihrem Schatten zu machen und seinen Leib aufzufressen.« Sie legte ihre Hand auf die seine. »Ich bin so weit. Ich habe ihm in die Augen gesehen, während er mir das Gesicht mit dem glühenden Eisen verbrannte. Das hier muss doch zu schaffen sein.«

Zusammen verließen sie Norddorf und wanderten den schmalen Weg am Wattenmeer entlang, bis aus einer Baumgruppe ein einsames Haus hervorlugte. Ihr Knöchel schmerzte, ihre Füße fühlten sich in den nassen Turnschuhen wie Eisklumpen an.

Erst vor der Tür bemerkte sie, dass Gallagher die ganze Zeit ihre Hand nicht losgelassen hatte. Sie betrachtete ihre und seine Finger, die ineinander verschlungen waren. Er bemerkte es, öffnete seine Hand.

Einige Sekunden lang berührten sie sich noch. Eine Berührung wie ein Flüstern.

Er lächelte ihr zu.

Die Tür war nicht abgeschlossen. Zarah klopfte an, erhielt keine Antwort und trat ein. Ein Geruch von Ebbe hatte sich in den Innenräumen eingenistet, als stünden die Fenster sperrangelweit offen. Sie kannte diesen Geruch viel zu gut, denn er hatte ihr ganzes Leben durchdrungen, doch trug diese Luft hier keine Spur von Frische, sondern von verfaultem Fisch, als hätten die Möwen schon seit Wochen Krabbenreste in irgendeiner Ecke zusammengetragen.

»Ich schaue mich unten um«, sagte Gallagher.

Sie starrte die Treppe an.

»Zarah?«

Sie nickte geistesabwesend. Es war hell, doch es kam ihr vor, als verlöre sich die Treppe im dunklen Schlund des oberen Stockwerks. Warte hier, hatte er gesagt. Die rotbraunen Holzstufen, deren Farbe in der Mitte abgescheuert war.

Zarah legte eine Hand auf das kalte Geländer. Sie stellte einen Fuß auf eine Stelle, wo die Farbe noch deckte, zog sich hoch, und schon hatte sie die erste Stufe bezwungen. Sie trug keine rosafarbenen Schuhe mit weißer Blume. Aber sie hatte Angst, die Treppe zu erklimmen, ins Bad zu spähen und zu sehen, wie jemand das Gesicht ihrer Mutter gegen den Spiegel hämmerte. Der Unfall …

»Zarah!«, kam von irgendwoher Gallaghers Ausruf, und plötzlich stockte er, als wäre er sich nicht sicher, ob es eine gute Idee war zu rufen.

Sie stolperte, trat daneben und wäre fast von der Stufe gefallen, wenn sie sich nicht am Geländer festgehalten hätte. »Was ist?«

Sie folgte seiner Stimme, schnell, stürzte beinahe ins Wohnzimmer.

Auf dem Boden lag ihre Mutter. Mit aufgedunsenem Gesicht und aufgeschlitztem Bauch.

24

Zarah hatte ihn beiseitegeschoben und sich über den Leichnam der Sirene gebeugt. Also stand er da und betrachtete das Gesicht, in dem sich sein Blick in der letzten Zeit so oft verlieren durfte. Der Großteil der Narbe, die von längst getrockneten Tränen zerlaufene Schminke, das immer noch gestylte Haar. Trotz dieser Spuren war sie in diesem Augenblick mehr Dämonin denn je. Sie war ein Profi an einem Tatort. Gleich würde sie die Latex-Handschuhe überziehen und einen Magie-Scanner aus ihrer Tasche hervorholen. Ihre Züge wirkten hart, wenn sie so konzentriert vor sich hin starrte, und Welten entfernt von dem Mädchen, das gelernt hatte zu fühlen.

Er spürte Erleichterung, weil er kein schluchzendes Häufchen Elend trösten musste, und Ernüchterung, weil es ihm die Kluft zwischen ihr als Dämonin und ihm als Menschen umso eindringlicher in Erinnerung rief. Über einem Abgrund hatten sie sich geküsst, über einem Abgrund waren sie Hand in Hand den Wanderweg entlanggeschlendert. Aber irgendwann würde sie ihn los- und hinabstürzen lassen.

»Der Meermann hat von drei Wochen gesprochen, in denen er meine Mutter nicht gesehen hat. Das könnte hinhauen. Jedenfalls liegt sie schon seit mehreren Tagen hier.« Mit ihrem kleinen Finger deutete Zarah auf die Verwesungsspuren. »Somit wurde sie nach Oda getötet.«

»Du glaubst, ihr Tod hängt mit der Mordserie zusammen?«

»Du nicht?« Ihr Blick schoss zu ihm hinauf.

»Ui.«

»Was?«

Gallagher zog eine Augenbraue hoch. »Du musst mich nicht sofort zu erstechen versuchen. Ich meine nur, wir sollten keine voreiligen Schlüsse ziehen.«

»Keine voreiligen Schlüsse? Dann sehen wir mal«, sie begann an den Fingern abzuzählen, »ein Hinweis hat dich zum Orakel geführt. Jetzt sind wir hier, und das Orakel ist tot.« So verharrte sie, mit dem ausgestreckten Daumen und dem Zeigefinger. Mist.

»Zu viele Finger noch für deine Argumente übrig?« Seine Augenbraue wanderte höher. Nur ein ganz kleines Stückchen, und dennoch unübersehbar.

Besserwisser! Noch ein Argument? Gern! Sie warf ihren Turnschuh nach ihm.

Er duckte sich unter dem Geschoss, das in einer antiken Glasvitrine landete und einem filigranen Tee-Set das Ende bescherte. »Und zu wenig Schuhe, um mich zu überzeugen.«

»Noch einen habe ich.« Zarah packte den anderen an der Hacke und dachte an die löchrige Socke drunter, aus der ihr großer Zeh herausragte.

Gallagher entspannte sich, als keine weiteren Geschosse folgten. »Ende der Überzeugungsarbeit? Verstehe mich nicht falsch, ich möchte dich in deiner Argumentation keineswegs unterbrechen.«

Er trat näher zu ihr. Zarahs Gesicht erhellte sich ein wenig, als hätte sich der Tag endlich getraut, es zu berühren. Sie lächelte auf ihre ganz eigene Weise, bei der man es nicht sah, aber spürte. Er mochte dieses Lächeln. Er spürte ihre Seele darin. Obwohl ihm klar war, dass Dämonen keine hatten.

Dann war das Lächeln vorbei.

»Na gut. Keine voreiligen Schlüsse.« Aus dem Haar der Sirene löste sie zwei Haarklemmen, die an den Schnabel eines Sichelstrandläufers erinnerten, und zog mit ihnen die Ränder der Wunde ein Stück auseinander.

Ihre Nase kräuselte sich nur ein bisschen, während er an dem fischigen Geruch würgte.

»Meinst du, ihr wurden Organe entnommen?« Sie verstärkte den Druck, und etwas Flüssigkeit trat hervor. Rasch wandte er seinen Blick ab. Die Haarklemmen waren tatsächlich aus einem Vogelschnabel gefertigt worden.

»Hör auf damit.« Unwillkürlich presste er sich eine Hand auf den Mund. Wie oft musste man an solchen Einsätzen teilnehmen, um diesen Anblick, ohne mit der Wimpern zu zucken, ertragen zu können? »Ich bin immer noch ein Technik-Fuzzi. Weder Leichenbeschauer noch Sänger.« Er kämpfte gegen die aufsteigende Übelkeit an. »Der Schnitt sieht jedenfalls ziemlich sauber aus.«

»Ist mir auch aufgefallen.« Ihr unsichtbares Lächeln kehrte zurück. »Wie kommst du jetzt auf ›Sänger‹?«

Ja, wie denn? In ihrer Gegenwart spürte er stets zu viel, alles gleichzeitig und durcheinander. Ein bisschen mehr Dämon und weniger Mensch hätten ihm in manchen Situationen nicht geschadet, ganz besonders in solchen wie dieser, wenn er seine Gefühle erklären musste. »Ich glaube, es gab schon so lange etwas, was ich dir sagen musste, ohne es zu können. Vielleicht wäre es keine schlechte Idee gewesen, es dir vorzusummen. Aber letztendlich habe ich es dir doch noch gesagt.«

»Gesagt? Was denn?«

»Mal ehrlich, das war doch gerade erst vorhin. So schlecht kann dein Gedächtnis nicht sein.« Er wandte sich ab, um ihren Schuh aus der Vitrine zu bergen. Es gab noch viel mehr zu sagen über einen Kuss, der einst alles zerstört hatte und auch jetzt noch alles zerstören konnte.

»Es hätte ein Gnom gewesen sein können.«

»Äh – was?«

»Träumst du? Ich sagte: Es hätte auch ein Gnom gewesen sein können. Sie sind für ihre Werkzeuge berühmt. Ihre Messer und Äxte sind unglaublich scharf.«

»Ein Gnom ist aber kein niederes Fabelwesen.« Er zog den Turnschuh aus der Vitrine und klopfte die Scherben ab. »Einen Gnom zu kontrollieren dürfte schwierig sein.«

»Er wird stärker.«

»Er?« An der Wand neben dem Schrank war die Farbe weggescheuert. Irgendjemand hatte hier gewischt – so gründlich, dass der Unterputz durchlugte.

Und nicht nur hier. Mehrere Stellen, überall im Raum verstreut, zeugten von der gleichen Verbissenheit desjenigen, der hier geputzt hatte. Das Holz des Fensterbrettes war an der Oberfläche sogar niedergeschnitzt worden. Sonst trug das Zimmer keine Anzeichen für einen Kampf, und wenn Gallagher sich an das Türschloss erinnerte, sah jenes ebenfalls unbeschädigt aus.

Zarah kaute auf ihrer Unterlippe. »Es hätte natürlich auch mein Erzeuger gewesen sein können.« Sie legte die Haarklemmen beiseite. Die Ränder der Wunde zogen sich zusammen. »Vielleicht hat er sie umgebracht, als sie ihn abermals nicht hat gehen lassen wollen.« Sie räusperte sich und sah sich nach Gallagher um. Er kauerte neben einer Kommode und schien etwas zu untersuchen. Mit ihrem Turnschuh, den er in der Hand hielt, tippte er sich völlig in Gedanken versunken an die Schläfe.

Ein Denker. Bald sicherlich wieder der Besserwisser. Ihr Gallagher.

Sie schaute ihn an und liebte ihn, wollte ihn lieben. Atemlos, bedingungslos, egal ob blond oder mit Diamantglanz.

Während neben ihr die Leiche ihrer Mutter lag, sie diese betrachtete und … nichts spürte. Wie konnte das sein? Dass sie sich einbildete, für einen Menschen etwas zu empfinden, was sie ihrer Mutter verwehrte?

»Zarah?«

Gallagher kam auf die Beine und brachte ihr den Turnschuh. Zarah zog sich das ausgelatschte Ding an und mied seinen Blick.

»Zarah? Ich glaube, ich habe da eine Idee.« Er zögerte. Sie saß so verloren und in sich zusammengesunken da. »Zarah?«

Sie bewegte die Schultern, als hätte der Klang ihres eigenen Namens sie unangenehm berührt, sich zu viel erlaubt. »Hast du geweint, Gallagher? Damals? Als du es erfahren hast?«

»Ich verstehe nicht ganz, was du meinst.«

»Warst du traurig? Verzweifelt? Wütend?«

»Erfahren – was?«

»Dass deine Mutter von dem Formwandler getötet worden war.«

Ihre Brust hob und senkte sich. Sie atmete. Er musste es auch, schnappte nach Luft, suchte nach einem Ausweg aus der Enge, die ihn umschloss. »Zarah, wir haben doch noch überhaupt keine Indizien dafür gefunden, dass deine Mutter auch …«

»Ich will wissen, was du gefühlt hast! Bitte.«

»Ich … ich war im Dienst. Es war so abgemacht, mit …« Ashriel. Verdammt, beinahe hätte er zu viel gesagt. Er wollte überhaupt nichts sagen – und hörte sich doch reden. »Ich war im Ordnungsamt, um eingreifen zu können, wenn etwas schiefläuft. Und es ist schiefgelaufen. Ich musste handeln, ein paar Daten manipulieren, damit es nach einem Noteinsatz aussah und du schnell Hilfe bekamst. Was genau passiert ist, habe ich erst gar nicht realisiert. Erst später, auf dem Weg nach Hause, ist es mir klar geworden. Meine Mutter war tot. Die Frau, die ich gesucht und gefunden hatte, die mir eine richtige Familie geschenkt hatte, mich … Sohn genannt und es auch so gemeint hatte. Fort. Für immer. Ich weiß noch, wie ich in der nächstbesten Bar gelandet bin und mich volllaufen ließ. Der Schmerz war betäubt, ich – wie gelähmt. Etwas später habe ich erfahren, dass es zumindest meiner Schwester gut ging und sie in der Toten Stadt heil angekommen war. Sie brauchte mich. Es musste weitergehen. Irgendwie.« Die Worte endeten. Er wusste kein einziges mehr. Sie schwiegen beide.

Dann sagte sie: »Ich bin eine Dämonin.«

Ein Gespräch wie ein Rodeo, das kannte er gut von ihr. Aber zumindest kamen sie vom Thema ab, für das es keine Worte mehr gab.

»Eine Dämonin, so. Ich wüsste keinen Grund, warum es mir entfallen sein sollte. Und weißt du was? Es ist mir egal. Was ich mache, wofür meine Leute kämpfen – wir haben keinen Völkermord an den Dämonen im Sinn, wir hegen keinen Hass auf alles, was einen Funken Magie in sich trägt. Wir wollen nur … Freiheit. Verstehst du?«

»Schon. Aber du verstehst nicht. Ich bin eine Dämonin, ich glaube, ich kann nichts fühlen. Zumindest nicht richtig. Nicht wie du.« Sie deutete auf die Sirene, dann ballte sie die Hand und drückte sich die Faust gegen die Brust. »Ich sehe das hier und fühle – nichts. Es ist kein Kummer in mir. Stattdessen sogar ein bisschen Erleichterung, weil ich mir keine Sorgen mehr machen muss, wie sie in ihrem Zustand ohne mich klarkommen soll. Wie kannst du da sagen, dass du mich liebst? Mich! Die ich nicht einmal um meine tote Mutter trauere.«

»Ach Zarah.« Nun setzte er sich doch zu ihr, umarmte sie. »Lass mich dich doch einfach lieben. Und was das andere angeht – du hast dir Sorgen gemacht. Das ist um einiges mehr als das, wozu manch anderer Dämon imstande ist.«

Sie lehnte sich an ihn. »Danke.« Dann, beinahe widerstrebend, schlüpfte Zarah aus seiner Umarmung. »Was für eine Idee hattest du denn vorhin? Du wolltest mir etwas sagen.«

»Ja, genau.« Gallagher rieb sich die Stirn. »Hm. Also. Kommt es dir nicht auch so vor, als hätte sich hier jemand bemüht, Spuren zu verwischen? Die Kommode wurde mit Sandpapier bearbeitet. An der Bodenleiste fand ich Kratzer, die verdächtig nach Buchstaben aussahen. Was ist, wenn hier etwas geschrieben stand? Etwas, was dem Mörder vielleicht hätte gefährlich werden können.«

»So viel zum Thema ›keine voreiligen Schlüsse‹?« Sie betrachtete den Raum, kniff die Augen leicht zusammen, als auch ihr die Spuren auffielen. »Mag sein, du hast recht. Aber wir haben überhaupt nichts bei uns, was uns irgendwie helfen könnte, das Vernichtete sichtbar zu machen. Falls so etwas überhaupt möglich sein sollte.«

»Wir haben Magie. Dies ist ja nicht die Tote Stadt, hier funktioniert sie.«

»Magie?« Sie tastete unwillkürlich nach ihrer Narbe, streckte die Finger aus und verdeckte die Stelle mit der Hand. »Die ich nicht nutzen kann.«

»Was ist mit mir?«

»Du. Genau.« Sie klopfte ihm auf die Schulter. »Ich erinnere dich sehr ungern daran, aber du bist ein Mensch. Keine Ahnung, wie magieempfänglich du bist, aber Menschen sind grundsätzlich wie ein Sieb. Die Magie geht durch sie hindurch und hinterlässt kaum Energie, die einen Zauber speisen könnte. Von den zu erwartenden Nebenwirkungen ganz zu schweigen. Ich habe schon Menschen gesehen, die nach einem komplizierten Ritual einen Hirnschlag bekommen haben. Kein schöner Anblick, glaub' mir. Das, was du vorschlägst, ist keine gute Idee. Es ist sogar eine ganz und gar idiotische Idee.« Mit einem Schnauben stieß sie die letzte Luft aus ihrer Lunge. Wie kam er bloß auf den Gedanken, so etwas vorzuschlagen? Der Versuch könnte ihn zerstören. Den Menschen in ihm vernichten. Denn sie hatte schon so viel gesehen, Menschen, die für die Magie nach und nach ihre Seele gegeben hatten und zu Dämonen wurden. »Nein. Du wirst es nicht tun! Ende der Diskussion.«

»Denke doch darüber nach.«

»Tue ich. Du aber anscheinend nicht. Ist dir überhaupt klar, wie viel Energie du bräuchtest, um das hier wiederherzustellen?«

»Zarah, mein Fluch! Ich bin von geballter Energie umgeben. Die würde den Zauber speisen.«

Jetzt wurde ihr wirklich schlecht. »Das wäre der reinste Selbstmord! Das könnte den Fluch aktivieren.«

»Nicht zwangsläufig.«

»Woher willst du das wissen?«

»Friedbert ist es zwar nicht gelungen, den Fluch aufzuheben, aber ihn sehr weit aufzuschieben. Hat er zumindest gesagt. Wenn ich die Energie nutze, rückt der Fluch womöglich näher, aber ich glaube nicht, dass er mich sofort trifft. Du solltest allerdings dabei sein, damit du es dir ansehen kannst, sobald hier etwas sichtbar wird. Denn wenn ich einen Zauber wirke, ist es beinahe so, als würde ich mich besaufen – danach habe ich einen Filmriss.«

»Vergiss es! Außerdem ist die Magie im Moment eh launisch, nicht einmal Dämonen können sich auf sie verlassen.«

»Einen Versuch ist es wert. Und ich werde es tun, mit deiner Zustimmung oder ohne. Soll ich die Sirenen oder den Meermann als Zeugen bitten?«

Nein, keine Sirenen! Wenn sie ihn verlieren sollte, dann wollte sie wenigstens seine letzten Minuten für sich haben.

»Okay. Ich bin dabei.«

»Wirklich?« Gallagher traute dem Umschwung nicht. »Schön. Vertrau mir. Es wird alles gut, ich verspreche es.«

Zarah straffte die Schultern. Äußerlich wieder ganz Dämonin. »Wie willst du die Magie anlocken?«

»Das brauche ich nicht. Sie ist schon da.« *Spürst du sie nicht?* Er streckte ihr seine Hand entgegen, fragte es nicht, denn natürlich konnte Zarah es nicht spüren. Die Magie prickelte auf seiner Haut, und wenn sogar er als Mensch die Tausende von Nadelstichen fühlte, war die Kraft in diesem Raum so konzentriert wie selten. Als wäre die Magie eine Person, die gekommen war, um ihn zu beobachten.

Zarah brachte eine Scherbe von der demolierten Vitrine. Die Spitze des Glases zitterte, dicht über seiner Handfläche. Dann ritzte sie seine Haut.

Das Blut sammelte sich auf der Oberfläche. Er neigte die Hand, und ein dicker Tropfen rann herab, löste sich von ihm und fiel zu Boden.

Am Rande seines Sichtfeldes begann die Welt, sich zu verflüssigen. Das Blut tropfte. Schwarz. Zerbrach an den Dielen, und die winzigen Splitter flogen herum, prasselten gegen die verwischen Spuren. Im Nu breiteten sich die Buchstaben aus, wurden zu Wörtern, Sätzen.

Angst haben wir alle. Der Unterschied liegt in der Frage wovor.

»Was treibst du da?«, donnerte eine tiefe Stimme aus der

Vergangenheit. Er weiß, was er gemacht hat, was er nicht hätte machen dürfen. Er hat die Bodenleiste unter dem Bett mit Menschensprüchen beschrieben, die ihn bewegt haben.

Die tote Sirene hatte auch die Wände beschrieben. Auch sie hätte es nicht machen dürfen.

»Wenn ich dich noch einmal dabei erwische ...« Ein Schlag reißt ihm den Boden unter den Füßen weg. Der Bleistift, mit dem er die Schandtat begangen hat, rollt zur Seite. Die Dämonenfinger schließen sich um sein Handgelenk, brechen ihm die Knochen. »Wenn ich dich noch einmal dabei erwische ...« Es ist kein Zorn in dieser Stimme. Es ist pure Angst.

Angst haben wir alle.

Andere Sprüche treten hervor.

Eine neue Art von Denken ist notwendig, wenn die Menschheit weiterleben will.

Er kann nicht mehr denken.

Er kann nicht mehr.

Wie es in dieser Welt hergeht: Ein Auserwählter unter Zehntausenden sein.

In der verschwommenen Welt sieht er die Magie selbst. Die ein bekanntes Gesicht trägt. Er weiß, er muss auch diese Erscheinung kennen. Aber er kann nichts mehr. *Ein Auserwählter unter Zehntausenden ...*

Gesellschaftliche Veränderung fängt immer mit Außenseitern an, die spüren, was notwendig ist.

Was ist denn notwendig? Was? Die Erscheinung lächelt ihm bloß zu.

Und jedem Anfang wohnt ein Zauber inne.

»Gallagher, Schluss jetzt! Hörst du mich?«

Ein Gesicht taucht vor ihm auf. Er kennt es nicht. Aber

er liebt es. Er nennt das Gesicht Zarah und findet, dass der Name zu diesen Zügen sehr gut passt.

»Gallagher, aufhören!«

Was die Raupe Ende der Welt nennt, nennt der Rest der Welt Schmetterling. Die magische Schrift wuchert empor, kriecht über die Wände und den Boden zu ihm.

Seine Hand wird verbunden. Das Blut tropft nicht mehr, splittert nicht mehr. Die Erscheinung steht immer noch da, hebt die Hand und schnellt mit den Fingern, als würde sie ein Dominosteinchen umkippen. Gallagher weiß, dass er untergehen wird. Die Erscheinung lächelt ihm zu, schüttelt den Kopf. Das Zarah-Gesicht über ihm tut es auch.

25

Zarah wusste nicht, wie sie ihn aus dem Haus gebracht und den ganzen Weg zum Boot geschafft hatte. Seine Hand hatte sie mit einem Streifen von ihrem Top verbunden und das Ritual damit unterbrochen. Dennoch tränkte immer noch schwarzes Blut den Stoff. Die Magie hielt ihn gefangen, als würde sie ihm folgen.

Er stand zwar aufrecht, schwankte jedoch wie unter Drogen, und würde er stolpern, käme er vielleicht nicht mehr auf die Beine. Sie sah ihm in die Augen, schüttelte ihn, rief seinen Namen, doch alles, was er von sich gab, war ein undeutliches, monotones Rezitieren: »*Angst haben wir alle. Der Unterschied liegt in der Frage wovor. Eine neue Art von Denken ist notwendig, wenn die Menschheit weiterleben will …*«

Sie konnte es kaum noch ertragen. Obwohl sie durch das Brandmal vollkommen magietaub war, schienen seine Worte unter ihrer Haut wie Tausendfüßler zu kribbeln. Sie redete ununterbrochen mit ihm, aber dort, wo er verweilte, existierte sie nicht. Seine glasigen, fiebrigen Augen suchten stets nach ihrem Gesicht, doch wenn sie den Blick erwiderte, erreichte sie ihn nicht.

Zarah brachte ihn zum Boot. Das Boot brachte sie zum Schiff und das Schiff – nach Dagebüll. Vom Kapitän bekam sie eine dünne Kette aus Eisen. Doch entweder war das Eisen nicht rein genug oder die Magie in seinem Körper zu stark verwurzelt, um aus ihm zu weichen. Das Metall reizte seine Haut, bis sie es nicht mehr mit ansehen konnte und ihm die Kette abnahm.

Sie würde ihn in die Tote Stadt bringen.

Und es würde nicht zu spät sein!

Viele Stunden Fahrt, aber nicht zu spät.

Zarah stammelte es vor sich hin, wie Gallagher immer wieder seine Litanei stammelte, tief versunken, im Nichts.

Er war versunken.

Doch keineswegs im Nichts.

Die Erscheinung, die er bei dem Ritual erblickt hatte, begleitete ihn auch jetzt im Auto, das Zarah die Landstraßen entlangjagte.

Wer bist du?, fragte er, sah jedoch das Zarah-Gesicht an und hatte Angst, die Augen zu schließen und es in der Schwärze zu verlieren, die ihm langsam, aber unaufhörlich die Sicht raubte.

Das weißt du. Und es ist nicht das, was du tatsächlich wissen wolltest.

Das Zarah-Gesicht sagte etwas zu ihm. Er hätte es gehört, gespürt, wäre es das gewesen, was er sich wünschte.

Ich liebe dich.

Sie hat es nicht gesagt.

Die Erscheinung umfloss ihn wie ein Lachen. *Da musst du sterben, wenn du es von ihr hören willst.*

Jetzt?

Später. Etwas später.

Er fühlte, wie er sich selbst in seiner Litanei verlor. »*Was die Raupe Ende der Welt nennt, nennt der Rest der Welt Schmetterling.*«

Das Zarah-Gesicht beugte sich näher zu ihm. »Es wird nicht zu spät sein, hörst du? Wir werden es schaffen.« Gallagher glaubte ihr.

Zarah drückte seine Finger, die sich kalt und schlaff anfühlten, und legte einen höheren Gang ein. Was, wenn der Motor ausfiele? Wenn sie einer Patrouille begegneten? Wenn …

An den bevorstehenden Ritt von Klein Hansdorf aus wollte sie erst gar nicht denken. Aber hatte sie nicht bereits Erfahrungen mit Alessa in einer ähnlichen Situation gemacht? Sie musste es schaffen.

Nach einer stundenlangen Fahrt kam sie endlich am Pferdehof an. Mattes war nicht mehr da. Einfach gegangen, hieß es, und seither hatte keiner mehr etwas von ihm gehört. Es gelang ihr trotzdem, mit einem anderen Stallburschen zu verhandeln und schließlich Josepha in Empfang zu nehmen.

Vor Müdigkeit hielt sich Zarah kaum noch im Sattel, und wie sie durch die Nebelgestalten des Erlkönigs kam, blieb nur verschwommen in ihrem Gedächtnis haften.

Gallagher hörte mit seinem Mantra auf, als sie das Ortsschild passierten. Hatte er zuvor zwar benommen, doch mehr oder minder aufrecht vor ihr auf dem Pferd gesessen, so musste sie nun erfahren, was es hieß, siebzig Kilo Mensch daran zu hindern, aus dem Sattel zu fallen. Sie ließ die Zügel locker und schlang die Arme um seinen Körper, drückte ihn an sich und drückte sich an ihn, als wären sie eins.

Josepha pflügte gemächlich durch die Tote Stadt. Die Magie hatte diesen Ort nicht ohne Kampf verlassen, hatte sich auf den Straßen gewunden, nach Häusern geschlagen und am Himmel gekratzt. Und als sie endlich davongekrochen war, hatte sie fast alles Leben mit fortgenommen, und hatte sich immer noch nicht getraut, aus freien Stücken hierher zurückzukehren. Die Häuser starrten mit dunklen Fenstern wie mit blinden Augen in die Welt hinaus, halb vertrocknete Bäume und Büsche erinnerten an Skelette, die aus dem zerwühlten, staubigen Boden gen Himmel ragten.

Gallaghers Herzschlag schien das einzig wirklich Lebendige an diesem Ort zu sein. Und Zarahs Hand auf seinem Herzen, die es vor dem Tod schützte, immer schützen würde.

Josepha fand allein den Weg und blieb im Hinterhof des von den Rebellen besetzten einstigen Hotels stehen, wo ein Ballen Heu auf die Pendelpferde wartete. Behutsam ließ Zarah Gallagher zu Boden gleiten und kauerte sich neben ihn. Es war kalt. In ihrem Kopf dehnte sich die Stille der Toten Stadt aus. Unvorstellbar, wie sie mit ihm die wenigen Meter bis zur Schwelle überwinden sollte, ganz davon zu schweigen, ihn die Treppe hoch in sein Zimmer zu bringen.

»Was hast du mit Ghost gemacht?« Die giftige Süße von Amaretto tröpfelte in die fahle Morgendämmerung und schmerzte auf den Zähnen, die Zarah unwillkürlich zusammengebissen hatte. Giulia, ausgerechnet jetzt.

Sie sah nicht hin, hörte nur, wie sich ihr die Schritte über den bröckeligen Asphalt näherten. »Er muss ins Warme.« Die Müdigkeit der Morgendämmerung färbte auch Zarahs Stimme fahl. »Hilfst du mir?« Sie schob ihren Arm unter Gallaghers Schultern, hob seinen Oberkörper an. Jetzt lehnte sein Kopf an ihrer Brust.

Niemand eilte ihr zu Hilfe.

»Giulia hat gefragt, was du mit ihm gemacht hast.« Auch jetzt musste sie nicht aufschauen, um zu wissen, wer zu ihr sprach. Tissan bewegte kaum seine Lippen, um die Mundwinkel nicht zum Reißen zu bringen. »Hast du wirklich geglaubt, du könntest dich hier einschleichen und wir merken nichts? Was hast du ihm angetan?«

Sie schloss die Augen, legte sich mühsam eine Antwort zurecht. »Er braucht nur etwas Ruhe, das ist alles. Meint ihr wirklich, ich würde ihn zu euch bringen, wenn ich ihm Schaden zugefügt hätte? Helft mir lieber.« Sie wartete. An ihrer Brust seufzte Gallagher tief im Schlaf.

»Hilf ihr«, befahl Giulia, und Tissan packte mit an.

In seinem Zimmer legten sie Gallagher auf das Bett. Zarah zog ihm die Jacke und die Schuhe aus, lockerte seine Gürtelschnalle, während die beiden jede ihrer Griffe beobachteten. Sie fragte sich, wie weit sie gehen konnte, bevor Giulia hyperventilierte, und schälte Gallagher aus dem T-Shirt. Die Blicke fühlten sich schneidend an, aber Blicke brauchte sie nicht zu fürchten – Worte schon. Ein Wort von Giulia könnte sie von hier wegjagen, einsperren, verletzen. Sie wusste nicht, was schlimmer war, hielt die stumme Überwachung nicht länger aus. »Jetzt raus hier, er muss sich ausschlafen.«

»Wer bist du, dass du uns befiehlst, Narbengesicht?«

Seine Freundin. Es hätte warm geklungen, intim, kostbar. »Jemand, der dir sämtliche Knochen brechen kann.«

»Viel eher jemand, der seinen Platz hier noch nicht akzeptiert hat. Soll ich es dir noch einmal anschaulich machen?«

»Giulia?« Die Stimme schwang herein wie das Rauschen der Amrumwellen, das Zarah immer noch in den Ohren klang. »Ich glaube, mein Bruder braucht tatsächlich etwas Ruhe. Lass uns gehen.«

Giulias Silhouette wirkte steif im grauen Morgendunst, während an Alessa alles so weich und zart schien. »Was tust du hier? Musst du nicht …« Giulia sah sich nach Tissan um, doch dieser wich einen Schritt zurück.

»Alessa, was soll das?« Giulias Züge wurden kantig wie grob gehobelt. »Überleg dir, auf wessen Seite du stehst. Du gehörst doch zu uns, nicht zu dieser …«, eine Hand wies auf Zarah, »dämonischen Missgeburt.«

Alessa trat vor, in ihrem Ton klirrte eine gezogene Klinge. »*Mein Bruder* muss jetzt schlafen. Ich wäre dir sehr verbunden, wenn du gehst. Tissan, du auch.«

Für einen Wimpernschlag blieb die Zeit stehen. Bis Tissan in den Flur trottete. Zögernd folgte Guilia ihm, verlangsamte jedoch den Schritt, als sie an Alessa vorbeikam. »Unglaublich, wie schnell du vergessen hast, was Dämonen deiner Familie angetan haben. Was sie uns allen angetan haben.«

Zarah wartete, bis die Schritte der beiden verklungen waren, dann ging auch sie. Alessa lief ihr nach. »Nein, nein, du kannst doch bleiben! Ich denke … ich denke, mein Bruder würde es sich wünschen.«

Sie ging schneller, ohne sich umzudrehen, ohne vom Boden aufzuschauen.

»Zarah!«

Zarah schüttelte die Hand, die sie zurückhalten wollte, ab. Menschen durfte man nicht trauen, vor allem nicht ihrer Herzlichkeit, Reue, Zuneigung.

In ihrem Zimmer zog sie sich aus und kroch ins Bett. Sie dachte, sie würde sofort einschlafen, doch stattdessen wälzte sie sich hin und her, während Minuten immer mehr Stunden ähnelten. Die Laken fühlten sich klamm an.

Sie verharrte auf dem Rücken und atmete in der Stille. Die Stille war zäh und schwer. Zwischen zwei Atemzügen glaubte sie, den Schimmel in der Ecke wuchern zu hören. Das Bett blieb kalt, ihre Körperwärme schien dagegen nicht anzukommen. Irgendwann warf sie die Decke zurück und lauschte. Das Haus gab keinen Laut von sich.

Sie stahl sich den Korridor entlang, der tatsächlich leer vor ihr lag – bis sie an einer Tür jemanden kauern sah und ein leises Stammeln hörte: »Sssun, Sun.«

»Tara?« Sie kam näher. »Ist alles in Ordnung?«

Das Mädchen hob den Kopf, anscheinend völlig verschreckt, weil jemand zu ihm sprach, ohne es anzuschreien. »Sun«, flüsterte es und strich mit einer Hand über den Rahmen, als würde es einen Menschen streicheln, ihn trösten.

»Ist das Tissans Zimmer?« Sie hörte etwas. Zögerte, dann spähte sie durch das Schlüsselloch. Tissan kauerte auf dem Boden. Nackt. Die dünne Haut schien direkt über seinen Knochen zu spannen. Vor ihm stand eine aufgeschraubte große Dose mit Fettcreme. Er nahm reichlich daraus, strich es sich auf den Körper und weinte.

»Sun …« Jedem seiner Schluchzer, die durch die Tür drangen, folgte ein Wispern des Mädchens, das davorhockte.

Zarah erinnerte sich daran, wie Alessa sie vor nicht allzu langer Zeit ermuntert hatte, Gallagher die Treppe hoch zu folgen. Sie beugte sich zu dem Mädchen. »Geh. Geh zu ihm. Ich glaube, er braucht jemanden, der ihm klarmacht, dass er keine Missgestalt ist, egal, wie er seit dem Vorfall aussehen muss. Denn dich ekeln seine Berührungen nicht, oder?«

Tara schüttelte den Kopf. »Sun. Sun.«

»Dann geh zu ihm.«

Zarahs Mundwinkel zuckten, und sie merkte, dass sie lächelte. Dass sie das Mädchen anlächelte. Und sich fragte, wie sie all die Jahre eine Dämonin sein konnte, ohne zu lächeln, ohne zu lieben, ohne für die anderen, die sie vielleicht nichts angingen, da zu sein.

Mit diesem Lächeln schlich sie in Gallaghers Zimmer.

Hier war die Stille zart und zerbrechlich.

Auf nackten Sohlen pirschte sie sich an sein Bett. Sie wollte einfach wissen, ob es ihm gut ging, mehr nicht.

Dann schlüpfte sie zu ihm unter die Decke.

Sie wollte … ja, genau, wissen, ob es ihm gut ging. Sie kauerte am Rand, hatte beinahe Angst zu atmen. Bis Gallagher sich umdrehte und einen Arm um sie legte. So selbstverständlich, als hätte sie schon immer in sein Bett gehört. Ihre beiden Körper wärmten die Laken, wärmten einander. Die Härchen auf seinem Arm kitzelten ihre Wange. Zarah rutschte noch ein wenig näher zu ihm. So nah, dass sie mit dem Po den rauen Stoff seiner Jeans mit der geöffneten Gürtelschnalle spürte. Und alles darunter.

Sie schloss die Augen. Einzuschlafen schien unmöglich, aber sie wälzte sich nicht mehr hin und her, und seine Gegenwart schenkte ihr Behaglichkeit. Zarah fragte sich, was Gallagher wohl jetzt träumen mochte.

Er brauchte nicht zu träumen.

Irgendwann weckten Stimmen und Schritte ihn auf, gefolgt von einem fordernden Klopfen an der Tür. Er grub sich etwas tiefer in die Kissen, unwillig aufzutauchen, ohne eine Vorstellung, wo er überhaupt war.

Das Klopfen trommelte ihn aus der Geborgenheit.

»Ja?«, murmelte er kaum hörbar mit geschlossenen Lidern und spürte, wie seine Lippen über warme Haut strichen. Er blinzelte. Sah die Linien eines Nackens, den schlanken Hals, das stachelige dunkelrote Haar.

»Zarah …« Er hielt sie im Arm, realisierte er. Seine Hand zuckte hoch, als hätte er sich verbrannt. Der Kuss auf der Sireneninsel fiel ihm ein – hatte dieser tatsächlich so viel verändert? Seine Finger verharrten über Zarahs vernarbter Wange, senkten sich noch ein Stück herab, ohne sie zu berühren, und fuhren in der Luft die Linie ihres Kinns nach. So nah war sie ihm noch nie gewesen. Sie hatten miteinander geschlafen, damals, aber sie waren nie in einer Umarmung eingeschlafen. Er traute sich, sein Gesicht in ihr

Haar zu senken. Ein Ziehen breitete sich in seinem Bauch aus, und er musste die Lippen aufeinanderpressen, um nicht aufzustöhnen.

Es klopfte wieder.

»Ghost!« Die Tür schlug auf. Zarah schreckte hoch, und ihr Hinterkopf prallte gegen seine Nase. Flugs war sie auf den Beinen, während er vor Schmerzen in seine Handflächen schnaufte und unwillkürlich mit den Tränen kämpfte.

»Ghost …« Jetzt lag keine Forderung mehr in dem Ausruf, sondern Empörung.

»Was?« Er tastete über seine Nase. »Wehe, es ist nicht wichtig.«

Auf der Schwelle stand Giulia. Ihr Blick brannte sich in die nackte Zarah.

Zarah. Nackt. Schlaftrunken, warm, direkt aus seinem Bett.

Verdammt, was genau war nach dem Kuss passiert?

Er spähte unter die Decke und wurde seiner Jeans gewahr. Gut. Es war noch nicht so viel passiert, wie seine Sehnsucht ihm gerade allzu leidenschaftlich ausmalte. Er stand auf, trat zu Zarah und hüllte sie in ein Laken ein. Umarmte sie, wollte sie nicht loslassen. Sie wehrte sich nicht dagegen, also blieb er so stehen. »Was ist denn los?«

Giulia verlagerte das Gewicht, das Gesicht starr unter dem aufgetragenen Make-up. »Ich muss dich sprechen. Es duldet keinen Aufschub.«

Zarah zog das Laken etwas fester zusammen und wand sich aus seiner Umarmung. Er senkte seufzend die Arme, mit denen er plötzlich nichts mehr anzufangen wusste, und kam auf Giulia zu. »Sag schon, was soll der Aufruhr?«

»Ich störe dich wirklich ungern bei deiner Bettakrobatik mit irgendwelchen … Freaks, aber … « Ihre Hand glitt über seine Brust in seinen Nacken und drückte ihn herunter, sodass ihre Lippen sein Ohr streiften. »Der Pferdehof wurde von den Aufsehern des Ordnungsamtes gestürmt«, raunte sie ihm zu.

Sein Blick streifte Zarah. Gallagher las Misstrauen in den grünen Augen und schob sich ein Stück von Giulia zurück, doch die junge Frau lehnte sich erneut gegen ihn, um an sein Ohr zu kommen. Nun spürte er, wie ihr Becken sich an seiner Hüfte rieb. Das schien auch Zarah zu spüren, denn ihre schlaftrunkenen Augen wurden wach und kalt.

»Der Pferdehof wurde von den Dämonen überfallen«, sagte Gallagher zu Zarah.

Zarah betrachtete Giulia an seiner Seite. Die junge Frau trug einen erdbeerroten Pullover, dessen Farbe man beinahe schmeckte, und der dezente Duft, der mit ihr hereingeweht war, lockte mit dem Trug eines Sommers. Alles an ihr schien warm, süßlich, zum Anbeißen.

Ihr wurde schlecht von so viel Süße. »Wann ist das passiert? Und was genau ist passiert?«

»Ja, was genau ist geschehen?«, fragte Gallagher, als Giulia es nicht für nötig hielt, ihr zu antworten.

Die junge Frau hob die Schultern. »Vor etwa drei Stunden hat ein Spezialeinsatzkommando der Aufseher den Hof gestürmt und alle dort Beschäftigten verhaftet. Wer auch nur den leisesten Widerstand leistete, wurde auf der Stelle getötet. Danach haben die Beamten die Gebäude samt Tieren niedergebrannt.«

Abermals trat Gallagher von Giulia zurück. »Was ist mit Mattes?«

Sie schmiegte sich trotzdem an ihn. »Ich weiß es nicht.«

»Giulia, bitte!« Er packte sie an den Schultern und schob sie von sich. »Was ist in dich gefahren?«

Sie warf den Kopf zurück, sodass ihr die dunklen Locken ums Gesicht flogen. »Was in mich gefahren ist? Müsste ich dich nicht dasselbe fragen? Du schleppst irgendwelche dämonische Ausgeburten hierher, und dann wunderst du dich, dass unsere Leute verhaftet werden?«

»Bitte?«

»Dein Flittchen da – ist eine Aufseherin.«

»Sie heißt Zarah. Und ja, sie war eine Aufseherin, die schon damals nichts unversucht gelassen hat …«

» … um dich um den Finger zu wickeln!«

»… um uns zu helfen!«

»Ach ja? Wach auf! Sie taucht auf, und du wirst beinahe von Dämonen verhaftet, kannst nur knapp entkommen – ja, guck mich nicht so an, ich weiß Bescheid! Kurze Zeit später fliegt die Tarnung unseres Pferdehofes auf. Wie kann man ihr nach all dem trauen?«

»Es reicht, wenn du mir vertraust.«

»Ach, wirklich? Weißt du was, du solltest dir im Ernst überlegen, ob dein Verstand noch klar genug ist, um uns anzuführen. Ob du für unser Ziel überhaupt noch kämpfen willst. Und kannst.« Sie machte auf dem Absatz kehrt und stürmte aus dem Zimmer.

Gallagher stöhnte und lehnte sich mit dem Rücken gegen die Wand.

Zarah merkte, wie der Lakenrand in ihre Haut schnitt, so fest hatte sie den Stoff um ihre Schultern gezogen. »Ich war es nicht. Ich schwöre.«

»Ich weiß, Zarah, ich weiß. Aber wenn alles aus dem Ruder läuft, suchen die Menschen sich gern einen Sündenbock. Und eine Dämonin eignet sich perfekt dafür. Es tut mir ganz ehrlich leid. Ich werde das in den Griff bekommen.«

»Vielleicht werden sie es dir nicht mehr ins Gesicht sagen, aber du kannst ihnen nicht verbieten, es zu denken.« Sie wandte sich ab.

»Zarah, bitte«, sie spürte, wie seine Arme sich um sie legten, »verlasse mich nicht.«

Friedbert hat sich geirrt. Es wird kein glückliches Ende geben. Nicht für uns. Sie entzog sich seiner Umarmung.

»Wo willst du hin?«

»Ich … muss mir etwas anziehen.«

»Kommst du dann wieder? In einer halben Stunde werde ich die anderen zusammenrufen, um die Lage zu besprechen.«

Sie nickte, ohne zu ihm aufzublicken, und eilte aus dem Zimmer. Im Korridor standen drei oder vier Rebellen, etwas abseits – Tissan. Sie huschte an ihnen vorbei. ›Verräterin‹. ›Seelenlose‹. ›Narbengesicht‹. Die Menschen schwiegen, aber die Wörter vibrierten in ihrem Kopf. Wie gejagt stürmte sie in ihr Zimmer, schlug die Tür zu und stemmte sich mit dem Rücken dagegen.

An ihrer Kommode stand Giulia, die oberste Schublade war geöffnet.

»Was … was tust du hier?«

Giulia kam auf sie zu. »Lass mich durch.«

»Nicht bevor du mir erklärt hast, was du in meinem Zimmer wolltest.«

»Lass mich vorbei, oder ich schreie, und schon wimmelt es hier nur so von Menschen, die nur darauf warten, einen Dämon in Stücke zu reißen. Was glaubst du, wird Ghost sein seelenloses Spielzeug dann noch schützen können?« Giulia fasste sie an.

Zarah ließ es zu. Mehr noch, sie ließ zu, dass Giulia sie aus dem Weg schob und im Korridor verschwand.

Bis zur Kommode waren es nur einige Schritte, aber sie bewegte sich über den Boden, als watete sie durch tiefen Sand. Sie besaß nur wenige Sachen, und es dauerte nicht lange, bis sie sich einen Überblick darüber verschafft hatte. Alles lag an seinem Platz. In der zweiten Schublade entdeckte sie jedoch etwas, was dort nicht hingehörte. Einen zusammengefalteten Zettel.

›*Gute Arbeit! Heute Nacht, eine Stunde vor dem Morgengrauen, erwarte ich dich zum Bericht am vereinbarten Ort. Lass deine Zwillingsschwester nicht zu lange auf dich warten. Abbas.*‹

Es überlief sie siedend heiß. Hatte Giulia den Zettel entdeckt?

Oder … ihn hier deponiert?

26

Immer wieder sah sich Zarah um, versuchte, in den Schatten wie im Kaffeesatz zu lesen und in jedem Geräusch menschliches Versehen zu erkennen. Die Nacht gaukelte ihr vor, sie würde verfolgt. Dabei war ihr Verschwinden kaum jemandem aufgefallen – die Rebellen waren damit beschäftigt, mehr Klarheit in die Sache mit dem Pferdehof zu bringen und die weitere Vorgehensweise zu besprechen. Bei dem endlosen Gerede, Argumentieren, Abwägen hatte sie sich fehl am Platz gefühlt. Noch mehr hatte ihr zugesetzt, mit ansehen zu müssen, wie Gallagher und Giulia die Köpfe über dem Tisch zusammensteckten und diskutierten, diskutierten, diskutierten. Als Zarah fortgeschlichen war, hatte Gallagher keine Notiz davon genommen. So viel zu ›Ich brauche dich‹. Nein. Im Moment brauchte er Giulia, deutlicher hätte er es ihr nicht machen können.

Zu Fuß hatte sie Klein Hansdorf erreicht, so sehr in Gedanken versunken, dass sogar die Nebelgestalten des Erlkönigs es für besser hielten, sie in Ruhe zu lassen. Sie machte einen Bogen um das ehemalige Seniorenheim, um der Perchta nicht über den Weg zu laufen, und steuerte ans andere Ende des Ortes zu einem Haus, in dem Abbas auf sie warten sollte. Nun stand sie vor der angelehnten Tür, und ihr wurde klar, was sie gerade tat. Giulia und Gallagher hatten sie so viele Gedanken gekostet, dass sie gänzlich verdrängt hatte, dass sie dabei war, ihn und seine Leute zu verraten.

Sollte sie doch lieber umkehren? Und Enya den Gelüsten

eines alten Ghuls überlassen? In ihrem Kopf liefen die Szenen ab, was er mit dem Mädchen machen würde, bevor er es endlich tötete.

Sie ballte die Hände. Ihr Aufschrei, vor Wut und Verzweiflung verzerrt, übertönte das Bersten der morschen Tür, die sie nach innen trat. »Klopf, klopf, ich bin da – wer noch?«, rief sie in den Flur.

Das Haus lauschte auf ihre Schritte und stöhnte wie unter Zahnschmerzen, wenn sie auf ein lockeres Brett trat.

»Zarah …« Ihr Name, weich und zaghaft gesprochen, erklang in der Dunkelheit.

»Enya!« Sie lief der Stimme entgegen. Ihre Schwester kauerte auf einem Hocker am Tisch. Ein kränkliches Menschenmädchen, dessen Zerbrechlichkeit auch Zarah schwächte, heute so sehr wie nie.

Aus einer dunklen Ecke schälte sich Abbas. Gemächlich durchquerte er das Zimmer und blieb hinter Enya stehen. Seine Hand krallte sich in die Schulter des Mädchens. »Zarah, mein lieber Schnuller, hast du mich mit deinem Auftritt erschreckt. Ich habe ganz deine Angewohnheit vergessen, mit der Tür ins Haus zu fallen.«

»Ich wollte mir nur einen Fluchtweg freihalten.«

»Vor wem willst du denn fliehen? Wir sind unter uns. Du stehst bloß deiner Schwester und deinem Vorgesetzten gegenüber, der es kaum erwarten kann, dich endlich zu rehabilitieren und zu befördern. Setz dich doch.«

Zarah ließ sich auf dem Stuhl nieder, der ihrer Schwester gegenüberstand. Enya trug immer noch dasselbe Nachthemd, das jetzt eher einem besudelten Lappen als einem Kleidungsstück ähnelte. Vorn war der Stoff eingerissen und klaffte auf. Durch den Spalt waren die bleichen Hügel der immer noch kaum entwickelten Brüste zu sehen.

»Enya, wie geht es dir?«

Das Mädchen senkte den Kopf tiefer, das lange Haar, das sein Gesicht verhüllte, wies jeden Blick, jedes Wort ab.

»Enya, bitte, schau mich an.« Zarah ließ ihren Arm über die Tischplatte gleiten, doch ihre Schwester zog die Hände zurück. Zarah verharrte. Die Abweisung schmerzte beinahe körperlich.

»Sie hat die lange Fahrt hierher schlecht verkraftet. Aber du brauchst dir keine Sorgen zu machen, Zarah. Ich halte mein Wort und kümmere mich um sie, während du beschäftigt bist. Hoffentlich hast du etwas für mich, denn ich weiß nicht, ob die Kleine in ihrer derzeitigen Verfassung die Fahrt zurück heil überstehen wird, sollte sich herausstellen, dass wir uns umsonst hierherbemüht haben.«

»Das wird sich nicht herausstellen.« Ihr Ton klang hohl wie das verlassene Klein Hansdorf. In den angespannten Muskeln breitete sich ein Ziehen aus, während sie immer noch versuchte, Enya ins Gesicht zu schauen.

»Sehr gut.« Er setzte sich neben Enya. »Ach, möchtest du vielleicht einen Tee? Ich habe welchen in einer Thermoskanne mit.«

»Nein, danke.«

»Du weißt gar nicht, was dir entgeht.« Er zog unter dem Tisch die Kanne hervor, schraubte die Kappe ab und goss sich die Flüssigkeit ein, welche dampfte, als wäre das Wasser gerade eben zum Sieden gebracht worden. »Dann lass mal hören, was du für uns hast.«

Sie atmete tief durch. »Ich bin noch nicht lange bei den Rebellen. Und sie scheinen mir nicht ganz zu vertrauen. Aber ich weiß, dass sie über ein gutes Netzwerk verfügen. Der Prediger mit dem Kreuz am Hauptbahnhof – sein Name ist Tschak – beschafft für sie Autos. Vermutlich ist er nicht allein. Und vom Pferdehof in Timmerhorn holen sie sich …«

»Zarah, Zarah. Ich biete dir einen heißen Tee an, und du schenkst mir dafür bloß kalten Kaffee ein. Sicherlich ist dir bekannt, dass der Verrückte vom Bahnhof bei der Razzia erschossen wurde. Zugegeben, nicht ganz geplant. Und der Pferdehof wurde erst vor wenigen Stunden von deinen Kollegen auseinandergenommen. Du willst mich doch nicht wirklich so enttäuschen, oder?« Mit kreisenden Bewegungen schwenkte er die Kappe der Thermoskanne – und kippte sie über Enyas Oberschenkeln aus. Das Mädchen zuckte zusammen und stieß ein Wimmern hervor.

Zarah schoss von ihrem Stuhl hoch, doch Abbas hielt sie mit einer beschwichtigenden Geste und seiner Hand, die nahezu liebevoll über Enyas Nacken strich, zurück. Ein Druck, und er würde dem Mädchen das Genick brechen. »Wie ungeschickt von mir. Ich fürchte, das gibt hässliche Blasen. Hoffentlich passiert mir das nicht noch einmal. Fangen wir ganz von vorn an: Was hast du für mich, Zarah?« Er füllte die Kappe erneut.

Die Tischkante, an die sie sich klammerte, drückte sich schmerzhaft in ihre Handflächen. Zarah zwang sich, sich hinzusetzen und die Zähne, die sie zusammengebissen hatte, zu lösen. »Dann weißt du sicherlich auch, wer Ghost ist.«

»Gallagher, ja, hätte ich nicht gedacht. Wir haben – du wirst es nicht glauben – einen anonymen Hinweis vonseiten der Engel bekommen. Nun. Dann reden wir mal über Gallagher. Er ist unserem Einsatzkommando entkommen – wie das?« Abbas nahm die Kappe und roch genüsslich an dem Tee.

»Er hat eine Gute Fee.«

»Name?« Die Kappe schwebte über Enyas Brüsten.

In Zarahs Ohren klingelte Friedberts hohe, vor Entrüstung beinahe klirrende Stimme: *Na toll. Verrate es der ganzen Welt. Es ist ja auch nicht so, als könne man, wenn man den wahren Namen einer Fee kennt, eine unglaubliche Macht über sie ausüben.* Und Gallaghers ruhiges Timbre: *Um über dich zu herrschen, braucht man schon etwas mehr als nur deinen Namen. Außerdem habe ich Zarah schon viel bedeutendere Informationen anvertraut, und trotz unserer Differenzen hat sie mich noch nie hintergangen.*

Enyas schmerzhaftes Keuchen riss sie aus den Gedanken. Das Mädchen krallte die Hände in den eingerissenen Stoff ihres Nachthemdes, die Kappe war leer.

»Friedbert, er heißt Friedbert!« Zarah bemerkte, wie Enya den Kopf hob, und für einen Wimpernschlag erhaschte sie einen Blick in die fast entseelten Augen. »Verdammt, hör auf, sie zu quälen, ich sage dir alles, aber lass meine Schwester in Ruhe!«

»Gut, ich sehe, wir fangen an, uns zu verstehen.« Mit langsamen, bedächtigen Bewegungen schenkte er sich erneut Tee ein. »Mir ist zu Ohren gekommen, dass ihr einen Ausflug unternommen habt. Wohin ging es?«

»Nach Amrum. Wir verfolgen die Spuren der Mordserie, bei der auch Oda umgekommen ist. Entgegen deinen Vermutungen stecken nicht die Rebellen dahinter«, stammelte sie, so schnell sie konnte, noch bevor Abbas die Kappe vom Tisch hob. »Meine Mutter hat in die Richtung prophezeit. Wenn ich es richtig deute, geht es um einen Auserwählten, der die Welt verändern oder zerstören will. Er bereitet sich auf einen Zauber vor, worauf auch die Organentnahme bei den Opfern hindeutet. Ich glaube, er hat meine Mutter umgebracht und ihre Prophezeiungen vernichtet, damit sie ihn nicht verraten kann. Aber uns ist es gelungen, die Sprüche wiederherzustellen.«

Abbas stellte die Ellbogen auf den Tisch, blies in den Tee und nippte tatsächlich daran. »Das geht also nicht auf das Konto der Rebellen. Hm. Hast du schon einen Verdacht, wer dann dahintersteckt?«

»Vage.«

»Ich bin ganz Ohr.«

»Daimon. Wenn du in den alten Akten nachschaust, wirst du feststellen, dass er bereits im frühen Alter mit dem Morden angefangen hat. Vielleicht hatte er das Ritual schon damals versucht, besaß aber noch nicht die entsprechenden Kräfte dafür. Er ist ein Dämon, der in einer Menschenfamilie aufgewachsen ist, musste sich stets verstellen – kein Wunder, dass sich da in ihm viel Hass aufgestaut hat. Unter anderem auch auf die Nachtseite und den Obersten Dämonenrat, der ihn nach dem Mord an seinem menschlichen Erzieher jagte. Jetzt will er sich rächen. Das Herz hat er seiner menschlichen Erzieherin entnommen; es war für ihn nicht schwer, ihr aufzulauern. Der Überfall sollte wie ein Formwandler-Angriff aussehen, mit Ash und mir konnte er natürlich nicht rechnen. Ohne uns wäre keinem aufgefallen, dass der Angriff überhaupt nicht formwandlertypisch abgelaufen war. Die Augen hat er von Oda; an sie ranzukommen war sicherlich nicht so einfach. Aber es war kein Geheimnis, dass sie auf sehr junge Männer stand. Keine Ahnung, was er meiner Mutter entnommen hat. Wenn er tatsächlich an alle seine Sinne Magie binden will, braucht er noch eine Zunge, um mit ihr zu sprechen, und Ohren, um sie zu hören.«

Abbas stellte die Kappe ab und lehnte sich zurück. »Beeindruckend. Und überaus beunruhigend.« Jetzt lümmelte er auf dem Stuhl wie damals beim Tribunal. »Du hast gute Arbeit geleistet. Bleib weiter dran, und berichte mir über jeden Schritt, den die Rebellen unternehmen, um diesen

Daimon zu fassen. Bald ist Vollmond, da sind die dämonischen Kräfte auf dem Höhepunkt. Ich möchte, dass du die Rebellen dazu bringst, sich in dieser Nacht in der *Neuen Flora* aufzuhalten. Du kennst das alte Theater sicherlich, nicht wahr? Gaukele ihnen vor, Daimon würde dort seinen nächsten Mord planen, den sie verhindern müssen. Ich sorge dafür, dass deine Kollegen die Rebellen stellen, und deine Arbeit wäre getan. Na, wie klingt das?«

»Ich bin mir nicht sicher, ob ich sie dazu bringen kann. Sie trauen mir nicht.«

»Aber Zarah.« Abbas strich Enya durch das Haar. Sein Zeigefinger wickelte sich in eine dünne Strähne. »Ich habe gehört, du hättest zu dem Anführer, diesem Gallagher, ein besonders inniges Verhältnis. Ich bin zuversichtlich, dass er auf dich hören wird. Und wenn nicht …« Er klemmte die Strähne mit dem Daumen fest und riss das Büschel aus. Enya schrie auf und rutschte vom Hocker. Abbas ließ die Haare auf das wimmernde Mädchen rieseln. »Ach, was rede ich da. Es wird kein ›wenn nicht‹ geben, oder?«

»Nein.« Jeder ihrer Muskeln fühlte sich wie versteinert an. »Wird es nicht.«

»Wunderbar.« Er stand auf. »Ich wusste, dass ich mich auf dich verlassen kann.«

»Darf ich … darf ich jetzt mit Enya sprechen? Unter vier Augen? Nur ein paar Minuten.«

»Ich fürchte, das geht nicht.« Er zog das Mädchen hoch und hielt es aufrecht. »Deine Schwester ist zu erschöpft. Ich sollte sie lieber zurückbringen, damit sie sich hinlegen kann. Sobald du deinen Auftrag erfüllt hast, wirst du mit ihr so viel reden, wie du willst.« Er schleifte Enya aus dem Zimmer, und das Hämmern seiner Eselshufe auf den Dielen hallte in Zarahs Ohren nach. Noch nie hatten sich die Nacht und die Kälte so eng angefühlt. Die Finsternis fraß sich durch ihr Inneres. Es gab kein Vor und kein Zurück, es gab nur ein bisschen geliehene Zeit für Enya und sie, zu einem ungeheuerlichen Preis.

Irgendwann stand sie auf und ging hinaus. Irgendwohin. Die Umrisse der Häuser türmten sich an ihren Seiten auf wie Eisberge, die sie zu zerdrücken drohten. Erst als sie hörte, wie jemand sie beim Namen rief, kam sie wieder zu sich. Am Eingang zum Seniorenheim stand die Perchta. »Ich warte hier schon lange auf dich.«

Zarah nickte. Die Axt kam ihr gerade recht. »Ich bin nicht brav und fleißig gewesen. Ich …«

»Komm mit.«

Der Aufstieg auf den Hügel forderte ihre letzten Kräfte. An der Tür zu dem Gebäude entdeckte sie Tara.

»Hallo«, sagte sie zu dem Mädchen, das den Kopf hob und sie mit tränenfeuchten Augen anstarrte. Hass und Kummer loderten in ihnen.

»Hey, was ist passiert? Hat Tissan … hat er dir etwas angetan?«

Das Mädchen heulte auf, sprang auf und stieß Zarah vor die Brust. Wimmernd humpelte es den Hang hinunter, immer schneller, sodass Zarah fürchtete, es müsse stolpern und den Rest hinunterkullern.

»Sie hat es nicht leicht in der Toten Stadt«, seufzte die Perchta. »Als Halbdämonin. Es zerreißt mir das Herz, sie so leiden zu sehen, ohne ihr helfen zu können.«

»Sie mag einen jungen Mann. Glaube ich. Und ich habe einen Fehler gemacht. Sie zu einem Schritt ermuntert, der anscheinend besser hätte unterbleiben sollen.«

»Sie mag also den falschen jungen Mann? Tja. Die Fehler der Mutter bleiben ihr anscheinend auch nicht erspart.«

»Wie kommt es, dass du eine Tochter hast?«

»Na, wie wohl? Für einen Bienchen- und Blümchen-Vortrag bist du schon zu aufgeklärt, oder nicht?« Die Perchta stützte sich auf ihre Axt. »Ich war verliebt. In einen Menschen. Aber meinem Partner war die Gunst der Nachtseite anscheinend wichtiger als seine Tochter. Als Tara geboren wurde, stellten wir fest, dass sie … anders war. Seltsam. Etwas Besonderes. Sie hat nie sprechen gelernt, aber man verstand sie trotzdem, als würde die Magie durch sie reden. Der Oberste Dämonenrat wollte meine Tochter für sich haben, und mein Partner … verkaufte Tara an ihn für ein paar Privilegien. Mir ist es gelungen, zusammen mit ihr zu fliehen, und nun bin ich hier. Und sie – in der Toten Stadt. Aber in ein paar Stunden ist ihr achtzehnter Geburtstag. Was soll wohl danach geschehen? Die Tote Stadt bekommt ihr schon jetzt nicht, nach Erreichung der Volljährigkeit kann es nur schlimmer werden. Aber du bist nicht hier, um über mich zu reden«, sagte die Perchta und schwenkte die Axt. »Komm mit. Da wartet jemand, der dich sprechen möchte.«

Sie durchquerten das Haus und traten durch die Hintertür wieder ins Freie. Zarah blieb stehen. Unter einem Baum, der seine Zweige zum Teich der Seelen neigte, schwebte eine gold-silbern leuchtende Gestalt. Die Züge wirkten verschwommen im grellen Schein, zu glatt, jeden Makels beraubt, doch sie erkannte die Erscheinung sofort.

»Ash!«

»Reue ist Verstand, der zu spät kommt.«

ERNST FREIHERR VON FEUCHTERSLEBEN,
ÖSTERR. POPULARPHILOSOPH, LYRIKER UND ESSAYIST

Ich würde keine andere Gelegenheit dazu bekommen, ich musste es hier und jetzt tun. Mit dem ältesten Trick der Welt – Pinkeln gehen. Er eskortierte mich zu einer Toilette. Wie edel, dass er mir ein richtiges Klo für meine Notdurft gewährte. Als er jedoch das schmale Fenster prüfte, mich schließlich in den Raum schob, die Tür schloss und sich dagegenlehnte, wusste ich, dass nichts an ihm edel war. Von hier konnte ich nicht entkommen. Dachte er.

Ohne eine magisch sensible Zunge konnte ich nicht mit der Magie sprechen, dabei wäre es so einfach gewesen, ihr zu sagen, was ich möchte. Stattdessen musste ich wie jeder andere ihre Aufmerksamkeit wecken, ihr meinen Wunsch irgendwie begreiflich machen und hoffen, dass sie so gnädig gestimmt war, mir ihn zu erfüllen. Ich setzte mich auf den Klodeckel, der unter meinem Gewicht leicht zur Seite rutschte, und hob meine Hände zum Luftklavier. *Lass es funktionieren!*, sagte ich – zu mir selbst, denn in meinem Leben gab es nichts und niemanden mehr. Jedes Wesen würde sich abwenden von mir, einem Monstrum, das Menschenorgane fraß, um die Magie an sich zu binden. *Lass es funktionieren!*

Es musste Zerstörung sein. Es musste Krieg sein. Ohne jede Hoffnung, Rettung oder Gnade.

Es war *Stalingrad* geworden. Allegro non troppo, der

dritte Satz Schostakowitschs achter Symphonie. Ich keuchte, während meine Finger sich immer schneller bewegten. Ich hörte die Sirenen heulen und die Bomben niedersausen, mein Herz schlug sich wund an der Angst und dem Tod unzähliger Menschen. Ich atmete die Luft, und sie schmeckte nach Asche.

»He, was treibst du da?« Mein Kerkermeister rüttelte an der Klinke, doch in dem kleinen Raum war es zu voll – von der unhörbaren Musik, von mir, von der Magie. Meine Hände krampften, getaucht in eine längst vergangene Zeit, die sie heraufbeschworen. Ich musste durchhalten. Noch ein bisschen, noch ein bisschen mehr … Die Magie wirbelte um mich herum, berauscht von den Bildern, die ich ihr schickte. Der Boden erzitterte. Der Putz rieselte auf mich herunter, über die Decke und Wände schossen feine Risse. Die Schreie der Vergangenheit drangen in meine Gegenwart ein. Noch nie war mein Zauber so mächtig. Und ich so schwach.

»Hör sofort auf damit, verstanden?« Jetzt trommelte er gegen die Tür, mit beiden Fäusten. Ich röchelte inmitten des Grauens, das ich auferstehen ließ. Eine Bombe, nur eine Bombe auf dieses verdammte Haus. Die fremden Schmerzen drohten mich zu zerreißen. Meine Arme sanken immer weiter herunter.

Lass es funktionieren!

Es krachte, und das ganze Haus wirbelte um mich herum. Balken, Steine, Glas – ich schloss die Augen, wartete, bis etwas davon mich treffen würde, denn es war unmöglich, aus diesem Chaos unverletzt herauszukommen.

Als es wieder still wurde, wagte ich es, die Lider zu öffnen. Ich saß immer noch auf dem Klo. Und um mich herum – Berge von Trümmern. Irgendwo unter dem Schutt lag mein Kerkermeister.

Er ist nicht tot, flüsterten die Stimmen in meinem Schädel. *Das wird ihn nicht lange aufhalten.*

Ich rutschte vom Klodeckel, stand da, und mein Kopf war leer.

Lauf, du wirst es schaffen. Lauf!

Ich lief. Ich war schon so lange nicht gelaufen, dass jeder Schritt einer Neugeburt glich. Ich lief durch das Schlachtfeld, das ich hatte lebendig werden lassen, stolperte über die Leichen vieler Menschen, die für mich noch einmal hatten sterben müssen, stampfte durch den hohen Schnee. Der Zauber verblasste bereits. Schon bald würde alles in die Vergangenheit zurückgleiten. Zumindest hoffte ich das.

Ich lief, bis ich den Ort nicht mehr wahrnehmen konnte und schließlich irgendwo im Nirgendwo landete. Vielleicht gab es einst Felder hier, heute überwucherte alles nur noch Gestrüpp. Hügelauf, hügelab.

Ich hielt einen Stein in meiner Hand, den ich wohl aus den Trümmern mitgenommen hatte. Was wollte ich damit? Wonach suchte ich?

›Dann nimm drei Haselstäbe oder Ruthen von jährigem Schuss, schäle sie fein und weiss und mache sie so lang als du des Geistes oder der Fee Namen schreibst, die du citiren willst, und jeder Stab muss an einer Seite dreimal platt gemacht werden.‹

Genau. Ich wollte meinen ersten Dominostein zu Fall bringen.

Ich schaute mich um. Das Gestrüpp. Hier könnte ich mich botanisch nur dann orientieren, wenn alles fein säuberlich beschildert gewesen wäre. Besonders jetzt, im Winter, sah alles so gleich aus. Ich setzte mich auf den eisigen Boden und hob meine Arme. Die Luft klirrte um meine Fingerspitzen, die Magie lechzte nach meinem Zauber.

Diesmal war es der *Tanz der Zuckerfee* von Tschaikowsky,

mit dem ich um Hilfe bettelte. Eine Melodie, die sich in meinem Verstand so schön, verspielt, leicht und gleichzeitig beinahe gruselig entfaltete. Ich flehte und lockte mit all meiner Hingabe.

Drei Haselstäbe fielen in meinen Schoß, ein Namensbuch und ein Bleistift. Meine Arme erschlafften, und ich sank in mich zusammen. Die Kälte fraß sich in meine Knochen. Mehrere Minuten lang konnte ich nichts tun, erst dann richtete ich mich auf und begann meine Arbeit, pulte die Rinde von den Ruten ab und schlug die Stäbe dreimal platt. Im Namensbuch blätterte ich bis zum Buchstaben F: Fridolin, Fridunanth, Fridurich … Friedbert. Bedeutung: Glänzender Beschützer. Da war er, der wahre Name meines Dominosteins.

Ich nahm den Bleistift, der meinen klammen Fingern zu entgleiten drohte, und kritzelte den Namen auf die Ruten. Als ich aufblickte, stand sie da, die denkbar unwahrscheinlichste Person, die mich bei meinem Vorhaben stören konnte.

»Du?«, flüsterte Gallagher und eine Erkenntnis schälte sich auf seinem Gesicht. Ich, seine magische Erscheinung, die ihn von Amrum aus begleitet hatte. »Du?«

Ich hätte beinahe dasselbe geflüstert. Du, mitten in diesem Gestrüpp, wo ich gerade dabei bin, deinen Freund …

Alles in der Welt hängt zusammen. Wenn dem Schützling einer Fee Gefahr droht, spürt die Fee dies und erscheint an seiner Seite, um ihm beizustehen. Ich hatte noch nie davon gehört, dass dieses Phänomen auch umgekehrt wirkte. Aber anscheinend doch. Denn wie sonst hätte Gallagher jetzt direkt vor mir stehen können?

Es lief falsch. Falsch, falsch, falsch. So hatte ich das doch nicht geplant!

Ein Zweig knackte unter seinem Schuh, als er sein Gewicht verlagerte. »Du?«, wiederholte er, und ich spiegelte mich in seinen Augen einem Gespenst gleich.

»Ja. Ich. Und was tust du hier?«, fragte ich.

Er sah sich um, etwas ratlos, da er merkte, dass er sich nicht dort befand, wo er hätte sein sollen. »Ich suche Zarah. Sie wird vermisst.«

»Nun. Hier ist sie nicht.«

»Das sehe ich.« Sein Blick blieb an den Ruten hängen, erfasste den Namen. Ich hielt meine Hand darüber – zu spät.

»Weg damit!« Er stürmte auf mich zu, ich sprang auf, umklammerte den Bleistift mit einer Faust, mit der anderen die Haselnussstäbe.

Ich tat nichts.

Überhaupt nichts.

Ich hätte es schwören können.

Die Spitze des Bleistifts bohrte sich in seine Handfläche, als er mir ihn und die Ruten entreißen wollte.

Er stieß einen überraschten Ausruf aus, taumelte zurück. Ein Tropfen Blut quoll an die Oberfläche. Ein schwarzer Tropfen.

Vielleicht war es doch kein Schützling-Fee-Phänomen, das ihn zu mir geführt hatte. Vielleicht war es sein Fluch, der ihn jetzt wie schwarzer Nebel umhüllte und den vor so vielen Jahren in die Welt entlassenen Spruch mit Rauchfäden um seinen Körper wob.

... weil ihr mich nicht gebeten, so sage ich euch, daß euer Sohn an einem Bleistift sich stechen und todt hinfallen wird ...

Tot! Nein, unmöglich, nein!

Er durfte nicht sterben, nicht jetzt. Ohne ihn würde doch überhaupt nichts funktionieren.

Ich hob meine Arme zu dem Luftklavier, während der

Fluch ihn immer weiter einhüllte und den Atem aus ihm presste.

Meine Darbietung musste das Leben heraufbeschwören, das absolute Leben. Ich strengte mich an, aber alles, was in meinem Kopf klimperte, war das Liedchen *Bruder Jakob*.

Der Spruch, wie musste der Spruch gehen?

… es soll aber kein Tod seyn …

Ich konzentrierte mich auf die Worte, versuchte jedes einzelne davon zu visualisieren, ihm eine Melodie zu schenken und es der Magie zu reichen.

Schläfst du noch? Schläfst du noch?

Meine Hände zitterten, zuckten unkontrolliert. Ich konnte den Fluch brechen, ich war stärker, verdammt, ich war ich.

Es. Soll. Aber. Kein …

Meine Beine gaben nach.

»Es soll aber kein Tod seyn!«, brüllte ich und ballte die Fäuste.

Gallagher lag neben mir. Ich konnte sein Herz nicht fühlen, ich konnte nicht hören, ob er noch atmete.

Ich saß auf einem Hügel, mit den drei Ruten zwischen mir und ihm. ›*Dann vergrabe sie unter einem Hügel, wo du meinst, dass Feen hinkommen.*‹

Was für eine Ironie! Die Fee würde hierherkommen, natürlich, weil sie ganz sicher gespürt hatte, was ihrem Schützling widerfahren war. Ich würde die Fee binden. Aber was nutzte es, wenn mir der nächste Stein, der nach ihr fallen sollte, von einem Fluch genommen wurde?

Vielleicht war ich doch nicht auserwählt, wie ich geglaubt hatte. Vielleicht war das die Art, auf welche die Magie sich über mich lustig machte.

Trotzdem brachte ich den Teil des Rituals zu Ende und vergrub die Stäbe. Dann lief ich.

Ich lief meinem Kerkermeister in die Arme.

Er packte mich, schlug mir ins Gesicht, immer wieder. »Dachtest du wirklich, du könntest mir entkommen?«

Nein. Aber das sollte er ruhig glauben. Ich stammelte eine Entschuldigung und dass ich es nie wieder tun würde ... Ich weinte, um meinen Plan und ein wenig um Gallagher.

Mein Bewacher schlug mich, bis ich auf dem Boden kauerte und ihn um Gnade anwinselte.

»Komm.« Er zerrte mich hoch. »Es ist Zeit, auf die Jagd zu gehen. Ich will sehen, wie du tötest. Und wehe, du enttäuschst mich.«

27

»Wie konntest du mir das nur antun?« Zarahs Ausruf scheuchte die Krähen aus den Bäumen am Teich auf, deren schwarze Körper in einem aufgeregten Flattern in den grauen Himmel regneten. »Du bist einfach so abgehauen! Du hast mich allein gelassen! Du … du … Mistkerl!«

Ash antwortete nicht, er leuchtete nur. Sein ätherisches Wesen strahlte etwas aus, was sich ausbreitete wie Gnade, was rein und unschuldig wirkte und Zuversicht schenkte. Erhaben schwebte seine Astralprojektion über dem Boden. Doch sein Gesicht, so makellos fremd, verriet, dass irdische Gefühle ihm nicht gänzlich abhandengekommen waren. Es enthüllte Verzweiflung, sogar ein wenig Furcht. Vermutlich in Erwartung dessen, was nach dem Ausruf kommen sollte. Doch das wusste nicht einmal Zarah. Jäh verstummte sie, mit einem Mal hatte sie für Ash nichts mehr übrig, was sie ihm hätte sagen können.

Die Perchta hüstelte. »Ich merke schon, ihr benötigt ein wenig Privatsphäre.«

Sie brachte die Eisenkette und das Beil ins Haus, und als sie wieder herauskam, kämpften in ihrem Leib die Schöne und die Hexe gegeneinander und verzerrten ihr Äußeres zu einem grausigen Bild: ein wohlgeformtes Ohr, darüber die splissigen, schütteren Strähnen; ihre geschwungenen, leicht geöffneten Lippen schienen sich nach Küssen zu sehnen, während von den gelblichen Zähnen der Geifer troff. Die Perchta beugte sich zum Teich und tunkte die Finger ins

Wasser. Die silbernen Seelen-Fäden strömten zu ihr und wirbelten unter ihrer Hand wie ein strahlendes Knäuel sprühenden Lebens. Die Perchta spritzte das Wasser hoch. Es glitzerte und funkelte, ganz ohne die Hilfe der Sonne. Über Zarahs Kopf verschmolzen die Seelen-Fäden zu einem filigranen Geflecht, in dessen Öffnungen das Wasser einen dünnen Schleier bildete. Sofort wich die Welt zurück, und all ihre Geräusche drangen nur noch gedämpft unter die seltsame Kuppel.

Ash. Sie stand ihm gegenüber, sie sollte doch an ihn denken. Und nicht mit halb geöffnetem Mund, den Kopf in den Nacken gelegt, die Kuppel der ungeborenen Seelen bestaunen.

Aber in ihrem Inneren gab es keinen Platz mehr für Ash.

»Hallo«, war alles, was sie ihm zu sagen hatte.

»Hallo«, antwortete er.

»Wo warst du?«, fragte sie.

»Bei dir. Immer bei dir.«

Seine Silhouette flirrte wie Sommerluft über einer Asphaltdecke, jede Linie war in Bewegung, als könne er keine Ruhe finden.

War das wirklich noch der Ash, den sie zu kennen geglaubt hatte? Seltsam. Sie erkannte ihn kaum wieder, vermisste die wie von Pocken vernarbte Haut, die scharfen Kanten seiner Züge. All das war von seiner Heiligkeit glatt gespült.

»Zarah, ich weiß, es war ein Fehler. Ich hätte es nicht tun dürfen. Bitte verzeih mir.«

»Dass du mich verlassen hast, als ich dich am dringendsten brauchte? Ich verzeihe dir. Ich musste lernen, allein klarzukommen.« Sie senkte die Lider, dann sah sie ihn wieder an und hatte Mitleid mit ihm, nicht mit sich. »Ich bin gescheitert.«

»Dass ich dich *nicht* verlassen habe, als ich es hätte tun sollen.«

Sie hatten alle Momente miteinander geteilt, aber den wichtigsten, als sie zu einer vollkommen anderen Zarah wurde, hatte er verpasst. Und die neue Zarah hatte sehr schnell vergessen, ihn auf ihrem Weg brauchen zu müssen.

»Zarah. Ich war bei dir. In dir. Ich wollte dich nicht verlieren.«

Ihr war so unglaublich kalt von seinem Licht. Sie rieb sich über die Oberarme und wünschte sich, jetzt unter Gallaghers Decke kriechen zu können, ihre kalten Zehen zwischen seine warmen Füße zu schieben und den sanften Hauch seines Atems in ihrem Nacken zu spüren.

»Sogar jetzt denkst du an ihn.«

»Woher weißt du, woran ich denke?«

»Woran? An wen. Und das bin nicht ich. Es war schwer für mich, diese Entscheidung zu treffen, du glaubst gar nicht, *wie* schwer. Aber ich muss mit dir reden. Über Gal.«

»Nein.« Sie wich zurück und stolperte über ihre eigenen Füße, lachte heiser und aufgesetzt. »Oh nein. Als du letztes Mal das Gespräch mit diesen Worten eröffnet hast, haben sämtliche Küstengebiete Land unter gemeldet. Ich glaube …«

»Ich habe deinen Humor vermisst. Aber lass mich bitte ausreden.«

»Nein, kein Wort mehr! Ich will es nicht hören.« Sie schlug sich die Hände vors Gesicht. Sein Licht schimmerte rosig durch ihre Finger; durch die winzigen Zwischenräume erkannte sie immer noch verschwommen seine Gestalt. »Es ist mir egal, ob er Giulia küsst und mit ihr … Waka-Waka macht, wenn ich nicht da bin – ich will es nicht hören, nicht wissen, nicht sehen müssen!« Aber sie sah es. Den Kuss, damals. Gallaghers Blick. Ihre Brust wurde immer enger, die Luft um sie herum – knapper. *Es ist einfach nicht fair. Dass er auftaucht und alles zerstört. Ich werde es nicht noch einmal verkraften können.*

»Es war nicht so, wie du denkst. Es war so, wie ich wollte, dass du denkst.«

»Du redest wirr«, flüsterte sie.

»Du musst die Wahrheit erfahren.«

»Nein.«

»Weißt du, wann er angefangen hat, Rebellen um sich zu scharen und gegen die Dämonenmacht zu kämpfen? Bereits an der Akademie. Die aufmüpfigen Menschen, die Gegner der Nachtseite, begannen sich ihm anzuschließen. Er musste gezielt Informationen verbreiten und Aktionen koordinieren – jedoch wie, damit das Ordnungsamt nichts merkte? Die Lösung war recht einfach. Kaum etwas wirkt unverfänglicher als der Ruf, er lege jede Woche ein Menschenweib flach. Niemand stellt Fragen, niemand wundert sich, wenn bei ihm die Mädchen ein und aus gehen. Schließlich steht es einem Dämon frei, sich mit Menschen nach Herzenslust zu befriedigen. Ganz besonders, wenn er mit seinem Aussehen kaum bei einer Dämonin landen würde.«

Ihre Finger schimmerten nicht mehr so rosig. Sie nahm die Hände vom Gesicht. Ash leuchtete kaum noch, als wäre er seines eigenen Lichtes überdrüssig. »Dass er bei seinen Aktivitäten den Hals riskierte, war mir egal. Aber deinen sollte er nicht mit in die Schlinge stecken.«

Gallagher. Giulia. Die beiden zusammen, innig umschlungen. »Er hat sie geküsst.«

»Damit jeder, der ihn mit dem Mädchen beobachtete, dachte, was gedacht werden musste. Dieses eine Mal, damals, wollte ich, dass du ihn beobachtest.«

Sie fühlte keinen Boden mehr unter den Füßen. Vielleicht schwebte sie wie Ash, nur weniger erhaben.

Auf der Sireneninsel hatte sie Gallagher eine zweite Chance gegeben. Er musste beweisen, dass er sie auch verdiente, er musste ihr Vertrauen zurückgewinnen, seine Schuld begleichen. So lauteten die Regeln. Die Schuld begleichen.

Ohne die Schuld zu haben?

Nein. »Willst du ihn mir jetzt heilig reden? Ash! Er hätte es mir doch gleich sagen können, einfach nur sagen, was Sache ist! Aber er hat nichts gesagt. Er hat sie geküsst und nichts, absolut nichts gesagt.«

»Nichts sagen können. Oder hast du ihm eine Chance gegeben, irgendetwas zu erklären? Hast du ihn ausreden lassen? Ihm zugehört?«

Über ihr – die Kuppel aus Seelen.

Und sonst nichts.

Dieses Nichts erstickte sie, presste einen einzigen Laut heraus: »Nein.«

Irgendwo im Nichts – Ash. »Warum jetzt, das alles, dieses Geständnis?«

»Hast du gemerkt, wann du aufgehört hast, mich zu vermissen?«

Aber ich vermisse dich doch.

»Tust du nicht, schon lange nicht, aber ich wollte es nicht wahrhaben. Nicht einmal auf der Sireneninsel. *Was ist, wenn du gar nicht weißt, was Liebe ist?*, habe ich in deine Gedanken geflüstert und du hast mir geglaubt.«

Der Boden war plötzlich da. Der Boden bebte. Dieses Beben fuhr durch sie hoch direkt zu ihrem Kopf, zerrüttelte ihren Verstand zu Schutt. »Verschwinde. Ich will dich nie mehr sehen. Will nie wieder an dich denken. Raus aus meinem Kopf, raus aus meinem Leben!«

»Lass mich wenigstens zu Ende reden.«

»Ich dachte, du kennst mich so gut …«

»Bitte! Zarah, Zarah – bitte!«

»Es gibt nichts, was du mir noch sagen könntest. Du wolltest, dass ich mich von Gallagher abwende, und das hast du geschafft. Und vermutlich konntest du damals nicht damit rechnen, dass ich selbst bald anfangen würde, Menschen zu retten und auf die Weise meinen Kopf in die Schlinge zu stecken. Und dass Gallagher mir als Ghost beistehen würde.«

»Letzteres – schon. Ich hatte einen Deal mit ihm. Ich würde ihm helfen, denn er brauchte wirklich jede Hilfe, und er durfte dir niemals erzählen, warum du ihn damals so mit Giulia gesehen hattest, und dich auch nicht noch weiter in die Sache reinziehen.«

»Verstehe. Er durfte mich nur mit Krumen an Informationen füttern, denn du wolltest dein Tierchen namens Zarah nicht hergeben. Und wann hast du den Entschluss gefasst, zu den Engeln abzuhauen? Wann ist es dir zu heiß geworden?«

»Ghosts Aktivitäten fielen auf, er war zu erfolgreich geworden, als dass die Dämonen es ignorieren oder es sich schönreden konnten. Im Ordnungsamt wurde nach einem Verräter gesucht, interne Untersuchungen begannen. Die Sache wurde langsam gefährlich.

Als ich Alessa in Sicherheit gebracht habe, wusste ich, dass die Zeit gekommen war. Gal hatte schon länger Kontakt zu den Engeln gehabt, ich bin zu ihnen nach Lübeck gegangen, und so sah es für das Ordnungsamt aus, als hätten sie den Verräter gefunden. Mich. Natürlich wollten sie auch dich als meine Ex-Partnerin testen, ob du noch loyal warst oder von mir bereits abgeworben. Also schickten sie dich auf die Mission, meinen menschlichen Zwillingsbruder zu töten. Gal sollte dich warnen, dass nicht Tissan sterben würde, aber ihr wurdet von Anfang an beschattet. Er konnte nur Andeutungen machen.«

Sie bemerkte, wie ihre Hände sich ineinander verkrallten. Sie versuchte, die Finger zu lösen, aber dann wusste sie nicht, wohin mit den Händen – wohin mit sich selbst. »Die ich nicht verstanden habe. Weil ich ihm wieder einmal nicht zugehört habe.« *Weil ich wieder einmal zu sehr damit beschäftigt war, ihn zu hassen.*

»Und jetzt bist du zu sehr damit beschäftigt, ihn zu lieben.«

»Ash!«

»Es tut mir leid, ich glaube, ich werde dich immer fühlen, egal wie nah oder fern ich dir bin.«

»Ich habe genug gehört. Verschwinde! Wenn du mich unbedingt fühlen musst, dann tu es vom anderen Ende der Welt aus. Ich will dich nie mehr sehen. Verstehst du es so, oder muss ich das in einem Psalm vortragen?«

»Ich kann es dir unmöglich verübeln. Ich weiß, dass ich verloren habe. Du wirst deine Fehler machen, und ich werde außerstande sein, dich davor zu bewahren. Aber das hier muss ich dir noch geben.« Er formte die Hände zu einer Schale. Das Licht seiner Handflächen wurde intensiver, glühte beinahe wie geschmolzener Stahl, bis in diesem Leuchten allmählich ein Büchlein sichtbar wurde.

»Was ist das?«

»Die Notizen der ermordeten Prophetin, Gallaghers Mutter. Das, was du aus dem Archiv holen wolltest. Das, was so wichtig war, dass die Engel jeden, der davon weiß, vernichten wollen. Alle suchen nach dem Auserwählten, der die Welt verändern soll. Ich hoffe, du findest ihn zuerst. Weder Dämonen noch Engel dürfen Macht über ihn bekommen.«

Zögernd nahm sie das Buch, strich mit dem Daumen über

das Kunstleder des Einbandes. Sie hob den Deckel, spähte hinein. Die erste Seite war leer. »Was steht drin? Wie soll mir das bei der Suche helfen?«

»Seite 68, Zarah.«

Sie wollte es außen in der Jacke verstauen, doch Ash deutete auf ihre Brust, wo es eine Innentasche gab. »Dorthin.«

»Was ist an der anderen Tasche so schlecht?«

»Die hat ein Loch. Hör zu. Die Engel werden schnell merken, dass ich das Ding entwendet habe. Aber mach dir keine Sorgen um mich, ich komm schon klar.«

Sie schnaubte. »Mache ich nicht.«

Ash, es war ihr Ash. Dem sie vertraut und mit dem sie auf einem Komposthaufen gelegen hatte, während sie daran dachte, ihn zu umarmen.

Nein, verbesserte sie sich. *Mein Ash würde persönlich zu mir kommen, nicht seine Astralprojektion schicken.* Sie wandte ihm den Rücken zu und durchschritt die Seelenabschirmung. Die Kuppel platzte wie eine Seifenblase. Ihre Füße versanken im knöcheltiefen Schnee.

»Es ist keine Astralprojektion.«

Die Welt hatte sich verändert, während sie mit Ash unter der Kuppel war. Alles hatte sich verändert. Sogar die Perchta, die mit angezogenen Beinen am Ufer saß und ihren Oberkörper hin- und herwiegte.

»Dieses Licht ist alles, was von mir übrig geblieben ist.«

Sie machte noch einen Schritt, tauchte den Fuß geräuschlos in den Schnee, der weder knirschte noch ihre Spuren in sich aufnahm.

Ashs Stimme folgte ihr.

Hinterließ genauso wenig Spuren.

»Es wird erzählt, dass die Dämonen in die Menschenwelt kamen, als die Membran gerissen ist. Aber ich glaube nicht, dass es die Membran je gegeben hat. Menschen, Dämonen, Engel – wir alle sind eines Ursprungs. Einige Menschen haben ihre Seele gegen die Magie in ihrem Blut eingetauscht, wurden zu Dämonen und setzten mit jeder weiteren Generation neue Dämonen in die Welt. Dann wachte die Magie auf, und die Dämonen gelangten zu ihrer vollen Stärke, um die Welt zu beherrschen. Und was Engel angeht … Unser Ich wird zu purem Licht konzentriert, der Körper abgestoßen und vernichtet. Es gibt so wenige von uns, weil wir uns nicht fortpflanzen können. Wir existieren nur so lange, wie es jemanden gibt, der an uns denkt. Und wenn unsere Zeit gekommen ist, dann erlöschen wir einfach, ohne eine Spur zu hinterlassen.«

Sie drehte sich um, sah ihn an. »Ash …«

Er hob eine Hand, gebot ihr zu schweigen. »Für dich hätte ich noch viel mehr hergegeben als nur meinen Körper. Kein Wort mehr. Du musst gehen. Ich spüre, dass etwas geschehen ist, als wir unter der Kuppel waren. Ich spüre die Magie, und sie riecht nach Tod. Ich spüre … dass Gal dich braucht.«

»Was? Wo ist er? Was ist passiert?«

»Ich bringe dich zu ihm. Und danach wirst du mich nie wieder sehen müssen, versprochen.«

»Nein, warte!« Es war alles so durcheinander, so falsch. »Ich weiß jetzt doch gar nicht mehr, ob ich dich verachten soll, dafür, dass du mich manipuliert hast, oder dir dankbar sein für das, was du für mich geopfert hast.«

»Es ist nicht mehr wichtig.« Mit ausgebreiteten Armen schwebte er auf sie zu, und im nächsten Augenblick versank sie in seinem Licht, in seinem puren Ich.

Sein Ich bestand aus ihr, der Sorge um sie und einer grenzenlosen Liebe, die sie niemals verdient hatte.

Wenn Menschen ihre Seele für Magie hergeben und zu Dämonen werden, fragte sie ihn, *können Dämonen dann die Magie hergeben und dafür die Seele zurückerhalten?*

Vielleicht, antwortete er und liebte sie. *Deine leuchtet besonders hell.*

Er liebte sie immer inniger. Körperlos, wunschlos. Vollkommen.

Dann stand sie mitten in einem Gestrüpp. Innerlich nackt und plötzlich beschämt von der Berührung seiner Liebe. »Ash? Ash, wo bist du?«

Sie bahnte sich einen Weg, während die Zweige ihr Gesicht zerkratzten und sie sich immer mehr im Gestrüpp verhedderte. Bereits nach wenigen Schritten blieb sie stehen, erschöpft und irritiert. »Hallo? Ist hier jemand? Ash? Gallagher?«

Sie trat zur Seite und stolperte über etwas Weiches. Die Zweige knackten, als sie fiel, schienen ihre Haut und ihre Kleidung zu zerfetzen. Nur mühsam erhob sie sich auf alle viere – und sah Gallagher. Er lag blass und regungslos da, die Dornenranken umhüllten ihn wie ein Kokon.

»Gallagher!« Mit bloßen Händen riss sie das Rankengestrüpp auseinander, bis sie ihn endlich berühren konnte. »Gallagher!«

Er antwortete nicht.

Er war so kalt. So leblos.

28

Ihre Finger, vom Kampf mit den Ästen zerkratzt und blutverschmiert, froren in der eisigen Luft, fühlten kaum etwas, während sie Gallagher über das Gesicht und den Hals strich; fühlten keine Schlagader, keinen Puls. Zarah drückte ein Ohr an seine Brust und horchte bange Sekunden lang. Aber das Einzige, was sie hörte, war das Rauschen in ihrem Kopf.

Mit einem Mal entkräftet, lehnte sie ihre Stirn an die seine und schloss die Augen. »Er hat gesagt, du brauchst mich.« Ihr Flüstern berührte seine Lippen fast wie ein Kuss. »Er hätte das nicht gesagt, wenn du tot wärst, oder? Also musst du atmen, leben, bei mir bleiben.«

Aber er war nicht bei ihr, egal, wie sehr sie es sich wünschte. Sie blickte auf zum Himmel und sah diesen nicht. Die Dornenranken um sie herum schienen sich zu vermehren, um jeden totzustechen, der sich dem Ort nähern wollte.

»Ash!«, brüllte sie, weil sie nicht wusste, nach wem sie sonst rufen sollte. Dann wusste sie es doch. »Friedbert!«

Das rosa schimmernde, nach Windspiel klingende Wölkchen Staub erschien, noch bevor ihr Ruf verhallte. Die Fee nieste, und die feinen Partikel flogen auseinander wie aus einem geplatzten Staubsaugerbeutel.

»Friedbert. Du bist tatsächlich da. Du hast mich gehört!«

»Was soll ich gehört haben? Ich bin hier, weil ich gewisse Schwingungen nicht abschütteln kann …« Erst jetzt sah er Gallagher. Für einen Augenblick vergaß er, mit den Flügeln zu schlagen, weswegen er ein Stück abstürzte und sich erst über dem Dorn, der ihn fast aufgespießt hätte, wieder fangen konnte. Die Sommersprossen blinkten wie Alarmlichter, die Stimme – ein einziges Pulsieren. »Lebenszeichen?«

»Ich weiß es nicht. Bin mir nicht sicher.«

Friedbert rieb die Hände aneinander, bis die Magie dazwischen zu knistern und zu funken begann. Schließlich breitete er die Arme aus und flog über Gallaghers Körper auf und ab. »Waren die Rosenbüsche schon vorher hier?«

»Ich weiß es nicht. Lebt er?«

»Nicht auf natürliche Art und Weise. Das verstehe ich nicht.« Friedbert sah sich um. »Er kann sich doch unmöglich hier in der Pampa an einem Bleistift … Verdammt!« Er schwebte zu Boden, zerrte etwas zwischen den Ranken hervor und kam prustend und schwankend wieder in die Höhe. In den Armen – ein angespitzter Bleistift. »Bei Tinkerbell, ist das deiner?«

»N-nein.«

»Lüg mich nicht an!« Der Stift glitt aus seinen Armen und verschwand im Dornendickicht. »Natürlich ist das deiner! Und jetzt sag mir, was ihr hier wolltet, am Arsch der Welt und dazu noch mit einem Bleistift!«

»Ich weiß nicht, was er hier wollte!«, rief sie, und ihr Atem warf Friedbert ein Stück zurück. »Ich war nicht bei ihm.« Eine Ahnung nistete sich in ihr ein. Sie drehte Gallaghers Hände um. Zwei Schnitte – einer von der Glasscherbe, der andere von dem Ritual. Daneben eine Stichverletzung. Kaum erkennbar, kaum gefährlich.

Friedberts Sommersprossen verflossen auf seinem pummeligen Gesicht und ähnelten winzigen Leichenflecken.

»Wie konnte das passieren? Er hatte doch noch Zeit gehabt. Ich hatte den Fluch aufgeschoben, es hätte nicht …«

»Er hat kürzlich Magie gewirkt, mit der Energie des Fluches.«

»Und du hast ihn davon nicht abgehalten?« Er schrie wieder.

»Er dachte, das wäre die einzige Möglichkeit, eine Spur …«

»Er dachte, er dachte«, äffte Friedbert sie nach. »In manchen Situationen denkt er grundsätzlich mit … ach, ich weiß auch nicht, womit, aber nicht mit dem Verstand.«

Sie ließ Gallaghers Hände los. »Es ist ein Dornröschen-Fluch, nicht wahr? Wusste er davon?«

»Man darf es dem Verfluchten nicht sagen, das würde ungeahnte Folgen nach sich ziehen. Aber du hast recht. Deshalb war es mir unmöglich, den Fluch aufzulösen. Man konnte nur warten, bis er sich erfüllt. Was in 98 % der Fälle tödlich endet.«

»Aber bei den restlichen zwei Prozent bricht der Kuss der wahren Liebe die Magie«, erinnerte sie sich.

Wahre Liebe! Wie hatte sie damals in der Akademie gekichert, als in einer Unterrichtsstunde die Ur-Flüche durchgenommen wurden! Zum Glück nicht nur sie allein, denn so viel Pathos war nicht einmal für einen gefühlskalten Dämon zu ertragen.

Jetzt kicherte sie nicht.

»Der Kuss der wahren Liebe!« Friedbert schnaubte verbittert, mit abgewandtem Gesicht, hängenden Armen und Beinen, die, als wären sie aus Stoff, in der Luft baumelten. »Ja«, murmelte er. »Der bricht alles. Vor allem die Herzen.«

Sie beugte sich über Gallagher, hob seinen Kopf etwas an

und senkte ihren Mund auf seine Lippen. Sie zitterte, nicht vor Anstrengung, aber vor Verzweiflung.

So kalt. So leblos.

Sie küsste fester, küsste so lange, bis ihre Lippen taub wurden.

Sie küsste den Tod.

»Es funktioniert nicht. Warum funktioniert es nicht?«, stammelte sie und versuchte es erneut. Seine Wangen waren nass von ihren Tränen. Sie küsste, bis sie zu ersticken begann, an ihren Weinkrämpfen, an ihrem Schmerz.

»Hör auf«, vernahm sie Friedberts Stimme und spürte an ihrem Ohr den zarten Luftzug seiner Flügel.

»Nein. Ich weiß, dass es funktionieren muss. Funktionieren wird. Er braucht mich!«

»Hör auf. Du bist eine Gebrandmarkte. Egal, wie stark deine Liebe ist, die Magie kann nicht durch dich fließen und ihn aufwecken.«

Sie richtete sich langsam auf. »Irgendetwas müssen wir doch tun können! Warte mal. Wir bringen ihn in die Tote Stadt. Der Fluch hat sich erfüllt, wir müssen nur die Spuren beseitigen, oder?«

»Die Magie ist das Einzige, was ihn noch bei uns hält. Die Tote Stadt wird ihn endgültig umbringen.«

»Dann sag mir eine andere Lösung! Oder kannst du nichts, außer dumm herumzuflattern?« Sie verstummte, presste sich eine Hand auf den Mund und schluchzte. Die Worte hatten ihr selbst wehgetan, und sie wagte kaum, Friedbert anzuschauen.

Friedbert senkte sich auf ihre Schulter. Zarah hielt den Atem an, drehte vorsichtig den Kopf, da sie kaum glauben konnte, dass es sich bei dem Rosafarbenen am Rande ihres Blickfeldes tatsächlich um die Fee handelte.

»Ich bin mir nicht sicher«, wisperte er und hielt sich an ihrem Ohrläppchen fest.

»Nicht sicher? Womit?«

»Ich glaube nicht, dass das funktionieren wird. Nein. Eigentlich unmöglich.«

»Was auch immer du gerade im Sinn hast, lass es uns versuchen, bitte!«

»Das wird nicht gehen, verstanden? Also geh mir nicht auf den Geist!« Die Libellenflügel surrten wieder. Er schwang sich in die Luft.

»Was, verdammt?«

»Das!« Im Sturzflug raste die Fee auf Gallagher zu und drückte ihr Gesicht, das kaum größer als ein Daumennagel war, an Gallaghers Lippen. Gleich darauf schraubte sie sich hoch in die Luft, am ganzen Leib bebend.

»Sagte ich doch«, stammelte Friedbert nach ein paar bangen Sekunden, in denen er den Blick nicht von seinem leblosen Freund löste, »dass es nicht funktionieren kann.«

Ein Ruck ging durch Gallaghers Körper. Er schnappte nach Luft, hustete und drehte sich auf die Seite. Seine Hände vergruben sich im Laub, das vor Frost knackte.

Auch Zarah rang um Atem. »Gallagher!« Mit zitternden Fingern strich sie ihm über das schmerzverzerrte Gesicht, als wolle sie seine Züge glattstreicheln. »Gallagher, es ist alles in Ordnung, beruhige dich. Sieh mich an. Sieh mich an, hörst du?«

Er registrierte sie kaum, kämpfte um jeden Atemzug, saugte immer hastiger die Luft ein.

»Pass auf, dass er nicht hyperventiliert.« Friedbert drehte ihr den Rücken zu und bahnte sich einen Weg zwischen den Dornenranken.

»Warte!« Sie wusste nicht, wen sie im Blick behalten sollte, Friedbert oder Gallagher. »Du willst doch jetzt nicht einfach so abhauen?«

Doch, genau das wollte er. Einen Moment lang sah sie noch das rosafarbene Schimmern im Zickzack zwischen den Zweigen, dann verschlang das Dickicht die Fee.

Sie hielt eine Hand vor Gallaghers Mund und Nase, redete auf ihn ein, bis er sich allmählich beruhigte. Ein Weilchen lag er still auf dem Rücken, den Kopf in ihren Schoß gebettet. So nah, ganz fern. So fern waren sie einander nicht einmal in der Zeit der Trennung gewesen.

Sie strich ihm eine Strähne seines schwarzen Haares aus der Stirn, in der Hoffnung, die Berührung würde sie einander näherbringen. »Wie geht es dir?«

Er schluckte krampfhaft. Sein Blick verirrte sich in ihrem Gesicht. »Schwer ... zu sagen. Ich glaube, mir fehlen Vergleichsmöglichkeiten.«

»Weißt du, was passiert ist?«

Schwach schüttelte er den Kopf.

»Kennst du noch deinen Namen?«

Seine Augenbraue zuckte hoch. »Hast du mich vorhin nicht Gallagher genannt?«

»Verstehe. Ich schätze, nach meinem brauche ich dich gar nicht zu fragen.« Er öffnete den Mund, um etwas zu sagen. Sie versuchte, ihn zu beruhigen und sich selbst gleich dazu: »Dass es nach der Auflösung eines starken Fluches zu vorübergehenden Gedächtnisausfällen kommen kann, ist nichts Außergewöhnliches. Du brauchst dir keine Sorgen zu machen. In ein paar Stunden, höchstens Tagen, wird alles wieder in Ordnung sein.«

Sollte es in Ordnung sein. An die Ausnahmefälle wollte sie erst gar nicht denken. Bei zwei Prozent der Untersuchten im Rahmen der magisch-wissenschaftlichen Studien kehrten die Erinnerungen nie wieder zurück.

Zwei Prozent!

Sicher zu vernachlässigen.

Er nickte langsam. »Okay.«

»Okay.« Sie streichelte immer noch sein Haar. Ringsherum raschelte und knackte es, die Zweige bewegten sich wie Schlangen, die Dornenranken bildeten sich zurück. Nach und nach lichtete sich das Gestrüpp. Weiter hinten entdeckte Zarah einen rosafarbenen Fleck, der einer Zauberblume gleich in der winterlichen Landschaft zu leuchten schien.

Sie schaute zu Friedbert, der dort verloren in einem Busch hockte, dann beugte sie sich zu Gallagher. »Meinst du, ich kann dich für einen Moment allein lassen? Ich bin gleich zurück und bringe dich dann hier weg, in Ordnung?«

»Klar. Es fühlt sich nicht so an, als wäre ich arg in Eile.«

»Gut.« Behutsam ließ sie seinen Kopf auf den Boden gleiten und richtete sich auf.

»Und … *Zarah*? Gleich zurück, ja?« Sein Timbre empfing sie wie eine Fleecedecke, in die sie sich einkuscheln könnte. Als er seine Hand um ihre Finger legte, war er ihr plötzlich so nah.

Sie lächelte. »Selbstverständlich. Du musst mir doch noch beibringen, andere ausreden zu lassen und ihnen zuzuhören. Wie erträgst du mich eigentlich?«

»Vorübergehende Gedächtnisausfälle, nehme ich an. Erleichtern das Leben.«

»Ich wusste gar nicht, dass ich für dich ein Fluch bin.«

Er zog sie zu sich herunter, sie gab ihm nach und fiel – in seine Arme. Sie senkte ihr Gesicht noch ein wenig weiter zu ihm herab, sodass ihre Nasen sich beinahe berührten und sie seinen Atem auf ihrem Mund spürte. Seine Hände wanderten ihren Rücken entlang, schoben ihre Jacke und das T-Shirt hoch, wärmten ihre entblößte Haut, sodass Hitze und Kälte sie beinahe gleichzeitig umfingen. Sie kam ihm entgegen, als er sein Becken leicht anhob, spürte, dass er sich an mehr erinnerte als nur an ihren Namen, der seine Lippen leicht öffnete: »Zarah …« Es war ein Hauch, ein kaum wahrnehmbares Aufstöhnen, das ihr durch Herz und Bauch fuhr und in ihrem Schoß zu einem pochenden Verlangen anschwoll. Sie unterdrückte ihr eigenes Seufzen, das sich ihm entgegendrängte, grinste und zupfte ein verwelktes Blatt aus Gallaghers Haar. »Gleich zurück, ja. Du wartest hier.« Schon war sie auf den Beinen, ließ das Blatt auf seine Brust rieseln und stapfte durch das Dickicht.

»Ein Fluch, wie wahr«, hörte sie ihn scherzhaft klagen.

Friedbert erhob sich in die Luft, als sie sich ihm näherte, und flatterte von ihr fort. Er drehte sich nicht einmal um. Aber er verschwand auch nicht in einem Wölkchen Staub, was sie dazu veranlasste, ihre Schritte zu beschleunigen. »Warte doch mal. Lass uns reden.«

»Es gibt nichts zu bereden.«

»Weiß Gallagher von … nun ja …«

»Meiner Abartigkeit? Was glaubst du wohl!«

Sie stolperte über eine Wurzel. »Verflucht noch mal, nun warte doch, hab ich gesagt!«

Er flog eine scharfe Kurve und blieb surrend dicht vor ihrem Gesicht in der Luft stehen. »Und ich hab gesagt, lass mich in Ruhe!«

»Der Kuss der wahren Liebe, Friedbert! Was die Folgen eines so starken Fluches beseitigt, kann unmöglich … ohne Folgen an«, es kam ihr nur mühsam über die Lippen, »euch beiden vorübergehen.«

»Die Folgen habe nur ich zu tragen.« Er wandte sich wieder ab und wollte davonfliegen.

Zarah hob die Hände und fing ihn ein, wie Gallagher ihn am Kai in Dagebüll im starken Wind aufgefangen hatte. »Da irrst du dich.«

Er stellte sich auf ihre Handfläche, schwieg, schüttelte schließlich den Kopf. »Es hätte nicht funktionieren dürfen. Die wissenschaftlichen Studien aller dämonischen anwendungsorientierten Forschungsinstitute belegen, dass gleichgeschlechtliche Liebe nicht möglich ist und sich unter Aspekten der Magie als absolut wirkungslos erweist.«

»Anscheinend irren sie sich.«

»Auf der Konferenz des magischen Dämonenzusammenschlusses wurde vor zwei Jahren wiederholt einstimmig bestätigt, dass homosexuelle Neigungen krankhafte Veranlagungen einzelner Individuen sind und mit der dämonischen Natur nicht kompatibel.«

»Du scheinst dich gründlich informiert zu haben.«

»Kannst du dir überhaupt vorstellen, wie schwer das alles für mich ist?« An ihren Fingern entlang rutschte er auf den Hintern und zog die Beine an. »Die meisten männlichen Feen besitzen nicht viel magische Energie. Sie reicht meist nur aus, um sich zu paaren und Nachwuchs zu produzieren. Ich musste alles geben, um zu beweisen, dass ich mehr bin, als eine … bloße Drohne. Gallagher war mein erster Schützling.« Mit beiden Händen fuhr er sich durch das feuerrote Haar und wirbelte den Feenstaub hoch. »Weißt du, was der letzte Tropfen war, der dazu führte, dass das Band zwischen uns geknüpft wurde? Du. Als du ihn verlassen hast. Die Art, wie du es getan hast.«

Jetzt musste auch sie sich setzen. »Ich weiß, dass es die

größte Ungerechtigkeit war, die ich jemals einem anderen angetan habe.«

»Er war leer. Platt wie eine Briefmarke. Man hätte ihn auf einen Umschlag kleben und ins Jenseits schicken können. Ich hab ihn gefunden – nun ja – *in der letzten Sekunde.*« Er versuchte, etwas zu summen, doch die Melodie klappte nicht. »Ich bin ihm erschienen, und mein erster Gedanke war: Das ist er also, der Kerl, dem ich aus seinem Elend helfen soll – in welchem auch immer er stecken mag. Mein zweiter Gedanke lautete: Süß sieht er aus, wie er da auf der Arbeitsplatte sitzt und schweigend den Schokoriegel in sich hineinstopft. Ob er schon mit einer Partnerin zusammen ist? Stopp, sagte ich mir, aus welchem Grund sollte mich das eigentlich interessieren?« Er zuckte die Schultern. »Vermutlich aus dem gleichen, aus dem ich mich später ärgerte, wenn er nicht anrief, wenn er sich zum Essen verspätete. Oder nach Hause kam, ›Na, und was hast du heute so gemacht?‹ fragte und die neue Wandfarbe völlig ignorierte.« Friedbert seufzte. »Aus dem gleichen Grund, aus dem ich mich später immer häufiger fragte, wie es wohl wäre, ihn zu küssen. Ich liebe ihn. Krankhaft, innig. Hoffnungslos.«

»Und er weiß nichts davon.«

»Ich selbst wollte nichts davon wissen! Und wie ich nun deutlich merke: Das Wissen macht es auch nicht leichter. Versprich mir, ihm nichts zu sagen.«

»Friedbert …«

»Das würde alles nur kaputt machen. Er würde mich nie mehr in seiner Nähe dulden.«

»Ich glaube, du kennst ihn gut genug, um sicher zu sein, dass ihm herzlich egal ist, was auf der Konferenz des magischen Dämonenzusammenschlusses vor zwei Jahren wiederholt einstimmig bestätigt wurde. Du bist ganz sicher nicht abartig.«

»Bitte, Zarah. Ich habe noch nie jemanden um etwas so sehr gebeten. Er darf es nicht erfahren. Mal ehrlich, was würde das bringen? Auch wenn ein Wunder geschähe, er dich in den Wind schösse und gleiche Neigungen wie ich entwickelte – wie sollte das gehen? Auf was würden unsere körperlichen Zärtlichkeiten hinauslaufen? Dass er mich mit seinem kleinen Finger zwischen den Flügeln streichelt? Auf die Größe kommt es doch an.«

»Und was willst du jetzt tun?«

»Was kann ich schon tun? Nichts. Als ihr euch auf der Sireneninsel geküsst habt, habe ich gespürt, wie glücklich er war. Bis ans Ende aller Tage und weit darüber hinaus. Ich habe darin eine Gelegenheit gesehen, das Band zwischen uns zu lösen. Ich dachte, wenn ich die Möglichkeit habe, mich von ihm fernzuhalten, dann komme ich darüber hinweg.«

»Und?«

»Bis jetzt sieht es nicht danach aus. Ich habe gespürt, dass er in Schwierigkeiten ist. Ich habe mich innerlich gewunden, mir verboten, zu ihm zu eilen, ich habe geflucht und bin doch hingeeilt. Wie es nun weitergehen soll – ich habe nicht die geringste Ahnung. Sag es ihm nicht. Bitte. Bitte, bitte nicht.«

»Ist schon gut, von mir erfährt er es nicht. Aber sprechen musst du mit ihm trotzdem. Er vermisst nämlich seinen besten Freund. Dein wortloses Verschwinden hat ihm ziemlich zugesetzt.«

»Ich denke drüber nach, versprochen. Aber verlange von mir nicht, dass ich ihm jetzt gleich unter die Augen trete. Bringe ihn in die Tote Stadt, kümmere dich um ihn. Nach dem Fluch wird er es brauchen. Leichte Desorientierung, Bewusstseinsstörungen und Amnesie sind eine Zeit lang dabei ganz normal, hab Geduld mit ihm.«

Zarah schmunzelte und stand auf. »Werde ich.«

»Gut. Währenddessen muss ich versuchen … mich etwas zu sortieren. Und …«

Ein Schrei rollte über sie hinweg und verschluckte alles, was noch hätte gesagt werden können.

29

Zarah glaubte, ihn immer noch zu hören, als würde der Schrei durch ihre Knochen hallen und erst im Boden unter ihren Sohlen ersticken. Die Luft schmeckte fade und dünn. Die Wolken jagten einander schneller und schneller, alles andere stand still. In ihrer Handfläche knisterte es leise – über Friedberts Körper liefen Funken. Jedes einzelne Härchen seines dichten Schopfes richtete sich auf. Die Sommersprossen perlten auf seiner Haut wie winzige Schweißtropfen. Die Libellenflügel zuckten unkontrolliert, und wenn sie aneinanderschabten, klang es, als wären sie aus Sandpapier.

»So etwas habe ich noch nie erlebt.« Friedbert taumelte und hielt sich an Zarahs Ringfinger fest. Seine kleinen, beschuhten Füße drückten leicht in ihre Handfläche, und sie merkte, dass er Absätze trug. »Es kommt mir vor, als wäre sie es gewesen, die geschrien hat.«

»Wer?« Ein kleiner Stromschlag fuhr in ihre Haut.

»Die Magie.«

Sie biss die Zähne zusammen, als ein weiterer Stromschlag durch ihre Hand zuckte und den Arm bis zum Musikantenknochen hochschoss. »Okay. Folgendes: Geh zu Gallagher. Du musst ihn beschützen. Ich schaue nach, was los ist. Der Schrei klang, als käme er aus der Nähe.«

»Bist du des Wahnsinns fette Beute, Mädel? Wir müssen von hier abhauen, und das so schnell wie möglich. Keine Ahnung, was hier geschieht, Gutes ist es mit Sicherheit nicht.«

»Ich glaube, ich habe Taras Stimme gehört.« Das war Irrsinn, absoluter Irrsinn. Tara hatte nie lange mit ihr gesprochen. Sie könnte die Stimme des Mädchens unmöglich erkennen.

»Und ich glaube, dass du dich täuschst. Lass uns Gallagher holen und Leine ziehen.«

»Ich muss nachsehen, Friedbert. Außerdem: Ich bin eine Gebrandmarkte. Die Magie kann mir nichts anhaben.«

»Denk doch nur einmal nach, bevor du etwas tust, Mädel. In dieser Konzentration kann die Magie durchaus physikalische Wirkung entfalten. Jüngste Forschungen belegen, dass …«

»Ich glaube, wir waren uns einig, was wir von irgendwelchen Forschungen und Studien halten.« Der nächste Stromschlag ließ ihre Hand krampfen. Beinahe hätte sie Friedbert in ihrer Faust zerquetscht.

»Genau das meine ich doch!«, prustete er, während er sich zwischen den Fingern hervorschlängelte. »Was du vorhast, ist einfach nur hirnrissig.«

»Sag mir lieber, wo wir genau sind.«

Er rollte die Augen. »Irgendwo in der Nähe von Klein Hansdorf.« Sein Wink ging in unbestimmte Richtung. Verständlich. Wenn man sich in einem Wölkchen Staub überall materialisierte, brauchte man weder einen ausgeprägten Orientierungssinn noch ein Navigationsgerät.

»Kümmere dich um Gallagher, ich bin sofort wieder zurück.« Sie setzte Friedbert auf einem Zweig ab und ging in die Richtung, aus der sie den Schrei gehört hatte.

»Wehe, wenn nicht!«, rief die Fee ihr nach. »Du bist sein ›glücklich bis ans Ende aller Tage‹. Ich habe echt keinen Bock, ihn aus dem Depri-Loch zu ziehen, sollte dir was zustoßen.«

»Ich werde daran denken!«

Er knurrte ihr bloß etwas Undeutliches hinterher, was im Knacken und Rascheln der Äste beinahe unterging.

Ohne Friedberts rosafarbenes Schimmern schien die Welt um sie herum endgültig ergraut zu sein. Sie trampelte durch das Dickicht, um eine deutliche Spur zu hinterlassen und anschließend zurückzufinden. Die Wolken trieben wie brüchiges Eis über den Himmel. Die physische Welt litt unter der sich aufbäumenden Magie.

Zarah irrte durch das Dickicht, machte oft Halt, um in die Stille zu horchen. Mehrfach kreuzte ihren Weg eine Fährte aus abgeknickten Ästen. Teilweise glaubte sie, im Kreis zu laufen, bis sie eine der Bruchstellen genauer untersuchte und ein langes Haar fand, das eindeutig nicht ihr gehörte. Etwas weiter hatte sich in einem Busch ein Stofffetzen verfangen. Abermals lauschte sie. Dieses Mal vernahm sie ein Stöhnen, kurze Zeit später – ein Gurgeln.

»Tara?«

Vielleicht war es gar nicht Taras Schrei gewesen. Manchmal lockte die Magie ihre Opfer mit den merkwürdigsten Sinnestäuschungen. Und sie war dem Trug auf den Leim gegangen.

»Tara, ich bin's! Du brauchst keine Angst zu haben, du weißt, dass ich dir nichts tun werde.«

Ein Stöhnen, ganz deutlich.

Sie tastete sich in die Richtung vor, bog die Zweige auseinander, stolperte über die verwelkten Grasbüschel und Wurzeln.

»Tara, bist du es?«

Als sie durch den nächsten Busch brach, stürzte sie auf eine Lichtung. Vereinzelte Bäume reckten sich kränklich gen Himmel. Das Laub, frostknisternd, pufferte ihre Schritte ab, und sie hielt inne, von der Unwirklichkeit der Szenerie eingeholt. Weiter hinten lag ein großes, undefinierbares Bündel. Ein verendetes Tier? Ein Mensch?

Über das knisternde Laub lief sie hin, kniete nieder, drehte das Etwas auf den Rücken. »Tara, du bist es wirklich!«

Die Lider des Mädchens flatterten, ohne sich ganz zu öffnen. Durch die schmalen Schlitze blitzte das Weiß der Augäpfel. Zwischen den Lippen quoll eine dunkelrote, zähe Flüssigkeit hervor. Tara gurgelte, riss den Mund auf und erbrach einen Schwall Blut, das ihr Kinn und den Hals entlanglief. In ihrem Schlund zuckte ein Stummel, wo früher eine Zunge gewesen war.

»Oh Höllenfürst!« Zarah hob das Mädchen an, damit es nicht am eigenen Blut erstickte, untersuchte es auf weitere Verletzungen. Der Lumpen am Klumpfuß war zerfetzt. Die Arme und das Gesicht von Kratzspuren übersät, die Kleider zerrissen. Es war der gleiche Stoff, den sie an dem Busch gefunden hatte. Die Kleine war gejagt worden.

»Okay, Tara, ich bringe dich in Sicherheit. Halte durch.«

Sie hob das Mädchen hoch. Es wog nicht viel, aber so schlaff, wie es in ihren Armen hing, stellte es sich als alles andere als einfach heraus, es zu tragen. Bereits nach wenigen Metern hielt sie inne und nahm Tara auf den Rücken, ehe sie weiterging. Taras Kopf baumelte auf ihrer Schulter, das warme Blut durchnässte ihre Kleidung und erkaltete, ließ den Stoff feucht an ihrer Haut kleben. Hoffentlich war es noch nicht zu spät.

Ihre Füße fühlten sich bleiern an, als sie endlich an der Stelle ankam, wo sie Friedbert zurückgelassen hatte.

»Friedbert!« Sie ließ Tara zu Boden gleiten und sah sich um, doch in dem Grau der Landschaft nahm sie kaum etwas wahr. »Himmelarsch, Friedbert, wo bist du?«

Ein schwaches, rosafarbenes Schimmern. Kein Friedbert – nur sein Staub. Wenigstens etwas. Ein wenig Hoffnung, eine Prise Glück.

Sie sammelte alles ein, was sie zusammenkratzen konnte, und verrieb es auf Taras Gesicht.

»Du wirst es schon schaffen«, flüsterte Zarah, meinte dabei sie beide und glaubte kaum selbst daran. »Halte durch.«

Sie wusste nicht genau, in welche Richtung die Tote Stadt lag, und verließ sich auf ihre Intuition. Mehrfach musste sie eine Pause einlegen und Tara auf dem Boden absetzen. Jedes Mal machte sie sich Vorwürfe deswegen, und mit jedem Mal fiel es ihr schwerer, danach wieder auf die Beine zu kommen.

Ihre Knöchel versanken im Nebel, Stimmen drängten sich an ihr Ohr. Irgendwann spürte sie Asphalt unter den Füßen. Hatte sie tatsächlich das Reich des Erlkönigs erreicht? »Siehst du, Tara, wir haben es beinahe geschafft.«

Beinahe! Sie wusste bloß nicht, wie sie den Rest schaffen sollte.

Na los, weiter, nur noch bis zum nächsten Busch. Bis zum nächsten Baum. Bis zur nächsten Biegung.

Sie sank auf die Knie. Taras Handgelenke entglitten ihrem Griff, sie hörte nur, wie der Körper des Mädchens schwer auf den Weg schlug. Ihr fehlte die Kraft, sich umzudrehen und nachzusehen, ob sie noch lebte. Sie starrte vor sich hin, beobachtete, wie eine Gestalt auf sie zukam. Erst als diese wenige Meter vor ihr stehen blieb, wurde sie zu einem Teil ihrer Realität.

»Tissan!«, keuchte sie. Mit beiden Händen fuhr sie sich übers Gesicht, roch Taras Blut, den eigenen Schweiß und den Schmutz, spürte das Brennen in ihren Handflächen, mit denen sie die Dornenranken auseinandergerissen hatte.

Er sah sie schweigend an.

»Tara ist verletzt.« Ihr Mund war ganz trocken. Jeder Atemzug durch die geöffneten Lippen schien ihr in den Gaumen zu schneiden.

»Wo bist du gewesen? Wir suchen schon seit Stunden nach dir. Ghost war außer sich, als dein Verschwinden bemerkt wurde. Es ist nicht die feine Art, sich wie eine Ratte davonzustehlen, wenn das Schiff sinkt.« Seine Stimme leierte irgendwo unter ihrer Schädeldecke. Sie musste sich konzentrieren, um überhaupt zu begreifen, wovon er sprach.

»Das Schiff wird nicht sinken.«

»Wo bist du gewesen, habe ich gefragt.«

»Später, alles später, jetzt müssen wir Tara in Sicherheit bringen und sie versorgen.« Nun fehlte ihr die Kraft, ihm ins Gesicht zu blicken, ihr Kopf senkte sich auf ihre Brust. »Sie wurde gejagt. Und ist verletzt.«

Tissan wippte auf den Fußballen.

»Verflucht, mach doch was«, krächzte sie. »Nicht meinetwegen. Um Taras willen. Lass sie nicht sterben!« *Sie mag dich doch so sehr.*

»Gut«, sagte er schließlich und rammte die Absätze seiner Stiefel in den Boden. »Warte hier. Ich hole Hilfe.«

Zarah wartete, während sich die Zeit dehnte und sie irgendwo auf der Grenze zur Ohnmacht balancierte.

Menschliche Stimmen rüttelten ihren Verstand auf, sie schreckte hoch und wusste im ersten Augenblick nicht, wo sie sich befand. Alles erschien ihr wie ein langer, träger Schlaf, der nie enden wollte.

»Tara«, sie tastete nach der Hand des Mädchens und drückte die schlaffen, kalten Finger. Taras Mund stand halb offen. Auf den rissigen Lippen bildete das Blut eine Kruste.

»Tara, hörst du mich? Bleib bei mir, nur ein ganz kleines bisschen. Gib nicht auf, gib bloß nicht auf.«

»Ich habe sie hier neben der Leiche entdeckt«, vernahm sie Tissans Stimme.

Das Rauschen in ihrem Kopf nahm zu. »Sie ist doch nicht tot!« Sie rüttelte Tara an der Schulter. Keine Reaktion. Zitternd kam sie auf die Beine und sah zu den Rebellen, die sich hinter Giulia und Tissan zusammenscharten. »Was steht ihr da und glotzt? Helft mir. Sie muss schnellstens versorgt werden.«

»Versorgt?« Giulia löste sich von der Gruppe und kam näher. In der Hand – ein Kampfmesser. »Lass deine Spielchen sein, Narbengesicht. Es ist vorbei.«

»Was für Spielchen?« Sie wich einen Schritt zurück. Ihre Fersen stießen gegen Tara. Über das Mädchen zu steigen, brachte sie nicht fertig.

»Ist Tara dir auf die Schliche gekommen, hast du sie deshalb umgebracht?«

»Ich habe sie nicht umgebracht. Sie wurde überfallen, ihre Zunge fehlt. Höchstwahrscheinlich war sie das nächste Opfer des Mörders, der auch Alessas Mutter auf dem Gewissen hat.«

»Du hast dir alles sehr schön zurechtgelegt. Dumm nur, dass wir die Wahrheit bereits kennen. Du kannst hier niemanden mehr täuschen. Oder wie erklärst du das?« Ein zerknüllter Zettel landete vor ihren Füßen. Sie brauchte ihn nicht auseinanderzufalten, um zu wissen, was dort stand.

Gute Arbeit! Heute Nacht, eine Stunde vor dem Morgengrauen, erwarte ich dich zum Bericht am vereinbarten Ort. Lass deine Zwillingsschwester nicht zu lange auf dich warten. Abbas.

»Der Zettel wurde in deinem Zimmer gefunden.«

Nein, unmöglich, sie hatte doch alle Nachrichten vernichtet! »Vielleicht hast du ihn dort deponiert? Missfällt dir, dass Ghost und ich zusammen sind?«

»Nicht mehr lange, Seelenlose. Ich werde mich schon darum kümmern, dass auch er endlich die Wahrheit über dich erkennt. Du hast dich in unsere Reihen eingeschlichen und uns ausspioniert. Warst du es nicht, die Mattes und den Pferdehof an das Ordnungsamt ausgeliefert hat? Und als wir damit beschäftigt waren, zu retten, was noch zu retten war, bist du zu deinem Kontaktmann gelaufen, um weitere Geheimnisse preiszugeben.«

»Nein! Bitte, hör mir zu. Es ist …«

»Bestimmt anders, als es aussieht. Wir haben nach dir gesucht. Ghost wollte nicht an deinen Verrat glauben – aber er hat dich ertappt, oder? Du musstest ihn mit einem Fluch belegen, damit er alles vergisst.«

»Nein, so war es nicht. Ich würde ihm niemals etwas antun. Außerdem«, sie deutete auf ihre Narbe, »bin ich eine Gebrandmarkte. Ich kann keine Magie wirken.«

»Vielleicht ist das nur eine Tarnung. Oder du hast Handlager.«

»Wenn du mir nicht glaubst, dann frag doch die Gute Fee. Die war bei Ghost.«

»Welche Gute Fee? Niemand war bei ihm, als wir ihn gefunden haben. Mein Gott, du hast wirklich gute Arbeit geleistet, um seinen Verstand zu benebeln. Noch weigert er sich, den Beweisen zu glauben. Aber so blöd sind wir anderen nicht. War Tara eine unbequeme Zeugin? Musste sie deswegen sterben?«

»Sie ist doch nicht tot! Giulia, bitte, es ist …« Sie verstummte. Blanke Klingen richteten sich gegen sie, egal wohin sie blickte.

»Spar dir die Worte. Es ist aus. Wir machen kurzen Prozess mit Dämonen.« Giulia gab ein Zeichen.

Jemand packte Zarah von hinten, zerrte sie über Tara hinweg. Ein Messer stieß in ihre Brust. Ihr Angreifer versuchte, die Klinge wieder herauszubekommen, aber der Stahl steckte fest. Nicht in ihrem Fleisch, sondern in dem Buch, das sie nach Ashs Anweisung in der Innentasche der Jacke verstaut hatte.

Du liebes Kind, komm, geh mit mir!, raschelten die Bäume und rückten immer näher. Aus dem Wald kroch der Nebel heran. *Du liebes Kind …*

»Worauf wartet ihr noch?« In Giulias Augen waberten die milchigen Schwaden. »Tötet die Dämonin.«

Zarah trat dem Mann vor ihr ins Zwerchfell. Er klappte zusammen, da riss sie sich schon aus dem Griff der beiden anderen, die sie gehalten hatten, los und bekam das Messer zu fassen. Jemand stürzte auf sie. Mit einem geübten Schlag wehrte sie den Angriff ab. Sie wollte die Menschen nicht töten. Sie stürzte in den Wald, den schmeichelnden Stimmen entgegen.

Du liebes Kind, komm, geh mit mir! Gar schöne Spiele spiel' ich mit dir.

Die Gestalten tanzten um sie herum, tuschelten, lockten sie weiter fort. Sie rannte immer schneller, rannte in den eigenen Wahnsinn.

30

Sie sieht Mattes' tote Pferde. Tara. Tschak mit seinem Kreuz. Sie will Gallagher sehen, aber er ist nicht da. Er ist nicht da, obwohl sie ihn am meisten braucht. Die Pferde sind verkohlt, ihre Augen glühen, der beißende Rauch ihrer Mähnen raubt ihr den Atem. Sie ziehen immer engere Kreise, wollen die Seelenlose mit den Hufen zertrampeln.

Exorcicamus te, omnis immunde spiritus …

Tschak jagt ihr hinterher. Sie duckt sich unter dem Kreuz hindurch, aber es sind zu viele Kreuze, die auf sie einschlagen. Sie kann ihnen nicht entkommen.

… omnis satanica potestas …

Tara umarmt die Bäume, lacht zum Himmel und schüttelt den Kopf. *Du wirst es schon schaffen, hast du gesagt. Du hast mich angelogen, Dämonin. Miese Verräterin.*

Durch den Nebel brechen Lichtstrahlen, äschern die Pferde ein, lassen Tschak im Boden versinken, der sich wie ein Schlund unter seinen Füßen auftut, spülen Tara mit ihrem eigenen Blut fort.

Bist du auch tot, Ash?, flüstert Zarah der Silhouette entgegen, die auf sie zuschwebt.

Ich leuchte noch.

Ich wollte dich nie wieder sehen, Ash.

Ich weiß. Komm, ich bringe dich hier weg.

Ich meine das ernst, Ash. Ich will dich nie wieder sehen, fühlen, denken …

Er umarmt sie. Sie fühlt sich nackt in seiner Umarmung.

Alles strahlt von seiner Heiligkeit, nur sie – will nicht. Sie will nicht, dass er sie liebt. Sie denkt an Gallagher.

Vielleicht ist sie tot.

Zarah öffnete die Augen. Das Licht blendete sie. Sie kniff die Lider zusammen, schirmte die Augen mit einer Hand ab, weil das Licht dennoch hartnäckig und uneingeladen in ihre Dunkelheit drang. »Ash? Bist du das?«

Sie wagte es, die Augen erneut zu öffnen. Das Licht war künstlich und bunt. Riesengroße, leuchtende Buchstaben: Hamburger Winterdom. Eine Fressbuden- und Freakattraktion, die das Ende der Welt überlebt, sich jedoch um einige Wochen nach hinten verschoben hatte, da in den Raunächten kaum jemand mehr arbeitete. Die Leuchtreklame mit dem Riesenrad zierte traditionsgemäß den Horner Kreisel in Hamburg, nicht des Erlkönigs Wald. Wie lange war sie ohnmächtig gewesen? Wie war sie hierhergekommen?

Vor allem aber: Wohin jetzt mit dem, was von ihr noch übrig war?

Bei Abbas brauchte sie sich nicht blicken zu lassen, wie sollte sie auch im Alleingang Enya seinen Klauen entreißen? Gallagher wusste von ihrem Verrat und würde vermutlich selbst vollbringen wollen, was seine Leute nicht geschafft hatten. Friedbert freute sich mit Sicherheit, sie losgeworden zu sein, ohne dass es seinem Schützling das Herz brach. Eine Runde Happy End für alle, Herr Ober.

Sie steckte die Hände in die Jackentaschen und ging, ohne bestimmtes Ziel, einfach nur los. Am Ende stand sie irgendwann vor dem Hauptbahnhof. Es wunderte sie nicht im Geringsten, auf das imposante Gebäude zu blicken und sich zu fragen, was sie hierher verschlagen hatte.

Die Lautsprecher umgarnten sie mit Piazzollas *Oblivion.*

Ein Weilchen stand sie unter dem Vordach und lauschte der Musik. Ein Zauber lag darin. Die sich immerzu wiederholende Sequenz ließ den Geist abstumpfen, der Klang der Melancholie machte träge und gleichgültig. Die Razzia hatte keine Spuren an diesem Ort hinterlassen, das vermochte keine Kraft der Welt. Sobald sich die Wogen glätteten, krochen die Elenden und Verstoßenen an ihre Plätze zurück, um dem Ende entgegenzuvegetieren.

Langsam durchschritt Zarah die *Wandelhalle*, strauchelte im Schutt und passte auf, über keinen Körper zu stolpern. Sie suchte sich eine Ecke, wo sie bleiben konnte. Jede freie Stelle war so gut wie jede andere, aber sich hinzusetzen bedeutete, alles aufzugeben. Unwillkürlich ging sie den Weg, den sie damals, an Alessa gekettet, geflohen war. Nur gab es diesmal kein Entkommen. In den Gängen zur Linie U2 erkannte sie an einer Wand den Punk, der den Kopf in den Bauch seines Hundes grub und schlief. Er musste ihre Anwesenheit gespürt haben, drehte sich um und rieb sich die verklebten Augen.

»Hey«, sagte sie. Dann sagte sie plötzlich: »Es tut mir leid, wegen des Vorfalls damals.«

Sein glasiger Blick ging durch sie hindurch.

»Ich habe dir auf die Nase geboxt, weißt du noch? Ich möchte mich entschuldigen.«

Er murmelte etwas und drückte das Gesicht wieder in das Fell des Hundes, der sich nicht mehr rührte.

Zarah zog die Jacke enger um sich. Etwas Rechteckiges, Festes schmiegte sich an ihre Brust. Sie zog das Buch hervor und schlug es auf. Leer und jungfräulich, verletzt durch den Schnitt einer Messerklinge. Das zweite Blatt – ebenfalls leer. Sie drückte den Daumen gegen den Buchschnitt und ließ die Seiten vorbeischnellen. Keine einzige Notiz.

Eine Weile stand sie da und strich über den Einband. Das Leder war weich, an den Kanten abgerieben und an mehreren Stellen von menschlichen Fingern poliert.

Der Punk sprach und stöhnte im Schlaf. Nein, sie würde nicht so enden, auf keinen Fall.

Sie schlug das Buch erneut auf, zählte die Seiten ab, bis sie bei 68 angelangt war. Dort war nichts, keine Knicke, keine Hinweise. Sie neigte und drehte das Buch hin und her, bis sie irgendwann doch etwas zu sehen glaubte: Buchstaben, Wörter. Den Abdruck, den ein Stift beim Schreiben hinterlassen hatte, ehe die beschriebenen Seiten von jemandem sauber entfernt worden waren.

Sie sprang auf die Beine und lief durch die Gänge, suchte nach etwas, was ihr helfen könnte, den Abdruck besser zu lesen. Schließlich gelangte sie nach draußen. An einem Mülleimer entdeckte sie Rußspuren, anscheinend hatten die Menschen, die noch irgendetwas zu spüren vermochten, hier Feuer gemacht und sich daran gewärmt. Sie wühlte in der Asche, bis sie ein Stück Kohle zu fassen bekam und damit über die Seite fuhr. Nach und nach wurde der Abdruck deutlicher.

Es handelte sich um zwei Texte, die sich überlappten, was das Lesen nicht gerade erleichterte. Der eine wurde klar und gerade niedergeschrieben, mit gleichmäßigem Abstand zwischen den Zeilen und runden, ausgewogenen Buchstaben. Der andere ähnelte eher einer Kritzelei, die Wörter standen kreuz und quer auf der Seite, ohne dass sie einen Anfang und ein Ende ergaben.

Zarah brauchte lange, bis sie die Texte entziffert hatte. Bei dem ersten, ordentlichen, handelte es sich um einen Brief:

Lieber Daimon,
ich weiß nicht, ob du diese Zeilen lesen wirst, ich hoffe inständig darauf. Die Engel haben mich gesegnet und mein magiesensibles Herz geöffnet. Jetzt bin ich ihre Prophetin. Anscheinend eine ganz passable. In meiner ersten Trance habe ich nämlich etwas sehr Schlimmes vorausgespürt.
Weißt du noch, wie wir herumgealbert haben, als du noch ein Kind warst? Wer spinnt die merkwürdigste Wettervorhersage zusammen. Meine wird diesmal gewinnen: Das Tief Hans-Uwe zieht von dem Atlantik rüber, bringt Dauerregen und Stürme mit sich. Die Bevölkerung wird vor dem Ende der Welt gewarnt.
Aber ich schweife ab, verzeih mir. In der Trance habe ich meinen Tod gespürt, der mit dem Ende der Welt zusammenhängen wird. Und ich habe auch dich gespürt, Daimon, direkt mittendrin. Du weißt, ich mache mir Sorgen um dich, habe sie mir schon immer gemacht. So sind Mütter nun einmal. Was auch immer dich dazu bringen soll, etwas zu tun, was dich in die Geschehnisse hineinzieht, ich beschwöre dich: Tu's nicht.
Anbei schicke ich dir die Zeilen, die ich in Trance aufgeschrieben habe. Außer dir wird niemand etwas davon erfahren.
In Liebe,
Helena, die 12 Jahre lang deine Mom sein durfte.
PS: Ich werde niemals vergessen, was du für mich getan hast. Welche Schuld du auf dich laden musstest, um mich zu befreien.

Der gekritzelte Text zeigte auch nach allen Mühen kaum Struktur. Zarah versuchte, die Wörter nach Gefühl einzuordnen:

Der Auserwählte. Den Auserwählten erschaffen. Der Auserwählte der Magie, magiesensibel, magiegleich. Das Ende. Alles hat ein Ende. Menschendämonen, Dämonenmenschen. Zwillingsbrüder, Zwillingsschwestern, Zwillingsbrüder. Sterne, Mond, Vollmond. Neugeboren, Unschuldslamm – eine magische Brücke. Feuer. Wasser. Wasser verletzt das Feuer. Engelslicht. Der Tod ist nur der Anfang. Unausweichlich.

Geräuschvoll schlug sie das Buch zu. Und jetzt? Daimon jagen?

In ihren Ohren klang Piazzollas *Oblivion* nach, das Wimmern der Elenden, ihr eigenes Stöhnen.

Erst einmal schlafen.

Nur ein bisschen.

Sie war so müde.

Sie zog sich zurück in die unterirdischen Gänge, fand ein Plätzchen zwischen den menschlichen Körpern, in denen noch Leben schlummerte, und rollte sich zusammen, den Kopf auf das Buch gebettet. Der Schlaf wollte nicht kommen. Sie schwebte in einem Dämmerzustand, bei dem jedes Geräusch aus der Wirklichkeit sich mit ihren traumverlorenen Gedanken vermischte. Ab und zu stürzte sie ins Nichts, tauchte erschrocken wieder auf und wusste nicht, wie viel Zeit vergangen war, glitt erneut davon, sobald sie die Augen zumachte.

Irgendwann registrierte sie, wie sich etwas in ihrer Umgebung verändert hatte. Sie stöhnte, unwillig, aus der Apathie aufzutauchen. Die Wirklichkeit fühlte sich beinahe klebrig an, erinnerte sie an Taras Blut, das noch an ihr haftete.

»Zarah? Bist du es?«

Im ersten Moment wusste sie nicht einmal das, dann nickte sie, aus Gewohnheit.

»Zarah, ich bin's. Erkennst du mich?« Die Stimme klang hoch, zaghaft, aber vertraut. Die Konturen des Mädchens vor ihr gewannen an Klarheit.

»Lll-essa?«

»Ich habe dich gesucht, Zarah.«

»Und wie hast du mich gefunden?«

Das Mädchen hockte sich vor ihr hin. »Weißt du es nicht mehr? Als wir auf der Flucht waren, hast du gesagt, dass du hier landest, wenn du einmal nicht mehr weiterweißt. Ich habe einfach mein Glück versucht, bin schon Dutzend Mal durch den ganzen Bahnhof hin- und hergelaufen.«

Zarah richtete sich auf. »Ziemlich viel Aufwand, um eine Verräterin niederzustechen, die eh keinem mehr schaden kann.«

»Ich bin hier, weil ich deine Hilfe brauche.«

Sie hätte aufgelacht, aber dieser Ort saugte jedes Lachen auf, noch bevor sie es hervorbringen konnte. »Hör zu, vielleicht hast du es wirklich nicht mitbekommen, aber ich war tatsächlich Abbas' Spitzel. Er hat Enya in seiner Gewalt, ich musste tun, was er von mir verlangte. Unsere Flucht – das alles war inszeniert. Es tut mir ganz ehrlich leid, ich wünschte, es wäre anders gekommen. Pass auf. Sag Gallagher, dass ihr noch einen Spitzel habt, der für das Ordnungsamt anscheinend um einiges wichtiger ist als ich. Mit dem Auffliegen meiner Tarnung konnte der andere Verräter seine Position stärken, sich noch mehr Vertrauen erschleichen. Ihr müsst ihn finden. Ich tippe auf Giulia, habe jedoch keine Beweise. Alessa, hörst du mir zu? Du musst das Gallagher sagen. Versprich es mir!« Beinahe hätte sie das Mädchen geschüttelt.

»Gallagher, ja. Deshalb bin ich hier. Du wirst doch nicht zulassen, dass ihm etwas Schlimmes widerfährt, oder?«

Sie hielt inne. »Was ist passiert? Hat Giulia es geschafft, die Macht an sich zu reißen?«

Alessa legte etwas Schweres, Kaltes in Zarahs Hand. Es

war ein gleichförmiger Kristall mit einem eingeschlossenen Insekt in der Mitte.

Zarah betrachtete es genauer. Nein, es war kein Insekt.

»Friedbert!«

»Das wurde bei der Perchta abgegeben, zusammen mit einer Notiz für Gallagher. Er hat mir gesagt, ich soll auf den Kristall aufpassen, und ist sofort weggegangen.«

»Was stand in der Notiz?«

Alessa reichte ihr einen Zettel. »Den habe ich meinem Bruder aus der Tasche geklaut, er hat nichts gemerkt.«

Komm ins Planetarium, wenn der Vollmond im Zenit steht, und du kannst deinen Freund retten.

»Es ist eine Falle, oder?« Jetzt zitterte nicht nur Alessas Stimme, sondern ihr ganzer Körper.

»Sieht ganz danach aus.«

»Du musst dich doch mit Zauberei auskennen. Weißt du, wie man die Fee aus dem Kristall befreien kann? Ich meine, wenn wir das schaffen, muss Gallagher nicht hin. Und es wird alles gut.«

»Es ist ein sehr altes Ritual, mit dem man eine Fee bannen kann. Es besteht aus zwei Teilen. Dem Kristall, in dem die Fee gefangen gehalten wird und drei Zweigen mit dem Namen der Fee, die irgendwo vergraben liegen. Erst wenn man die Zweige vernichtet, wird der Bann gebrochen.«

»Es muss doch auch einen anderen Weg geben!«

»Keine Chance, wenn wir nicht wissen, wo die Zweige sind. Versucht man, den Kristall zu zerstören, tötet man die Fee darin.«

»Ich verstehe nicht, wer so etwas tut. Das Ordnungsamt? Wollen sie Gallagher in ihre Gewalt bringen?«

»Nein.« Sie wog den Kristall in der Hand. »Das hier ist viel zu persönlich.«

Zwillingsbrüder.

Sterne, Mond, Vollmond.

»Natürlich!« Sie legte den Kristall auf den Boden, schlug das Buch auf und zeigte Alessa die mit der Kohle geschwärzte Seite. »Es ist Daimon.«

»Das verstehe ich nicht.«

Zarah las ihr die Texte vor. »Begreifst du es jetzt? Deine Mutter hat in Trance die Zukunft mit ihrem magiesensiblen Herzen im Voraus gespürt. Sie wusste, dass Daimon das Ende der Welt heraufbeschwören wird, und wollte ihn davon abhalten. Lies dir ihren Brief genau durch. Sie nennt oft seinen Namen, sie erinnert ihn an das gemeinsame Spiel aus seiner Kindheit, sie betont, seine Mutter zu sein – alles Versuche, die persönliche Bindung aufleben zu lassen, damit er auf sie hört. Doch höchstwahrscheinlich hat sie ihn gerade damit erst auf den Gedanken gebracht. Indem sie versucht hat, die Zukunft zu verändern, hat sie die Dinge in Gang gesetzt. Daimon erschafft aus sich einen Auserwählten, indem er die magiesensiblen Organe sammelt und diese in sich aufnimmt. *Sterne, Mond, Vollmond* – das letzte, alles entscheidende Ritual wird im Planetarium abgehalten, wenn der Vollmond im Zenit steht und die Magie am stärksten anzieht. Deine Mutter erwähnt auch Zwillingsbrüder – Daimon und Gallagher. Ich verstehe bloß nicht, was es mit dem Wasser, Feuer und Engelslicht auf sich hat.«

»Alles schön und gut, aber wofür braucht er meinen Bruder?«

»Für die Rache.«

»Welche Rache?« Mit gesenktem Blick strich Alessa über die Zeilen ihrer Mutter. »Gallagher und Daimon sind sich nie begegnet.«

»Aber Gallagher hat Daimons Leben gelebt, während

Daimon sich all die Jahre verstecken musste. Grund genug, um genügend Hass in sich aufzubauen.«

»Okay.« Ihr Finger schien jeden Buchstaben nachzuzeichnen. »Und was tun wir jetzt?«

Zarah verstaute den Kristall mit Friedbert in ihrer Jackentasche. »Wir halten ihn auf. Wann ist Vollmond?«

»In dieser Nacht. Die Uhrzeit des Zenitstands kann ich dir nicht nennen, aber es ist bestimmt in wenigen Stunden.«

»Bist du mit einem Auto hier?«

»Mit Josepha.«

»Dann nichts wie hin, mit dem Gaul brauchen wir eine Ewigkeit, bis wir da sind.«

Alessa nickte, presste sich das Buch an die Brust und ließ ihr Kinn auf ihm ruhen. »Darf ich es behalten? Ich weiß, du wirst es als fürchterlich menschlich und sentimental empfinden, aber ich habe nichts, was mir von meiner Mutter geblieben ist.«

»Meinetwegen.«

Während Zarah durch den Schutt den Weg nach draußen fand, beugte sie sich hin und wieder zu den herumliegenden und -hockenden Menschen, nahm sich mal ein Messer, mal einen Dolch. Einer hatte sogar eine Pistole bei sich, die er jedoch nicht ohne Widerstand abgeben wollte. Zarah entschuldigte sich, bevor sie ihn mit einem gezielten Schlag ausschaltete. Als sie den Hauptbahnhof verließ, besaß sie ein kleines Arsenal, das sich zwar nicht dazu eignete, das Ende der Welt zu verhindern, jedoch weit besser war, als es mit leeren Händen zu versuchen.

In der Nacht lebte Hamburg auf, unzählige Menschen, Dämonen und sonstige magische Wesen eilten durch die Straßen und behinderten ihr Vorankommen erheblich. Es ging auf Mitternacht zu – die Rush Hour in der Innenstadt, da die meisten Büros ihre Mitarbeiter in eine Essenspause entließen. An der Alster hielt ein Touristengrüppchen nordischer Selkies die Badesaison wacker für eröffnet. Mit nackten Oberkörpern und Seehund-Unterleibern planschten die Meerfrauen mit den Nöcks um die Wette, sehr zum Missfallen der einheimischen Nixen. Im Stadtpark flanierten Pärchen, die der Anziehungskraft des Vollmondes nicht widerstehen konnten. Während Jogger sich darum bemühten, ihnen und den neurotischen Werwesen canidischen Ursprungs auszuweichen, die allen sich bewegenden Waden nachjagten.

Das Planetarium erhob sich am Ende einer der Hauptalleen wie ein Tempel, erleuchtet von dem gelblichen Schein der Strahler, welche den Eindruck erweckten, als bräche das Licht aus dem Inneren des Gebäudes hervor. Der Bau und die Lichter spiegelten sich in dem Wasserbecken, das sich vor dem Planetarium erstreckte.

Zarah sprang von Josepha hinunter. Alessa stieg ab, wie gebannt von der majestätischen Erscheinung des Gebäudes, das Gesicht der Säulenfront zugewandt und den Blick auf die weiß beleuchtete Schrift ›Planetarium‹ gerichtet. »Kaum zu glauben, dass es früher ein Wasserturm war, oder?«

»Wasserturm.« Jetzt verharrte auch Zarah. »Wasser. Noch eine Verbindung zu der Prophezeiung. Wenn ich bloß begreifen könnte, welche Rolle das Wasser dabei spielen soll! Mh, hast du eine Flasche oder irgendeinen Behälter dabei?«

Alessa nestelte an der Satteltasche und holte eine Trinkflasche hervor. Zarah füllte sie in dem Becken bis zum Rand. »›Wasser verletzt das Feuer‹, hieß es. Wer weiß, wofür das gut sein wird.« Sie reichte die Flasche Alessa und ging zur Treppe.

»Eine vielleicht dumme Frage: Hast du eigentlich einen Plan?«

Zarah stolperte. »Einen Plan? Hm. Den hat bestimmt dein Bruder. Ich möchte mir erst mal einen Überblick verschaffen. Und natürlich die Welt retten.« Sie stieg die restlichen Stufen hoch und studierte den Zettel an der Tür, der verkündete: »Heute geschlossene Gesellschaft.«

Zarah zog die Pistole und prüfte die Tür. Nicht abgeschlossen. »Werten wir das als eine Einladung.«

Der Eingangsbereich war überwiegend in Weiß gehalten. Vor der gewölbten Wand, die den Raum am anderen Ende abschloss und an eine breite Litfaßsäule erinnerte, stand ein unbesetzter Tresen. Darüber waren in hellgrüner Farbe Mondzyklen gezeichnet, ein gelber Schriftzug verkündete: *Planetarium*HH, ein zweiter, in freundlichem Schwarz gehalten: *Kollegium für Astrologie, Gestirne und Sternendeutung*

»Hm, niemand am Empfang?« Zarah pirschte sich an den Tresen heran. Der Bürostuhl lag umgekippt auf dem Boden, zusammen mit der Empfangsdame darin. Auf der schwarzen Tresenoberfläche prangte ein mit Blut gezeichneter senkrechter Strich.

Alessas Atem strich über Zarahs Nacken. »Ist sie tot?«

»Vermutlich nur psychisch und körperlich blockiert.« Sie tunkte den Zeigefinger in das Blut und verrieb es mit dem Daumen. »Noch frisch. Es ist die Rune Is/Isa, bedeutet Eis und symbolisiert den Stillstand. Runen – kommt dir das bekannt vor?«

»Daimon?« Alessa zückte ein Messer.

»Halte dich hinter mir und sei auf der Hut. Er will den Vollmond, wenn er im Zenit steht, nutzen. Ich vermute, er ist im Sternensaal, um die Kraft auf sich zu projizieren. Wir müssen nach oben.«

Ihre Gummisohlen quietschten auf dem Boden, sobald sie den Teppich im Empfangsbereich verließ. Sie zog die Schuhe aus, doch auch dann schienen ihre Schritte noch durch das ausgestorbene Planetarium zu lärmen. War Daimons Kraft so stark, dass er mit einer einzigen Rune die ganze Belegschaft außer Gefecht gesetzt hatte?

Ein Geräusch von leise klirrendem Glas weckte ihre Aufmerksamkeit. Sie lauschte. Eine Zeit war es still, dann glaubte sie zu hören, wie winzige Krallen an einer Wand klackten und schabten, als huschte jemand darüber rauf und runter. Das Geräusch kam aus einem Saal, dessen Türen offen standen und rötliches Licht durchließen.

Sie spähte hinein.

Links lockte eine Bar, an den Wänden hingen Monitore, die aktuelle Planetenkonstellationen zeigten, die Decke war mit kunstvollen Darstellungen von Sternbildern verziert: Andromeda, Fische, Drache … Nur dass Letzterer echt war – unterarmgroß, glühend, mit einem langen Schwanz, der an einen Kometenschweif erinnerte. Ein Gluhschwanz! Mit einem Halsband, an dem ein Amulett baumelte. Instinktiv zielte Zarah auf das Wesen. Der Gluhschwanz zischte sie an und schnellte über die Decke zur Wand wie ein Eichhörnchen. Im Nu war er hinter der Bar verschwunden. Flaschen und Gläser klirrten, etwas fiel um und zerschellte am Boden.

Jemand seufzte. »Du kleiner Zappelphilipp.«

Hinter dem Tresen tauchte ein Fremder auf. Zarah nahm ihn ins Visier. Der junge Mann stützte sich mit einer Hand ab und grinste sie an.

»Oh, wie ich sehe, sind die Cheerleader auch schon eingetroffen«, sagte er, unbeeindruckt von der Pistole, die auf seine Brust zielte. »Wein, Saft, Sekt zur Begrüßung?«

»Daimon, nehme ich an«, flüsterte Zarah und versuchte

ihrerseits, sich von seiner Lässigkeit unbeeindruckt zu zeigen. Für jemanden, der seine Opfer so brutal ermorden ließ und das Ende der Welt im Sinn hatte, barg er etwas Faszinierendes in sich. Verstört betrachtete sie ihn so lange, bis ihr langsam dämmerte, was an ihm so irritierend war.

Sein Aussehen.

Seit einer Weile vermutete man bereits, dass Dämonen von ihren menschlichen Zwillingen einiges erbten, meistens handelte es sich dabei um Mängel. Enyas körperliche Schwäche hatte auf Zarah abgefärbt, weswegen sie an der Akademie kaum mit anderen Kommilitonen hatte mithalten können. Und Daimon trug eine Spur menschlicher Schönheit in sich. Nicht so ausgeprägt wie bei Gallagher, sondern auf eine dämonisch dunkle Art berauschend und beängstigend zugleich.

Sein Grinsen wurde breiter. »Anscheinend gefällt dir, was du siehst.«

Die imposante Statur mit breiten Schultern und schmaler Hüfte, der dunkle, dichte Haarschopf, die bernsteinfarbenen Augen, die zu glühen schienen und mit einem Blick alles zu Asche zu verbrennen drohten … Sie bemerkte, wie sie den Lauf der Pistole leicht gesenkt hatte, und korrigierte die Haltung. »Bilde dir nichts darauf ein. Ich stehe nur auf Intensivtönung Schwarz mit Diamantglanz.«

»Wie bedauerlich. Jetzt nimm doch die Waffe runter und lass uns reden.«

»Ich bin nicht für einen Small Talk hier. Ich bin hier, um dich aufzuhalten.«

Der Drache huschte auf den Tresen, warf ein leeres Weinglas um, verharrte für einen Augenblick, während sich die Schuppen an seinem Hals wie zu einer Halskrause aufplusterten, und nieste. Eine Flamme schoss aus seinem Maul und entzündete einen guten Meter der Theke. Das Feuer loderte empor, ohne dass man hätte sehen können, wovon es gespeist wurde. Mit der bloßen Hand wischte Daimon über die Oberfläche. Die lodernden Zungen lechzten nach dieser Berührung, während seine Haut die Flammen aufsaugte. Seine Haare erglühten von innen und wirbelten in einem Strom heißer Luft herum, obwohl die äußeren Strähnen dunkel blieben. Zarah starte ihm in die Augen und sah darin Sonnenstürme. Ein Feuerdämon. Sie dachte an Dagebüll. Vermutlich mit dem mächtigen Drachen, den sie dort gesichtet hatten, als Zwiegestalt.

»Lessa – Wasser!« Ihre Stimme war kaum lauter als ein Gedanke, doch das Mädchen begriff sofort.

Wasser verletzt das Feuer.

Alessa schwenkte die geöffnete Trinkflasche in seine Richtung, doch er duckte sich zur Seite, sodass nur ein paar Tropfen auf seine Wange fielen und zischend verdampften. Zarah drückte auf den Abzug. Die Pistole klemmte.

»Nun.« Daimon richtete sich auf, wirkte größer und bedrohlicher als je zuvor. »Dann also auf die harte Tour. Darf ich euch den Sternensaal zeigen? Du, Zarah, wirst deiner Zwillingsschwester doch sicherlich Hallo sagen wollen.«

Er kannte ihren Namen.

Er kannte ihre Schwester.

Enya war … hier?

31

Alles schien so irreal. Wie damals, als der Vampirspeichel ihr Blut vergiftete.

»Sie ist die Auserwählte«, sagte er. »Die magischen Schwingungen um sie herum sind enorm. Wenn der Vollmond im Zenit steht, erreicht sie den Höhepunkt ihrer Kraft. Allein ihr Körper hält sie noch davon ab, sich über die Welt zu erheben.«

Der Arm mit der Pistole hängt schlaff herunter. Die Finger halten das Gewicht der Waffe nicht mehr aus, und sie entgleitet ihnen. Ihre Beine tragen sie vorwärts, jeder Schritt wie durch Sand, Amrumsand, in dem sie immer mehr versinkt. Der Sternensaal ist von einem sanften, dunkelblauen Licht erfüllt, das ihn düster und verlockend zugleich zeichnet. Die Gänge laufen auf den Sternenprojektor zu, der wie ein kahlköpfiges, mehräugiges Monster in der Mitte hockt. Hinter ihm ragt eine Bühne einer blankpolierten Zunge gleich in den Saal, auf der regungslos ein Menschenkörper liegt.

Eine junge Frau.

Ein Mädchen.

Zarah rannte zu der Bühne, packte ihre Schwester an den Schultern, hob sie an. Der schlaffe Körper zog sie mit sich nach unten, wollte ihren fühllosen Armen entgleiten. Über ihrem Kopf prangte an der Kuppel der nächtliche Himmel. So nah, so greifbar, dass man eine Handvoll Sterne hätte nehmen und den Schein des Mondes in sich hätte aufsaugen können.

»Enya, wach auf, bitte wach auf. Ich bin bei dir, ich werde dich hier rausholen. Wach auf.« Dieser Körper – so zierlich, so zerbrechlich. Sie tat ihr fürchterlich weh, ganz bestimmt, wie konnte sie nur so grob mit ihrer Enya umgehen? »Bitte verzeih mir.« Sie drückte den Mund auf den Scheitel, küsste das Haar, obwohl es ranzig roch und nicht mehr an ein flauschiges Küken erinnerte. Sie schloss die Augen und fühlte ihre Enya irgendwo da drin, in diesem schweren, welken Leib. »Verzeih mir alles.«

»Sie lebt.«

Daimon.

Noch hatte er sie nicht umgebracht.

Zarah sammelte all ihre Kraft, um ihre Lider zu öffnen und zu kämpfen.

Der kleine Drache machte Männchen vor ihr und wischte mit dem glühenden Schwanz hin und her über eine Rune. *Dagaz* – die Kraft des Lichts, der stärkste Schutz vor bösen Zaubern. Ein Stück daneben: *Algiz* – Lebenskraft und Schutz vor dunklen Mächten.

Schutz. Überall Schutz.

Sie löste ihre Lippen von Enyas Haar und schaute zu Daimon auf, der mit schräg geneigtem Kopf auf sie herabblickte.

»Und? Bist du jetzt endlich bereit zu einem Small Talk?«

Sie glaubte, genickt zu haben.

»Daimon!« Der Ausruf vom anderen Ende des Saals ließ ihn herumfahren. »Lass die Mädchen gehen. Ich schätze, das hier ist eine Sache zwischen dir und mir.«

Zarah umarmte Enya fester. Gallagher … Alles in ihr zog sich schmerzhaft zusammen. Sah er sie an? Und wenn ja, sah er eine Verräterin, eine Seelenlose, die seine Leute an das Ordnungsamt ausgeliefert hatte?

Was denn sonst!

So naiv konnte sie unmöglich sein, zu hoffen, dass er noch irgendetwas für sie empfand, außer Zorn und Verachtung.

Daimons Fingerspitzen begannen zu glühen. »Na sieh mal einer an. Intensivtönung Schwarz mit Diamantglanz, nehme ich an.«

»Lass die Mädchen gehen.« Gallagher zielte mit einem Maschinengewehr auf den jungen Mann und kam immer näher, bis er zwischen Alessa, die in der Mitte eines Ganges verharrte, und Daimon stand.

»Gallagher, warte!« Zarahs Stimme bebte. Sie wollte es ihm sagen, sie musste es. »Gallagher …«

Der rote Punkt der Zielvorrichtung, der zuvor unbeirrt die Mitte von Daimons Stirn markierte, zitterte leicht.

»Gallagher …«

»Was deine kleine Freundin sagen will: Ich bin nicht dein Feind.«

»So? Will sie das?«

»Er ist es wirklich nicht.« Sie war hier, um das Ende der Welt zu verhindern, wenn sie schon das ihre nicht mehr aufhalten konnte. »Schau hier – Schutzrunen. Wer einen bösen Zauber wirken wollte, würde Kraftrunen benutzen. Er hat versucht, Enya aufzuwecken.«

»Danke.« Daimon verneigte sich vor ihr und wandte sich erneut Gallagher zu. »Wir stehen auf einer Seite. Ich möchte genauso wie ihr dem ganzen Schlamassel Einhalt gebieten und heil aus der Sache rauskommen. Uns bleibt nicht viel Zeit, um einander auf den aktuellen Stand der Dinge zu bringen. Deshalb fange ich einfach mal an und erzähle im Schnelldurchlauf, wie ich hier gelandet bin. Meine Mutter …«

»Sie war nicht deine Mutter«, zischte Gallagher. Der rote

Punkt, der ein klein wenig nach unten gerutscht war, tanzte wieder auf Daimons Stirn.

»Meine Mutter«, fuhr dieser fort, in einem Ton, der jede Widerrede im Keim erstickte, »hat mir einen Brief geschickt, in dem sie mir von ihrer Vision berichtet hat. Sofort habe ich sie aufgesucht, um ihr Haus mit Runen zu schützen, doch da wusste ich nicht, wovor. Der Schutz fiel zu schwach aus, und sie musste sterben. Vergeblich habe ich nach verwertbaren Spuren gesucht, die mich zu dem Täter geführt hätten. Ich blieb mit leeren Händen zurück und konnte absolut nichts tun. Einige Zeit später starb eine Seherin, und diesmal nutzte jemand meinen kleinen Drachen als Werkzeug für den Mord. Da war das Maß voll. Wenn jemand meine Familie angreift und meine – auch vierbeinigen – Freunde zum Töten zwingt, nehme ich das verdammt noch mal sehr persönlich.«

»Da haben wir was gemeinsam: Wer meine Freunde in einen Kristall sperrt, steigt mir damit ebenfalls gehörig auf die Zehen.«

»Noch einmal zum Mitschreiben: Ich war es nicht. Also zurück zu dem Mord an der Seherin. Durch die Tatsache, dass mein Drache dafür benutzt wurde, bekam ich ein paar Anhaltspunkte. Ich bin euch auf die Sireneninsel gefolgt und habe euer Ritual in dem Haus am Wattenmeer beobachtet. Dabei erkannte ich die Erscheinung, die dir die Aufmerksamkeit der Magie geschenkt hat, um das Geschriebene sichtbar zu machen.«

»Welche Erscheinung?«, entfuhr es Zarah.

»Enya. Sie ist anscheinend in der Lage, ihren Körper für kurze Zeit zu verlassen. Dann ist sie die Magie selbst. Ich habe es gesehen. Also habe ich nach dem Mädchen gesucht und bin ihm schließlich hierher gefolgt.«

Zarah ließ Enyas Körper zu Boden sinken. Die feinen, so menschlichen Züge straften ihn Lügen. Sie kannte jede Ader, die bläulich unter der bleichen Haut verlief, jedes Muttermal. »Das kann nicht sein. Sie ist ein Mensch. Sie könnte niemals genügend Kraft besitzen, um so viele entsetzliche Dinge zu tun.« Aber deuteten die Zusammenbrüche, die sie einer Schwangerschaft, von der jetzt absolut nichts zu sehen war, zugeschrieben hatte, nicht genau darauf hin? Ihre Kraft war die Kraft der magiesensiblen Organe.

»Enya wurde hier von ihrem Wächter betäubt«, fuhr Daimon fort, »der sich damit als der wahre Drahtzieher entpuppt hat. Ich konnte das Mädchen nicht aufwecken oder schützen. Anscheinend wurde es mit Medikamenten vollgepumpt, dagegen sind die Runen machtlos.«

»Eine interessante Geschichte hast du dir da zurechtgelegt«, unterbrach Gallagher ihn. »Und wo ist dein ominöser Drahtzieher jetzt?«

»Hier«, hallte es vom Ende eines der Gänge. »Ich musste nur noch etwas holen.« Dumpf schlugen die Eselshufe auf den Teppichboden. Abbas! Zarah merkte, wie Gallagher das neue Ziel anvisierte, ohne Daimon jedoch den Rücken zu kehren. »Zugegeben, ich habe nicht mit ungebetenen Gästen gerechnet, habe mich wohl zu sehr auf die Sternenschwester vom Empfang verlassen. Ach, das kommt mir wirklich äußerst ungelegen.«

In seinen Armen wiegte Abbas ein Bündel, das sich zu regen begann und kurze, wimmernde Töne von sich gab. Ein Baby! Woher hatte er dieses Baby?

Die Wunde im Bauch ihrer Mutter fiel Zarah ein. Keine entwendeten Organe, dafür aber ein kleines Leben, das der Sirene aus dem Leib geschnitten wurde.

Ihre Mutter war schwanger gewesen.

Oi, oi. Aber was ich soll auch mit ein Neugeboren?

Sie hatte davon nichts gewusst. Es in ihrem eigenen Heim – dem Haus ihrer Mutter – nicht gekannt. Hatte der Wodjanoi damals dieses Kind von ihr verlangt?

Das Baby plärrte lauthals, als wollte es seine Daseinsberechtigung unterstreichen. Abbas schüttelte es in seinen Armen, was das Kind mit einer noch größeren Lautstärke quittierte. »Ich werde ein guter Vater für mein eigenes Fleisch und Blut sein. Die schöne Lore wäre stolz darauf, wie ich mich um ihre Kinder kümmere. Schade, dass ich mit ihr so wenig Zeit verbringen konnte, dazu noch bloß in Gaius' Gestalt.«

Die Träume. Zarah dachte an ihre Träume. In denen Gaius sich manchmal in Abbas verwandelte. »Du hast ein Kind mit ihr gezeugt? Was willst du mit dem Baby?«

»Sagen wir es so. Ich habe es und deine Zwillingsschwester zum Fressen gern. Aber genug davon.« Abbas winkte jemandem zu, der hinter ihm in den Schatten verborgen blieb, und gab das protestierende Bündel ab. »Mal sehen«, schmatzte er beinahe vergnügt, »wer hier meine Vorbereitungen stören will. Drei Menschen. Und ein Feuerdämon. Zugegeben, ein starker Dämon. Aber meint ihr tatsächlich, ihr könnt mich aufhalten? Als Ghul gehöre ich zu den unsterblichen, mächtigen Dschinnen. Euch sollte doch wohl klar sein, dass ihr mich nicht töten könnt.«

Aus dem Augenwinkel sah Zarah, wie Daimon in eine der Sesselreihen trat und mit einem Finger etwas auf eine der Lehnen malte. Vermutlich Runen, die ihnen im Kampf helfen sollten, aber er brauchte mehr Zeit. Sie musste Abbas' Aufmerksamkeit auf sich lenken, ihn noch ein kleines Weilchen beschäftigen.

»Nein, töten können wir dich nicht, aber bannen.«

»Viel Erfolg!« Jetzt hielt er ungefähr auf einer Höhe mit Gallagher an, der im anderen Gang stand und dem Ghul mit dem roten Punkt seiner Zielvorrichtung folgte. Abzudrücken hatte wenig Sinn, denn eine Kugel konnte einen Dschinn unmöglich ernsthaft verletzen.

»Den werden wir haben«, sagte Zarah mit einem raschen Blick zu Daimon, der ihr knapp zunickte und weitere Runen zeichnete. »Außerdem hast du dich verrechnet. Ich kann zwar keine Magie nutzen, ein Mensch bin ich jedoch nicht.«

Abbas setzte sich wieder in Bewegung. Der kleine Drache flitzte auf der Bühne hin und her und jagte seinen Schwanz. Auf seine Hilfe durften sie kaum hoffen. Zarah zog ein Messer aus der Tasche und wog es in der Hand. Die Waffe war nicht austariert, im Halbdunkel und auf die Entfernung würde sie den Ghul vermutlich nicht treffen, sollte sie die Klinge nach ihm werfen.

»Das glaubst auch nur du, Wechselbalg! Und ich dachte, du hättest die Wahrheit begriffen, als du deine Zwillingsschwester hier hast liegen sehen. Deine *dämonische* Zwillingsschwester, möchte ich betonen.« Die Hufe klangen auf dem Boden wie ein Herzschlag, das Wummern vibrierte in Zarahs Schläfen. Er kam immer näher. Jetzt könnte sie ihn treffen. Noch ein paar Schritte, und sie würde es sogar schaffen, das Messer in seinen Hals zu rammen, ohne es loszulassen.

Aber sie war wie erstarrt.

»Doch so überrascht?« Ein Luftzug wehte ihr ins Gesicht und brachte Abbas' Verwesungsgeruch mit sich. »Der Mond steht noch nicht im Zenit, wir haben noch etwas Zeit für einen Plausch. Viele Jahre ist es her. Mir kommt es vor, als ob es gestern gewesen wäre. Damals war ich noch nicht Leiter der Abteilung für operative Einsätze, sondern saß in der Auswertungsabteilung für Prophezeiungen. Von der Insel Amrum erreichten mich Gerüchte, eine Sirene habe ein Mädchen zur Welt gebracht, dem Großes vorausgesagt sei. Ich ging der Sache auf den Grund. Das Mädchen war zwar noch ein Baby, aber ich habe seine Stärke gespürt – eine unglaubliche Seltenheit, wenn die Magie jemanden so sehr umgibt, obwohl er noch nicht die Volljährigkeit erreicht hat. Je länger ich mich mit der Kleinen beschäftigt habe, desto mehr formte sich eine auf den ersten Blick zugegebenermaßen vollkommen verrückte Idee in meinem Kopf. Aber warum sollte ich es nicht riskieren? Ich durfte das Mädchen nicht bei der Sirene lassen, seine Besonderheit nicht der ganzen Welt offenbaren – da hätte jeder auf dieselben Gedanken wie ich kommen können. Also habe ich die menschliche Zwillingsschwester gefunden, bin in Gaius' Gestalt auf die Insel zurückgekehrt und habe die Kinder vertauscht, damit das Sirenenmädchen bei den Menschen aufwächst. Wer achtet schon auf Menschen? Dumm nur, dass die Sirene einige Jahre später den Betrug gemerkt hat. Zu meinem Bedauern musste ich mich um das Problem kümmern.«

»Der Unfall.« Zarahs Stimme klang erstickt. »Du warst das. Du hast sie unzurechnungsfähig gemacht. Und ich … ich bin … nur ein …«

»Nichts?«, fragte er.

Ein Mensch.

Furchtbar, dieses Wort.

Sie sah zu Gallagher. Seine Statur zeichnete sich im Halbdunkel ab wie ein Felsen, an den es sie trieb. Sie dachte daran, wie sie seinen Armen erlaubt hatte, sie zu umarmen. Wie lebendig und unglaublich … menschlich sie sich darin gefühlt hatte. Wie sie in kurzen Augenblicken, in denen es ihnen gelang, die ganze Welt um sie herum auszublenden, seine Liebe spürte und sich wünschte, alles von ihm in sich aufnehmen zu können. *Hast du es gehört?*, hätte sie ihm jetzt gern zugeflüstert und sich mit ihrem ganzen Wesen an ihn geschmiegt. *Du und ich, wir sind Menschen. Einfach nur zwei Menschen.*

Begehrenswert, dieses Wort.

»Na, warum denn plötzlich so schweigsam?« Abbas machte noch einen Schritt. »Du warst diejenige, die am meisten davon profitiert hat«, fuhr er fort. »Bei den Dämonen anerkannt zu sein, eine Ausbildung zu machen – welcher Mensch hat schon solche Möglichkeiten? Du hast deine Chancen selbst verspielt, meine Teuerste. Wobei mir auch das nur gelegen kam – ich hatte mich schon lange gefragt, was ich mit dir nach deinem 18. Geburtstag machen sollte, wenn du feststellst, dass du keine Zwiegestalt besitzt. Nicht umsonst habe ich beim Tausch etwas geschummelt und dir einen ganz anderen, späteren Tag deiner Geburt eingeredet. Den gewonnenen Monat nutzte ich, um deine Schwester zu beobachten, ob sie tatsächlich die Kräfte entfaltete, auf die ich gehofft hatte. Du bist jedoch ein Problem geblieben. Aber die Lösung hast du mir glücklicherweise selbst geliefert. Vieles hat auch die gute Oda vorausgesagt. Es war keine Herausforderung, an den entscheidenden Punkten einzugreifen. Dass Gaius so kurz davor in der Stadt aufgetaucht war, ließ mich die ganze Sache fast abblasen, aber er ist mir zum Glück nicht auf die Schliche gekommen.«

Der Verwesungsgeruch widerte sie an. »Der Auftrag, Tissan zu töten, das Tribunal, die Brandmarkung – alles von dir manipuliert, damit du mich dort hattest, wo du mich haben wolltest?«

»Ach ja, Tissan. Tissan, würdest du bitte mit dem Baby herkommen? Wir werden es gleich brauchen.«

Ein entsetztes Keuchen ertönte. Alessa.

Am Ende des Ganges setzte sich jemand in Bewegung und nahm Form an, bis die Schatten ihn entließen und das sanfte Licht des Mondes und der Sterne von der Kuppel Tissans Züge preisgaben.

Alessa tat ein paar Schritte in seine Richtung.

»Zurück!«, mahnte Gallagher, und das Mädchen verharrte.

Tissan blieb vor der Bühne stehen und legte das krakeelende Baby in Enyas Armbeuge. Sein schneeweißes Haar, das ihm ins Gesicht fiel, berührte dabei fast Zarahs Schulter.

»Warum?«, hauchte sie ihm zu.

Er hob sein von der Fettcreme glänzendes Gesicht zu ihr. »Das fragst du mich noch? Du hast ja nicht als Mensch gelebt. Wie kannst du da wissen, was es heißt, wenn dein dämonischer Zwillingsbruder mit deinem Leben spielt, wie es ihm passt. Oder meinst du, ich habe es mir gewünscht, so auszusehen?« Er zeigte auf den Mund, der kaum weit genug aufging, um seine Worte durchzulassen, zwickte die Haut am Handrücken, die nicht elastisch zurückging, sondern wie ein Papierknick leicht abstand.

»Ash hatte keine Wahl, er musste sich etwas einfallen lassen. Die Dämonen hätten dich exekutiert!«

»Natürlich hatte er eine Wahl, zum Beispiel, nicht zu den Engeln überzulaufen. Aber das alles kümmert mich nicht mehr. Nach der heutigen Nacht werde ich alle Privilegien genießen, die mir bis jetzt verwehrt blieben.«

»Hat er dir das versprochen, ja?«, schrie Alessa und deutete auf den Ghul. »Und du glaubst ausgerechnet einem *Dschinn*?«

Zarah griff nach seiner Hand. »Tissan, er manipuliert dich doch genauso wie mich, du bist nur eine unwichtige Figur in seinem Spiel!«

»Genug Gerede«, unterbrach Abbas sie. Tissans schmierige Hand glitt aus ihrem Griff. »Der Vollmond steht bald im Zenit. Beginne das Ritual, Tissan, und vermische das Blut der beiden.«

»Daimon?«, rief Gallagher alarmiert.

»Noch einen Schritt.«

Abbas lachte auf. »Meint ihr, ich habe nicht bemerkt, wie ihr versucht, einen Kraftkreis aufzubauen, in dem ihr mich gefangen halten könnt? Wie gut, dass Tissan ein Mensch ist. Manchmal hat das doch ein paar Vorteile.«

»Noch einen verdammten Schritt«, fluchte Daimon.

Zarah wollte Abbas packen und ihn ins Kraftfeld mit sich ziehen, doch Tissan schlug ihr ins Gesicht und zerrte sie von der Bühne.

Gallagher schoss. Das Projektil wanderte durch Abbas' Hirn und trat aus seiner Stirn wieder aus. Knochen und Gewebestückchen spritzten bis zur polierten Oberfläche der Bühne.

Der Ghul taumelte und machte doch noch den entscheidenden Schritt.

32

Zarahs Messer richtete sich gegen Tissans Rippen, doch den Mann niederstechen, das konnte sie nicht. Als wäre *menschlich* plötzlich ein Schutzschild, den sie nicht zu durchdringen vermochte. In ihm, ausgeblichen und ausgetrocknet, wie er war, sah sie immer noch Ashs Zwillingsbruder.

Tissan kniete neben ihr, hielt sie mit einer Hand am Hals fest und schlug ihr ins Gesicht. Schlug ihre Nase und seine Knöchel blutig. Sie drehte den Kopf, bekam eine Faust gegen die Schläfe, die Wange, den Kiefer. Irgendwo in ihm … da war kein Tissan mehr.

Mit einem Tritt in den Bauch stieß sie ihn von sich. Er fiel rücklings auf den Boden. Mit einem weiteren Tritt hätte sie ihm die Rippen brechen können. Noch vor wenigen Minuten hätte sie es getan. Aber jetzt ließ sie ihn liegen, sprang auf die Füße und griff nach dem Baby. Es schrie lauter denn je und wand sich in ihren Armen mit einer Beharrlichkeit, die sie diesem Würmchen niemals zugetraut hätte. Sie musste das Baby wegbringen. Kein Baby, keine magische Brücke, die Enyas Kräfte zu Abbas transportieren könnte, kein Ritual.

Sie lief los.

Abbas schnellte zu ihr, seine Hände packten sie, zerrten an ihrer Jacke. Die Nähte rissen, etwas rutschte ihr aus der Tasche und fiel schwer auf den Boden. Sie wand sich aus seinem Griff und war mit dem nächsten Schritt außerhalb seiner Reichweite. Abbas warf sich ihr hinterher. Es knisterte.

Die Himmelsprojektion flackerte auf, die Kraft des Kreises schleuderte den Ghul zurück. Er schrie auf, versuchte es erneut, obwohl sein Körper gewaltsam hin- und hergebogen wurde.

Daimons Gestalt glühte auf. Er senkte den Kopf und begann, Beschwörungen zu murmeln und mit den Händen rauchige Fäden in der Luft zu weben.

Schwer atmend kauerte der Ghul im Inneren des Kreises. »Ihr könnt mich hier vielleicht vorübergehend festhalten, aber meine Macht ist grenzenlos.« Er streckte die Arme aus, spreizte die Finger, bis sie zitterten. Seine Rechte zeigte auf Alessa, die Linke auf Gallagher.

Zarah wandte sich ab, drückte das Baby an die Brust und rannte zum Ausgang. Das rötliche Licht traf sie beinahe schneidend in die Augen. Jemand riss sie am Kragen zurück. Der Rand schnitt ihr in den Hals, sie presste das Baby noch fester an sich. Es weinte nicht mehr. Es rührte sich nicht mehr. Sie hatte es doch nicht erdrückt …

Tissans Gesicht blitzte vor ihr auf. Er zerrte an ihren Armen, an dem Baby.

Fast erleichtert vernahm sie das Brüllen des Kleinen. Das zerknautschte rote Gesichtchen lugte aus der Decke und schrie sie mit dem zahnlosen Mund an. Sie verlagerte das Baby auf den einen Arm und schlug mit dem Ellbogen nach Tissan. Der Hieb zerfetzte die Haut an seinem Wangenknochen, verschob seine Nase – aber er schien keine Schmerzen zu spüren. Sie stolperte zurück in den Sternensaal, schob das Baby in eine der Sesselreihen und drosch auf Tissan ein. Was auch immer der Ghul mit ihm gemacht hatte – sie boxte ihn erst k.o., als sie sich schon fast bis zu dem Sternenprojektor vorgekämpft hatten.

In der Reihe, wo sie das Baby abgelegt hatte, stand Alessa.

Gut. Das Mädchen konnte im Kampf kaum helfen. Es machte sich am besten nützlich, indem es sich um das Kleine kümmerte.

»Worauf wartest du? Bring das Kind in Sicherheit!«

Mit dem Baby in den Armen setzte sich Alessa in Bewegung. Sie ging auf den Sternenprojektor zu, den Blick starr auf die Bühne gerichtet. Ihre Züge wirkten entgleist. Der rechte Mundwinkel war hochgeschoben und entblößte ihre Zähne, in derselben Gesichtshälfte lag die Stirn in Falten, das Lid hing schlaff über dem Auge.

»Zarah, pass auf!«, rief Daimon. »Er hat sie beide unter Kontrolle. Wie den Formwandler und meinen Drachen damals.«

Sie *beide*?

Sie ließ den Blick an sich hinuntergleiten. Auf ihrer Brust tanzte der rote Punkt.

»Töte sie!«, befahl Abbas, und sein Ruf ertönte gleichzeitig aus dem Mund seiner Marionetten.

Gallagher – so nahe. Mit dem Gewehr im Anschlag. Der Kolben drückte fast gewaltsam in seine Schulter, die Finger krampften um den Griff.

»Töte sie!«

Die Waffe bebte in seinen Händen. Mal senkte sich der Lauf, mal zog er ihn wieder hoch, langsam und mühevoll, als würde eine unsichtbare Kraft – sein Wille – die Waffe gen Boden pressen.

Wieder unterbrach Daimon seine Beschwörungen, und der Rauch um ihn herum verflüchtigte sich abermals. »Kommst du da drüben klar?«

Sie zog Gallaghers Blick auf sich. *Kommst du klar?*

Er hatte sie gespürt, gehört. Sein Gesicht verzerrte sich noch mehr, doch es gelang ihm, den Kopf kaum merklich zu schütteln. Ein Nein, es war ein Nein. Er würde dem Zwang nicht länger widerstehen können.

»Daimon! Schnell. Ich brauche Hilfe.«

»Verdammt.«

Aus dem Augenwinkel sah sie, wie er zu ihr eilte, über die Sessel sprang und Reihe für Reihe näher kam.

Gallagher schoss. Sie duckte sich. Die Kugel streifte bloß ihre Schulter, im letzten Moment musste er den Lauf doch noch zur Seite gezogen haben. Daimon war bei ihm, bevor die Waffe erneut gehoben werden konnte. Er riss Gallagher zu Boden, rang ihn nieder. »Zarah, du musst mir helfen.«

Gallagher hatte ihn an der Kehle gepackt, seine Finger drückten immer mehr zu, obwohl Daimons Haut glühte und es nach verbranntem Menschenfleisch roch. Erst nach einem weiteren Gerangel gelang es Daimon, Gallaghers Arme am Boden festzuhalten.

»Zarah.« Der Dämon keuchte und brauchte einen Moment, um zu Atem zu kommen, während Gallagher sich verbissen bemühte, ihn abzuschütteln. »Zarah. Weißt du, was *Hamsa* ist?«

»Die Hand der Fatima. Ein Symbol, das den Bösen Blick abwehrt und Schutz vor Dschinnen bietet. Eine Hand mit einem Auge auf der Handfläche.«

»Genau. Ich kann keine heiligen Symbole zeichnen. Du als Mensch – schon. Mach es, solange ich ihn festhalten kann.«

»Ich bin eine Gebrandmarkte. Es wird keine Kraft haben.« Hinter sich hörte sie ein Rascheln. Tissan hatte sich aufgerappelt und stakste zu den Runen, die den Kraftkreis speisten. Mit den Fingernägeln versuchte er, die Zeichen zu zerkratzen und die Runen zu entmachten. Der Zauber, der Abbas gefangen hielt, knisterte. Mit jedem Aufflackern leiser und leiser.

»Mach schon!«, brüllte Daimon. »Die Kraft ist nicht deine Baustelle, sondern meine.«

Sie beugte sich über Gallagher und riss sein Hemd auf. Schnell hob und senkte sich seine Brust, die Muskeln spannten sich unkontrolliert an. Noch einmal versuchte er, sich unter Daimon herauszuwinden.

Zum Zeichnen blieb keine Zeit, also ritzte sie ihre Handfläche mit einem Messer auf, verrieb das Blut und presste ihre Hand auf Gallaghers Brust. Mit dem Zeigefinger fügte sie ein Auge in den blutigen Abdruck ein. Gallagher schrie und bäumte sich auf, dann verebbte sein Widerstand. Seine Gesichtszüge glätteten sich.

Daimon wartete einen Augenblick, dann ließ er von ihm ab. »Okay. Haltet mir den Rücken frei. Und bringt den Typen da von den Runen weg.« Er stand auf und reichte Gallagher die Hand. »Ich werde für den Zauber ein Weilchen brauchen.«

Auf der Bühne neben Enya lag inzwischen das Baby und protestierte lauthals. Alessa, nun ganz in seiner Gewalt, reichte Abbas ein Messer.

Vermische das Blut der beiden …

Er würde seine Opfer nicht töten. Noch nicht. Zumindest nicht, wenn Zarah die Art des Rituals richtig deutete.

Gallagher ergriff Daimons Hand und zog sich auf die Beine. »Wie lange?«

»Keine Ahnung. Ist halt kein Kindergeburtstag hier.« Der kleine Drache kam angeflitzt und brachte einen Strohhalm mit, den er irgendwo aufgeschnappt hatte und ergebungsvoll vor Daimons Füße legte. »Und nein, ich werde dir jetzt kein Stöckchen werfen, Zippo.«

Der Gluhschwanz schnaubte und nieste auf seine Schuhe.

»Danke, jetzt bin ich auch frustriert.« Daimon schlug die Flammen aus. »Lasst uns weitermachen, wir müssen schneller fertig werden als unser Feind dort auf der Bühne, denn der Macht eines Auserwählten habe ich nichts entgegenzusetzen.«

Einige Sekunden lang beobachtete Zarah, wie Gallagher sich an Tissan heranpirschte, dann steuerte sie in Richtung Bühne. Vielleicht würde es ihr gelingen, das Ritual zu stören. Sie hielt sich seitlich, suchte den Schutz der Sesselreihen, um unbemerkt so weit wie möglich zu kommen.

Eine schwarze Lache glänzte auf der Bühne. Das Blut. Abbas tauchte seine Finger hinein, malte Symbole und Linien, um sie sogleich zu verschmieren und neue zu zeichnen. Kleine Wellen schienen davon auszugehen, drangen in Enya ein und liefen über ihre Haut.

Sie schlich noch näher heran. Enyas Kopf fiel zur Seite, und erst im nächsten Moment erkannte Zarah es: Ihre Schwester hatte ihr das Gesicht zugewandt. Die Lider flatterten. Der Mund öffnete sich einen Spaltbreit, als wolle Enya ihr etwas sagen, doch für mehr reichte es nicht.

Der Boden erbebte. Abbas! Noch ein wenig, und er würde das Ritual beenden.

Zarah sah sich nach Daimon um. Rauchfäden umschlängelten seine Arme, er keuchte hörbar, der Körper – bis zum äußersten angespannt.

Gallagher hatte Tissan unterdessen gefesselt und kam von der anderen Seite auf die Bühne zu. Über die Sessellehnen sahen er und Zarah einander an. *Nein, nicht zum letzten Mal*, flehte Zarah.

Ein weiterer Ruck ging durch den Boden. Daimon schwankte.

Mach schneller! Abbas darf sein Ritual nicht beenden! Sie hätte es am liebsten herausgeschrien, aber sie durfte ihn nicht aus der Trance reißen.

Der nächste Ruck warf sie nieder. Sie hielt sich an den rüttelnden Sesseln fest und zog sich hoch. Wie bei einem Vulkanbeben bildeten sich überall Risse, die Rauch und Hitze spuckten. Lava stieg darin auf und warf Blasen. Abbas fuhr herum. Panik entstellte sein Gesicht, als ein Spalt im Boden auf ihn zulief. Er wedelte mit den Armen, zwang Alessa vorwärts, zu Daimon, obwohl sie ihn garantiert nicht erreichen würde, bevor der Spalt den Ghul verschlang.

Zarah hustete, drückte sich ihr T-Shirt ans Gesicht. Der beißende Qualm kratzte in ihrem Hals, der Geruch nach Schwefel verätzte ihre Nase. Sie sank auf die Knie, beugte sich herunter.

Wasser ergoss sich über ihren Rücken. Der kalte, nasse Schwall kam so überraschend, dass sie sich aufbäumte und aufschrie, wusste nicht, wie sie in den strömenden Regen gelangt war, wo sie sich plötzlich befand.

Auch Daimon schrie.

Einer nach dem anderen schlossen sich die Risse im Boden. Zarah wischte sich das Nass aus dem Gesicht, reckte den Hals und suchte nach dem Feuerdämon. Sie konnte nur seine Schreie wahrnehmen, bis sie ans Ende der Sesselreihe gestolpert war und ihn auf dem Boden entdeckte. Er krümmte sich vor Schmerzen, während das Wasser auf ihn niederprasselte. Die Tropfen brachten seine Haut zum Zischen und ließen die Asche schäumen. Neben ihm zappelte der Drache wie ein Fisch, der ans Ufer gezogen worden war. Daimon tastete nach ihm, versuchte, ihn unter einen der Sitze zu schieben.

Wasser. Wasser verletzt das Feuer.

Abbas beendete seine Malerei, die vom Wasser sofort

weggespült wurde, breitete die Arme aus und wartete … wartete auf seine zweite Gestalt, die sich hinter ihm zu materialisieren begann, ohne dass er in sie schlüpfte.

Gallagher lief zu Daimon und deckte ihn mit seiner Jacke zu. Das Wasser weichte die Sesselpolster auf, verschmierte die Runen, spülte das Schutzsymbol von seiner Brust.

»Na?«, rief Abbas und drehte sich um. »Keinen Regenschirm dabei?« Er fuhr mit einer Hand über den Kraftkreis, und es gab keinen Widerstand. »Eigentlich sind im Planetarium nur Büros mit einer Sprinkleranlage ausgestattet, aber nachdem die Sternenschwestern einen neuen Projektor bekommen hatten, der nicht nur Bilder, sondern auch Energien transportieren konnte, war die Lage nach ein paar Sonneneruptionen wohl im wahrsten Sinne des Wortes so brenzlig geworden, dass sie die Räume mit einem Wasserzauber belegt haben.«

Abbas schlenderte den Gang entlang. Der Mond, der nun im Zenit stand, speiste seine zweite Gestalt mit Macht. Sie ragte hinter ihm empor wie ein selbstständiges Wesen, vollkommen aus Fleisch und Blut. Ein gewaltiger Koloss. Die dunkelrote Haut spannte über den gewölbten, mit dicken Adern durchzogenen Muskeln; der Mund ähnelte einem Kuhmaul, aus dem Reißzähne hervorragten. Knorrige Hörner wanden sich auf seinem Haupt.

Die Manifestation der Unbesiegbarkeit.

Mit einer Hand strich Abbas über die Sessel. Seine Zwiegestalt tat es ihm gleich. Die Krallen rissen die Polster auf. Der Ghul tat es voller Genuss, als hätte er alle Zeit der Welt. Dabei würde der Mond über das Firmament weiterwandern, den Zenit verlassen und bald seine Kraft verlieren.

Er würde seine Kraft verlieren …

Zarah schaute zur Bühne.

Eigentlich musste sie das Ritual doch nur so lange stören, bis die Energie des Mondes nachließ. Damit schaffte sie die Gefahr zwar nicht aus der Welt, verschob das Ganze jedoch mindestens bis zum nächsten Vollmond. Bei den beiden Opfern war nur Alessa zurückgeblieben. Mit hängenden Armen lümmelte sie verloren da, immer noch unter dem Einfluss des Ghuls. Aber mit Alessa würde sie fertigwerden.

Der Ghul umkreiste den Sternenprojektor. Er wollte mit Sicherheit noch die größte Gefahr aus dem Weg räumen, die ihn theoretisch noch aufhalten konnte – Daimon. Für wenige Augenblicke würde das Gerät ihm die Sicht auf die Bühne nehmen.

Zarah stürzte zu dem Baby.

Alessa sah sie aus leeren Augen an, ihre Arme zuckten in die Höhe, doch ohne Abbas' unmittelbare Aufmerksamkeit gelang es dem Mädchen, sich dem fremden Einfluss zu widersetzen. Zarah wich den Armen aus und griff nach dem Kleinen, presste sich das Bündel an die Brust. Es war still, vollkommen durchnässt und roch nach Blut.

Durch das Rauschen des Wassers drang ein Stöhnen zu ihr. Nicht von dem kleinen Wurm – von Enya. Für den Bruchteil einer Sekunde hielt der klare, qualvolle Blick ihrer Schwester sie gefangen. Der Mund öffnete sich noch ein bisschen weiter, jetzt schien sich ihm ein Wort entringen zu wollen.

Zarah beugte sich zu ihr. »Ich werde dich ihm nicht überlassen, nicht noch einmal.« Sie wünschte sich, sie könnte *Enya* forttragen, nicht das Baby. Ihre Schwester auf die Arme nehmen und in Sicherheit bringen. Aber das würde sie nicht schaffen. Egal, wie sehr sie sich anstrengte.

»T-töt …«

Zarah drückte die kalten Finger ihrer Schwester und

spürte keinen Widerstand. *Er wird dich nicht töten*, wollte sie ihr versprechen und schluckte an dem Unausgesprochenen, konnte sie nicht belügen, wie sie Tara belogen hatte.

Alessa schwankte auf sie zu, trieb sie eher fort, als sie tatsächlich aufhalten zu wollen.

Das Baby fest im Arm, rannte Zarah zum nächsten Ausgang.

»Leg es wieder hin!«, fegte Abbas' Stimme durch den Saal und brachte die Sessel hinter ihr zum Bersten.

Zarah krümmte sich um das Baby, obwohl sie wusste, dass ihr Körper keinen Zauber aufhalten konnte. Ihre Narbe pochte heiß, trotz der Wasserströme.

Das Wasser! Natürlich. Sie könnte den Wodjanoi rufen und ihm das Baby geben, damit er es in Sicherheit brachte. Mit der Hand, mit der sie das Versprechen besiegelt hatte, klatschte sie auf die Polster der durchnässten Sessel. »Wodjanoi! Ich rufe dich durch dein Element. Komm hierher, und hol dir, was dir gehört!«

Keine Antwort.

»Wodjanoi!«

Schüsse hallten. Zarah zuckte zusammen und fuhr herum.

Gallagher kniete neben Daimon und feuerte auf Abbas. Die Kugeln zerfetzten die Muskeln und Sehnen. Abbas' zweite Gestalt wand sich und schlug um sich, obwohl die Kugeln nicht sie trafen. Dieser Koloss … spürte Schmerzen, die Abbas nicht hatte. Ungläubig starrte Zarah auf das makabere Schauspiel. Die riesigen Pranken erwischten beinahe Abbas selbst, der sich vor der Kreatur auf den Boden warf.

»Zarah, lauf!«, rief Gallagher. »Daimon sagt, hinter der Bar sei ein Schutzkreis. Dort bist du in Sicherheit.«

Und du? Wo bist du in Sicherheit? Jedenfalls nicht neben

dem Giganten, der jetzt die Sessel entwurzelte und diese wie ein Tornado herumschleuderte.

Gallagher schüttelte den Kopf.

Um mich geht es hier nicht, verstand sie schmerzlich. Er schoss wieder, hielt Abbas mit einem Kugelhagel am Boden, während dessen Zwiegestalt über dem Ghul wütete. Wenn die bloß auf den alten Mann treten würde! Aber genauso gut konnte sie auf Daimon treten. Oder auf Gallagher.

»Zarah, lauf, verdammt!«

Sie rannte, stürmte aus dem Sternensaal und stolperte hinter die Bar. Auf dem Boden prangten Algiz-Runen, die in einem Kreis angeordnet waren. Sie legte das Baby in die Mitte und wickelte es aus der Decke. Es atmete noch. Sie riss ein paar Fetzen von ihrem Top ab und verband seine Wunden, zumindest die, die sie sehen konnte.

Aus dem Sternensaal schallten immer noch Schüsse. Dann wurde es still, mit einem Mal. Sie spähte über den Tresen, sie wagte es sogar, sich über die Theke zu lehnen. Die Monitore ringsherum zeigten ihr nur den Mond, der nichts von seiner Energie verlieren wollte. Was im Saal vorging, konnte sie weder sehen noch erahnen.

Es war so verflucht still.

Er hat keine Munition mehr.

Sie wusste es, noch bevor sie hilflos zusehen musste, wie eine übermenschliche Kraft Gallagher aus dem Saal und am Tresen vorbeischleuderte. Er prallte gegen eine Wand und blieb einen Augenblick lang regungslos am Boden liegen.

Aus dem Sternensaal trat Abbas hervor. Seine Zwiegestalt folgte ihm, brach durch die Türöffnung und ließ den Rahmen bersten.

Gallagher rollte sich stöhnend auf die Seite, versuchte hochzukommen, doch Abbas trat ihn nieder. Sein Eselshuf drückte ihm gegen den Hals. »Ach Zarah. Das ist doch nun wirklich unnötig. Gib mir das Baby, und du kannst gehen. Mehr noch: Du kannst deine Freunde mitnehmen und diese Nacht für alle angenehm ausklingen lassen.«

Gallaghers schmerzverzerrtes Gesicht brannte sich in ihren Verstand. Aber er würde wollen, dass sie kämpfte. Sie durfte nicht zulassen, dass er sah, wie sie aufgab. »Scher dich zum Eden, Abbas. Ich glaube keinem Dschinn.«

»Überleg doch, was soll ich mit euch? Habe ich dir nicht aufgetragen, deinen Freund und seine Rebellen zur *Neuen Flora* zu bringen? Damit ihr euch all dem hier fernhaltet? Zugegeben, die Aufseher des Ordnungsamtes sind gerade auf dem Weg dorthin, aber ich musste auf Nummer sicher gehen, dass meine kleine Party hier unbemerkt bleibt.« Er stellte den Huf auf den Boden, und sie hörte, wie Gallagher nach Luft schnappte. Im gleichen Augenblick trat Abbas ihm in die Schulter. Zarah fuhr zusammen, als sein Schrei in ihre Ohren schnitt und in jeder Zelle ihres Körpers nachhallte.

Sie hatte auch geschrien. Trotz der Hand, die sie sich vor den Mund presste.

»Oh, sieht das übel aus«, murmelte Abbas. »Ich glaube, sein Schlüsselbein ist gebrochen. Willst du ihm noch mehr Schmerzen zumuten?«

»Es … geht mir … gut«, keuchte Gallagher und wandte ihr sein Gesicht zu. »Was auch immer … passiert, bleib im Schutzkreis.«

»Tz, tz, tz. Menschen haben überhaupt keinen Selbsterhaltungstrieb, scheint mir.« Abbas packte ihn an den Haaren und zog ihn auf die Füße, die andere Hand krallte sich in die verletzte Schulter. »Sei vernünftiger als er, Zarah. Du bist bei den Dämonen aufgewachsen, ich kann kaum glauben, dass das auf dich nicht abgefärbt hat.«

»Würde eine waschechte Dämonin nicht bloß auf sich achten und im Kreis bleiben? Vielleicht hat es auf mich mehr abgefärbt, als dir lieb ist. Enya war schon immer menschlicher als ich, das ist anscheinend erlernbar.«

»Du denkst immer noch an deine Schwester, ungeachtet dessen, was sie getan hat?«

»Du meinst: Wozu du sie gezwungen hast?«

»Ich habe sie stark gemacht. Ihre Schwäche, die leider immer mit der besonderen Magiesensibilität einhergeht, ausgeglichen. Sie hat es sich gewünscht, glaub mir. Sie wollte schon lange auf eigenen Beinen stehen, sich von dir lösen.«

»Jetzt immer noch?«

Abbas schaute zu einem der Monitore auf und seufzte. »Ich befürchte, für lange Diskussionen habe ich keine Zeit mehr. Du willst deinem Menschen also unbedingt wehtun. Meinetwegen.«

Er stieß Gallagher zu der gehörnten Dämonengestalt, und deren riesige Pranke schloss sich sogleich um ihn. Langsam fuhren die Krallen in seinen Körper, durchbohrten Arme und Oberschenkel; eine blutige Spitze ragte aus seiner Schulter.

»Aufhören!« Sie taumelte.

»Gib mir, was ich will, und du hast ihn auf der Stelle zurück.«

»Bitte, hör auf!« Sie könnte noch einen Schritt tun und den Schutzkreis verlassen. Sie könnte das Baby nehmen, das vermutlich sowieso sterben würde, und es dem Ghul geben. Und ihre Schwester …

»Noch sind keine lebenswichtigen Organe verletzt. Aber ich kann ihn für den Rest seiner Tage zum Krüppel machen. Willst du das?«

»Hör auf, ich mache alles, was du willst!«, brüllte sie und sah nicht hin, konnte einfach nicht hinsehen.

Gallagher würde sie verachten.

Aber er würde leben.

»Nein …« Es war ein Stöhnen, mehr nicht. Sie hob ruckartig den Kopf.

Er verachtete sie nicht. Er bekam eine Kralle zu fassen und stieß sie sich in die Brust.

Abbas schnaubte.

Die Zwiegestalt ließ Gallagher los und er fiel. Er fiel, und sie konnte ihn nicht auffangen.

Etwas rauschte in ihren Ohren. Die Leere um sie herum verschlang sie geradezu. Dann merkte sie, dass Gallagher nach Luft rang. Vor seinem Mund schäumte Blut. Seine Lippen färbten sich blau, die Haut wirkte mit jedem Atemzug fahler.

»Idiot«, sagte Abbas. Beinahe mild.

Zarah hielt sich am Tresen fest, stellte einen Fuß vor den anderen und spürte kaum den Boden, bis sie neben Gallagher auf die Knie fiel.

»Ich schätze«, sinnierte der Ghul, »das sollte ins Herz gehen, aber er hat doch nur einen Lungenflügel erwischt. Tja, Zarah. Willst du ihm die nächsten zwanzig Minuten beim Sterben zusehen? Lass mich das Ritual vollbringen, und ich werde so viel Macht haben, dass ich sogar die Toten auferwecken kann.«

Mit den Fingerspitzen fuhr sie durch Gallaghers nasses Haar. In schnellen Atemzügen kämpfte er um jeden Schluck Luft. Sein Blick irrte orientierungslos durch den Raum. Seine Hand tastete umher, dann spürte Zarah, wie seine Finger sich um ihr Handgelenk schlossen. Er wollte etwas sagen, doch seine Stimme klang verwaschen.

»Bring mir das Baby, Zarah, und es wird alles wieder

gut.« Abbas tätschelte ihre Schulter. »Das muss nicht das Ende sein.«

Sie beugte sich zu Gallagher und küsste ihn auf die Schläfe. Sein Haar kitzelte ihre Nase. Nein, sie würde ihn nicht verraten. Nicht noch einmal.

»Es wird auch nicht das Ende sein«, sagte sie und richtete sich auf. Abbas stand vor ihr, seine Zwiegestalt – etwas abseits. Mit einer Hand ertastete sie ein Messer in ihrer Jackentasche. Sie konnte einen Ghul nicht erstechen, aber vielleicht konnte er sich selbst töten. Noch einmal schaute sie zur Zwiegestalt und rammte dann das Messer Abbas in den Bauch. »Das hier ist das Ende.«

Die Zwiegestalt brüllte. Ihre Pranken fuhren durch die Luft, um nach ihrem Bauch zu greifen. Eine ihrer Klauen erwischte tatsächlich Abbas. Die messerscharfen Krallen gingen durch seinen Körper wie durch Butter. Die riesige Handfläche traf Zarah und wirbelte sie zusammen mit Abbas' Körperteilen durch den Raum. Ihr Kopf knallte gegen etwas Hartes. Dann schlug sie mit dem Gesicht auf den Boden, und etwas Kantiges traf ihr Rückgrat.

Schwärze verengte ihr Blickfeld, sie kämpfte dagegen an, lauschte in die plötzliche Stille. Sie musste wissen, ob Gallagher noch atmete.

Licht.

Engelslicht.

Zwillingsbrüder, Zwillingsschwestern, Zwillingsbrüder.

Hilf ihm. Bitte, flehte sie die schimmernde Gestalt an, die neben ihr schwebte. *Er muss leben.*

Ich will ihm aber nicht helfen. Ich bin hier, um dir zu helfen. Du *wirst leben, für mich.*

Ash, nein. Ihr Blick suchte Gallagher, aber das Leuchten raubte ihr die Sicht, brannte in ihren Augen.

Ich kann dich nicht gehen lassen, Zarah. Wir werden immer zusammen sein. Ich in dir.

Nein. Sie spürte nichts mehr, nicht einmal ihren eigenen Körper. Vielleicht hatte sie sich geirrt, und es war kein Engel, kein Ash – nur der Tod.

Nein, wiederholte sie noch einmal. *Gallagher!*

Vergiss ihn. Die silbern schimmernden Finger berührten ihre Stirn, glitten herab und schlossen ihr die Lider. *Und schlaf.*

»Eine neue Art von Denken ist notwendig, wenn die Menschheit weiterleben will.«

ALBERT EINSTEIN, DT. PHYSIKER

Das Ritual war fast vollbracht. Es fehlte nur eine Kleinigkeit – mein Tod. Es gibt nun einmal keine Auferstehung ohne den Tod. Ich wartete, bis der Mond im Zenit stand und es endlich an der Zeit war, sich mit der Magie für immer zu vereinen. Nicht magiegleich, sondern die Magie selbst zu werden.

Ich richtete meinen Geist auf Alessa, die immer noch unter meinem Einfluss stand. Menschen zu lenken war ähnlich, wie niedere Fabelwesen zu kontrollieren, wie den Formwandler oder den Gluhschwanz damals. Ich spürte ihr mentales Sich-Aufbäumen, wie sie sich gegen mich auflehnte, mir zu entfliehen versuchte und sich mir ergab. Ihr Gesicht tauchte in meinem Blickfeld auf.

Töte mich, befahl ich ihr.

In den Augen der Menschen konnte man tatsächlich ihre Seelen sehen, stellte ich fest. Ich hörte die ihre stumm schreien.

Befreie mich, schlug ich ihr vor.

Zitternd erhob sich ihre Hand über meiner Brust. In ihrer Faust, die ich mit meinem Geist fest zusammendrückte, ein Messer. Sie kämpfte gegen meinen Zwang, aber sie war mir gnadenlos unterlegen. Ich hätte ihren Willen brechen, sie vernichten und nichts als eine leere Hülle zurücklassen können.

Befreie mich!

Ich spürte einen Stoß. Die Klinge versank bis zum Griff in meinem Fleisch, knirschte an den Rippen und spießte mein Herz auf. Die Sekunden dehnten sich, dann ließ mein Körper mich frei. Ich schlüpfte aus ihm wie aus einer alten Haut, mächtig und lebendig wie nie. Mein erbärmlicher Leib, der mich jahrelang mit seiner Schwächlichkeit peinigte, lag erschlafft da.

Alessa kauerte neben mir und weinte. Weinte um mich.

Dummes Kind.

Ich formte aus der Magie meine irdische Gestalt und berührte sie sanft an der Schulter. Sie fuhr hoch, sah mich verstört an.

»Was habe ich bloß getan?«, stammelte sie, streckte mir ihre Hände entgegen, in denen das Messer lag.

Das Richtige. Natürlich das Richtige. Aber das würde sie leider nie einsehen können. So beugte ich mich zu ihr und küsste sie auf die Stirn.

Das Messer fiel zu Boden. Sie atmete auf, erblickte meinen leblosen Körper und stieß einen erstickten Schrei aus. »Enya! Oh mein Gott, wer hat das getan?« Sie presste ihre Lippen auf meinen Mund, blies ihren Atem in meinen toten Leib.

Ich redete in ihrem Geist. Behauptete, es sei Abbas gewesen. Er habe versucht, mich an sich zu binden, sei dabei gescheitert, und ich konnte nicht mehr gerettet werden.

Sie nickte zu jedem meiner Worte. Dann entließ ich sie aus meiner Gewalt. Wenn jemand sie fragte, würde sie die richtige Geschichte erzählen.

Auf dem Boden sah ich den Kristall mit der Fee, der wohl aus Zarahs Tasche herausgefallen war. Ich glitt darüber hinweg durch den Saal, Alessa würde ihn finden und aufheben.

Neben Daimon hielt ich an. Tief in ihm sah ich den letzten Funken glühen, den die Wassermassen noch nicht hatten erlöschen lassen. Erstaunlich, wie lange er durchhielt und den Schmerzen trotzte.

Ich ließ den Wasserzauber enden, den ich hatte wirken müssen, damit Zarah und ihre Helfer mir Abbas nicht wegnahmen, bevor er das Ritual bis zu dem Punkt gebracht hatte, den ich benötigte. Wer hätte gedacht, dass es ihnen tatsächlich gelingen würde, den uralten Ghul fast in die Hölle zu schicken.

Ob der Funke, der in Daimon loderte, ausreichen würde, um sein Feuer wieder zu entfachen? Ein seltsamer Gedanke, denn für mich spielte dies keine Rolle mehr. Vermutlich musste noch etwas Zeit vergehen, bis ich solche Gedanken wie meinen Körper hinter mir lassen und mich von allen Zwängen des irdischen Daseins befreien würde.

In einer der Pfützen bemerkte ich eine Regung. Komm raus, sagte ich zu dem Wassermann und beobachtete, wie der Wodjanoi hervorkroch. Er hatte Zarahs Ruf folgen müssen, sich ihr jedoch nicht gezeigt. Er war nie ein Kämpfer gewesen. Nicht einmal, als es um seine schöne Lore ging, hatte er sich mit Abbas, der als Gaius erschienen war, angelegt. Aber jetzt konnte er sich doch noch nützlich machen.

Ich verließ den Saal. Das Baby lag in dem Schutzkreis und lebte. Ich brach die Macht der Runen und erlaubte dem Wodjanoi, den Kleinen zu holen. Die Zärtlichkeit, mit der er Lores Sohn in den Armen hielt, amüsierte mich. Zum Spaß erinnerte ich ihn daran, dass der Wurm Abbas' Lenden entsprungen war, aber der Wassermann gurgelte schon ein Schlaflied und sah nur seine schöne Lore in den unschuldigen Augen des Babys.

Abbas' fleischgewordene Zwiegestalt stand inmitten seiner Überreste. Ich schaute dem Riesen in die Augen und sah darin Abbas, meinen Helfer und Gegenspieler. Ohne ihn wäre ich nicht da gewesen, wo ich war, ich hätte ihm dankbar sein müssen. Schließlich war er es gewesen, der mir offenbart hatte, dass ich eine Auserwählte war. Er hatte mir in der Zeit meiner größten Schwäche beigestanden, als Dämonen und Engel mit allen Kräften nach mir gesucht hatten. Er hatte mich vor ihnen verborgen und seine kleinen Pläne geschmiedet, um mich allein zu besitzen. Fast wäre es ihm gelungen. Denn wie hätte ich mich wehren können, an mein fleischliches Gefängnis gekettet, während ich nur Stückchen für Stückchen, Bissen um Bissen an meine Macht kam? Aber er hatte mich unterschätzt, denn schließlich hatte ich am Ende meine Dominosteine dort, wo ich sie haben wollte: Gallagher, Daimon, Zarah …

Zu seinen Füßen kämpfte Gallagher um sein Leben. Seine Luft wurde immer knapper, er verlor Blut, das rasende Herz jagte ihn in den Tod.

Ich streichelte ihm über das Gesicht. Habe ich dir nicht versprochen, dass du es von Zarah hören wirst?, sagte ich leise. Das, was du dir schon immer gewünscht hast? Warte noch ein bisschen, es ist nicht mehr lange hin.

Sobald du aufhörst zu sein.

Zarah …

Sie lag an der Wand und war tot. Zumindest hätte sie es sein sollen. Einer der abgerissenen Monitore hatte ihr Rückgrat beschädigt, aber ihre Seele verließ den Körper nicht. Der Engel umarmte sie.

Ich kann dich nicht gehen lassen, wiederholte er immer wieder, *nicht mit ihm. Nicht einmal in den Tod.*

Ihr ganzer Körper strahlte in seinem Licht.

Zarah … Eine große Zärtlichkeit überkam mich, als ich

an sie dachte. Ich werde dich ihm nicht überlassen, nicht noch einmal, hatte sie zu mir gesagt, und ich hatte ihre Liebe gespürt. Diese unerklärliche, absolut unbegründete, lächerliche Liebe.

Ich hatte Daimons Drachen für Odas Tod benutzt, damit er mir hierherfolgte und Abbas zügelte, falls der Ghul versuchte, mich zu überlisten. Ich hatte Friedbert in einen Kristall gesperrt und Gallagher eine Nachricht geschickt, um ihn hierherzulocken. Durch Gallagher wollte ich auch Zarah zwingen zu kommen. Aber ich hätte sie nicht zu zwingen brauchen, begriff ich plötzlich und spürte einen Schmerz, den ich nicht hätte spüren sollen. Ich hätte sie … einfach bitten können. Sie wäre gekommen, um ihrer Zwillingsschwester zu helfen, ganz egal, was diese Entsetzliches verbrochen hatte. Bis zuletzt hätte sie versucht, mich zu retten. Auch vor mir selbst. Und wäre sie noch da gewesen, hätte ich ihr zuliebe die Magie verraten und wäre in meinem Körper geblieben.

Ihr zuliebe …

Ich sagte Ash, er solle sie loslassen und mit sich selbst Frieden schließen.

Ich kann nicht. Ich habe es versucht. Ich habe sie sogar zu ihm gebracht, als sein Fluch ihn fast getötet hätte.

Unsinn. Als er Zarah in Gallaghers Wohnung geführt hatte, hatte er ihr helfen wollen, den Fall zu lösen, und gleichzeitig Gallagher in Schwierigkeiten bringen wollen, sofern entdeckt wurde, dass eine Geächtete ihn besucht hatte. Als er sie vor ein paar Tagen zu ihm gebracht hatte, hatte er gewusst, dass eine Geächtete den Fluch niemals würde brechen können. Er hatte ihr lediglich seinen Tod zeigen wollen, damit sie mit der Liebe abschließen konnte.

Lass sie gehen, sagte ich noch einmal. Mit ihm.

Ich kann das nicht. Sie ist mein.

Niemals würde sie mit ihm zusammen sein, erwiderte ich.

Ich gebe ihr mein ganzes Licht.

Ich sagte, auch damit würde er sie nicht dazu bringen, ihn zu lieben.

Gal wird sterben. Und wenn genug Zeit vergangen ist, wird sie mich lieben, wie sie mich beinahe geliebt hatte, bevor er in ihrem Leben wieder aufgetaucht ist. Ich habe Zeit. Ich kann warten. Denn diesmal taucht er nicht mehr auf. Oder?

Ich betrachtete Gallagher. Er war bereits bewusstlos. In wenigen Sekunden würden die Aufseher den Raum stürmen, ich spürte sie schon kommen. Sie würden ihn beatmen, ein Arzt würde eine Lungendrainage legen, sie würden versuchen, ihn mit Magie am Leben zu erhalten. Aber ich wäre zu diesem Zeitpunkt schon fort, es würde keine Magie mehr an diesem Ort geben.

Ashs Licht erglomm noch intensiver. *Er wird fort sein. Und ich – da, um ihr zu helfen, ihn zu vergessen.* Er strahlte, strahlte ihre Seele an und in sie hinein, heilte die Verletzungen ihres Körpers.

Ich ließ Ash gewähren, glitt auf meinen Abbas zu und umarmte ihn. Gern hätte ich ihn gefragt, wie es sich anfühlte, in sich selbst gefangen zu sein. Aber das fragte ich nicht. Ich sagte nur, dass wir jetzt gehen müssten.

Und wir gingen.

33

Sie hebt das Gesicht zur Sonne, schließt die Augen und erlaubt den Strahlen, auf ihrer Haut zu tanzen. Hunderte von Malen hatte sie die Menschen dabei beobachtet, wie diese sich wie kränkliche Pflänzchen der Sonne entgegenstreckten. Jetzt ist sie allein, jetzt kann sie es wagen und das Gefühl endlich selbst auskosten.

Es ist warm.

Es kitzelt ein wenig.

Sie hofft auf mehr und wartet; sie würde so lange warten wie nötig, um endlich ein wenig menschlicher zu sein.

Vielleicht macht sie aber etwas falsch. Vielleicht sollte sie an die Sonne denken, ihr all ihre Sinne widmen, sie nicht bloß spüren. Stattdessen denkt sie an Gallagher, und ihre Sinne verschmähen die Sonne.

Zuerst ist nur sein Geruch bei ihr. Ein kühler Hauch auf ihrer erhitzten Haut, ein von würzigen Wiesen aufgesammelter Morgentau. Gallaghers Duft füllt sie aus, kribbelt in ihrem Bauch und bringt etwas in ihrem Körper zum Schwingen – sie selbst ist ein einziger reiner, klangvoller Ton, der zu ihm strebt und in ihm widerhallt.

Seine Hände umschließen ihre Fäuste und öffnen sanft die verkrampften Finger. Sie braucht kein Messer mehr, keine Pistole, keine Spiegelscherbe darin zu halten. Sein Daumen reibt sanft und ein klein wenig rau über ihre Handfläche. Sie schließt leicht ihre Finger darum, und er gleitet behutsam hinein und wieder heraus, ohne sie gänzlich zu verlassen.

Nur zu spüren ist nicht genug.

Vor ihrem inneren Auge taucht sein Gesicht mit diesen verstörenden, ebenmäßigen Zügen auf. Aber sie ist längst nicht mehr verstört bei diesem Anblick. Sie darf ihn schön finden, sie darf ihn lieben, so wie er ist.

Sie will auch seine Stimme hören, aber er hat keine. Er schweigt, sodass sie mit einem Mal befürchtet, er sei gar nicht bei ihr und sein Geruch, seine Berührungen seien nur Einbildung.

Sie reißt die Augen auf. Er ist da. Aber zwischen ihnen liegt ein Meer aus Gras, das hin und her wiegt. Und das Licht. Das strahlende, blendende Licht.

Ich liebe dich, sagt sie.

Er lächelt ihr zu und hebt eine Hand. Zwischen seinen Fingern zittert ein Veilchen im Wind.

Ich liebe dich!, ruft sie und will endlich seine Stimme hören. Plötzlich hat sie Angst, sich nicht mehr an seine Stimme zu erinnern, sie nie wieder zu hören.

Er lässt den Stiel los. Der Wind fängt die Blüte auf und wirbelt sie durch die Luft.

Es ist nicht nur eine Blume. Es sind Tausende. Nach und nach zerfällt seine Gestalt in Myriaden violette Blüten. Sie muss rennen, will ihn umarmen, bevor er gänzlich verschwindet. Sie ruft nach ihm, kämpft sich durch den Veilchensturm und das Licht, das sie versengt, und kann ihn nicht finden. Während die Blumen um sie herum tosen, ihr Gesicht streicheln und sie küssen, küssen, küssen …

Zarah reckte sich, stöhnte und rieb sich den Schlaf aus den Augen. Sie fühlte sich ausgeruht, sonnenwarm und gleichzeitig … unbehaglich, verbrannt.

Wahrscheinlich hatte sie nur schlecht geträumt. Sie konnte sich bloß nicht erinnern, wovon genau.

Sie reckte sich noch einmal und schlüpfte aus dem Bett. Erst jetzt registrierte sie die unbekannte Umgebung: ein kleines Zimmer, eingerichtet mit einem Bett, einem Stuhl, einem Nachtschränkchen. Sie fuhr herum auf der Suche nach einem Fluchtweg. Die Außenjalousien vorm Fenster, die sie nicht ohne ein Werkzeug aufbrechen konnte, waren verriegelt. Die Tür aus Holz. Erst als sie die Klinke heruntergedrückt und sich vergewissert hatte, dass nicht abgeschlossen war, erlaubte sie sich, durchzuatmen und ihren eigenen Körperzustand in Augenschein zu nehmen.

Das Band an ihrem Handgelenk verriet ihren Namen. Das weiße, blau gepunktete Hemdchen an ihrem Leib klärte den Rest des Rätsels. Sie setzte sich auf die Bettkante. Schon wieder im Krankenhaus. Langsam sollte sie eine Bonuskarte beantragen.

Sie wollte lächeln, rief sich aber zur Besinnung und lächelte bloß in sich hinein. Ihre Hand fand beinahe selbstständig den Weg zu dem Nachtschränkchen und öffnete die Schublade, um ihre Sachen zu überprüfen und sich vielleicht zu erinnern, weswegen sie dieses Mal hier gelandet war.

Keine Veilchen.

Seltsam, ausgerechnet Veilchen in ihrer Schublade zu erwarten.

Was wollte ihr nicht einfallen? Es war wichtig, so unglaublich wichtig. Als wäre ein Teil von ihr tot. Sie musste sich doch erinnern! Sie würde es. Ganz bestimmt.

Zuerst war nur sein Duft da. Dann die Berührungen, das Gesicht, das etwas in ihr mit aller Macht verdrängen wollte.

Der Traum! Es ging um Sonne, Blumen, um … ihren Gallagher.

Es brach wie ein Damm und flutete ihren Verstand vollkommen über. Sie saß und musste sich trotzdem am Bettgestell festhalten. Der Veilchensturm toste in ihrem Bauch und zerriss sie.

Das Planetarium. Daimon und sein kleiner Drache. Der Ghul, Enya – war das nur ein Traum gewesen? Was wusste sie noch?

Eines mit Sicherheit: Dass Gallagher nicht tot war.

Er konnte einfach nicht sterben, wenn sie weiterleben musste.

Sie rannte. Ihre nackten Füße klatschten auf das kalte Linoleum des Krankenhausflures. Ihr Atem erreichte kaum die Lunge. Ihre Brust schmerzte.

»Herzchen, wohin denn so eilig?«

Sie stoppte nicht, obwohl das Azur der Schmetterlingsfrau schon von Weitem leuchtete. Sie rammte die Krankenschwester mit einer Schulter, erwehrte sich der Hände, die sie festhalten wollten.

»Ruhig, ruhig, meine Süße, was ist denn los? Ein Monsterchen in deinem Nachtschrank? Unser Oberarzt vermisst nämlich seinen Nachtgiger. Seine Kinderchen haben den Armen durch das Fenster mit Schreckpistolen beschossen.«

»Lass mich!« Das Schreien half nicht. Weder gegen den Schmerz noch gegen den Körper, der sie nicht durchlassen wollte. Anders als die zierliche Statur und die fiepsige Stimme es vermuten ließen, besaß die Krankenschwester eine erstaunliche Kraft. Sowohl ihre Hände als auch die Füße, mit vogelartigen Krallen bewehrt, hielten Zarah fest.

»Beruhige dich. Schätzchen, du bist doch ganz außer Atem. Hör zu.« Zarah schlug wieder um sich, doch die Arme packten sie fester und schüttelten sie durch. »Hör mir zu, okay? Ja, so ist es gut. Also. Du gehst jetzt zurück in dein Zimmerchen und wartest dort. Ein paar Abgeordnete des Obersten Dämonenrates wollen mit dir reden. Ich soll ihnen sofort Bescheid sagen, wenn du aufwachst.«

»Lass mich.«

»Nein, ich lasse dich nicht. Und wenn es sein muss, rufe ich das Sicherheitsteam, das dich zurück in dein Bettchen bringt, meine Süße.«

»Bitte, ich muss wissen …«

»Kein Wort mehr. Ich kann schon Ärger bekommen, weil ich überhaupt mit dir spreche. Meine Anweisungen sind sehr strikt.«

»Okay. Ich gehe zurück. Ich mache alles, was du willst. Sag mir nur, ob noch jemand mit mir eingeliefert wurde. Bitte.«

Die Facettenaugen schimmerten sie bläulich an, als die Krankenschwester den Kopf schräg legte. Keine Antwort. Nur schlagende Flügel, Hände und Füße, die sie zurück in ihr Zimmer schoben und auf das Bett niederzwangen.

Zarah stöhnte. Egal, was die Abgeordneten mit ihr vorhatten – die würden es ihr doch sagen, die würden sie doch nicht im Ungewissen lassen. Aber war der Oberste Dämonenrat nicht dazu da, Menschen zu quälen? Sie würde lernen müssen, dass es heftigere Qualen gab als ein Brenneisen im Gesicht.

Als die Tür abermals ging, schaute Zarah den Dämonen entgegen. Es wurde eng in ihrem Zimmer. Fieberhaft versuchte sie, sich Antworten zurechtzulegen, auf Fragen, die nicht gestellt werden würden. Denn wer fragte schon einen Menschen nach seiner Sicht der Dinge?

Gaius trat vor und stellte sich vor ihr Bett. Zarah erhob sich, auch wenn sie neben seiner hohen, drahtigen Statur einem Ungeziefer glich. Einer seiner Begleiter brachte ihm den Stuhl, der andere blieb an der Tür stehen.

Gaius knöpfte sein Sakko auf, setzte sich und strich die Falten seiner Anzughose glatt. Jetzt war er auf Augenhöhe mit ihr.

Sie vermochte kaum, Luft zu holen. Sie hörte sich stammeln. Obwohl sie sich geschworen hatte, keine Schwäche zu zeigen. »Was passiert ist, ist meine …«

Seine Hand schnellte vor. »Du schweigst, ich rede.« Er hatte sie nicht angefasst, und dennoch fühlte es sich wie eine Ohrfeige an. »Mir scheint, du hast zu lange außerhalb des Ordnungsamtes gearbeitet und ganz vergessen, dass man zu den Abgeordneten des Obersten Dämonenrates nicht ungefragt spricht.« Er lehnte sich zurück, faltete die Hände und tippte sich mit den ausgestreckten Zeigefingern an die Nasenspitze. Das Grau in seinen Augen glänzte wie Quecksilber. Enyas Grau. »Gut. Freut mich, dich zu sehen. Alles in Ordnung bei dir? Keine Beschwerden?«

Sie wich einen Schritt zurück, sodass sie gegen das Nachtschränkchen stieß. »Alles bestens.«

»Sehr schön. Ich bin hier, um dir zu deinem Ermittlungserfolg zu gratulieren. Du bist Abbas auf die Schliche gekommen und hast seine Pläne durchkreuzt, wodurch du von uns allen eine Katastrophe abgewendet hast. Selbstverständlich haben wir geahnt, dass jemand versucht, eine Art Gottheit zu erschaffen, welche die Magie mit allen Sinnen empfangen und mit ihr kommunizieren kann. Genau aus diesem Grund wurde ich, kurz bevor du dich vor dem Tribunal verantworten musstest, nach Hamburg abkommandiert. Doch den Schuldigen hast ausgerechnet du überführt.«

»Ausgerechnet ich …«, murmelte sie und verstummte, als die Quecksilberaugen sie erneut scharf angemahnt haben.

»Ohne deinen Einsatz wäre es Abbas womöglich gelungen, sich den Auserwählten untertan zu machen und somit über die Welt zu regieren. Ja, die Wege der Magie sind unergründlich, ausgerechnet ein hilfloses Baby diente als Gefäß für ungeahnte Kräfte.«

Zarah riss die Augen auf, doch ihr überraschtes Schnauben ging in Gaius' Husten unter. Erst als er sich ausgiebig und laut geräuspert hatte, winkte er ab. »Setz dich und sei endlich still. Du machst mich ganz nervös mit deinem Herumgezappele.«

Sie löste sich von dem Nachtschränkchen, tastete nach dem Bett und sank auf die Kante.

»Etwas weiter zu mir, wenn ich bitten darf.«

Sie drehte sich, wandte den Bewachern an der Tür den Rücken. Es kostete sie Überwindung, ruhig zu bleiben und nicht zu versuchen, die beiden im Auge zu behalten. Aber zumindest konnten sie nun nicht mehr in ihrem Gesicht lesen.

»Gut so. Fahren wir fort. Dank deinem Erfolg wurde vom Obersten Dämonenrat einstimmig beschlossen, deine Arbeit als offizielle Ermittlung einzustufen und dich wieder in den Dienst einzuberufen. Kurzum: Du erhältst all deine Rechte zurück. Der Direktor des Ordnungsamtes wird sich noch persönlich bei dir entschuldigen, Abbas' Lügen, mit denen er dich diskreditieren wollte, Glauben geschenkt zu haben. Nun ist klar, dass der Ghul alles versucht hat, um dich aus dem Weg zu räumen, als du einen Verdacht geschöpft hast und gegen ihn auf eigene Faust ermitteln wolltest. Der Oberste Dämonenrat weiß es zu würdigen, dass du trotz aller Widrigkeiten nicht aufgegeben hast.«

Zarah öffnete den Mund. Noch vor wenigen Minuten hatte sie versucht, sich irgendwelche Erklärungen zurechtzulegen, dabei war das, was sich der Dämonenrat hatte einfallen lassen, um einiges fantasiereicher. Wie groß war das Fiasko tatsächlich, dass die Regierungsspitze in solchen Nöten war?

Gaius winkte seine Begleiter herbei. Der eine brachte eine nagelneue Digitalmarke, eine Ausweis-Chipkarte und ein Dienst-Phon. Der andere legte einen Stapel Uniformkleidung neben sie.

»Dein Dienstmotorrad steht auf dem Parkplatz des Krankenhauses. Ich hoffe, du hast noch nicht verlernt zu fahren, Ordnungsaufseherin Zarah. Willkommen im Dienst.«

Rasch schaute sie in das steinerne Gesicht. »Ist mir eine Ehre, Abgeordneter Gaius.«

»Wir bedauern zutiefst, dass es nicht möglich ist, die Wirkung des Brandmals rückgängig zu machen und dir deine Kräfte zurückzugeben. Aber wie du eindrucksvoll bewiesen hast, kann ein richtiger Dämon seine Feinde auch ohne Zwiegestalt das Fürchten lehren.«

Ein richtiger Dämon ... Sie starrte den Dienstausweis an. Ihn anzunehmen würde bedeuten, ihre Seele zu verleugnen. Wollte sie nicht lernen, ein Mensch zu sein? Einst hatte sie sich geweigert, tatenlos zuzusehen, wie Unschuldige verhaftet, getötet oder in Überwachungslager abgeschoben wurden. Jetzt konnte sie sich nicht einmal dazu überwinden, die Dienstmarke anzufassen.

»Sicherlich wird es dich freuen zu hören, dass auch dieser Systemadministrator aus der Sicherheitsabteilung rehabilitiert wurde. Es ist eindeutig, dass Abbas versucht hat, die Aufmerksamkeit des Ordnungsamtes auf eine Rebellengruppe zu lenken, um unbemerkt seine Pläne schmieden zu können. Dabei hat er den Techniker als Rebellenführer dargestellt, weil der Mann dir bei den Ermittlungen intensiv geholfen hat. Für seinen Beitrag bei der Aufklärung soll er in die höhere Dämonenkaste erhoben werden.

Seine Abwesenheit wird als bezahlter Außeneinsatz gehandelt.«

»Das bedeutet, Gallagher lebt? Ist er hier, in diesem Krankenhaus?« Sie war aufgesprungen, und es interessierte sie nicht, welche Maßnahmen es nach sich zog, einen Abgeordneten zu unterbrechen.

»Setz dich.« Er legte ein Bein über das andere und glättete mit den Handflächen die entstandenen Falten.

»Lebt er?«, flüsterte sie und flehte um ein einziges Nicken, einen zustimmenden Blick, ein kurzes Ja.

»Also. Wie ich deiner Krankenakte entnommen habe, bist du vollkommen gesund und unversehrt. Somit erwartet man dich Anfang nächster Woche an deinem Arbeitsplatz, Ordnungsaufseherin Zarah. Bezüglich aller Ereignisse um Abbas' Verschwörung und das Geschehen im Planetarium bist du zu höchster Geheimhaltung verpflichtet. Deinen Bericht reichst du direkt an mich. Hast du verstanden?«

»Ja.«

»Wunderbar. Dann bleibt mir nichts weiteres übrig, als dir noch einmal zu deiner herausragenden Ermittlungsarbeit zu gratulieren und dir mein Beileid wegen des Todes deiner Zwillingsschwester auszusprechen. Ich weiß selbst, wie schwer es ist, den Verlust des eigenen Zwillingsparts zu verkraften, aber ich bin mir sicher, dass man von dir dennoch Großes erwarten darf.«

Gaius erhob sich, knöpfte sein Sakko zu und zupfte sich den Anzug zurecht. Einer seiner Begleiter öffnete ihm die Tür, doch bevor er hindurchtrat, wandte er sich noch einmal um. Ein Lächeln, traurig und dennoch warm, erweichte seine steinernen Züge. ›Bleib stark‹, formten seine Lippen. »Auf deinem Posten bringst du am meisten Nutzen. Denk darüber nach«, sagte er laut.

Das Lächeln erlosch. Die Tür fiel hinter ihm ins Schloss.

Hatte sie es tatsächlich gesehen, das Lächeln des steinernen Gaius? Anscheinend war sie in einem Paralleluniversum erwacht.

Ihr Blick streifte die zusammengefaltete Uniform. Eine Alternative wäre, im Krankenhaushemdchen zu bleiben. Widerwillig streifte sie die Kleidung über. Sie musste endlich in Erfahrung bringen, wo Gallagher war, und die Gesprächsbereitschaft einer Uniformierten gegenüber war nun einmal erheblich größer. Die Sachen aus dem Nachtschränkchen verstaute sie in den Taschen. Anschließend steuerte sie das Schwesternzimmer an.

Die geflügelte Frau saß über ihr Pad gebeugt und schmachtete über *Succubus – folge deinem Herzen. Verflucht in Berlin*, einem neuen dämonischen Telenovela-Remake. Zarah tippte den Bildschirm an und unterbrach den Film. »Ich nehme an, jetzt kannst du mir ein paar Fragen beantworten.«

Die Schmetterlingsflügel erzitterten, das angespannte Lächeln drohte zur Fratze zu erstarren. »Aber natürlich, Schätzchen. Was gibt es?«

»Ich will wissen, ob ihr einen Patienten namens Gallagher habt und falls ja, wie sein Zustand ist.«

»Aber klar, Süße, du hast sicherlich einen offiziellen Bescheid, der dich dazu berechtigt, diese Informatiönchen zu erhalten. Nicht wahr?«

Zarah kramte in ihrer Tasche und legte ihren nagelneuen Aufseherausweis auf das Pad. »Betrachte es als laufende Ermittlungen.«

Die Krankenschwester schnippte die Karte fort, die vom Bildschirm glitt und erst irgendwo auf dem Tisch zum Liegen kam. »Ein offizielles Schriftstück, meine Liebe, ein offizielles Schriftstück. Das ist doch nicht so schwer zu verstehen. Oder sitzt du auf deinen Öhrchen?«

»Hör zu. Schätzchen.« Sie legte einen Zeigefinger unter den zusammengerollten Schmetterlingsrüssel, der in der Mitte des halb menschlichen, halb insektenähnlichen Gesichts prangte, rollte ihn aus und klemmte das Ende mit dem Daumen fest. »Glaub mir, ich werde schon einen Grund finden, damit das Ordnungsamt und der Oberste Dämonenrat dir besondere Aufmerksamkeit schenken. Der Abgeordnete ist sicher noch im Haus. Zufälligerweise ist er auch mein Erzeuger, und seine Nase, die er in die Angelegenheiten anderer stecken mag, ist viel länger als deine.« Sie ließ den Rüssel los, der sich zusammenrollte wie eine Partytröte. »Willst du es darauf ankommen lassen oder endlich erfahren, ob dieser schöne und schüchterne Succubus endlich den Mumm findet, seinem Partner die Energie auszusaugen?«

»Du bist eine Plage, Herzchen.« Die Schwester rief die Krankenhausseite auf und tippte etwas in die Suchmaske. »Ja, ich habe ihn gefunden. Er ist auf der Intensiv.« Sie nannte die Zimmernummer. »Zufrieden?«

Zarah drehte sich um. Nickte, als sie bereits im Flur war.

Auf der *Intensiv*. Wenn sie die Lider schloss, stiegen die Bilder hoch, die sie verdrängt hatte. Die ergraute Haut und das schaumige Blut vor seinem Mund. Seine Anstrengungen, Luft zu holen. Gaius' Worte hatten Hoffnungen in ihr geweckt, die Krankenschwester ließ die Angst erneut aufleben. ›Auf der *Intensiv*‹ war ein schlimmes, schlimmes Wort. Aber ein besseres als ›Leichenhalle‹.

Vor seinem Zimmer verharrte sie und lauschte, brauchte drei Anläufe, um anzuklopfen. Es folgte keine Antwort. Vielleicht schlief er, vielleicht sollte sie ihn lieber nicht stören und zuerst mit einem Arzt reden.

Dann hörte sie Schritte und floh zu ihm ins Zimmer, um ihn wenigstens ein Mal zu sehen, bevor ordnungstreue Krankenschwestern sie mit einem Sicherheitsteam von ihm fortschleppen würden.

Er schlief. Umgeben von Schläuchen und Kabeln, überwacht von unzähligen Maschinen, deren Anblick Zarah monströs vorkam. Er sah so hilflos aus, den Geräten vollkommen ausgeliefert.

Ihre Finger zitterten, als sie ihre Hand in die seine gleiten ließ. »Ich bin bei dir.« Die kühle Plastikkappe an seinem Zeigefinger berührte sie unangenehm. Sie schloss die Augen, blendete alles Fremde, alles Künstliche an ihm aus. »Ich bin bei dir.«

Niemand zerrte sie von ihm fort. Er schlief. Sie musste einfach warten, bis er aufwachte.

Es gab keinen Stuhl, also ließ sie sich auf den Boden neben seinem Bett sinken und machte ›Ich bin bei dir‹ zu ihrem Mantra.

Sie wusste nicht, wie viel Zeit vergangen war, als sie merkte, dass sie nicht mehr allein war. Sie musste sich zwingen, den Blick von seinem Gesicht zu lösen, den Kopf zu drehen und aufzuschauen. Am Fußende des Betts stand der Arzt mit den menschlichsten Augen, die sie je betrachtet hatte. Derjenige, der sie nach dem Formwandlerangriff besucht und sie hübsch genannt hatte.

»Wie geht es ihm?« Sie wollte aufstehen und konnte es nicht. Ihre Beine waren wie aus Schaumgummi.

»Bleiben Sie lieber sitzen.«

»Wie geht es ihm? Wann wird er aufwachen?«

»Seine Lunge ist kollabiert. Er hat die Not-OP zwar überstanden, aber sein Gehirn konnte nicht ausreichend mit Sauerstoff versorgt werden. Als er nach der Absetzung der sedierenden Medikamente nicht erwacht ist, haben wir eine neurologische Diagnose erstellt. Die Ergebnisse sind da. Er hat enorme Hirnschäden davongetragen.«

Sie starrte ihn an. Irgendetwas in ihrem Gehirn schien selbst nicht ausreichend versorgt zu werden, als entglitte ihr die Realität. »Ja, aber wann wird er aufwachen?«

»Höchstwahrscheinlich gar nicht. Es tut mir leid.«

Sie sah auf all die Schläuche, die bunten Linien auf den Monitoren und die blinkenden Lichter. »Aber er lebt doch.«

»Er ist hirntot. Sein Körper wird durch die Maschinen am Leben erhalten, aber er selbst ist nicht mehr da.«

»Nein! Er wurde in eine höhere Kaste erhoben … Der Abgeordnete des Obersten Dämonenrates hat gesagt, dass … dass …« *Dass ich stark bleiben muss.* »… dass er rehabilitiert wurde.«

»Genau deshalb ist er noch hier.« Der Arzt senkte seine Stimme zu einem Flüstern. »Ein Mensch würde überhaupt keine lebenserhaltenden Maßnahmen bekommen. Hätte das Krankenhaus keine Anweisungen von ganz oben erhalten, hätte nicht einmal ich noch etwas für ihn tun können.«

»Und was hast du getan? Was? Warum haben die Magieanwendungen nicht angeschlagen?« Sie wollte schreien, aber auch sie flüsterte nur.

»Anscheinend wissen Sie es noch nicht. Die Magie ist fort. Nicht einmal das Bleigießen funktioniert mehr. Heute am frühen Abend wurde vom Obersten Dämonenrat der Ausnahmezustand ausgerufen. Zuerst nur die Stufe Eins. Wir sind auf die guten alten Medizinkenntnisse der Menschen angewiesen, und das hier«, er deutete auf die Geräte, »ist leider unsere Grenze.«

»Du lügst. Du willst einfach nichts machen. Was … was

hat er dir getan, dass du nichts unternimmst? Er kann nicht tot sein. Er sieht so … so …«

Lass gut sein. Du musst nicht leiden. Ein sonniger, strahlender Gedanke, getaucht in absolutes Licht.

Sie erschrak. Ash? Aber nun war es wieder still und dunkel in ihrem Inneren.

Ein Arm legte sich um ihre Schultern, der Arzt hatte sich zu ihr auf den Boden gesetzt. »Er sieht so friedlich aus, ich weiß. Und nach allem, was er für mich getan hat, würde ich mein eigenes Leben für ihn geben, wenn ich könnte.«

»Ach ja?« Sie wich der Berührung aus, und sein Arm glitt schlaff herunter.

»Ja. Er hat meine Tochter zusammen mit ein paar anderen aus einem Hochsicherheitsüberwachungslager geholt. Zwei Tage, bevor alle in der Baracke, in der sie untergebracht worden war, hingerichtet wurden. Er hat Giulia gerettet. Er hat mein kleines, tapferes Waka-Waka-Mädchen gerettet.«

Zarah wusste nicht, warum sie jetzt die Berührung zuließ, warum sie jetzt ihren Kopf an die Schulter des Arztes lehnte und den leichten Geruch nach Medikamenten von seinem Kittel einatmete. Sie wusste auch nicht, warum der Name des Mädchens keine Gefühlsregung mehr in ihr hervorrief, warum alles in ihr so friedlich-tot war und sie auf sich selbst herabzublicken glaubte.

»Wie lange hat er noch?«, hörte sie sich fragen.

»Seine dämonischen Erzieher wurden informiert, in den nächsten Stunden werden sie entscheiden, ob die Geräte angelassen werden sollen oder nicht.« Etwas piepte. Der Arzt zuckte zusammen, schaute auf seine Armfessel und seufzte. »Meine Pause ist zu Ende, ich muss gehen. Sie ebenfalls. Es ist nicht gut, wenn jemand Sie hier erwischt.«

»Ich kann ihn nicht allein lassen.«

»Unten wartet Alessa. Sie hat schon mehrfach Aufsehen erregt, weil sie hierher wollte und nicht durchgelassen wurde. Wenn sie wegen Unruhestiftung verhaftet wird, ist es ihr Todesurteil. Sie müssen sich um das Mädchen kümmern. Verstehen Sie?«

»Ich kann nicht weg. Er hat meine Seele davor bewahrt, in der Dunkelheit zu ertrinken, als ich noch nicht einmal wusste, dass ich eine besitze. Hast du noch eine Seele? Fühlst du, was ich fühle?«

»Ich kann es verstehen. Es reicht nicht, eine Seele zu haben, man muss auch dem Licht erlauben, sie zu hüten.«

»Welchem Licht?«

»Dem Licht, das aus uns Menschen macht. Erst wenn wir es verschmähen, werden wir zu Dämonen. Jetzt müssen Sie aber gehen.« Er zog sie auf die Beine und hielt sie fest, sonst wäre sie sofort wieder zusammengesunken. »Ich verspreche Ihnen, sobald es irgendwelche Neuigkeiten gibt, werde ich Ihnen Bescheid sagen. Das heißt natürlich, wenn Sie mir mitteilen, wie ich Sie erreiche.«

»Du kannst Ärger bekommen, wenn du Personen benachrichtigst, die keinen offiziellen Berechtigungsnachweis vorlegen, um sensible Informationen zu erhalten.«

Er drückte leicht ihre Schulter und ließ seinen Blick über ihre Uniform wandern. »Dann kann ich nur hoffen, im Ordnungsamt einen Fürsprecher für mich zu finden.«

Auf deinem Posten bringst du am meisten Nutzen. Denk darüber nach. Nein, das Lächeln des steinernen Gaius' konnte unmöglich diesen Nutzen gemeint haben.

Aus der Tasche kramte sie ihr Phon hervor und verlangte nach der Rufnummer.

»Okay, ich habe es mir gemerkt. Und jetzt lassen Sie uns

gehen.« Der Arzt geleitete sie bis zum Ausgang der Intensivstation, weiter musste sie allein.

Den Tumult in der Eingangshalle hörte sie schon auf der Treppe, die letzten Stufen nahm sie zwei auf einmal.

Zwischen den Betten trat Alessa nach einem der Wachmänner, der ihr die Arme auf den Rücken drehte. »Lass mich los! Ich muss zu ihm!«, schrie sie unter Tränen, während ein anderer schon mit einem Elektroschocker auf sie losging.

Zarah zückte ihren Ausweis und lief zu den Kämpfenden. »Ab hier übernehme ich!« Sie packte Alessa am Arm und zerrte das Mädchen von dem Wachmann fort. Der Typ mit dem Elektroschocker sah sie zweifelnd an, doch sie rang sich zu einem anerkennenden Nicken durch: »Ich danke … Kollege.«

Stolz erhellte seine Züge, von einer Ordnungsaufseherin als Kollege bezeichnet worden zu sein. So konnte sie Alessa ungehindert nach draußen schleifen. Erst als sie unten an der Straße angelangt waren, ließ sie das Mädchen los.

Alessa schrie und trat nicht mehr, sie schluchzte nur noch, so, wie nur Menschen es taten und Zarah es immer noch nicht konnte. »Ich will zu ihm. Ich muss doch zu meinem Bruder. Bitte, sag mir, dass du da warst.«

»Ich war da.«

»Wie geht es ihm?«

»Er ist …« Sie brachte es nicht über die Lippen. »Er schläft. Der Arzt ruft mich an, sobald sich etwas verändert.«

Alessa atmete durch, wischte sich über die tränennassen Wangen. »Okay. Okay. Er wird doch aufwachen, oder? Und der Arzt sagt dir Bescheid. Es geht ihm gut. Richtig?«

»Am besten, wir gehen jetzt zu mir. So wie du aussiehst, brauchst du vor allem etwas Schlaf. Hier können wir erst mal nichts tun.«

»Ich kann nicht. Ich muss zurück. Warte. Nimm das hier.« Aus ihrer Tasche holte Alessa den Kristall mit dem eingeschlossenen Friedbert darin. Die Fee sah so lebendig aus. So friedlich. Als schliefe auch sie bloß und schlage jeden Moment die Augen auf. »Bringst du den meinem Bruder, wenn du das nächste Mal bei ihm bist? Die beiden sollten zusammen sein, finde ich.«

Zarahs Hände zitterten, als sie den Kristall an sich nahm. »Wo willst du hin?«

»Zu Daimon. Er ist zwar übern Berg, aber noch nicht ganz bei Kräften. Ich hoffe, es gibt keinen Rückfall.«

»Ein Burnout ist bei einem Feuerdämon eine ernste Angelegenheit.«

»Ich kümmere mich um ihn.«

»Obwohl er deinen Vater damals in Stücke gerissen hat? Das verstehe ich nicht. Hast du alles vergessen?«

»Ich … ich weiß es nicht. Aber die Zeilen meiner Mutter gehen mir nicht aus dem Kopf. *Ich werde niemals vergessen, was du für mich getan hast. Welche Schuld du auf dich laden musstest, um mich zu befreien.* ›Mich zu befreien‹ – irgendetwas wollte sie mir doch damit sagen.«

»Dir?«

»Das Wettervorhersage-Spiel. Sie hat es nicht mit Daimon gespielt, sondern mit mir. Sie wusste, dass ich den Brief lesen werde.«

»Na gut. Und wo ist Daimon jetzt?«

Sie senkte die Wimpern und zupfte an dem Reißverschluss ihres Anoraks. »In Sicherheit. Ich habe ihm versprochen, unser Versteck keinem zu verraten.«

»*Euer* Versteck? Moment mal. Ist da etwa eine leichte Röte auf deinem Gesicht?«

»Rede kein dummes Zeug. Ich kümmere mich nur um

hn. Als wir ihn aus dem Planetarium rausgeschafft haben, war er mehr tot als lebendig.«

»Wer sind ›wir‹? Und wie habt ihr ihn denn rausgeschafft?«

»Der Wodjanoi war da. Frag mich nicht, woher. Er hat das Baby mitgenommen und uns per Wassermagie herausgebracht, bevor die Aufseher das Planetarium gestürmt haben. Ach ja. Ich soll dir von ihm ausrichten, dass du aus eurem Deal entlassen bist. Er wird sich um das Baby kümmern. Er sagte, er gibt dem Kleinen den Namen Lorenz. Damit ein Teil der schönen Lore auch im Namen weiterlebt. Er möchte dich zur Namensgebung als Patin einladen.«

»Sag ihm, dass er das überdenken sollte. Ich werde keine gute Patin abgeben.«

»Und noch etwas. Er meinte, ihm wäre aufgetragen worden, dir Folgendes zu sagen: Wenn du den Kristallzauber brechen willst, musst du an der Stelle buddeln, wo Gallagher von dem Fluch getroffen wurde. Kannst du damit etwas anfangen?«

»Ich glaube schon.« Sie schaute in den Kristall und seufzte. *Du hast mir die Liebe deines Lebens anvertraut, Gute Fee. Und ich konnte sie nicht beschützen. Wirst du in der Lage sein, mich noch mehr zu hassen?*

»Und wegen meines Bruders – sagst du es mir, wenn du etwas Neues weißt?«

»Wie soll ich das, wenn du mir nicht verraten willst, wo du bist?«

»Du musst es nur in den Abfluss flüstern, der Wodjanoi wird dich hören und mir die Nachricht überbringen.«

»Ich rede ungern mit Abflüssen. Aber gut. Ich verspreche es. Pflege du deinen feurigen Freund weiter gesund.«

»Er ist nicht mein Freund!«

»Genau. Und ich hatte kein Date mit deinem Bruder.«

»Das ist doch etwas vollkommen anderes!«

»Ja, natürlich. Du wirst übrigens wieder rot.«

»Und du bist blöd!« Alessa knuffte sie in den Arm.

»Geh schon«, flüsterte Zarah und rieb sich die Stelle, während sie der davonlaufenden Alessa nachsah. »Und verbrenn dich nicht.«

34

Ich habe Zeit, Zarah. Ich werde auf dich warten. Jetzt bin ich dein Licht, du brauchst kein anderes.

Sie fuhr hoch. Aber es war nicht Ashs Stimme, die sie aus dem Schlaf gerissen hatte, sondern das Phon. Die Melodie schallte durch die beängstigende Stille. Zarah lag auf dem Sofa in dem kalten, muffigen Haus, das noch ihr Heim war, bis das Ordnungsamt ihr in ein paar Tagen eine angemessene Wohnung zuteilen würde. Aber vielleicht würde sie trotzdem hierbleiben. Und an Enya denken.

Sie zog die Beine an, machte sich klein, unerreichbar für den Klingelton. Sie wusste, was er bedeutete. Etwas in ihr wusste es bereits.

Sie drückte ihr Kinn gegen die Knie, umklammerte ihre Beine. Noch ein paar Augenblicke würde sie glauben, dass er am Leben war. Noch ein paar kostbare Augenblicke vor dem Schmerz und der Leere. Vor dem Alleinsein.

Die Melodie verklang. Dann fing sie von Neuem an.

Vielleicht gab es doch noch Hoffnung. Vielleicht …

Aber etwas in ihr wusste es besser.

Zarah nahm ab, ohne es zu merken, schaffte es nicht, auch nur ein einziges ›Ja?‹ hervorzubringen.

Das Phon zeigte keine Videoübertragung, brachte nur den Ton zu ihr: »Ich habe nur wenige Gesprächseinheiten. Kommen Sie ins Krankenhaus. So schnell wie möglich.« Es knackte, und die Verbindung brach ab.

Die Minuten verstrichen.

Und sie lag zusammengekrümmt auf dem Sofa mit dem Phon in der Hand, die langsam taub wurde. Die Welt drehte sich weiter. Ohne ihn. Bis in alle Ewigkeiten ohne ihn.

Sie wusste nicht, wie sie das Motorrad unfallfrei durch die Straßen manövrierte. Als säße ein Schutzengel auf ihrer Schulter. Sie raste ohne Helm durch die Stadt, und der Wind schnitt in ihre Augen, bis sie tränten, sodass sie kaum noch etwas sah. Am Zielort ließ sie die Maschine fallen und lief den Hügel zum Eingang empor. Sie merkte nichts von den Kranken oder vom Personal, und niemand versuchte, sie aufzuhalten.

Dann stand sie da.

Ein leeres Zimmer. Ein leeres Bett. Abgeschaltete Geräte mit erschlafften herabhängenden Schläuchen und Kabeln.

Sie war zu spät gekommen.

»Zarah?«

Sie hatte ihn allein gelassen, und jetzt war sie zu spät, um ein letztes Mal seine Hand zu halten und das erste Mal zu sagen, dass sie ihn liebte.

»Zarah?«

Sie fuhr herum und lief fort. Genau vier Schritte weit, bis sie sich in einer Umarmung wiederfand. Sie kniff die Lider zusammen, vergrub ihr Gesicht an der Brust und hörte dem Schlag des Herzens zu, der in ihr nachklang.

Das kann nicht sein.

»Zarah, du stehst auf meinem Fuß.« Seine Finger verirrten sich in ihr Haar, fuhren über die Ohrmuschel und die Wange entlang. Sie atmete seinen Duft ein und ihren Schmerz aus.

Nein! Er kann unmöglich leben. Das kann nicht sein! Du musst ihn vergessen. Ich werde dir helfen …

Sie schob alle Gedanken beiseite. Alle fremden Gedanken, die sie so sehr irritierten, verschloss sie im entferntesten Winkel ihrer Seele.

Es war nicht real, das wusste sie selbst.

»Gallagher.«

Er würde verschwinden, wenn sie die Augen öffnete, sich in tausend Veilchen auflösen und … sie küssen, küssen, küssen.

Er küsste sie tatsächlich.

Bis sie sich aufzulösen glaubte, bis ihr schwindelte und sie nichts mehr wusste, außer, dass er bei ihr war.

»Wie?«, flüsterte sie, die Lider immer noch fest geschlossen, während warme Tränen ihre Wangen herabliefen. »Wie lange darf ich dich noch bei mir haben? Wie lange dich fühlen, dich halten, dich lieben?«

»Für immer.« Er legte etwas in ihre Hand. Ein Stück Papier.

»Ich habe Angst, die Augen aufzumachen.«

»Ich auch.«

»Geht es dir gut?«

»Du stehst immer noch auf meinem Fuß. Aber davon abgesehen, ging es mir noch nie besser.«

Mit geschlossenen Lidern faltete sie den Zettel auseinander, atmete tief durch, drückte Gallagher noch fester an sich und schaute auf das Papier zwischen ihren Fingern.

Dir zuliebe, Schwesterherz, stand dort in Enyas krakeliger Kinderschrift. *Weil ›Ash‹ nur eine Abkürzung von ›Arsch‹ ist.*

Danksagung

Hier möchte ich die Möglichkeit nutzen, den Menschen zu danken, die mir während der Arbeit an diesem Roman so unglaublich geholfen haben.

An erster Stelle danke ich meinem großartigen Mann, der mich immer unterstützt und versucht, für mich jede Minute freizuschaufeln, damit ich in Ruhe schreiben kann.

Meinen Testlesern: Simone Kühlewind, Fabian Greuel, Smila und Kristin Manger. Euren kritischen Blick möchte ich nie missen! Danke, dass ihr mich während der Arbeit an diesem Buch begleitet habt.

Christian Handel gebührt mein Dank für Tipps und Tricks im Umgang mit schwulen Feen;

Nicola Rudnig für seine militärische Fachkompetenz;

Julia Mußtopf und dem Pony Nordwind für die unvergesslichen Reit-Erlebnisse;

Angelika Jodl für ihre Hilfe bei der Ausschmückung der Aussprache eines gewissen russischen Wassergeistes.

Quellennachweis

In diesem Buch wurden Zitate aus folgenden Liedern verwendet: »Is nur Kino« von Glashaus, »Märchen fangen anders an« von Michael Morgan, »Lieder, gib mir süße Lieder (im Frühling)« von Agnes Franz zur Musik von Wolfgang Amadeus Mozart, »Pflaster« von Ich und Ich, »Ich werde nie aufhör'n dich zu lieben« von Brunner & Brunner, »Waka Waka« von Shakira.

Die Zeilen des Kinderliedes »Bruder Jacob« wurden dieser Seite entnommen: www.babycenter.de/podcast/kinder lieder/bruder-jakob/

Die Exorzismus-Sprüche von Tschak entstammen dieser Seite: www.etika.com/aram/l11x13.htm

Den Original Dornröschen-Text für Gallaghers Fluch habe ich Wikipedia entnommen: http://de.wikisource.org/wiki/Dornr%C3%B6schen_%281812%29

Darüber, wie man Feen fängt, kann man sich auf dieser Seite informieren: http://sphinx-suche.de/elementa/fee.htm

Die Deutungen der Runen habe ich hier gefunden: www.kartenlegen-triskele.net/Runen/Bedeutung_der_Runen/bedeutung_der_runen.html

Die Zitate entstammen der Seite: www.zitate-online.de